Aquellas Mujercitas

LOUISA MAY ALCOTT

Título: Aquellas mujercitas
Título original: *Good Wives*
Autora: Louisa May Alcott

C/ Primavera, 10, nave 35
28500 Arganda del Rey
Madrid-España
www.edimat.es

Traducción: María Isabel Castellanos Ruiz
Diseño e ilustraciones de cubierta: Karakachoff Estudio

ISBN: 978-84-9794-671-1
Depósito Legal: M-961-2025

Impreso en España - *Printed in Spain*

INTRODUCCIÓN

Louisa May Alcott nació el 29 de noviembre de 1832 en Germantown, Pennsylvania.

Escribió doscientas setenta obras que van desde la poesía a la tragedia y del género infantil al de adultos. Por un lado, nuestra autora escribía cosas domésticas, destinadas a un público joven, tales como *Mujercitas, Aquellas mujercitas, Los muchachos de Jo* y otras cuatro novelas acompañadas de dieciséis colecciones de cuentos breves para adolescentes, lo que hizo que la conocieran bajo el apelativo de *children's friend*. Por otro lado, escribió cuatro novelas para adultos, siempre bajo pseudónimo, en las que se mostraba como una mujer satírica, impulsiva y con carácter —*Mods, trabajo, Un moderno Mefistófeles* y *Diana y Perseo*—. También se encuentran entre estos escritos, *Transcendental Wild Oats,* un recuerdo del experimento fallido de la comuna que fundó su padre, y numerosos ensayos históricos y feministas. Esta dualidad tan contrastada sirve como muestra de la división que ocultaban las convenciones domésticas en la literatura del siglo XIX en Norteamérica. En general, las mujeres de este siglo, entraban en conflicto ante los diferentes legados culturales por parte de la madre y del padre. Por el lado paterno recibían un modelo racional, realista, didáctico, patriarcal y autoritario. Por el lado materno era la imaginación, la pasión y la intimidad lo que predominaba en su ejemplo. Nuestra escritora escribió bastante sobre estas dos diferentes visiones. En la alegórica historia infantil, *Fancy's Friend,* hallamos bellamente simbolizado el papel de la madre en el personaje de la Tía Ficción, una mujer pintoresca que cuenta historias con encanto, escribe poesía y novelas, y es adorada por los jóvenes. El papel del padre viene a encarnarlo el Tío Hecho, un hombre grave, serio, nada romántico y amante de la verdad.

El padre de Louisa May Alcott era una persona marcada por la desgracia y la incapacidad de sacar económicamente a su familia adelante, pero muy preocupado por inculcar a sus cuatro hijas firmes valores a través de una educación innovadora para la época, pero muy estricta. La madre, Abigail May Alcott, procedía de una acomodada familia liberal de Boston, políticamente importante, abolicionista y a favor de la reforma penal. Abigail Alcott era una mujer bien educada, idealista y hasta cierto punto frustrada por las limitaciones que la sociedad imponía a la mujer. Ella compartía con su marido los ideales románticos y trascendentalistas de una vida familiar idílica. Pero a medida que iban pasando los años y la dura realidad iba derribando a mazazos dichos ideales se fue convirtiendo en una mujer más escéptica. A pesar de su furia ante los impedimentos sociales, enseñó a sus hijas a reprimir su ira en nombre del deber, del mismo modo que ella luchaba contra su propio temperamento.

Ya desde muy pequeña Louisa daba muestra de su fuerte carácter, que según decía su padre lo había heredado de su madre. Cuando nuestra escritora tan sólo contaba con dos años de edad y como resultado de este difícil carácter, el padre decidió intervenir más activamente en la educación de Louisa, porque pensaba que la educación que recibía por parte de la madre no era lo suficientemente estricta. Bronson Alcott, utilizó un sistema educativo basado en la rutina, recompensa y castigo (nunca físicos) y en un método de aprendizaje basado en el preguntar al modo socrático. Al ser siempre reprendida por su padre, Louisa, creció con un pronunciado sentimiento de culpa, que únicamente aplacaba el amor ilimitado de su madre.

Los Alcott cambiaban con frecuencia de lugar de residencia y siempre les acompañó una ruinosa situación económica. Cuando la experimental *Temple School* de Boston cerró, la familia se trasladó a Concord. Estos fueron los años más felices de nuestra autora, según ella misma confesó más tarde. Quizá en ello influyó el largo viaje —un año permaneció alejado de la familia— que el padre realizó a Inglaterra. Durante este período pudo disfrutar plenamente de sus hermanas y de su madre sin rigidez alguna. Además, este hecho le permitió desarrollar su competitividad. Como ella misma dijo:

«Que ningún chico podía ser su amigo hasta que este le ganara en una carrera, y tampoco podía ser amiga de una chica que rehusase de escalar los árboles...».

Cuando Bronson Alcott regresó de Inglaterra traía consigo una maleta llena de nuevos planes, que consistían en la fundación de una comunidad utópica autogestionada. Así pues, con el fin de cumplir el sueño del padre de familia, los Alcott junto a seis miembros del *Consociate family* se mudaron a otras tierras para establecer su comuna. El experimento resultó ser un fracaso, al llegar el invierno enfermaron todos a causa de la precaria nutrición a la que se veían sometidos por su ideal de autoabastecerse. Y si no fuera suficiente con esto, la familia estuvo a punto de romperse, cuando Charles Lane, el ascético más fanático del grupo persuadió a Bronson de que el ideal utópico requería el celibato y la renuncia a la individualidad de la familia. En los últimos días de Fruitlands el padre, desesperado, sufrió un colapso nervioso y se negó a comer. La familia sufría por la vida del padre y la madre también desesperada tuvo que pedir ayuda a sus parientes de Boston. Finalmente los Alcott regresaron a Concord. En esta nueva etapa Bronson se dedicó a realizar trabajos de carpintería y jardinería, y a escribir y publicar libros sin éxito. Mientras, su hija Louisa se dedicaba a escondidas a escribir cartas de amor, cartas que nunca se atrevió a enviar, ya que sólo era una jovencita de catorce años. Al cumplir los quince años, se mudaron de nuevo a Boston para probar suerte, ya que el padre no encontraba la manera de sacar a la familia adelante. Fue en esta época en la que Louisa se prometió a sí misma que sería ella quien iba a mantener económicamente a la familia y que no pararía hasta encontrar el éxito y el reconocimiento que su padre no hallaba.

A pesar de todos los esfuerzos de su padre por proporcionarla una buena educación, este nunca estuvo del todo contento con el desarrollo personal de su hija Louise. Cuando nuestra escritora contaba con diecisiete años, Bronson le hizo notar a su hija que mientras en el diario de su hermana Anna hablaba de otra gente, ella hablaba de sí misma. Quizá sea este el origen de la omisión de la primera persona tanto en el diario, como en el discurso de Jo (que encarna el papel de Louisa) en *Mujercitas.* En 1857, al no poder encontrar trabajo, pensó en el suicidio como salida a sus tormentos y a su fracaso por no haber podido cumplir la promesa que se hiciera. En ese mismo año leyó la biografía de Charlotte Brontë. La vida trágica de la novelista le sugirió muchos paralelismos con su propia vida y la animó a seguir adelante. Tras este pequeño empuje vital le sobrevino una gran tragedia: la muerte de su hermana Lizzie, que para ella fue comparable en dureza con el golpe que le supuso el matrimonio de su hermana Anna ese mismo año.

El espectáculo de la difícil vida matrimonial de su madre, ocho embarazos en diez años, la pobreza y un marido incapaz de mantener a su familia, hizo que ella amara su libertad y sospechara del matrimonio en general. Trabajar y esperar se convirtió en su lema. Su vida profesional como escritora no llegó hasta después de haber pasado un tiempo como enfermera en un hospital militar. La experiencia fue traumática, ya había cumplido treinta años, y se enfrentaba a una realidad que resultaba mucho más dura que su propia experiencia hasta entonces. El sufrimiento y la muerte mostraban su lado más crudo. Esto le provocó a Louisa un colapso nervioso que le obligó a volver junto a su familia. Esta terrible experiencia quedó plasmada en *Hospital Sketches,* mezcla de humor, realismo y sentimientos encontrados. Este trabajo no le proporcionó mucho dinero pero le mostró su propio estilo y le abrió la posibilidad de mantener a su familia escribiendo. En los siguientes cinco años publicaría, bajo un pseudónimo sexualmente ambiguo: A. M. Barnard, varios relatos de suspense.

En 1866 viajó a Europa por primera vez, acompañando a una joven rica inválida. En Suiza conoció a un joven músico polaco, que probablemente le sirvió de modelo para Laurie en *Mujercitas.* La defensa de Louisa frente al deseo sexual y a las tentaciones del matrimonio se traducía en términos maternales. Reprimía hasta tal punto sus deseos que pensaba en los hombres como si fueran niños. De lo que sucediera con este joven polaco no tenemos noticia puesto que quemó las cartas que recibió de él. Al finalizar su viaje por Europa también puso termino a su posibilidad de experimentar nuevas aventuras y a los romances.

En 1868 aceptó el cargo de editora en una revista femenina en la que se encargaba de escribir breves historias, poemas y consejos. Poco después, a petición de sus editores abandonó sus propios proyectos literarios para escribir una historia para «chicas», *Mujercitas.* En 1869 se publicó la segunda parte: *Aquellas mujercitas* donde los protagonistas tienen ya una vida adulta. A partir de este momento se iban a solucionar todos los problemas económicos de la familia Alcott, puesto que la novela alcanzó de inmediato un gran éxito. A pesar de la fama y la prosperidad económica, Louisa no consiguió ser feliz, debido a su mala salud y a sus frustraciones. La fuerte demanda de más libros como *Mujercitas,* la encerraron en un estilo doméstico y poco satisfactorio para la sensibilidad de nuestra escritora. Este mismo año se unió a las sufragistas de Nueva Inglaterra, hecho que se reflejará en sus escritos, ya que defenderá en ellos más vehementemente que nunca los derechos de la mujer.

En 1870, cuando Louisa visitaba por segunda vez Europa, el marido de Anna murió, dejando desamparados a sus dos hijos y a su mujer. Louisa regresó de inmediato de sus vacaciones para hacerse cargo de ellos. Al final de la década de los 70 del siglo XIX la madre de Louisa cayó gravemente enferma y la escritora se dedicó a cuidarla, ocupando así gran parte de su tiempo. La masiva producción literaria se mantuvo pero no así la calidad de sus trabajos. La madre murió y su hija intentó escribir la biografía de su madre. Pero al enfrentarse a sus diarios, se sintió incapaz de afrontar la realidad tan desgarradora que en ellos se expresaba, y terminó quemándolos.

Desde 1873 había subvencionado la educación artística de su hermana May en Europa. Deseaba que su hermana pequeña viviera todas las aventuras románticas que ella no pudo vivir, libre de ataduras económicas. A los treinta y siete años, May conoció en Londres a un hombre catorce años menor que ella con el que contraería matrimonio. El idilio fue breve ya que ella murió después de que naciera su hija Louisa un año más tarde. Con el consentimiento del padre, Louisa se hizo cargo de la pequeña. En 1879 abrió una escuela de filosofía para su octogenario padre. Mientras Bronson reclamaba toda su atención para sí, su hija se encargaba del trabajo duro. Louisa se dedicó los últimos años de su vida a cuidar de su sobrinita y de su padre. Cuidando a la pequeña encontró un sentido para su vida:

«Ahora veo para que, he vivido, para cuidar de la hija de May y no dejar a Anna sola».

Su delicada salud, ataques severos de vértigo, frecuentes dolores de cabeza, reumatismo e insomnio, paralizaban su actividad literaria. Acudió, sin éxito, a médicos y a especialistas en enfermedades mentales, pero nunca pudo superar los conflictos emocionales que de esa forma somatizaba. En 1888 murió su padre. Tras este lamentable suceso Louisa se preguntaba:

«¿Encontraré tiempo para morir?».

Dos días después fallecía por los efectos acumulativos del envenenamiento por mercurio de un tratamiento que recibió durante la guerra civil. En el funeral el sacerdote sugirió que Bronson necesitaba la ayuda de su hija incluso en el cielo.

Aquellas Mujercitas

CAPÍTULO PRIMERO

Chismes

Para poder empezar de nuevo, y asistir a la boda de Meg con la mente bien abierta, sería lo ideal que iniciásemos la narración con algunos cotilleos sobre los March. Y aquí permítanme la premisa de que si alguno de los mayores piensa que hay demasiado «amorío» en la historia, como me temo que puede ocurrir (no espero que los jóvenes hagan esa objeción), no puedo por menos que citar a la señora March: «¿Qué se puede esperar cuando tengo cuatro chicas alegres en casa, y un joven y apuesto vecino en la de al lado?».

Los tres años transcurridos han traído no pocos cambios a la tranquila familia. La guerra ha terminado, con el señor March de vuelta a casa sano y salvo, ocupado con sus libros y la pequeña parroquia que encontró en él un pastor por naturaleza y gracia, un hombre tranquilo, estudioso, rico en la sabiduría que no procede del estudio, en una caridad que le hace llamar «hermano» a todo el prójimo y en una piedad que florece en el carácter convirtiéndolo en un hombre respetado y querido.

Estos atributos, a pesar de la pobreza y la estricta integridad que le apartaron de los éxitos más mundanos, atrajeron hacia él a muchas personas admirables con la misma naturalidad con que las dulces hierbas atraen a las abejas. Y con esa misma naturalidad él les devolvía una miel en la que cincuenta años de dura experiencia no habían destilado ni una sola gota de amargura. Los jóvenes sinceros descubrían que el erudito de cabeza gris era tan joven de corazón como ellos. Las mujeres inquietas o atribuladas acudían a él instintivamente con sus dudas y penas, seguras de encontrar en él la simpatía más gentil y el consejo más sabio; los pecadores le contaban sus pecados a aquel hombre de corazón puro, que los reprendía y absolvía; los hombres talentosos encontraron en él un compañero;

los ambiciosos vislumbraban en él ambiciones más nobles que las suyas, e incluso los más mundanos confesaban que sus creencias eran bellas y verdaderas, aunque no pagaran las facturas.

Para los extraños, las cinco mujeres enérgicas parecían gobernar la casa, y así era en muchos aspectos. Sin embargo, aquel tranquilo erudito que pasaba sus horas sentado entre libros seguía siendo el cabeza de familia, la conciencia doméstica, el sostén y el consuelo del hogar, pues era a él a quien se dirigían siempre las inquietas y atareadas cinco mujeres en los momentos difíciles, sabiendo que encontrarían, en el sentido más verdadero de esas palabras sagradas, a un esposo y padre.

Las cuatro hermanas entregaron sus corazones al cuidado de su madre, dejando sus almas en las manos de su padre, y a ambos, que trabajaban tan intensa y fielmente por ellas, les dieron un cariño que crecía al mismo tiempo que ellas y los unía a todos con ese vínculo tan dulce que bendice la vida y trasciende la muerte.

La señora March sigue siendo igual de activa y alegre, aunque algo más canosa que cuando la vimos por última vez, y ahora mismo está tan absorta en los preparativos de la boda de Meg que los hospitales y los hogares, todavía llenos de jóvenes heridos y viudas de soldados, echan mucho de menos las visitas de la maternal voluntaria.

John Brooke cumplió valientemente su deber durante un año, cayó herido, fue enviado a casa, y no le permitieron volver. No recibió estrellas ni galones, aunque los merecía, porque había arriesgado sin vacilar todo lo que tenía, y la vida y el amor son muy preciosos cuando están en plena floración. Completamente resignado a su baja obligatoria, se dedicó a recuperarse, prepararse para los negocios, y construir un hogar para Meg. Con la sensatez y la obcecada independencia que lo caracterizaban, rechazó las ofertas más generosas del señor Laurence y aceptó un puesto de contable, al sentirse más satisfecho de empezar con un sueldo ganado honradamente que corriendo riesgos con el dinero de otros.

Meg había pasado el tiempo trabajando y esperando, adquiriendo carácter de mujer, sabiduría en las artes domésticas, y más guapa que nunca, porque el amor saca lo mejor de uno mismo. Mantenía sus ambiciones y esperanzas de niña, pero sentía cierta decepción por la humildad con que debía comenzar su nueva vida. Ned Moffat acababa de casarse con Sallie Gardiner, y la mayor de los March no podía evitar comparar su bonita casa y su carruaje, sus numerosos regalos y su espléndido atuendo, con los suyos propios, y secretamente deseaba tener lo mismo. Pero, de alguna manera, la envidia y el descontento pronto se desvanecían cuando pensaba en todo el paciente amor y trabajo que John había puesto en el pequeño hogar que los esperaba; y cuando se sentaban juntos al atardecer, hablando de sus pequeños planes, el futuro siempre se volvía tan hermoso y brillante que Meg olvidaba el esplendor de Sallie, y se sentía la muchacha más rica y feliz de la cristiandad.

Jo nunca volvió a casa de la tía March, porque la anciana se encaprichó tanto de Amy que la sobornó ofreciéndole unas clases de dibujo de uno de los mejores maestros del momento. Sólo por aprovechar la oportunidad, Amy hubiera estado dispuesta a servir a otra señora mucho más estricta. Así que dedicaba sus mañanas al deber, sus tardes al placer, y prosperaba excelentemente. Jo, mientras tanto, se dedicaba a la literatura y a Beth, que seguía delicada, mucho después de que la escarlatina fuera cosa del pasado. No era exactamente una enferma, pero nunca volvió a ser la criatura sonrosada y sana que había sido. Aun así, siempre estaba feliz y serena, ocupada con los tranquilos quehaceres que le gustaban, amiga del todo el mundo y un ángel en la casa, mucho antes de que aquellos que más la querían hubieran aprendido a saberlo.

Mientras que *The Spread Eagle* le pagara un dólar por columna por sus disparates, como ella los llamaba, Jo se sentía una mujer de posibles, y siguió hilando sus pequeños romances con diligencia. Sin embargo, grandes planes fermentaban en su atareado cerebro y ambiciosa mente, y en la vieja cocina de hojalata de la buhardilla se acumulaba una pila creciente de manuscritos emborronados, que un día habrían de catapultar el nombre de los March a la fama.

Laurie, que había ido obedientemente a la universidad para complacer a su abuelo, buscaba ahora la manera más fácil de complacerse a sí mismo. El favorito de todos, gracias al dinero, los modales, mucho talento y aquel corazón bondadoso que alguna vez metió a su dueño en aprietos tratando de sacar a otras personas de ellos, corría el gran peligro de convertirse en un consentido, y probablemente lo hubiera hecho, como cualquier otro muchacho prometedor, si no hubiera poseído los mejores talismanes contra el mal: el recuerdo del bondadoso anciano que se preocupaba por su porvenir, el cariño maternal de la vecina que lo cuidaba como a un hijo, y por último, pero no por ello menos importante en absoluto, la certeza de que cuatro niñas inocentes lo adoraban, lo admiraban y creían en él con todo su corazón.

Como en el fondo era un buen muchacho, por supuesto que retozaba y coqueteaba, se volvía un dandi, acuático, sentimental o gimnástico, según las modas universitarias; hizo novatadas y fue víctima de ellas, y habló en su jerga, y más de una vez llegó a estar en peligro de ser sancionado o expulsado. Pero como el buen humor y la inclinación a la diversión eran las causas de estas travesuras, siempre se las arreglaba para salvarse mediante una franca confesión, la reparación honrosa o el irresistible poder de convicción que poseía. De hecho, se enorgullecía sobremanera de salir de sus fechorías por los pelos, y le gustaba deslumbrar a las chicas con relatos gráficos de sus triunfos sobre iracundos tutores, dignos profesores y enemigos vencidos. Los que él llamaba «hombres de mi clase» eran héroes a los ojos de las muchachas, que nunca se cansaban de escuchar sus proezas y con frecuencia, cuando Laurie los invitaba a casa, se les permitía disfrutar de las sonrisas de aquellas fabulosas criaturas.

Amy disfrutaba especialmente de este elevado honor y pronto se convirtió en toda una princesa entre ellas, pues su señoría aprendió a usar el don de la fascinación con que estaba dotada. Meg estaba demasiado absorta en su John privado y particular como para preocuparse por otros señores de la creación, y Beth era demasiado tímida para hacer algo más que mirarlas y preguntarse cómo se atrevía Amy a darles semejantes órdenes. Sin embargo, Jo se sentía completamente en su elemento, y le resultaba muy difícil abstenerse de imitar las actitudes, frases y gestas caballerosas, que le parecían más naturales que el decoro prescrito a las señoritas. A todos les gustaba mucho Jo, pero nunca se enamoraban de ella, si bien muy pocos escaparon sin pagar el tributo de uno o dos suspiros sentimentales a los pies de la divina Amy. Y, hablando de sentimientos, eso nos lleva de forma muy natural a hablar del «Palomar».

Así se llamaba la casita marrón que el señor Brooke había preparado como su primer hogar con Meg. Laurie la había bautizado, diciendo que era muy apropiado para los que «iban juntos como un par de tortolitos, haciéndose arrumacos todo el día por los rincones». Era una casa diminuta, con un pequeño jardín en la parte trasera y por delante una parcela de césped del tamaño de un pañuelo. Aquí Meg quería tener una fuente, arbustos y una profusión de hermosas flores, aunque en este mismo momento ocupaba el lugar una urna desgastada por la intemperie, muy parecida a una ruinosa cubeta. El conjunto de los arbustos consistía en varios alerces jóvenes, indecisos si vivir o morir; y la profusión de flores era meramente insinuada por regimientos de palos, que mostraban dónde se habían plantado las semillas. Pero por dentro todo era encantador, y la feliz novia no vio defecto alguno desde la buhardilla hasta el sótano. Verdaderamente, el recibidor era tan estrecho, que fue una suerte que no tuvieran piano, porque nunca hubieran podido entrarlo. El comedor era tan pequeño que seis personas entraban muy apretadas, y las escaleras de la cocina parecían construidas con el propósito explícito de precipitar tanto a los criados como a la vajilla a la carbonera. Pero una vez acostumbrados a estos pequeños defectos, nada podía ser más completo, porque el buen sentido y el buen gusto habían presidido el amueblado, y el resultado era más que satisfactorio. No había mesas con el sobre de mármol, ni largos espejos ni cortinas de encaje en el saloncito, sino muebles sencillos y abundantes libros, un cuadro o dos, un ramo de flores en el mirador y, esparcidos por todas partes, los bonitos regalos que venían de manos amigas, y eran más hermosos por los cariñosos mensajes que traían.

No creo que la Psique de mármol blanco que Laurie les había regalado perdiera ni un ápice de su hermosura por el humilde pedestal en que John lo había colocado; que existiera tapicero en el mundo capaz de confeccionar las sencillas cortinas de muselina con más gracia que la mano artística de Amy, ni que hubiera despensa más repleta de buenos deseos, palabras alegres y sinceras esperanzas que aquella en la que Jo y su madre guardaron unas pocas cajas, barriles y trastos de Meg. Y estoy moralmente convencida de que la flamante cocina jamás habría resultado tan acogedora si Hannah no hubiera ordenado cada olla y cada sartén al menos una docena de veces y hubiera dejado el fuego listo para encender en cuanto «la señora Brooke llegara a casa». Tampoco me cabe ninguna duda de que no existe joven ama de casa que haya empezado su vida de casada con una colección tan amplia de trapos, manoplas de cocina y bolsas de tela, porque Beth había cosido tantas que les durarían hasta las bodas de plata. Incluso había creado tres clases distintas de paños de cocina para usar exclusivamente con la vajilla nupcial.

Quienes compran todos esos objetos ya hechos no saben lo que se pierden, pues los objetos domésticos son más hermosos cuando se hacen con amor. Meg encontró muchas pruebas de ello, pues todo en su pequeño nido, todo, desde el rodillo hasta el jarrón de plata que adornaba la mesa de la sala de estar, se había elegido con cariño y ternura.

Qué felices momentos planeándolo todo habían pasado juntas, qué solemnes excursiones de compras; qué graciosos errores habían cometido, y qué gritos de risa surgían de los ridículos regateos de Laurie. En su afición a las bromas, dentro de este joven caballero, aunque ya casi había terminado la universidad, se hallaba el muchacho de siempre. Su último capricho había sido traer consigo en sus visitas semanales algún nuevo, útil e ingenioso artículo para la joven ama de casa. Ahora una bolsa de originales pinzas para la ropa; otra vez, un maravilloso rallador de nuez moscada, que se hizo añicos la primera vez que lo usaron; un limpiador de cuchillos que estropeaba todos los cuchillos; o un barredor que recogía pulcramente la pelusilla de la alfombra y dejaba la suciedad; un jabón muy eficaz que desollaba las manos; un pegamento infalible que lo único que pegaba era los dedos del ingenuo comprador; y toda clase de objetos de hojalata, desde una hucha de juguete para monedas de un centavo, hasta una prodigiosa caldera que lavaba los artículos en su propio vapor, con todas las perspectivas de explotar en el proceso.

En vano Meg le suplicó que parara. John se rio de él y Jo le bautizó como «don artilugios». Estaba obsesionado con la manía de comprar artefactos yanquis, así que aprovechó la ocasión para que a sus amigos no les faltara de nada. El resultado fue que la joven pareja recibía cada semana un objeto de lo más absurdo.

Al final todo se hizo, hasta la idea de Amy de decorar con jabones de distintos colores a juego con las diferentes habitaciones, y Beth puso la mesa para la primera comida.

—¿Estás contenta? ¿Te sientes como en casa, y como si hubieses de ser feliz para siempre aquí? —le preguntó la señora March, mientras ella y su hija recorrían el nuevo reino, cogidas del brazo, pues en ese momento parecían estar abrazadas con más ternura que nunca.

—Sí, madre, completamente satisfecha, gracias a todos vosotros, y tan feliz que no puedo expresarlo con palabras —respondió Meg, con una mirada que lo decía todo.

—Si tuviera uno o dos criadas, sería perfecto —dijo Amy, saliendo del salón, donde había estado tratando de decidir si el Mercurio de bronce quedaba mejor encima de la consola antigua o sobre la chimenea.

—Mamá y yo lo habíamos hablado y he decidido probar primero a su manera. Habrá tan poco que hacer, con Lotty para hacer mis recados y ayudarme aquí y allá, que sólo tendré el trabajo justo para no caer en la pereza o la nostalgia —respondió Meg con toda su calma.

—Sallie Moffat tiene cuatro —comenzó Amy.

—Si Meg tuviera cuatro no cabrían en casa, y el señor y la señora tendrían que acampar en el jardín —intervino Jo, que, envuelta en un gran delantal azul, estaba dando los últimos retoques al lustre de los tiradores de las puertas.

—Sallie no es la esposa de un pobre, y es lógico que tenga tantas sirvientas, dada su posición. Meg y John empiezan humildemente, pero tengo la sensación de que habrá tanta felicidad en esta pequeña casa como en una mansión. Es un gran error para las chicas jóvenes como Meg no tener nada que hacer más que vestirse, dar órdenes y chismorrear. Yo, cuando me casé, solía desear que mi ropa nueva se desgastara o se rompiera, para tener el placer de arreglarla, pues me harté de hacer trabajos de bordado y de tener impecable mi pañuelo.

—¿Y por qué no te ibas a la cocina a hacer experimentos? Es lo que hace Sallie para entretenerse, aunque dice que nunca le salen bien, y las sirvientas se ríen de ella —dijo Meg.

—Lo hice después de un tiempo, pero no para experimentar, sino para que Hannah me enseñara a hacer las cosas, para que mis criadas no tuvieran que reírse de mí. Entonces era un juego, pero llegó un momento en que me sentí verdaderamente agradecida no sólo de poseer la voluntad sino el poder de cocinar comida saludable para mis pequeñas niñas, y arreglármelas por mi cuenta cuando ya no podía permitirme contratar a nadie para que me ayudase. Tú empiezas por el otro extremo, Meg, querida, pero todo lo que aprendas ahora te será útil dentro de poco, cuando John sea un hombre más rico, pues toda ama de casa, por espléndida que sea, debe saber cómo se hacen las cosas si desea que la sirvan de manera correcta y honesta.

—Sí, madre, estoy segura de eso —dijo Meg, escuchando con respeto el breve sermón; porque hasta la más experimentada de las amas de casa puede pasarse las horas muertas hablando sobre el absorbente tema del mantenimiento del hogar—. ¿Sabes que esta habitación es la que más me gusta de mi casita? —añadió Meg un minuto después, mientras subían las escaleras y contemplaba su bien guardado armario de ropa blanca.

Beth estaba allí, colocando suavemente los montones nevados en los estantes, y se regocijaba por el buen conjunto que hacían. Las tres rieron mientras Meg hablaba, porque aquel armario de lino era de risa.

—Veréis, habiendo dicho que si Meg se casaba con ese Brooke no tendría ni un centavo de su dinero, la tía March se colocó a sí misma ante un dilema, porque el tiempo fue aplacando su ira y la hizo arrepentirse de su promesa. Nunca faltó a su palabra, y cavilaba mucho para evitarlo, por lo que al final ideó un plan con el que quedar en paz consigo misma. Se ordenó a la señora Carrol, la madre de Florence, comprar, mandar hacer y marcar una generosa provisión de ropa de hogar y mantelería, y que se la enviase como regalo, todo lo cual fue así realizado al dedillo; pero el secreto se filtró y fue muy del agrado de la familia, pues la tía March trataba de parecer que estaba completamente al margen, e insistía en que lo único que podía regalar eran las anticuadas perlas, prometidas hacía mucho tiempo a la primera novia.

—Es un gusto de ama de casa que me alegra contemplar. Yo tenía una joven amiga que se instaló en su casa con sólo seis juegos de sábanas, pero como compañía no tenía nada más de unos cuencos para los dedos, y eso la satisfacía —dijo la señora March, palmeando los manteles de damasco, con una apreciación auténticamente femenina de su finura.

—Yo no tengo ni un cuenco para los dedos, pero Hannah dice que este conjunto de manteles me durará toda la vida —Meg parecía muy contenta, como no podía ser de otra manera.

—Viene don Artilugios —gritó Jo desde abajo, y todos bajaron para recibir a Laurie, cuya visita semanal era un acontecimiento.

Un joven alto y ancho de hombros, con el pelo muy corto, sombrero redondo de fieltro y un abrigo que se le escurría por las manos, bajaba a grandes zancadas por la calle. Saltó la valla baja sin siquiera detenerse a abrir la puerta, y se plantó delante de la señora March con ambas manos extendidas y un cordial...

—¡Aquí estoy, madre! —dijo—. Y sí, toda va bien.

Las últimas palabras fueron en respuesta a la mirada que la anciana le dirigió: una mirada amable e interrogante, que los hermosos ojos respondieron con tanta franqueza que la pequeña ceremonia se clausuró, como de costumbre, con un beso maternal.

—Para la señora de John Brooke, con las felicitaciones y cumplidos del fabricante. ¡Bendita seas, Beth! Qué refrescante espectáculo eres, Jo. Amy, te estás poniendo demasiado guapa para ser soltera.

Mientras Laurie hablaba, le entregó un paquete de papel marrón a Meg, le tiró de la cinta del pelo a Beth, miró fijamente el enorme delantal de Jo, y fingió una actitud de fingido éxtasis ante Amy, luego les estrechó las manos a todas y empezaron a hablar.

—¿Dónde está John? —preguntó Meg inquieta.

—Se detuvo a buscar la licencia para mañana, señora.

—¿Qué equipo ganó el último partido, Teddy? —le preguntó Jo, que insistía en seguir teniendo interés por los deportes masculinos, a pesar de tener ya diecinueve años.

—El nuestro, por supuesto. Ojalá hubieras estado allí para verlo.

—¿Y cómo está la encantadora señorita Randal? —preguntó Amy, con una pícara sonrisita.

—Más cruel que nunca. ¿No ves cómo estoy suspirando? —exclamó Laurie al mismo tiempo que se daba una sonora palmada en su fornido pecho y lanzó un suspiro melodramático.

—¿Cuál es el último artilugio? Deshaz el fardo para que lo veamos, Meg —pidió Beth, mirando el extraño paquete con curiosidad.

—Es algo útil para tener en casa en caso de incendio o de ladrones —observó Laurie, mientras aparecía la matraca de un sereno, entre las risas de las chicas—. Si en cualquier momento, cuando John no está casa y te asustas por algo, Meg, lo único que tienes que hacer es salir a la ventana, sacudirla y despertarás al vecindario en un santiamén. Un regalo práctico, ¿verdad? —añadió.

Hizo una demostración de los poderes de la matraca y todos se taparon los oídos.

—¡Qué desagradables sois! Y hablando de gratitud, eso me recuerda que tenéis que darle las gracias a Hannah por salvar la tarta nupcial de la destrucción. Cuando venía hacia aquí la he visto llegar a vuestra casa y, de no haber sido porque Hannah la ha defendido con uñas y dientes, me habría comido un trocito, porque tiene un aspecto realmente delicioso.

—Me pregunto si alguna vez crecerás, Laurie —le reprendió Meg, en tono maternal.

—Hago lo que puedo, señora, pero no puedo llegar mucho más alto, me temo, ya que un metro ochenta es todo lo que los hombres pueden alcanzar en estos tiempos tan depravados... —respondió el joven caballero, cuya cabeza prácticamente rozaba la lamparita de araña—. Supongo que sería una profanación comer algo en este flamante hogar, así que, como estoy tremendamente hambriento, propongo un aplazamiento —se apresuró a añadir.

—Mamá y yo vamos a esperar a John. Quedan aún algunas últimas cosas que arreglar —dijo Meg, alejándose apresuradamente.

—Beth y yo vamos a casa de Kitty Bryant a comprar más flores para mañana —añadió Amy, atándose un pintoresco sombrero sobre sus pintorescos rizos y disfrutando del efecto como nadie.

—Vamos, Jo, no irás a abandonar a un compañero, ¿verdad? Estoy tan agotado que no puedo llegar a casa sin ayuda. Hagas lo que hagas, no te quites el delantal, que te favorece mucho —dijo Laurie, mientras Jo lo guardaba en su amplio bolsillo y le ofrecía el brazo a su amigo para que se apoyase.

—Bueno, Teddy, quiero hablar muy seriamente contigo acerca de mañana —empezó a decir Jo cuando se alejaron paseando—. Debes prometerme que te vas a portar bien, que no vas a preparar ninguna broma pesada y que no nos vas a estropear los planes.

—Ni una broma pesada.

—Y no hagas comentarios graciosos en los momentos serios.

—Nunca lo hago, eso es más bien cosa tuya.

—Y te suplico que no me mires durante la ceremonia; si lo haces, me entrará la risa.

—Ni siquiera me verás; estarás llorando tanto que la niebla te ocultará la vista y no verás nada.

—Nunca lloro si no es por algo muy triste.

—Como cuando los amigos se van a la universidad, ¿no? —apuntó Laurie con una risita traviesa.

—No seas tan cretino. Sólo lloriqueé un poco para solidarizarme con las chicas.

—Exacto. Bueno, Jo, ¿cómo está el abuelo esta semana? ¿De buen humor?

—Mucho. ¿Por qué? ¿Te has metido en un lío, y quieres saber cómo se lo tomará? —inquirió Jo en tono brusco.

—A ver, Jo, ¿crees que miraría a tu madre a la cara y le diría «Todo va bien» si no fuera así? —y Laurie se detuvo con expresión dolida.

—No, no lo creo.

—Pues entonces no te pongas a sospechar, sólo quiero algo de dinero —confesó Laurie retomando su camino, apaciguado por su tono cordial.

—Gastas mucho, Teddy.

—¡Ay, Señor! Yo no lo gasto, se gasta solo, no sé cómo, pero desaparece antes de que me dé cuenta.

—Eres tan bueno y generoso que se lo prestas a todo el mundo y eres incapaz de decir «no». Sabemos lo de Henshaw y todo lo que hiciste por él. Si siempre gastaras el dinero así, nadie te culparía —dijo en tono vehemente.

—Bueno, hizo una montaña de un grano de arena. No querrás que permita que ese buen hombre se mate trabajando sólo por la falta de un poco de ayuda ¿verdad?, cuando vale más que una docena de vagos como yo.

—Por supuesto que no, pero no veo la utilidad de tener diecisiete chalecos, una cantidad infinita de corbatas y un sombrero nuevo cada vez que vuelves a casa. Pensé que habías superado la etapa dandi; pero parece que de vez en cuando sufres una recaída. Justo ahora está de moda ir hecho un adefesio, llevar el pelo como si fuera un cepillo de fregar, ponerse una chaqueta recta, guantes anaranjados y botas de punta cuadrada. Si fuera ropa fea, pero barata, no diría nada, pero cuesta tanto como la ropa elegante, y la verdad es que no sé qué le ves.

Laurie echó la cabeza hacia atrás y se rio con tantas ganas ante aquel reproche de Jo que el sombrero de fieltro se le cayó y Jo lo pisó, ofensa que le sirvió a Laurie de oportunidad para explayarse sobre las ventajas de la moda efímera mientras cogía el maltrecho sombrero, lo doblaba y se lo guardaba en el bolsillo.

—Sé buena y deja de hacer conjeturas. Ya me sermonean bastante durante toda la semana, y me gusta divertirme cuando vuelvo a casa. Me pondré de punta en blanco mañana, sin reparar en gastos, y seré un orgullo para mis amigos.

—Te dejaré en paz si te dejas crecer el pelo un poco. No soy aristocrática, pero me molesta que me vean con una persona que parece un joven boxeador —observó Jo con aspereza.

—Este estilo discreto favorece el estudio, por eso lo adoptamos —respondió Laurie, de quien no se podía decir que fuese vanidoso en absoluto, ya que había sacrificado voluntariamente a sus preciosos rizos en favor de las exigencias de aquel corte—. Por cierto, Jo, creo que el pequeño Parker está perdidamente enamorado de Amy. Habla de ella constantemente, escribe poesía y está siempre en la luna, lo cual me parece muy sospechoso. Lo mejor para él sería cortar de raíz esa pasión, ¿verdad? —añadió al cabo de un minuto de silencio en el tono confidencial propio de un hermano mayor.

—Por supuesto que sí, no queremos más matrimonios en esta familia en los próximos años. ¡Dios nos ampare! ¿Es que la juventud se ha vuelto loca? —se preguntó Jo escandalizada, como si Amy y el pequeño de los Parker aún no hubieran entrado en la adolescencia.

—Va todo muy rápido, amiga mía, y no sé a dónde iremos a parar. No eres más que una cría, pero tú serás la siguiente, Jo, y entonces nos tocará a nosotros lamentarnos —comentó Laurie sacudiendo la cabeza indignado por la decadencia de los tiempos.

—No te alarmes por mí, no soy de las que suelen gustar mucho. Nadie querrá casarse conmigo, lo cual es una suerte, porque siempre debería haber una solterona en una familia.

—Tampoco es que tú les des la oportunidad —dijo Laurie, mirándola de reojo, y sus mejillas, curtidas por el sol, se le encendieron un poco más—. Nunca muestras tu lado dulce, y si un tipo lo descubre por accidente, y no puede disimular que le gusta, lo tratas como la señora Gummidge[1] a su enamorado: echándole un jarro de agua fría y poniéndote tan arisca que nadie se atreve a tocarte ni a mirarte.

—No me gusta ese tipo de cosas; estoy demasiado ocupada para estar preocupándome por tonterías, y creo que es terrible dividir a las familias de ese modo. Deja ya el tema: la boda de Meg nos ha trastornado a todos, y no hablamos de otro tema que de enamorados y ridiculeces por el estilo. No quiero enfadarme, así que vamos a cambiar de tema —dijo Jo, que parecía dispuesta a echarle un jarro de agua fría a la menor provocación.

Cualesquiera que fuesen sus sentimientos, Laurie encontró un desahogo para ellos silbando por lo bajo. Al llegar a la verja, repitió su inquietante profecía.

—Recuerda mis palabras, Jo: tú serás la siguiente.

---

[1] La señora Gummidge es un personaje de la novela *David Copperfield* de Charles Dickens que, en una escena en que el cocinero del barco le pide matrimonio, le arroja un cubo de agua. *(N. de la T.)*

CAPÍTULO II

La primera boda

Aquella mañana de junio, las rosas del porche estaban frescas y luminosas, como si ellas —afectuosas vecinas— también se hubieran alegrado de corazón al ver el día radiante y claro. Sus rostros sonrosados por la emoción se balanceaban al viento, susurrándose unas a otras lo que habían visto, pues algunas de ellas se asomaban a las ventanas del comedor, desde donde veían el banquete ya dispuesto en la mesa, mientras que otras trepaban por las paredes de la casa y, sonrientes, contemplaban a las hermanas mientras vestían a la novia. Otras saludaban con la mano a los que iban y venían a hacer recados por el jardín, el porche y el recibidor, y todas, desde la flor más sonrosada y abierta hasta el capullo más pálido, regalaban su belleza y su perfume a la amable joven que las había cuidado con amor durante tantos años.

La propia Meg también se parecía mucho a una rosa, porque todo lo mejor de su dulce corazón y de su alma había florecido en su rostro aquel día, haciéndolo hermoso y tierno, con un encanto más hermoso que la belleza. Ni seda, ni encaje, ni flores de azahar.

«No quiero tener un aspecto extraño ni demasiado arreglado hoy —había dicho—. No quiero una boda sofisticada, sino sólo a quienes quiero, y ante ellos quiero parecer yo misma».

Así que ella misma se hizo su vestido de novia, cosiendo en él las tiernas esperanzas y las románticas fantasías de su corazón de niña. Sus hermanas le trenzaron su hermoso cabello, y los únicos adornos que lució fueron los lirios del valle, las flores preferidas de «su John».

—Pareces la de siempre, Meg, pero tan dulce y encantadora que me gustaría abrazarte, si no fuera porque te arrugaría el vestido —exclamó Amy, observándola con emoción cuando terminaron de vestirla.

—Pues entonces me doy por satisfecha. Pero, por favor, abrazadme y besadme, y no os preocupéis por mi vestido, vale la pena arrugarlo por estas cosas en un día como hoy —y Meg abrió los brazos a sus hermanas, que se arremolinaron a su alrededor, resplandecientes de felicidad, al darse cuenta de que el nuevo amor no había cambiado al antiguo—. Ahora voy a atarle la corbata a John, y luego me quedaré unos minutos con padre tranquilamente en el estudio —añadió.

Meg se marchó corriendo para cumplir con estas pequeñas ceremonias, y luego a seguir a su madre a dondequiera que fuera, consciente de que, a pesar de las sonrisas de su rostro maternal, había una pena oculta en el corazón de la señora March, el dolor propio de una madre que ve al primer polluelo abandonar el nido.

Ahora que las hermanas se encuentran atareadas dando los últimos toques a sus sencillos vestidos, es buen momento para hablar de cómo han cambiado en estos tres años transcurridos, pues sin duda todas ellas están en su mejor momento.

La figura angulosa de Jo se ha suavizado un poco, y ha aprendido a moverse con gracia, por no decir elegancia. Sus rizos cortos crecieron y ahora se los recoge en un moño apretado que le resulta muy favorecedor sobre esa cabecilla que corona su elevada figura. Sus morenas mejillas fulguran sonrosadas y sus ojos brillan suavemente. En un día como hoy, sólo salen palabras amables de su afilada lengua.

Beth está más delgada, pálida y callada que nunca. Sus hermosos ojos de amable mirada parecen haber crecido, aunque en ellos se percibe una expresión que, sin llegar a ser triste, entristece a quien la mira. Es la sombra del dolor planeando sobre ese rostro joven con quejumbrosa paciencia. Sin embargo, rara vez se la oye quejarse, y siempre habla con esperanza de «encontrarse mejor muy pronto».

A Amy se la considera, con justicia, la «flor de la familia», ya que a sus dieciséis años posee la apariencia y los modales de una mujer adulta. Más que belleza, posee ese encanto difícil de describir que denominamos «gracia», que se percibe a través de su silueta, la forma y manera en que mueve las manos, en el vuelo del vestido, en la caída del pelo, a la vez armoniosa y natural, y tan atractiva como la propia belleza. Sigue preocupada por su nariz, que nunca llegará a ser una nariz griega, y por su boca, que le parece demasiado grande y con el labio inferior demasiado prominente. Estos rasgos de imperfección en realidad le imprimen carácter al rostro, aunque ella no quiera verlo, y se consuela con su complexión nívea, sus profundos ojos azules y sus rizos, más dorados y abundantes que nunca.

Las tres llevaban vestidos de tela fina en gris plateado (sus mejores atuendos de verano), y adornos de rosas en el pelo y en el escote, y las tres parecían exactamente lo que eran: jóvenes sanas y alegres, que habían interrumpido durante un momento sus atareadas vidas para leer, con mirada emocionada, el capítulo más dulce de la historia de amor en la vida de una mujer.

No habían planeado ninguna ceremonia, todo debía ser tan natural y hogareño como fuera posible. Cuando llegó la tía March, se escandalizó al ver que ella corría a recibirla y hacerla entrar, que el novio estaba sujetando una guirnalda que se había caído, y que el pastor y padre subía las escaleras con semblante circunspecto y una botella de vino bajo cada brazo.

—Pero bueno, ¡qué es todo este desastre! —gritó la anciana, tomando el asiento de honor reservado para ella, y acomodando los pliegues de su vestido de muaré de color lavanda con un gran crujido—. Nadie debe verte hasta el último minuto, niña.

—No soy un espectáculo, tía, y nadie va a venir a mirarme, criticar mi vestido o calcular el coste del convite. Soy demasiado feliz para que me importe lo que digan o piensen, y voy a tener mi pequeña boda tal y como me gusta. John, querido, aquí está tu martillo.

Y Meg se alejó para ayudar a «ese hombre» en aquella tarea tan poco adecuada.

El señor Brooke ni siquiera le dio las gracias, pero cuando se inclinó para coger la poco romántica herramienta, besó a su pequeña novia detrás de la puerta plegable, con una mirada tan amorosa que hizo que la tía March sacudiera su pañuelo de bolsillo para enjugar las inesperadas lágrimas que habían asomado a su astuta mirada.

Un golpe, un grito y una carcajada de Laurie, acompañados de la indecorosa exclamación: «¡Por Júpiter! ¡Jo ha vuelto a volcar el pastel!», causaron un momentáneo revuelo, que apenas había terminado de producirse cuando una bandada de primos apareció en tropel y «empezó la fiesta», como solía decir Beth de pequeña.

—No dejes que ese joven gigante se me acerque, me molesta más que los mosquitos —le susurró la tía March a Amy, mientras las habitaciones se llenaban y la negra cabeza de Laurie sobresalía por encima de todos los demás.

—Ha prometido que se iba a portar muy bien hoy, y puede ser muy cortés cuando quiere —respondió Amy, deslizándose para advertir a Hércules que tuviera cuidado con el dragón, pero la advertencia causó el efecto contrario y Laurie se dedicó a rondar a la anciana con una devoción que casi la distrajo.

—No hubo cortejo nupcial, pero un repentino silencio se hizo en la sala cuando el señor March y la joven pareja ocuparon sus lugares bajo el arco verde. La madre y las hermanas se sentaron muy cerca, como si se resistieran a entregar a Meg; la voz paterna se quebró más de una vez, lo cual no hizo sino contribuir a que la ceremonia resultase más bella y solemne todavía; la mano del novio temblaba visiblemente, y nadie oía sus respuestas, pero Meg miró directamente a los ojos de su esposo y dijo: «Sí, quiero», con tanta ternura en la mirada y en la voz que el corazón de su madre se alegró, y la tía March se sorbió la nariz audiblemente.

Jo no lloró, aunque hubo un momento en que le faltó bien poco, pero se contuvo al ver que Laurie la estaba mirando fijamente con una cómica mezcla de felicidad y emoción en sus traviesos ojos negros. Beth ocultaba su rostro en el hombro de su madre, mientras que Amy permanecía inmóvil como una elegante estatua. Un oportuno destello de sol le iluminaba la nívea frente y la flor que llevaba prendida en el pelo.

Me temo que no fue lo más apropiado, pero en el momento en que ya estaba casada, Meg gritó: «¡El primer beso para Marmee!».

Y, dándose la vuelta, se lo dio con el corazón en los labios. Durante los quince minutos siguientes, pareció una rosa más que nunca, mientras todos aprovechaban al máximo el privilegio de la celebración, desde el señor Laurence hasta la vieja de Hannah, quien, ataviada con un tocado hecho primorosamente con sus propias manos, se abalanzó sobre Meg en el vestíbulo, exclamando entre hipidos y risitas nerviosas: «¡Bendita seas, querida, cien veces! El pastel sigue intacto y todo está precioso».

Después de aquello, todo el mundo se acercó a la novia a decirle alguna lindeza, o por lo menos intentarlo, lo cual en el fondo no importaba, porque la risa es contagiosa cuando los corazones desbordan felicidad. No hubo exposición de regalos, pues ya estaban todos en la casita, ni tampoco un elaborado desayuno, pero sí un abundante almuerzo a base de tarta y fruta, aderezado con flores. El señor Laurence y la tía March se encogieron de hombros y se sonrieron al descubrir que agua, limonada y café fueron las únicas clases de néctar que las tres Hebes llevaban consigo. Nadie dijo nada, sin embargo, hasta que Laurie, que insistía en servir a la novia, apareció ante ella, con una bandeja cargada en la mano y una expresión de perplejidad en el rostro.

—¿Es que Jo ha roto todas las botellas por accidente? —susurró—. ¿O acaso las que he visto esta mañana por aquí eran fruto de mi imaginación?

—No, tu abuelo tuvo la amabilidad de ofrecernos lo mejor que tenía y la tía March ha enviado unas cuantas, pero papá guardó unas pocas para Beth y las demás las ha enviado al Hogar del Soldado. Sabes que él piensa que el vino debe usarse sólo en caso de enfermedad, y madre dice que ni ella ni sus hijas se lo ofrecerán a ningún joven que venga a esta casa.

Meg hablaba con seriedad, y esperaba ver a Laurie fruncir el ceño o reírse, pero el joven no hizo ninguna de las dos cosas, pues después de mirarla fugazmente dijo con su habitual vehemencia:

—¡Me gusta la idea!, porque he visto ya demasiadas veces los males que puede acarrear el vino. ¡Ojalá otras mujeres pensaran como vosotras!

—Supongo que no hablas por experiencia propia, ¿verdad? —le preguntó Meg con voz angustiada.

—No, te doy mi palabra. No es que sea un santo, pero no es una de mis tentaciones. Me he criado en un entorno en el que el vino se bebía como el agua, y casi era igual de inofensivo, por eso no me atrae. Pero si una joven guapa me lo ofrece no voy a decir que no, ¿sabes?

—Pues tendrás que hacerlo, si no por tu propio bien, por el de los demás. Venga, Laurie, prométemelo y dame un motivo más para que este sea el día más feliz de mi vida.

Fue tan repentina y seria la petición que el joven titubeó por un momento, porque el ridículo suele ser más difícil de sobrellevar que el sacrificio. Meg sabía que si Laurie le daba su palabra, la iba a mantener a toda costa y, aprovechando su poder como mujer, lo utilizó por el bien de su amigo. No llegó a decir nada, sino que se limitó a mirar a Laurie con una expresión radiante de felicidad y una sonrisa que decía: «Hoy nadie puede negarme nada». Y Laurie, sin duda alguna, no podía. Le devolvió la sonrisa, le tendió la mano y, desde el fondo de su corazón, le dijo:

—¡Se lo prometo, señora Brooke!

—Y yo te lo agradezco mucho.

—Y yo brindo: ¡Larga vida a tu decisión, Teddy! —exclamó Jo, mientras le dedicaba una mirada de admiración y, al levantar el vaso, lo bautizaba con unas gotitas de la limonada.

De este modo, brindaron para sellar una promesa que Laurie, a pesar de las muchas tentaciones, respetó fielmente. Las muchachas, con su innata sabiduría, habían aprovechado aquella feliz ocasión para hacerle un favor a su amigo que él les agradecería durante el resto de su vida.

Después de comer, la gente paseaba, de dos en dos y de tres en tres, por la casa y el jardín, disfrutando del sol tanto por dentro como por fuera. Meg y John estaban de pie juntos en medio del césped, cuando Laurie tuvo una inspiración que puso el broche de oro a esta sencilla boda.

—Que todas las parejas de casados se den la mano y bailen alrededor de los novios, como hacen los alemanes, mientras nosotros, solteros y solteras, nos paseamos en parejas por el exterior —exclamó Laurie, recorriendo el camino con Amy, con tal gracias que todos los demás siguieron su ejemplo sin rechistar.

El señor y la señora March, y el tío y la tía Carrol, fueron los primeros en empezar, pero los demás no tardaron en unirse a ellos. Incluso Sallie Moffat, después de un momento de vacilación, se echó la cola del vestido sobre el brazo y metió a Ned en el corro. Pero el colmo de la broma fueron el señor Laurence y la tía March: cuando el majestuoso y anciano caballero se acercó solemnemente a la anciana dama, ella se limitó a meterse el bastón bajo el brazo y alejarse bruscamente para unirse al resto y bailar alrededor de la pareja nupcial, mientras los más jóvenes revoloteaban por el jardín como si fueran mariposas en un día de verano.

La falta de aliento puso fin al improvisado baile, y poco después los invitados empezaron a marcharse.

—Te deseo lo mejor, querida, te lo deseo de todo corazón, pero mucho me temo que lo lamentarás —dijo la tía March a Meg. Luego, mientras el novio la acompañaba al carruaje, se volvió hacia él y añadió—: Y tú, jovencito, tienes un tesoro, demuestra que te lo mereces.

—Ha sido la boda más bonita que he visto en mucho tiempo, Ned, y no entiendo la razón, porque no ha sido nada sofisticada —le comentó la señora Moffat a su esposo cuando ya se marchaban.

—Laurie, hijo, si alguna vez quieres permitirte este tipo de cosas, procura que sea con una de esas muchachas y me harás muy feliz, dijo el señor Laurence, acomodándose en su sillón para descansar un rato, después de la agitación de emociones de la mañana.

—Haré lo que pueda para satisfacerle, señor —fue la respuesta inusualmente obediente de Laurie, mientras se desabrochaba cuidadosamente el ramillete que Jo le había puesto en el ojal.

La casita no estaba muy lejos, y el único viaje de novios que tuvo Meg fue el tranquilo paseo con John, desde su antiguo hogar al nuevo. Cuando bajó con su traje gris tórtola y su bonete de paja atado con una cinta blanca, todos se reunieron a su alrededor para despedirse con la misma emoción que si se dispusiera a iniciar un largo viaje por el mundo.

—No creas que me voy a alejar de ti, querida Marmee, o que te quiero menos porque ahora amo a John —dijo la recién casada, aferrándose a su madre, con los ojos arrasados por las lágrimas—. Vendré a verte todos los días, padre, y espero que todos sigáis teniendo un rinconcito para mí en vuestros corazones, aunque esté casada. Beth va a estar conmigo mucho tiempo, y el resto de mis hermanas puede venir a verme de vez en cuando para reírse de mis desastres como ama de casa. Gracias a todos por mi feliz día de boda. ¡Adiós, adiós!

Se quedaron allí mirándola, con una expresión rebosante de amor, esperanza y tierno orgullo, mientras ella se alejaba del brazo de su esposo, con las manos llenas de flores y el sol de junio iluminando su rostro radiante de felicidad. Y así empezó la vida de casada de Meg.

CAPÍTULO III

Intentos artísticos

La gente tarda mucho tiempo en aprender la diferencia entre talento y genio, especialmente los jóvenes ambiciosos. Amy estaba aprendiendo esta diferencia a base de muchas tribulaciones, porque, confundiendo entusiasmo con inspiración, intentó suerte en todas las ramas del arte con audacia juvenil. Durante mucho tiempo se tomó un descanso de los «pastelitos de barro» y se entregó en cuerpo y alma al dibujo con plumilla, en cuya técnica mostró tal gusto y destreza que sus sofisticadas obras no sólo eran muy bonitas, sino también rentables. Pero pronto tuvo la vista demasiado sobrecargada y abandonó la tinta para dedicarse al pirograbado. Mientras duró ese rapto artístico, la familia vivió en vilo porque se produjera un incendio, pues el olor a madera quemada invadía la casa a todas horas: el humo salía del desván y del cobertizo con alarmante frecuencia, había hierros candentes abandonados a su suerte por doquier y Hannah nunca se iba a la cama sin un cubo de agua y la campanilla de la cena en la puerta, por si se produjese un incendio. En la parte inferior de la tabla de amasar se descubrió el rostro de Raphael muy finamente ejecutado, y en la tapa del barril de cerveza, el de Baco. Un querubín cantor adornaba la tapa del azucarero, y los intentos de representar a Romeo y Julieta proporcionaron leña durante una buena temporada.

El paso del fuego al óleo fue una transición natural para los dedos chamuscados de Amy, que se dedicó a pintar con el mismo ardor inquebrantable. Un amigo artista la equipó con las paletas, pinceles y colores que no usaba, y ella se puso a pintar escenas pastoriles y marinas como nunca se habían visto ni en tierra ni en el mar. Sus monstruosidades en forma de ganado habrían ganado premios en una feria agrícola; y el peligroso cabeceo de sus naves habría producido mareos en el navegador más experimentado, eso si no lo hubiera matado de risa el desconocimiento absoluto de Amy de todas las reglas conocidas de construcción naval y aparejo. Los muchachos morenos y las madonas de ojos oscuros, mirándote fijamente desde una esquina del estudio, no recordaban precisamente a Murillo; las sombras que embadurnaban los rostros marrones y aceitosos, así como las chillonas pinceladas en el lugar equivocado, eran un intento de emular a Rembrandt; las damas de busto generoso y los niños hidrópicos, a Rubens; y Turner, por su parte, aparecía en tempestades de truenos azules, relámpagos naranjas, lluvia marrón y nubes de tonalidades violáceas con pinceladas de rojo bermellón en el centro que bien podían representar el sol o una boya, una camisa de marinero o la túnica de un rey, según le apeteciera al espectador.

Después vinieron los retratos al carboncillo; y toda la familia acabó colgada en una fila de cuadros, con aspecto desaliñado y borroso, como si acabasen de ser sacados de una carbonera. En la siguiente etapa, los bocetos a lápiz de color, los rasgos se suavizaron y mejoraron bastante: todos estuvieron de acuerdo en que el pelo de Amy, la nariz de Jo, la boca de Meg y los ojos de Laurie habían quedado «maravillosamente bien». Siguió un nuevo intento con la arcilla y el yeso, que llenó la casa de moldes fantasmales de sus amigos y conocidos, que acechaban en los rincones de la casa, o se precipitaban de las estanterías de los armarios sobre las cabezas de quien abría un armario. Sus esfuerzos en este campo, sin embargo, se vieron frustrados por la guerra. Amy incluso convenció a varios niños para que posaran para ella, hasta que las descripciones incoherentes de los chiquillos sobre su manera de trabajar le granjearon a la artista fama de ogresa. Sus esfuerzos en este campo, no obstante, se vieron abocados a un abrupto final por un accidente inesperado, que apagó su ardor creativo. En vista de que le fallaban los modelos, decidió hacer un molde de su propio pie, que a ella le parecía muy bonito, hasta que un día la familia se sobresaltó al escuchar unos golpes y gritos sobrenaturales y, al acudir corriendo al rescate, encontraron a la joven entusiasta saltando a la pata coja desesperadamente por el cobertizo, con el pie metido en un molde de yeso que se había endurecido con inusitada rapidez. Con mucha dificultad y cierto peligro consiguieron liberarla, pues Jo, que apenas podía contener la risa mientras rascaba con un cuchillo, le hizo un corte en el pobre pie y dejó un recuerdo imborrable de aquel intento artístico.

Después de este episodio, Amy renunció al yeso, hasta que la obsesión por dibujar paisajes naturales la puso a rondar por ríos, campos y bosques pintorescos, y a suspirar por ruinas dignas de ser inmortalizadas. Cogió resfriados interminables de tanto sentarse sobre la hierba húmeda para retratar «una preciosa composición», formada por una piedra, un tocón, una seta y un tallo de gordolobo roto, o una «masa celestial de nubes» que, una vez terminada, parecía una elegante exposición de colchones de plumas. Sacrificó la blancura de su tez sentándose junto al río bajo el sol de pleno verano, para estudiar las luces y las sombras, y se le arrugó la nariz buscando «puntos de vista», o como quiera que se llame a ese guiño de ojos que hacen los artistas.

Si «el genio es paciencia eterna», como decía Miguel Ángel, Amy desde luego estaba en su derecho de reclamar ese atributo divino, ya que siguió perseverando a pesar de las dificultades, fracasos y decepciones, y nunca dejó de creer firmemente que, con el paso del tiempo, crearía algo digno de ser considerado una obra de arte.

Entretanto, aprendía, hacía otro tipo de cosas y disfrutaba de ellas, decidida a convertirse en una joven encantadora y educada, aunque no llegase a ser nunca en su vida una verdadera artista. En este terreno se desenvolvía mejor, porque era una de esas afortunadas criaturas que hacen amigos por todas partes, y que se toman la vida con tanta alegría y calma que los demás, menos afortunados, suelen interpretar como que han nacido con buena estrella. Todos la querían, pues entre sus muchas virtudes se encontraba el tacto. Poseía un sentido innato de lo agradable y correcto, siempre sabía qué decir a cada persona, sabía comportarse en cada momento y situación, y se mostraba siempre tan serena que sus hermanas solían decir de ella: «Si Amy tuviera que ir a la corte, sabría exactamente qué hacer sin necesidad de haberlo ensayado antes».

Una de las debilidades de Amy era el deseo de codearse con «lo mejor de nuestra sociedad», sin estar muy segura de qué era realmente «lo mejor». El dinero, la posición, el éxito y los modales elegantes eran lo más deseable a sus ojos, y le gustaba relacionarse con quienes las poseían, confundiendo a menudo lo falso con lo verdadero y admirando lo que no era digno de admiración. Sin olvidar jamás que habían nacido en una buena familia, cultivaba sus gustos y sentimientos aristocráticos por si acaso algún día le llegara la oportunidad de ocupar el lugar del que ahora la excluía la pobreza.

«Milady», como la llamaban sus amigos, deseaba sinceramente convertirse en una verdadera dama, y en el fondo de su corazón en verdad lo era, lo que ocurría es que aún no sabía que el dinero no podía comprar el refinamiento natural, que la posición no siempre imprime nobleza y que la buena educación siempre se ve, a pesar de los obstáculos del exterior.

—Quiero pedirte un favor, mamá —dijo Amy al entrar un buen día con aire de importancia.

—Dime, pequeña, ¿qué es? —respondió su madre, a cuyos ojos aquella elegante jovencita seguía siendo «su niña».

—Nuestra clase de dibujo termina la semana que viene, y antes de que mis compañeras se vayan de vacaciones, quiero invitarlas un día a venir a casa. Están locas por ver el río, dibujar el puente caído, y copiar algunos de los paisajes que más admiran de mi cuaderno. Han sido muy amables conmigo en muchos aspectos, y les estoy muy agradecida, porque todas son ricas, y aunque saben que soy pobre, y sin embargo, nunca hicieron ninguna diferencia.

—¿Por qué habrían de hacerlo? —exclamó la señora March con lo que las chicas llamaban su «aire de María Teresa»[2].

—Sabes tan bien como yo que muchas personas sí hacen diferencias, así que no te alteres, como una gallina maternal, cuando tus pollos son picoteados por pájaros más listos. El patito feo se convirtió en un cisne —dijo Amy, y sonrió sin amargura, pues poseía un temperamento alegre y un espíritu optimista.

La señora March se rio, y contuvo su orgullo maternal mientras preguntaba:

—Bien, cisne mío, ¿cuál es tu plan?

—Me gustaría invitar a mis amigas a comer la semana que viene y llevarlas en coche a los lugares que quieren ver, puede que incluso una excursión en barca por el río, y hacer una pequeña fiesta artística en su honor.

---

[2] Refiriéndose a María Teresa I de Austria (1717-1780), última jefa de la casa de los Habsburgo, inteligente estadista y entusiasta reformista. *(N. de la T.)*

—Me parece factible. ¿Qué querrías para comer? Supongo que con tarta, bocadillos, fruta y café tendréis suficiente, ¿verdad?

—Oh, no, por favor. Debemos tener lengua fría y pollo, chocolate francés y helado, además. Mis amigas están acostumbradas a estas cosas, y yo quiero que mi comida sea apropiada y elegante, aunque yo tenga que trabajar para vivir.

—¿Y cuántas chicas vais a ser? —preguntó su madre, que se había puesto un poco seria.

—Somos doce o catorce en la clase, pero me atrevo a decir que no vendrán todas.

—Bendita sea, niña, tendrás que fletar un ómnibus para llevarlas a todas.

—Madre, ¿cómo se te ocurre semejante cosa? Probablemente no vendrán más de seis u ocho, así que he pensado alquilar un carruaje pequeño y pedirle prestado al señor Laurence su carro de banco. (Pronunciación de Hannah de *char-a-banc*[3]).

—Todo eso es muy caro, Amy.

—No mucho, ya he calculado el coste, y lo pagaré de mi bolsillo.

—¿No crees, querida, que como estas chicas están acostumbradas a todas esas cosas, y que lo mejor que podemos ofrecerles no será nada nuevo para ellas, ¿no crees que preferirían un plan más sencillo, aunque sólo sea para variar? Así sería mucho mejor para nosotras que comprar o pedir prestado lo que no necesitamos, e intentar recrear un estilo no acorde con nuestras circunstancias.

—Si no puedo hacerlo como a mí me gusta, prefiero no hacer nada. Sé que puedo organizarlo a la perfección, si tú y las chicas me ayudáis un poco. Y no veo por qué no puedo hacerlo si voy a pagarlo yo —protestó Amy, con la decisión que los impedimentos suelen convertir en obstinación.

La señora March sabía que la experiencia es la madre de la ciencia y, siempre que era posible, dejaba que sus hijas aprendieran solas las lecciones que ella bien pudiera haberles enseñado de forma más sencilla si no se hubieran negado a escuchar sus consejos de igual forma que se negaban a tomar laxantes.

---

[3] Charabán, carruaje pequeño.

—Muy bien, Amy, si tu corazón está decidido a ello, y tú ves la manera de conseguirlo sin gastar demasiado dinero, tiempo y energías, no diré nada más. Háblalo con las chicas, y sea cual sea tu decisión, haré todo lo posible para ayudaros.

—Gracias, madre, ¡qué buena eres! —exclamó Amy antes de marcharse a contar el plan a sus hermanas.

Meg aceptó de inmediato y prometió ayudar en lo que pudiera, ofreciendo con gusto todo lo que poseía, desde su casita hasta sus mejores cucharillas para la sal. Pero Jo, en cambio, frunció el ceño y, al principio se negó a participar.

—¿Por qué gastar tu dinero, molestar a tu familia y poner la casa patas arriba para un grupo de chicas que no darían ni un céntimo por ti? ¡Pensaba que tenías el suficiente orgullo y sentido común como para no doblegarte ante la primera mortal que lleve botines franceses y monte en un cupé! —dijo Jo, que, al ser interrumpida justo en el momento más trágico de su novela, por lo que no estaba de muy buen humor para ocuparse de asuntos de sociedad.

—¡Yo no me doblego, y odio que me traten con esa condescendencia con la que me estás tratando tú! —replicó Amy con indignación, pues las dos seguían discutiendo con frecuencia por cuestiones de esta índole—. Sí que les importo, y ellas a mí, por mucho que tú las consideres unas tontas que sólo piensan en la moda, son muy amables y sensatas, y tienen mucho talento. A ti te da igual caer bien a los demás, codearte con la buena sociedad y cultivar tus modales y tus gustos, pero a mí no. A mí me importa, y pienso aprovechar al máximo cada oportunidad que se presente. Puedes ir por el mundo dando codazos al aire y con la cabeza alta, si te parece, y llámalo independencia, pero ese no es mi estilo. Yo no soy así.

Cuando Amy daba rienda suelta a su lengua y decía todo lo que pensaba, se solía salir con la suya, porque nunca le faltaba sentido común. Jo, en cambio, llevaba su devoción por la libertad y su rechazo hacia los convencionalismos hasta tal extremo que, por lo general, solía salir mal parada en las discusiones. La definición que había hecho Amy de la idea de independencia de Jo era tan gráfica que las dos hermanas acabaron rompiendo en carcajadas y la discusión continuó en un tono más amable. No sin hacerlo a regañadientes, Jo accedió a sacrificar un día por la señora Tiquismiquis, y a ayudar a su hermana en lo que ella consideraba «una tontería».

Se enviaron las invitaciones, casi todas aceptaron, y se decidió que el lunes siguiente sería el día reservado para el gran acontecimiento. Hannah estaba de mal humor porque le habían alterado su rutina semanal y profetizó que «si la colada y la plancha se retrasaban, todo irá al revés». Aquel contratiempo en la maquinaria doméstica tuvo un efecto negativo en toda la empresa; pero el lema de Amy era *nil desperandum* y, tras haber decidido lo que había que hacer, procedió a hacerlo a pesar de todos los obstáculos. Para empezar, las recetas de Hannah no salieron nada bien: el pollo estaba duro, la lengua demasiado salada, y el chocolate no espumaba bien. La tarta y el helado costaron más de lo que Amy esperaba, al igual que el carro, y otros gastos, que al principio parecían insignificantes, se fueron acumulando de un modo bastante alarmante después. Beth se resfrió y tuvo que guardar cama; Meg tuvo un número inusual de visitas que la retuvieron en casa, y Jo estaba en un estado de ánimo tan alterado que sus destrozos, accidentes y errores fueron inusualmente numerosos, graves y complicados.

—De no haber sido por mamá, jamás lo habría conseguido —declaró Amy más tarde, y siguió recordándolo con ese agradecimiento cuando todas las demás ya se habían olvidado del «mayor desastre del mundo».

Se había acordado de si no era justo el lunes cuando hiciera buen tiempo, las jóvenes debían venir el martes, lo que incomodó más si cabe a Jo y a Hannah. El lunes por la mañana el tiempo estaba en ese estado indeciso que es más exasperante que si cayera un aguacero constante. A ratos, lloviznaba un poco, brillaba el sol o soplaba un poco el viento, y el tiempo no acabó de decidirse hasta que era demasiado tarde para que las demás hicieran lo mismo. Amy estaba levantada desde las primeras luces del amanecer, sacando a la gente de sus camas y desayunando a toda prisa para que la casa estuviera en orden. La sala de estar le pareció más pequeña que nunca, pero aun así, no perdió el tiempo en suspirar por lo que no tenía, sino que se las ingenió para arreglar lo que había con algo de ingenio: colocó sillas sobre los lugares desgastados de la alfombra, cubrió las manchas de las paredes con cuadros enmarcados en hiedra y decoró los rincones vacíos con estatuas caseras de su manufactura, que daban un aire artístico a la habitación, al igual que los preciosos jarrones de flores que Jo había esparcido por todas partes.

El almuerzo tenía un aspecto encantador; y mientras lo examinaba, esperaba sinceramente que tuviera buen sabor, y que el cristal, la vajilla y la plata que le habían prestado regresaran sanos y salvos a su casa. Los carruajes ya estaban alquilados, Meg y su madre listas para hacer los honores y Beth preparada para ayudar a Hannah en la cocina. Jo, por su parte, se había comprometido a ser tan animada y amable como le permitiese su habitual despiste, su dolor de cabeza y su firme desaprobación de todos y de todo. Mientras se vestía con cansancio, Amy trató de animarse imaginando el feliz momento en que, después de haber disfrutado de la comida, ella y sus amigas se marcharían a disfrutar de una fantástica tarde artística cuyos platos fuertes serían el carruaje y el puente caído.

Luego vinieron dos horas de suspense, durante las cuales Amy no hacía más que ir del salón al porche, mientras escuchaba opiniones tan cambiantes como una veleta. El fuerte chaparrón de las once evidentemente había apagado el entusiasmo de las jóvenes damas, cuya llegada se esperaba a las doce, pues no se presentó nadie. A las dos, la exhausta familia se sentó bajo un sol abrasador para consumir las porciones que pudieran estropearse del banquete, de modo que no tuvieran que tirar nada.

—No hay duda sobre el tiempo que hará hoy, sin duda vendrán, así que debemos volar y estar preparados para cuando lleguen —dijo Amy cuando el sol la despertó a la mañana siguiente.

Hablaba en tono decidido, pero en el fondo de su alma deseaba no haber dicho nada sobre el martes, pues su interés sobre el acontecimiento, como su tarta, se estaba secando un poco.

—No puedo conseguir langostas, así que hoy tendrás que prescindir de la ensalada —se lamentó el señor March, regresando media hora después con una expresión de plácida desesperación.

—Usemos el pollo entonces, en la ensalada no se notará que está un poco seco —propuso la señora March.

—Hannah lo dejó un momento en la mesa de la cocina y los gatitos se lo comieron. Lo siento mucho, Amy —añadió Beth, que seguía adorando a sus gatitos.

—Entonces tendré que conseguir una langosta, porque la lengua sola no es suficiente —afirmó Amy, decidida.

—¿Voy corriendo a la ciudad a pedir una? —preguntó Jo, con la magnanimidad de un mártir.

—Vendrías trayéndola a casa bajo el brazo, sin envolver, sólo para hacerme rabiar. Iré yo misma —respondió Amy, que estaba empezando a desanimarse.

Envuelta en un tupido velo y armada con una gentil cesta de viaje, se marchó, sintiendo que un paseo fresco calmaría su espíritu irritado y la prepararía para las tareas del día. Después de algún retraso, consiguió el objeto de su deseo, así como una botella de aliño, para no perder más tiempo en casa, y se puso de nuevo en camino, satisfecha de haber sido tan previsora.

Como en el ómnibus sólo había otra pasajera, una anciana soñolienta, Amy se guardó el velo en el bolsillo y la entretuvo el aburrimiento del camino tratando de averiguar a dónde había ido a parar todo su dinero. Tan ocupada estaba con su tarjeta llena de números rebeldes que no observó a un recién llegado que había subido al ómnibus sin detener el vehículo, hasta que una voz masculina dijo:

—Buenos días, señorita March.

Al levantar la mirada descubrió a uno de los amigos universitarios más elegantes de Laurie. Esperando fervientemente que él se apeara antes que ella, Amy ignoró por completo la cesta que tenía a sus pies y, felicitándose por llevar puesto su nuevo vestido de viaje, le devolvió el saludo al joven con su dulzura y alegría habituales.

Mantuvieron una animada charla, pues la principal preocupación de Amy se disipó pronto, en cuanto descubrió que el caballero se bajaría antes que ella. Estaban conversando la mar de tranquilos cuando la anciana se levantó. Al dirigirse hacia la puerta se tropezó con el cesto y —¡qué, horror!— la langosta, en todo su vulgar y enorme tamaño, con aquellos colores tan chillones, ¡quedó expuesta a los ojos de un distinguido Tudor!

—¡Caramba, se ha olvidado la cena! —exclamó el joven ingenuamente, mientras devolvía el monstruo escarlata a su lugar en el interior de la cesta con su bastón y se disponía a devolvérsela a la anciana.

—No, por favor, no... Es... es mía —murmuró Amy, con la cara casi tan roja como su crustáceo.

—¡Oh!, de verdad, le ruego que me disculpe; es un magnífico ejemplar, ¿no? —comentó Tudor, con gran presencia de ánimo y un aire de sobrio interés que hacían justicia a su excelente educación.

Amy se recuperó en un suspiro, dejó su cesta con valentía sobre el asiento y dijo riendo:

—¿No le gustaría comer un poco de la ensalada que vamos a hacer con ella y conocer a las encantadoras jóvenes que van a degustarla?

Amy no podría haber hablado con más tacto, ya que había combinado en una frase dos de los principales puntos débiles de la mente masculina: al punto, la langosta había quedado envuelta en un halo de agradables recuerdos, y la curiosidad despertada por aquellas «encantadoras jóvenes» había conseguido distraer al joven Tudor del cómico incidente.

«Supongo que ahora comentará el incidente con Laurie, y se reirán los dos, pero me consuela saber que no lo voy a ver», pensó Amy, mientras Tudor le hacía una pequeña reverencia de despedida y se marchaba.

No mencionó este encuentro en casa (aunque descubrió que, por culpa del incidente, su vestido nuevo se había manchado con el aliño al volcarse el cesto), sino que continuó con los preparativos, que ahora parecían más fastidiosos que antes, y a las doce todo estaba listo de nuevo. Teniendo la sensación de que los vecinos se interesaban por sus movimientos, quiso que el fracaso de ayer se borrara hoy con un gran éxito, así que pidió el charabán y, con un aire muy señorial, se fue a recibir a sus amigas para acompañarlas al banquete.

—¡Oigo el carruaje, ya vienen! Iré al porche a recibirlas, es más hospitalario, y quiero que la pobre Amy se divierta después de todo lo que le ha costado —exclamó la señora March, mientras hacía lo que estaba diciendo. Pero, tras un fugaz vistazo, sin embargo, se retiró hacia atrás, con una expresión indescriptible, pues en el gran carruaje sólo iban Amy —que parecía bastante perpleja— y otra joven.

—Vuelve, Beth, y ayuda a Hannah a quitar la mitad de las cosas de la mesa, que es demasiado absurdo poner un almuerzo para doce para una sola muchacha —gritó Jo, alejándose a toda prisa hacia la cocina, demasiado excitada para detenerse siquiera a mirar.

Entró Amy, muy tranquila, y deliciosamente cordial con la única invitada que había cumplido su promesa; el resto de la familia, más acostumbrados a actuar, y la señorita Eliott encontró en ellos un conjunto de lo más hilarante (aunque, en realidad, lo que les ocurría era que les resultaba imposible controlar la risa). Después de haber dado buena cuenta del reducido almuerzo, de haber visitado el estudio y el jardín, y de haber mantenido animadas conversaciones sobre arte, Amy pidió una calesa (¡lástima del elegante charabán!) y condujo a su amiga por los alrededores hasta el atardecer, cuando «se acabó la fiesta».

Cuando regresó caminando a casa, con aspecto muy cansado, pero tan serena como siempre, comprobó que todo vestigio de la desafortunada *fête* habían desaparecido, excepto un sospechoso mohín en las comisuras de los labios de Jo.

—Ha hecho una tarde encantadora para tu paseo en calesa, querida —dijo su madre, con el mismo tono respetuoso que si las doce hubieran estado allí.

—La señorita Eliott es una chica muy dulce, y parecía disfrutar, me pareció —observó Beth, con inusual calidez.

—¿Podrías darme un poco de tarta? Es que no me vendría mal, porque tengo muchas visitas y no me sale tan bien como la tuya —le pidió Meg, muy seria.

—Llévatela toda. Soy la única aquí a la que le gusta el dulce, y se va a enmohecer antes de que me la pueda terminar —respondió Amy con un suspiro, mientras pensaba en todo lo que había gastado en la fiesta... ¡para terminar así!

—Es una lástima que Laurie no esté aquí para ayudarnos —empezó a decir Jo, cuando se sentaron a comer helado y ensalada por segunda vez en dos días.

La mirada de advertencia de su madre impidió que la familia continuase con los comentarios, y la familia comió en heroico silencio, hasta que el señor March observó suavemente:

—La ensalada era uno de los platos favoritos de nuestros antepasados, y Evelyn... —dijo, pero una explosión general de carcajadas interrumpió el discurso sobre la historia de las ensaladas, para gran sorpresa del erudito caballero.

—Metedlo todo en una cesta y envíalo a los Hummel: a los alemanes les gustan estas mezclas, pero yo ya estoy harta de verlas, y no hace falta para que os muráis todos de un empacho porque yo haya sido una inocente —exclamó Amy, enjugándose las lágrimas.

—Yo sí que creí que me moría cuando os vi a vosotras dos traqueteando en el como-se-llame, como dos semillitas en una gran cáscara de nuez, y a mamá esperando descompuesta recibir a una multitud —suspiró Jo, agotada de tanto reír.

—Siento mucho que te sintieras decepcionada, querida, pero todos hicimos lo que pudimos para satisfacerte —dijo la señora March, en un tono lleno de compasión maternal.

—Estoy satisfecha. He hecho lo que me comprometí a hacer, y no es culpa mía que haya salido mal —dijo Amy, con voz temblorosa—. Os estoy muy agradecida a todos por haberme ayudado, y os lo agradeceré aún más si no volvéis a hablar de ello al menos durante un mes.

Nadie sacó el tema durante varios meses; pero la palabra *fête* siempre les arrancaba una sonrisa a todos, y el regalo de cumpleaños que Laurie le hizo a Amy fue una pequeña langosta de coral en forma de amuleto para la cadena del reloj.

CAPÍTULO IV

Lecciones de literatura

La fortuna sonrió un buen día a Jo y dejó caer en su camino una moneda de la buena suerte. No era una moneda de oro, exactamente, pero dudo que medio millón más le hubiera dado más felicidad que la pequeña suma que le llegó de la siguiente manera.

Cada pocas semanas, Jo se encerraba en su habitación, a ponerse el traje de garabatear y «sumirse en un frenesí», como ella lo expresaba, entregándose a la escritura de su novela en cuerpo y alma, consciente de que hasta que no la terminara no encontraría la paz. Su traje de garabatear consistía en un delantal de lana negra en el que podía limpiar la pluma a voluntad, y un gorro del mismo material, adornado con un alegre lazo rojo, bajo el que se recogía el pelo cuando se ponía manos a la obra. El gorro era una especie de señal para los curiosos ojos de su familia: cuando Jo se lo ponía, todos procuraban mantenerse a distancia y se limitaban a asomar la cabeza de vez en cuando, para preguntar con interés: «¿Arde el ingenio, Jo?». No siempre se aventuraban a hacer esta pregunta, sino que observaban unos instantes el gorro para hacerse una idea de la situación, y luego juzgaban en consecuencia. Si Jo llevaba esta expresiva prenda calada hasta los ojos, era señal de que estaba muy concentrada en su trabajo; en los momentos de más excitación, se la ponía de manera extravagante ladeado, pero cuando la desesperación se apoderaba de la autora, se lo arrancaba de cuajo y lo arrojaba al suelo. En esos momentos el intruso se retiraba en silencio y nadie se atrevía a dirigirle la palabra de nuevo hasta que no volviera a erguirse briosamente el lazo rojo por encima de la talentosa frente.

Lo cierto es que ella no se consideraba un genio, ni mucho menos, pero cuando le daba por escribir, se entregaba a ello con total abandono, y llevaba una vida dichosa, inconsciente de la necesidad, de las preocupaciones o el mal tiempo, mientras se adentraba segura y feliz en un mundo imaginario, lleno de amigos casi tan reales y queridos como los de carne y hueso. El sueño abandonaba sus ojos, las comidas se quedaban sin apenas probar bocado; el día y la noche eran demasiado cortos para gozar de la felicidad que la bendecía sólo en esos momentos, y que estas horas valían la pena de ser vividas, aunque no dieran ningún fruto. El divino éxtasis solía durar una o dos semanas, tras las cuales salía de su «frenesí» hambrienta, muerta de sueño, rabiosa o abatida.

Se estaba recuperando de uno de estos arranques cuando fue convencida para acompañar a la señorita Crocker a una conferencia, como recompensa a este acto de generosidad se le ocurrió una nueva idea. Era un Curso Popular, la conferencia versaba sobre las Pirámides, y Jo se extrañó de la elección de tal tema para semejante auditorio, pero supuso que hablar de las glorias de los faraones ante un público cuyos pensamientos estaban centrados en el precio del carbón y de la harina y con preocupaciones más acuciantes que los misterios de la esfinge debía de tener como objetivo reparar alguna injusticia social o satisfacer alguna necesidad más importante.

Llegaron temprano; y mientras la señorita Crocker se colocaba el talón de la media, Jo se entretuvo examinando los rostros de las personas junto a las que se había sentado. A su izquierda había dos matronas, con enormes frentes y gorros a juego, discutiendo sobre los derechos de la mujer y haciendo punto. Un poco más allá se sentaba una pareja de tímidos enamorados, cogidos de la mano con ternura; una sombría solterona comiendo caramelos de menta que sacaba de una bolsa de papel, y un anciano durmiendo la siesta oculto tras un pañuelo amarillo. A su derecha, su único vecino era un muchacho de aspecto estudioso absorto en un periódico.

La página que estaba leyendo era una lámina pictórica con varias ilustraciones. Jo examinó la que le quedaba más cerca, preguntándose qué concatenación de circunstancias necesitaba la melodramática ilustración de un indio vestido de guerrero, cayendo por un precipicio con un lobo que le mordía en la garganta, mientras dos jóvenes iracundos, con pies anormalmente pequeños y los ojos grandes, se apuñalaban el uno al otro, y una mujer desaliñada huía despavorida en el fondo con la boca abierta. Al detenerse para pasar una página, el muchacho la vio mirar y, con una bondad infantil, le ofreció la mitad su periódico, diciéndole sin rodeos:

—¿Quiere leerla? —le dijo espontáneamente—. Es una gran historia.

Jo lo aceptó con una sonrisa, pues los chicos le seguían cayendo igual de bien que siempre, y pronto se vio envuelta en un laberinto habitual de amor, misterio y asesinatos, ya que la historia pertenecía a esa clase de literatura ligera en la que las pasiones brillan por su ausencia y en la que, cuando al autor le falla la inventiva, una gran catástrofe acaba con la mitad de los personajes y la otra mitad celebran, exultantes, su caída.

—Excelente, ¿verdad? —preguntó el chico, mientras la mirada de Jo descendía hacia el último párrafo de su parte del periódico.

—Estoy convencida de que tanto usted como yo podríamos hacerlo igual de bien si nos los propusiésemos —respondió Jo, divertida ante su admiración por aquella birria.

—Yo me consideraría un tipo muy afortunado si pudiera. Dicen que la autora se gana bien la vida con esas historias —señaló el nombre de señora S.L.A.N.G. Northbury[4], bajo el título del relato.

—¿La conoce? —preguntó Jo con repentino interés.

—No, pero leo todos sus artículos y conozco a un tipo que trabaja en la oficina donde se imprime este periódico.

—¿Dices que se gana bien la vida con historias como esta? —dijo Jo mirando, más respetuosamente al agitado conjunto de personajes y los gruesos signos de exclamación que adornaban la página.

—¡Seguro que sí! Sabe lo que le gusta a la gente y le pagan bien por escribirlo.

En ese momento comenzó la conferencia, pero Jo escuchó muy poco, porque mientras el profesor Sands hablaba sobre el egiptólogo Belzoni, el faraón Keops, los escarabajos y los jeroglíficos, ella anotaba con disimulo la dirección del periódico y decidía con audacia presentarse al concurso literario que se anunciaba en sus columnas e intentar ganar el premio de cien dólares que se ofrecía por la historia más espléndida. Cuando acabó la conferencia y el público despertó de su letargo, Jo ya se imaginaba que poseía una increíble fortuna (que no sería la primera conseguida a partir del papel), absorta por completo en su historia y en dilucidar si el duelo debía producirse antes de la fuga o después del asesinato.

No dijo nada de su plan en casa, pero se puso a trabajar al día siguiente, para gran inquietud de su madre, que siempre se ponía un poco ansiosa cuando «el genio se ponía a trabajar». Jo nunca había probado este estilo antes, pues se había contentado con historias románticas muy discretas para el *The Spread Eagle*. Su experiencia teatral y sus lecturas variadas le fueron muy útiles, pues le proporcionaron ideas sobre el argumento, el lenguaje y el vestuario. Su historia incluía tanta desesperación y dramatismo como su escaso conocimiento de esas emociones, incómodas para ella, le permitieron y, después de haber situado la acción en Lisboa, decidió que un terremoto iba a ser el desenlace más sorprendente y apropiado.

---

[4] Se trata de un juego de palabras sobre la famosa novelista de la época E.D.E.N. Southwork. *Eden* significa paraíso y s*lang*, jerga familiar, lenguaje informal, parodiando la calidad literaria de esta ficticia autora. *(N. de la T.)*

Envió en secreto el documento, acompañado de una nota en la que decía con modestia que si el cuento no obtenía el premio, que el escritor apenas se atrevía a esperar, ella estaría muy gustosa de recibir cualquier suma que se considerase justa.

Seis semanas es mucho tiempo para esperar, y aún más para que una chica guarde un secreto, pero Jo hizo ambas cosas, y estaba empezando a perder las esperanzas de volver a ver su manuscrito, cuando llegó una carta que casi la dejó sin aliento. Al abrirla, cayó en su regazo un cheque de cien dólares. Durante un minuto se quedó mirando como si fuera una serpiente. Luego leyó la carta y se echó a llorar. Si el amable caballero que escribió aquella afectuosa nota hubiera podido saber la intensa felicidad que estaba dando a una semejante, creo que dedicaría sus horas de ocio, si es que las tiene, a esa actividad. Jo valoró más la carta que el dinero, porque la animaba a seguir escribiendo, y pensó que, después de tanto esfuerzo a lo largo de los años, se alegraba de haber aprendido a hacer algo, aunque fuera sólo una historia de aventuras.

Pocas veces se vio una joven más orgullosa que ella, cuando, habiéndose serenado, se presentó delante de su familia con la carta en una mano y el cheque en la otra, anunciando que... ¡había ganado el premio! Como era de esperar, se produjo un enorme júbilo, y cuando se publicó la historia todos la leyeron y elogiaron. Su padre le dijo que el lenguaje era adecuado, la historia romántica fresca y sincera, y la tragedia bastante emocionante, pero después sacudió la cabeza y dijo, con la ingenuidad que lo caracterizaba:

—Puedes hacerlo mucho mejor, Jo. Apunta más alto y no te preocupes por el dinero.

—Pues yo creo que el dinero es lo mejor de todo. ¿Qué vas a hacer con semejante fortuna? —quiso saber Amy, contemplando el mágico trozo de papel con mirada reverencial.

—Enviar a Beth y a madre a la playa durante uno o dos meses —respondió Jo al punto.

—¡Oh, qué maravilla! No, no puedo hacerlo, querida, sería muy egoísta —exclamó Beth, que había aplaudido con sus delgadas manitas y dio un largo suspiro, como si añorara las frescas brisas del océano. Luego se detuvo y le hizo un gesto para que su hermana apartara el cheque que estaba agitando ante ella.

—No, no, tenéis que ir, está decidido de todo corazón. Por eso me presenté y por eso he ganado el concurso. Cuando pienso sólo en mí misma, no me salen las cosas bien, así que me será más provechoso trabajar para vosotras. ¿No lo ves? Además, Marmee necesita un cambio y no creo que quiera dejarte aquí, así que debes ir. Será maravilloso verte volver a casa regordeta y sonrosada de nuevo. ¡Un hurra por la doctora Jo, que siempre cura a sus pacientes!

Así, después de muchas discusiones, fueron a la playa y, aunque Beth no volvió a casa tan rolliza y sonrosada como se hubiera podido desear, sí que estaba mucho mejor, mientras que la señora March declaró que se sentía diez años más joven, así que Jo se puso muy contenta con la manera en que había invertido el dinero del premio, y se puso a trabajar con ánimo alegre, empeñada en ganar más de aquellos deliciosos cheques. Ese año ganó unos cuantos más y empezó a sentirse el sostén de la casa en cierta medida, pues con la magia de su pluma y sus «birrias», conseguía comodidades para todos. *La hija del duque* pagó la cuenta del carnicero, *La mano del fantasma* sirvió para cambiar la moqueta, y *La maldición de los Coventry* se convirtió en una bendición para los March en forma de comestibles y vestidos.

La riqueza es ciertamente muy deseable, pero la pobreza también tiene su lado bueno, y una de las cosas más dulces de la adversidad es la sincera satisfacción que proporciona el trabajo bien hecho, ya sea intelectual o manual. Al ingenio que despierta la necesidad debemos, en buena medida, la sabiduría, la belleza y las bendiciones de este mundo. Jo había experimentado esta satisfacción y, por ello, había dejado de envidiar a las jóvenes más ricas que ella, porque ahora su mayor consuelo era ser consciente de que podía cubrir sus propias necesidades sin tener que pedir ni un céntimo a nadie.

Se prestó poca atención a sus historias, pero encontraron mercado y Jo, animada por este hecho, decidió dar un paso audaz en busca de fama y fortuna. Después de haber copiado su novela por cuarta vez, la leyó a todos sus amigos más íntimos y de habérsela presentado (temblorosa y muerta de miedo) a tres editores, al fin consiguió colocarla, aunque con la condición de que la redujera a un tercio de su extensión y eliminara las partes que a ella más le gustaban.

—Ahora tengo tres opciones: la vuelvo a guardar en mi cocina de hojalata hasta que le salga moho, pago por imprimirla yo misma, o la recorto para satisfacer a los editores y así obtener lo que pueda de mi obra. Tener a alguien famoso en casa está muy bien, pero el dinero es aún más conveniente, así que os he reunido hoy aquí a todos para saber qué pensáis de este importante asunto —explicó Jo, que había convocado un consejo familiar.

—No estropees tu libro, hija mía, porque hay más de ti en él de lo que tú crees y la idea está bien elaborada. Déjalo reposar hasta que madures —fue el consejo de su padre, que predicaba con ejemplo porque había esperado pacientemente durante treinta años a que maduraran sus propios frutos, y ahora, aunque estaban dulces y jugosos, no tenía prisa por recogerlos.

—Pues yo creo que Jo tendría que intentarlo, en lugar de esperar —dijo la señora March—. La crítica es la mejor prueba para un trabajo de esta índole, pues le mostrará tanto los méritos como los defectos, y la ayudará a hacerlo mejor la próxima vez. Nosotros somos demasiado parciales, pero los elogios y las críticas de los extraños le serán muy útiles, aunque no gane mucho dinero.

—Sí —dijo Jo, frunciendo el ceño—, exacto. Llevo tanto tiempo dándole vueltas a mi libro, que realmente no sé si es bueno, malo o mediocre. Me será de gran ayuda que personas objetivas e imparciales le echen un vistazo y me digan lo que piensan.

—Yo no omitiría ni una sola palabra; si lo haces, estropearás el interés de la historia, porque la gracia está más en lo que piensan los personajes que en lo que hacen. Si no los explicas bien, puede resultar un embrollo —dijo Meg, que creía firmemente que este libro era la novela más extraordinaria jamás escrita.

—Pero el señor Allen dice: «Deja de lado las explicaciones, que sea breve y dramática, y que los personajes cuenten la historia» —la interrumpió Jo, mientras leía en voz alta la nota del editor.

—Entonces, haz lo que te dice. Él sabe lo que se venderá, y nosotros no. Haz un libro bonito y popular, y consigue todo el dinero que puedas. Piensa que en el futuro, cuando seas famosa, podrás permitirte todas las digresiones que quieras e incluir personajes metafísicos y filosóficos en tus novelas —sentenció Amy, que tenía una visión meramente práctica del asunto.

—Bueno —se echó a reír Jo—, si mis personajes son «metafísicos y filosóficos» no es culpa mía, porque yo no tengo ni idea de esas cosas, excepto lo que oigo decir a papá y mamá sobre esas cosas de vez en cuando. Si algunas de sus sabias ideas se han mezclado con mi historia de amor, tanto mejor para mí. Ahora, Beth, ¿y tú qué dices?

—A mí me gustaría verlo publicado lo antes posible —fue lo único que dijo Beth, sonriendo.

Sin embargo, y aunque no fuera consciente de ello, había puesto un énfasis especial en las tres últimas palabras. En sus ojos, que no habían perdido el candor infantil, apareció una mirada melancólica que heló el corazón de Jo durante un minuto, un mal presentimiento la convenció de que debía publicar su libro «lo antes posible».

Así que, con una firmeza espartana, la joven autora puso su ópera prima sobre la mesa, y la descuartizó en pedazos sin piedad, como si fuera un ogro. Con la esperanza de complacer a todos, Jo aceptó el consejo de todos y, como el viejo y el asno de la fábula, acabó por no complacer a nadie.

A su padre le gustaba el aire metafísico que había adoptado inconscientemente en el texto, así que esa parte se quedó, aunque Jo tenía sus dudas al respecto. Su madre pensaba que había demasiada descripción, de modo que Jo las eliminó casi todas, y con ellas, muchos eslabones necesarios en la historia para comprenderla. A Meg le fascinaba la tragedia, así que Jo intensificó el tono dramático para complacerla. A Amy, en cambio, no terminaba de gustarle el tono humorístico, así que Jo —con la mejor de las intenciones— suavizó las escenas más divertidas, que servían para compensar algo el carácter sombrío de la historia. Luego, para completar el desastre, Jo recortó un tercio del texto, se armó de valor y envió lo que quedaba de su desdichada novela a probar fortuna al ajetreado mundo, para que probara suerte.

La historia se publicó, y Jo ganó trescientos dólares, y también muchos más elogios y reproches, de los que ella esperaba, lo que la sumió en un estado de desconcierto del que tardó mucho tiempo en recuperarse.

—Madre, dijiste que las críticas me ayudarían, pero... ¿Cómo voy a saber si me ayudan, si son tan contradictorias que no sé si he escrito un libro prometedor o he quebrantado los diez mandamientos? —exclamó la pobre Jo, revolviendo un montón de notas, cuya lectura la llenaba de orgullo y alegría en un momento, y de ira y terrible consternación al siguiente—. Este señor dice: «Un libro exquisito, lleno de verdad, belleza y seriedad. Todo en él es dulce, puro y positivo», —prosiguió la perpleja autora—. El siguiente dice: «El planteamiento de la novela no se sostiene: está llena de fantasías morbosas, ideas espiritistas y personajes antinaturales». Bueno, como yo no tenía ningún planteamiento de ningún tipo, no creo en el espiritismo y me he inspirado en la vida real para crear mis personajes, dudo mucho que este crítico pueda tener razón. Otro dice: «Es una de las mejores novelas norteamericanas que se han publicado en los últimos tiempos», pero no soy tan tonta como para creérmelo, y el siguiente afirma que «aunque es original y está escrita con mucha fuerza y sentimiento, es un libro peligroso». ¡No lo es! Algunos críticos se burlan de mi novela, otros la alaban en exceso, y casi todos insisten en que tenía una profunda teoría que desarrollar, cuando yo lo único que hice es escribir por placer y dinero. Ojalá lo hubieran imprimido entero, o no se hubiera publicado, porque no soporto que me juzguen tan mal. Su familia y amigos le proporcionaron todo el consuelo y apoyo que pudieron, pero fue un momento difícil para la sensible y animosa Jo, que tenía tan buenas intenciones y, en cambio, parecía haberlo hecho todo al revés. Sin embargo, el resultado, al final, fue positivo, pues aquellos cuya opinión le importaba de verdad le ofrecieron las críticas que más útiles son para el autor. Así que, cuando pasó la decepción inicial, fue capaz de reírse de su pobre librito, y aun así, seguir creyendo en ella y sentirse más sabia y fuerte después del golpe que había recibido.

—Tampoco me voy a morir por no ser un genio, como Keats —afirmó con firmeza—. Hay que ver el lado divertido de las cosas: los críticos han considerado que las partes inspiradas directamente en la vida real son imposibles y absurdas, mientras que las que inventé de mi propia cabeza loca dicen que son: «encantadoramente naturales, tiernas y auténticas». Así que me consolaré con eso, y cuando esté lista, me pondré en marcha y escribiré otra historia.

CAPÍTULO V

Experiencias domésticas

Como la mayoría de las jóvenes recién casadas, Meg comenzó su vida con la determinación de ser el ama de casa perfecta. John debería sentirse en casa como en el paraíso, encontrar siempre un rostro sonriente, alimentarse exquisitamente todos los días y no echar en falta ni un solo botón. Meg puso tanto amor, vitalidad y alegría que no podía sino tener éxito, a pesar de algunos obstáculos que pudieran surgir. Su paraíso no era tranquilo, pues aquella mujercita se alborotaba, estaba ansiosa por complacer, y andaba de un lado para otro como una verdadera Marta, la Marta bíblica, cargada de preocupaciones por sus muchas tareas. A veces estaba tan cansada que no tenía fuerzas ni para sonreír. A John le empezaron a dar ardores de estómago cada vez que Amy se entrenaba haciendo platos exquisitos, y exigía, ingrato, comidas más sencillas. En cuanto a los botones, pronto aprendió a preguntarse dónde iban a parar, a preguntarse por qué eran tan descuidados los hombres y a amenazar a John con hacérselos coser a él mismo, a ver si su trabajo aguantaba los tirones impacientes y torpes de sus dedos.

Eran muy felices, incluso después de comprender que no sólo de amor podía vivir el hombre. John veía a Meg tan guapa como siempre, por mucho que le sonriera por detrás de la tetera, y a Meg sus despedidas no le resultaban menos románticas sólo por el hecho de que su esposo, después de besarla, le preguntara: «¿Qué es lo que quieres que traiga esta noche para cenar, cariño? ¿Ternera o cordero?». El Palomar dejó de ser la casa de ensueño que comenzó siendo, para convertirse en un auténtico hogar, y los recién casados estuvieron de acuerdo en que el cambio había sido para mejor. Al principio parecían dos niños jugando a las casitas, pero con el transcurso del tiempo John se concentró en el trabajo y se cargó sobre los hombros la responsabilidad propia del cabeza de familia; Meg, por su parte, sustituyó los vestidos de batista por un enorme delantal y, como ya se mencionó anteriormente, se puso manos a la obra con más energía que discreción.

Mientras duró la manía de cocinar, repasó el libro de recetas de la señora Cornelius[5] como si fuera un ejercicio de matemáticas, resolviendo los problemas con paciencia y cuidado. A veces invitaba a su familia para que la ayudara a comerse un copioso banquete de alguno de sus éxitos, y otras despachaba discretamente a Lotty con una pila de intentos fracasados, de los que darían buena cuenta los estómagos de los pequeños Hummel. Una tarde de revisión con John de los libros de cuentas solía apaciguar de forma temporal su entusiasmo culinario y dar paso a una época de frugalidad, durante la cual se sometía el pobre hombre a una ración de pudin de pan, estofado de carne y patatas y café recalentado, cosa que ponía a prueba su paciencia, si bien lo soportaba con una fortaleza digna de admiración. Sin embargo, antes de alcanzar un punto intermedio, Meg añadió a sus posesiones domésticas algo de lo que las jóvenes parejas de recién casados no pueden prescindir: un juego de tarros.

Impulsada por el hogareño deseo de ver una despensa bien surtida de conservas caseras, se propuso preparar su propia jalea de grosella. John recibió instrucciones de comprar una docena de tarros pequeños, y una cantidad extraordinaria de azúcar, porque las grosellas del jardín ya estaban maduras y había que cosecharlas de inmediato. Como John creía firmemente que «mi esposa» era tan capaz de como otra cualquiera, y se enorgullecía naturalmente de su destreza, por lo que resolvió complacerla, y dejar que convirtiese su única cosecha de fruta en deliciosas conservas para comer durante el invierno. A casa llegaron pronto cuatro docenas de deliciosos cacharritos, medio barril de azúcar, y un muchachito que la ayudase a recoger las grosellas. Con su bonito pelo recogido en un gorrito, los brazos descubiertos hasta el codo, y un delantal a cuadros que le daba un aire muy coqueto a pesar del peto, la joven ama de casa se puso a trabajar segura de que iba a tener un buen éxito, porque... ¿no había visto a Hannah hacerlo cientos de veces? La cantidad de botes la sorprendió al principio, pero a John le gustaba tanto la mermelada y, por otro lado, los frasquitos quedarían tan bien en el estante más alto de la despensa. Así pues, Meg decidió llenarlos

[5] Mary Hooker Cornelius era la autora del renombrado libro de cocina *The Young Housekeeper's Friend. (N. de la T.)*

todos y pasó un largo día recogiendo grosellas, hirviéndolas, colándolas y esmerándose en la preparación de la jalea. Hizo todo lo que pudo; buscó consejo en el libro de la señora Cornelius; se devanó los sesos para recordar cuál de los pasos de lo que Hannah le había contado se había podido saltar, volvió a hervir, a azucarar y a colar de nuevo, pero nada, aquella desagradable mezcla no espesaba de ninguna manera.

Se moría por echar a correr a casa, con delantal y todo, para pedirle a su madre que le echara una mano, pero John y ella habían acordado que nunca molestarían a nadie con sus preocupaciones, experiencias o discusiones privadas. Se habían reído de esta última palabra como si la idea que sugería fuera de lo más absurda, pero se habían mantenido firmes en su resolución, y siempre que podían salir adelante sin ayuda lo hacían, tal y como se lo había recomendado la propia señora March. Así que Meg luchó sola con los dulces refractarios todo aquel caluroso día de verano, y a las cinco en punto se sentó en la cocina, se retorció las manos pegajosas, soltó un grito y se echó a llorar.

Durante los primeros y más emocionantes momentos de su nueva vida, Meg solía decir: «Mi marido siempre se sentirá libre de traer a un amigo a comer a casa cuando quiera, porque yo siempre estaré preparada: no encontrará quejas, ni malas caras ni incomodidad, sino una casa ordenada, una esposa alegre y una buena cena. John, cariño, no te molestes, no te molestes en pedirme permiso, invita a quien te plazca, y ten por seguro que será bienvenido».

¡Qué palabras tan encantadoras, sin duda! John se enorgulleció al escucharlas, y comprendió que era muy afortunado porque tenía la esposa perfecta. Pero, aunque de vez en cuando recibían visitas, nunca eran inesperadas, así que Meg no había tenido la oportunidad de lucirse hasta entonces. Siempre ocurre lo mismo en este valle de lágrimas: sólo podemos acostumbrarnos al carácter inevitable de estas cosas, lamentarnos y sobrellevarlo de la mejor manera posible.

Si John no se hubiera olvidado por completo de la mermelada, realmente habría sido imperdonable por su parte elegir ese día, aquel día de entre todos los días del año, para traer a un amigo a cenar a casa sin avisar. Felicitándose de que aquella mañana se había encargado un buen banquete, que estaría lista ya para servir, y complaciéndose de antemano en el encantador efecto que produciría su bella esposa cuando saliera corriendo a recibirlo, John guio a su amigo hasta la casa, con la irreprimible satisfacción de un joven anfitrión y esposo.

Pero el mundo está lleno de decepciones, como John descubrió al llegar al Palomar. La puerta principal, que solía estar abierta en señal de hospitalidad, estaba ahora cerrada con llave y el barro del día anterior seguía adornando los escalones. Las ventanas del salón estaban cerradas y con cortinas echadas, por lo que no vieron a ninguna joven esposa cosiendo en el interior, vestida de blanco, con un encantador lacito en el gracioso moño de pelo, ni a ninguna anfitriona de ojos brillantes, sonriendo tímidamente al saludar a su invitado. En realidad, no apareció ni un alma, sino un muchacho lleno de manchas dormido bajo los arbustos de grosellas.

—Me temo que ha ocurrido algo. Entra en el jardín, Scott, mientras busco a la señora Brooke —dijo John, alarmado por el silencio y la soledad.

Corrió alrededor de la casa, guiado por un penetrante olor a azúcar quemado, y el señor Scott paseaba tras él, con una extraña mirada. Se detuvo discretamente a cierta distancia cuando Brooke desapareció, pero desde allí pudo ver y oír y, teniendo en cuenta que era soltero, disfrutó enormemente de la escena.

En la cocina reinaban el caos y el desorden. La primera tanda de mermelada goteaba de los tarros, la segunda yacía en el suelo, y una tercera hervía alegremente en los fogones. Lotty, con su flema teutónica, comía tranquilamente pan y zumo de grosella, pues la mermelada estaba aún en un estado irremediablemente líquido, mientras la señora Brooke, con el delantal sobre la cabeza, estaba sentada sollozando desconsoladamente.

—Mi querida niña, ¿qué ha ocurrido? —exclamó John, entrando precipitadamente, al tiempo que corría hacia ella con horribles visiones de manos escaldadas o terribles noticias de aflicción, pero a la vez secretamente consternado al pensar en el invitado que aguardaba en el jardín.

—¡Oh, John, estoy tan cansada, acalorada, enfadada y preocupada! Llevo todo el día con esto y ya estoy agotada. Ven a ayudarme o si no, creo que voy a morir.

Y el ama de casa exhausta se arrojó su pecho y le ofreció una dulce bienvenida, en todo el sentido literal de la palabra, pues su delantal estaba tan pegajoso como el suelo.

—¿Qué te preocupa, querida? ¿Ha ocurrido algo terrible? —preguntó el inquieto John, besando con ternura el gorrito ladeado.

—Sí —sollozó Meg con desesperación.

—Dímelo rápido, entonces. No llores, puedo soportar cualquier cosa menos verte llorar. Dímelo, amor.

—¡La... la mermelada no espesa!, y no sé ya qué hacer...

John Brooke se echó a reír entonces como nunca después se atrevería a hacer de nuevo... El burlón de Scott sonrió involuntariamente al escuchar aquella risa sincera que puso fin a los lamentos de la pobre Meg.

—¿Eso es todo? Tírala por la ventana, y no te preocupes más. Te compraré toda la que quieras, si hace falta, pero, por el amor de Dios, déjate de dramas, que he traído a Jack Scott a casa a cenar, y...

John no pudo seguir, porque Meg lo echó a un lado de un empujón, y juntó sus manos con gesto trágico mientras se dejaba caer en una silla, exclamando en un tono mezcla de indignación, reproche y consternación:

—¡Traes un invitado a casa a cenar, y todo está patas arriba! John Brooke, ¿cómo has podido hacer algo así?

—¡Silencio, está en el jardín! Olvidé la maldita mermelada, pero bueno, ya no hay remedio —suspiró John, mientras echaba un ansioso vistazo a su alrededor con ojos ansiosos.

—Deberías haberme avisado o habérmelo dicho esta mañana, y tendrías que haberte acordado de lo ocupada que estaba —continuó Meg malhumorada, pues incluso las tórtolas picotean cuando se las molesta.

—Esta mañana no lo sabía, y no tuve tiempo de avisarte, porque me lo encontré al salir del trabajo. De hecho, en ningún momento se me ha ocurrido pedirte permiso, porque siempre me has dicho que invite a mis amigos cuando quiera. Esta ha sido la primera vez... ¡Y te aseguro que va a ser la última! —añadió John, con expresión dolida.

—¡Eso espero! ¡Llévatelo de aquí enseguida! ¡No estoy en condiciones de que me vea nadie, y no hay nada preparado de cena!

—¡Bueno, lo que faltaba! ¿Dónde está la carne y las verduras que he pedido que envíen a casa, y el pudín que prometiste? —gritó John, corriendo a la despensa.

—No tuve tiempo de cocinar nada. Pensaba ir a cenar en casa de mi madre. Lo siento, pero estaba muy ocupada —y las lágrimas de Meg comenzaron de nuevo a correr por sus mejillas.

John era un hombre apacible, pero también era humano; y después de un largo día de trabajo, de llegar a casa cansado, hambriento y con ganas de relajarse, y encontrar una casa caótica, una mesa vacía y una esposa enojada no era precisamente lo que deseaba. Sin embargo, se contuvo, y la pequeña borrasca habría desaparecido de no ser por una palabra desafortunada.

—Ha sido un error, lo reconozco, pero si me echas una mano, saldremos adelante, pasaremos un buen rato. No llores, querida, haz un esfuerzo, y prepáranos algo de comer. Estamos muertos de hambre, así que no nos importará lo que sea. Nos conformamos con un poco de fiambre, pan y queso. No pediremos mermelada.

Lo dijo en broma, pero aquella única palabra selló su destino. Meg pensó que John había sido demasiado cruel al burlarse de su triste fracaso, y perdió hasta el último átomo de paciencia cuando habló:

—Pues entonces, arregla tú el error como puedas. Yo estoy tan derrotada que no tengo ganas de hacer «un pequeño esfuerzo» por nadie. Es propio de los hombres ofrecer a sus invitados una vulgar cena a base de pan y queso. No pienso tolerar esa clase de cosas en mi casa. Llévate al tal Scott a casa de mi madre y dile que yo no estoy, que me encuentro mal o que me he muerto, lo que se te ocurra. Yo no quiero verlo y ya podéis reíros de mí y de mi mermelada todo lo que queráis. Aquí no vais a comer nada más.

Y, habiendo descargado todo su enojo en un aliento, Meg se arrancó el delantal y lo tiró, y se marchó a toda prisa para ir a lamentarse a su habitación.

Nunca llegó a saber qué hicieron aquellas dos criaturas en su ausencia, pero al señor Scott no se lo llevó John «a casa de mamá», y cuando Meg bajó, después de que se hubiesen marchado a pasear juntos, descubrió horrorizada rastros de su presencia en forma de abundante festín. Lotty la informó de que habían comido y reído mucho y que el señor le había ordenado que tirase todo aquel mejunje empalagoso y escondiera los tarros.

Meg deseaba ir a casa de su madre a contárselo, pero se lo impidió el sentimiento de vergüenza que le inspiraba su propio fracaso y la lealtad hacia John, «que podía llegar a ser cruel, pero tampoco hacía falta que nadie lo supiera». Después de recoger rápidamente la cocina, se vistió con elegancia, y se sentó a esperar a que John llegara, dispuesta a perdonarlo.

Por desgracia, John no apareció, porque no veía las cosas igual que ella. Se lo había tomado a broma con Scott, había disculpado a su mujercita dentro de lo posible, y había actuado como anfitrión de su amigo con toda su hospitalidad, así que este no sólo había disfrutado de aquella improvisada cena, sino que había prometido volver. Sin embargo, y aunque no lo demostrara, John estaba enfadado, sentía que Meg lo había metido en un lío y luego lo había abandonado cuando más la necesitaba. «No es justo decirle a un hombre que puede traer gente a casa en cualquier momento con plena libertad, y luego, cuando te toma la palabra, echarle la culpa y dejarlo en la estacada delante de los invitados para que se mofen de él o lo compadezcan. No señor, eso no se hace y Meg tiene que saberlo». Había estado echando humo por dentro durante la cena, pero más tarde, mientras volvía para casa después de acompañar a Scott, se apoderó de él un estado de ánimo más benévolo. «¡Pobrecita! Ha sido muy duro para ella intentar tanto complacerme. Es obvio que estaba equivocada, por supuesto, pero es aún muy joven. Debo ser paciente y ayudarla». Rezó porque no se hubiera ido a casa de su madre, pues no soportaba los cotilleos y las interferencias. Sólo de pensarlo volvió a encolerizarse, pero después recordó a Meg llorando desconsoladamente y se le ablandó el corazón. Aceleró el paso, decidido a mostrarse tranquilo y amable, pero firme, muy firme, a la hora de mostrarle a su esposa en qué se había equivocado.

Meg también resolvió mostrarse «serena y amable, pero firme» y enseñarle a John cuáles eran sus obligaciones. Ardía en deseos de salir a su encuentro, pedirle perdón y recibir el consuelo de sus besos, pues estaba segura de obtenerlo. Sin embargo, como era de esperar, no hizo nada de eso, y cuando vio venir a John, comenzó a tararear con toda su naturalidad, mientras se mecía en la mecedora y cosía, como una dama ociosa en su elegante salón.

John se sintió un poco decepcionado al no encontrar a una tierna Níobe, pero convencido de que su dignidad merecía la primera disculpa, no dijo nada, se limitó a entrar con toda su parsimonia y, tras sentarse en el sofá, hizo un comentario muy singular.

—Parece que hoy hay luna nueva, querida.

—Me alegro —fue el comentario igualmente tranquilizador de Meg.

El señor Brooke introdujo algunos otros temas de interés general, a lo que la señora Brooke no prestó especial atención, de modo que la conversación languideció. John se acercó a una ventana, desplegó el periódico y se sumergió en él, en sentido figurado. Meg se acercó a la otra ventana y se puso a bordar flores nuevas en las zapatillas, como si fuera una de las tareas más importantes de su vida. Ninguno de los dos hablaba. Ambos parecían «tranquilos y firmes», pero los dos se sentían terriblemente incómodos.

«¡Ay, Señor! —pensó Meg—, la vida matrimonial es muy dura, y necesita paciencia infinita, así como amor, como dice mamá». La palabra «mamá» le hizo pensar en otros consejos maternales, ofrecidos tiempo atrás y recibidos con protestas de incredulidad. «John es un buen hombre, pero tiene sus defectos, y debes aprender a verlos y soportarlos, recordando que tú también tienes los tuyos. Es muy decidido, pero nunca será obstinado si razonas amablemente en lugar de oponerte con impaciencia. Es muy preciso y exigente con la verdad, lo cual es un rasgo positivo, aunque tú lo definas como "quisquilloso". Nunca lo engañes, ni con la mirada ni con la palabra, Meg, y él te dará la confianza que mereces y el apoyo que necesitas. Tiene genio, aunque no como nosotras, que estallamos de súbito y luego nos apaciguamos; es de esa clase de personas que se suelen enfadar, pero cuando explotan es muy difícil aplacarlas. Ten cuidado, mucho cuidado, de que esa rabia no se vuelva contra ti, porque la paz y la felicidad dependen de que no te pierda el respeto. Procura ser la primera en pedir perdón en caso de que seáis los dos los que os equivoquéis y evita las pequeñas disputas, los malentendidos y las palabras desagradables, pues a menudo preparan el camino a la amargura y los reproches».

Meg recordaba estas palabras mientras cosía a la luz del atardecer, especialmente las últimas. Aquel era su primer desacuerdo serio: su propio discurso atropellado le pareció tonto y poco amable al recordarlo, y su propia cólera le parecía ahora infantil. La idea de que el pobre John volviera a casa para encontrarse con semejante escena le derretía el corazón. Lo miró con lágrimas en los ojos, pero él no las vio. Dejó entonces la labor y se levantó, pensando: «Seré la primera en decir "lo siento"», pero él no pareció oírla. Meg cruzó muy despacio la habitación, pues el orgullo era difícil de tragar, y se paró junto a él, pero John no volvió la cabeza para mirarla. Durante unos instantes, se sintió como si realmente no fuese capaz de hacerlo; pero entonces pensó: «Esto es sólo el comienzo, haré lo que debo y así no tendré nada que reprocharme», E inclinándose, besó con dulzura a su marido en la frente. Como era de esperar, el beso penitente zanjó el asunto, porque un beso de arrepentimiento era mejor que todas las palabras del mundo. Al momento, estaba sentada en las rodillas de su esposo.

—No ha estado nada bien reírse de los pobres tarros de mermelada. Perdóname, cariño, jamás lo volveré a hacer.

Y vaya si lo hizo, cientos de veces, y Meg también, como modo de afirmar los dos que aquella fue la mermelada más dulce que habían hecho jamás, pues la paz familiar quedó para siempre conservada en aquellos tarros.

Después de aquello, Meg invitó formalmente a Scott a cenar, y le sirvió un espléndido banquete cuyo primer plato no fue «esposa enfadada», sino que se mostró alegre y amable, y lo organizó todo con tanto esmero que el señor Scott felicitó a John por lo afortunado que era, y se pasó el camino de regreso a casa lamentándose de lo triste que era la vida de soltero.

En otoño, nuevas pruebas y experiencias llegaron a Meg. Sallie Moffat retomó su amistad, y frecuentaba la casita cada dos por tres para llevarle el último cotilleo, o bien invitaba a la «pobrecilla Meg» a pasar el día en la mansión. Resultaba agradable, pues cuando hacía mal tiempo Meg solía sentirse sola: todos estaban ocupados en casa, John no llegaba hasta la noche, y ella no tenía nada que hacer, excepto coser, leer o matar el rato. Así que, no es de extrañar que Meg tomase la costumbre de salir a pasear con su amiga y cotillear con ella. Cuando veía las cosas bonitas que tenía Meg no podía por menos que compadecerse de sí misma por no tenerlas. Sallie era muy generosa, y a menudo le ofrecía regalarle aquellas codiciadas bagatelas, pero Meg las rechazaba, sabiendo que a John no le gustaría. Y entonces aquella mujercita fue e hizo algo que a John le disgustaba infinitamente más.

Meg sabía cuánto ganaba su esposo, y le encantaba sentir que él le confiaba, no sólo su felicidad, sino algo que algunos hombres parecen valorar más: su dinero. Meg sabía dónde lo guardaba, y tenía la libertad de tomar lo que quisiera: lo único que le pedía era que llevara la cuenta de cada céntimo, que pagara las facturas todos los meses y que recordara que era la esposa de un hombre pobre. Hasta ahora, lo había hecho bien, había sido prudente y precisa, llevaba con pulcritud sus pequeños libros de cuentas y se las mostraba a John una vez al mes, sin temor. Pero aquel otoño, no obstante, la serpiente se coló en el paraíso de Meg y la tentó, como a muchas otras *Evas* modernas, no con manzanas, sino con vestidos. A Meg no le gustaba que la compadecieran ni que la hicieran sentirse pobre. De hecho, la irritaba, pero se avergonzaba de confesarlo, y de vez en cuando, trataba de consolarse comprando algo bonito, para que Sallie no pensara que tenía que privarse de esas cosas. Pero las nimiedades costaban más de lo que uno se imagina. Después, se sentía mal, porque las cosas bonitas rara vez eran necesarias, pero costaban tan poco que ni siquiera valía la pena preocuparse. Así que la cantidad de caprichos que se iba comprando fue aumentando sin que se diera cuenta y en las salidas para ir de compras ya no se limitaba a mirar.

Sin embargo, los caprichos cuestan más de lo que parece, y cuando hizo las cuentas a final de mes, la suma total la alarmó bastante. John estaba muy ocupado ese mes, así que dejó las cuentas en sus manos; al mes siguiente estaba ausente, pero al llegar el tercer mes hizo una gran liquidación trimestral, que Meg nunca olvidaría. Apenas unos días antes Meg había hecho una cosa espantosa que le pesaba como una losa en la conciencia. Sallie había empezado a comprar sedas, y Meg se moría por tener algo nuevo: un vestido bonito de colores claros para las fiestas, porque el negro de seda que tenía era tan soso, y para las jóvenes eran más adecuados los vestidos de noche finos. La tía March solía regalar a las hermanas veinticinco dólares a cada una en Año Nuevo. Sólo quedaba un mes, pero allí estaba aquella seda de color violeta a precio de ganga, y ella tenía el dinero, si se atrevía a cogerlo. John siempre decía que lo que era suyo era también de ella, pero... ¿le parecería bien que se gastara no sólo los posibles veinticinco dólares de su tía, sino también otros veinticinco de los fondos de la casa? Esa era la cuestión. Sallie la había animado a comprar la tela, incluso se había ofrecido a prestarle el dinero, y con las mejores intenciones del mundo, había tentado a Meg más allá de sus fuerzas. Con un aire perverso, el tendero levantó los preciosos y brillantes pliegues, que centelleaban y dijo:

—Le aseguro que es una verdadera ganga, señora.

—Me la llevo —respondió ella.

Así que el vendedor cortó la tela, ella la pagó, Sallie se alegró, y ella se rio como si no tuviera importancia. Al salir de la tienda, sin embargo, se sintió como si hubiera robado algo y la policía la persiguiera.

Cuando llegó a casa, trató de calmar los remordimientos extendiendo la preciosa tela de seda, pero ahora le parecía menos plateada que antes, tuvo la sensación de que no le quedaba bien, después de todo, y las palabras «cincuenta dólares» parecían estampadas como si de un dibujo se tratara, en cada pliegue. La guardó, pero aun así la imagen de la tela la perseguía, no en forma de vestido nuevo, sino más bien como el terrible fantasma de una locura que no iba a olvidar fácilmente. Cuando John sacó sus libros de cuentas aquella noche, el corazón de Meg se encogió, y por primera vez en su vida de casada, tuvo miedo de su esposo. Supo que aquellos ojos marrones y amables también podían ser severos. Y aunque John parecía inusualmente alegre, Meg creyó que la había descubierto, pero no quería que ella lo supiera. Todas las facturas de la casa estaban pagadas, los libros en orden. John la había elogiado, y cuando estaba abriendo la vieja billetera que ellos llamaban «el banco», Meg, sabiendo que estaba vacía, detuvo su mano, diciendo nerviosamente.

—Aún no has visto mi libreta de gastos personales —le dijo, nerviosa.

John nunca pedía verla, pero ella siempre insistía en que le echara un vistazo y se reía de su asombro masculino al ver las cosas que compraban las mujeres. Meg se divertía y le hacía adivinar lo que era un ribete y él preguntaba el significado de *mañanita* o se asombraba de que un gorrito que sólo tenía tres rosas bordadas, un poco de terciopelo y un par de cintas costara cinco o seis dólares. Aquella noche, John parecía dispuesto a disfrutar de la diversión de cuestionar sus cifras y fingir que se horrorizaba con sus extravagancias, como solía hacer, aunque en realidad estaba particularmente orgulloso de su prudente esposa y estaba orgulloso de ella.

Meg cogió el libro y lo dejó muy despacio ante él. Meg se colocó detrás de su silla fingiendo darle un masaje para alisar las arrugas de su frente cansada, y desde allí, de pie, dijo, con la voz cada vez más atenazada por el pánico:

—John, querido, me da vergüenza enseñarte mi libro, porque he sido muy derrochadora últimamente. Ahora que salgo más, necesito cosas, ya me entiendes, y Sally me aconsejó que la comprara, así que lo hice. La pagaré en parte con mi dinero de Año Nuevo, pero me arrepentí después de hacerlo, porque sabía que pensarías que estaba mal por mi parte.

John se echó a reír y la atrajo hacia sí, diciendo:

—No vayas a esconderte —le pidió en tono alegre—, que no te voy a pegar por haberte comprado unos botines. Estoy bastante orgulloso de los pies de mi mujercita, y no me importa, y no me importa que pague ocho o nueve dólares por unos botines, si son de buena calidad.

Aquello había sido uno de sus últimos «caprichos», y hacia ellos había desviado los ojos de John mientras hablaba. «Ay, ¡qué dirá cuando llegue a esos horribles cincuenta dólares!» pensó Meg con un escalofrío.

—No son unos botines, es bastante peor, es un vestido de seda —confesó, con la calma de la desesperación, pues quería acabar con el asunto lo antes posible.

—Bueno, cariño, ¿y a cuánto asciende el «maldito total», como diría el señor Mantalini[6]?

Eso no era propio de John, y Meg sabía que John la miraba con aquella mirada directa que ella siempre había estado dispuesta a corresponder, al menos hasta ahora, con otra igual de honesta. Pasó la página y volvió la cabeza al mismo tiempo, señalando la suma que ya habría sido bastante mala sin los cincuenta dólares, pero que, una vez añadidos, le resultaba espantosa. Durante un minuto la habitación estuvo en absoluto silencio, luego John dijo lentamente, aunque ella pudo sentir que le costaba un esfuerzo no expresar nada su desagrado:

—Bueno, no sé si cincuenta dólares es mucho por un vestido, con todos esos volantes y adornos que les ponen como remates hoy en día.

—No está hecho, ni siquiera está cortado —suspiró Meg débilmente, pues la abrumó el repentino recuerdo de los gastos que aún tendría que afrontar para su confección.

—Veinticinco metros de seda me parece mucho para cubrir a una mujer tan menuda, pero no dudo de que mi esposa se verá tan elegante como la de Ned Moffat cuando se lo ponga —dijo John secamente.

—Sé que estás enfadado, John, pero no puedo evitarlo. No es mi intención malgastar tu dinero, y no pensé que esos caprichitos costarían tanto. Soy incapaz de resistirme cuando veo a Sallie comprando todo lo que quiere, y compadeciéndome porque yo no puedo hacerlo. Intento conformarme, pero es difícil, y estoy cansada de ser pobre.

Las últimas palabras las pronunció tan bajo que pensó que él no las había oído. Pero sí lo hizo, y le hirieron profundamente, porque se había negado a sí mismo muchos placeres por el bien de Meg. Nada más decirlas, Meg comprendió que tendría que haberse mordido la lengua en cuanto lo dijo, pues John apartó los libros con brusquedad y se puso de pie y, con un ligero temblor en la voz, dijo:

---

[6] Alfred Mantalini, un personaje de la novela *Nicholas Nickleby*, de Charles Dickens, derrochador y malhablado, siempre añade «damd» (BrE) o «damned» (AmE) delante de todo lo que dice (maldito/a). Este adjetivo/adverbio posee múltiples traducciones, según el contexto. La frase está textualmente tomada del capítulo 34. *(N. de la T.)*

—Tenía miedo de que esto ocurriera. Me esfuerzo todo lo que puedo, Meg.

Si John la hubiera regañado, o incluso la hubiera zarandeado, no le habría partido tanto el corazón como aquellas pocas palabras. Corrió hacia él y lo abrazó, llorando, con lágrimas de arrepentimiento.

—¡Oh, John, mi querido, dulce y trabajador esposo! ¡No era mi intención decir eso! He sido muy maleducada, falsa e ingrata. ¿Cómo he podido decir algo así?

John se mostró muy amable y la perdonó de buena gana sin hacerle ningún reproche, pero Meg sabía que su marido no olvidaría tan pronto lo que había dicho y hecho, aunque jamás volviera a sacar el tema. Había prometido amarlo en lo bueno y en lo malo, y luego ella, su mujer, le había reprochado su pobreza, después de haberse gastado sus ahorros sin el menor escrúpulo. Lo que había hecho era horrible, pero lo peor de todo fue que, a partir de entonces, John se comportó con mucha naturalidad, como si no hubiera pasado nada, con la diferencia de que se quedaba hasta tarde en la ciudad, trabajando, mientras ella lloraba hasta quedarse dormida. Tras una semana de remordimientos en los que Meg casi enfermó, el descubrimiento de que John había cancelado el pedido de su nuevo abrigo la sumió en una desesperación tan grande que resultaba patético verla. Simplemente le dijo, harto de tantas preguntas:

—No puedo permitírmelo, querida.

Meg no dijo nada más, pero pocos minutos después la encontró en el vestíbulo, con la cara hundida en el viejo abrigo de su esposo, llorando como si se le fuera a romper el corazón.

Aquella noche tuvieron una larga conversación, y Meg aprendió a amar aún más a su marido por su pobreza, que parecía haberlo convertido en un hombre aún mejor, le había dado la fuerza y el coraje para salir adelante a su manera, y le había enseñado a tolerar y consolar con ternura y paciencia los anhelos y fracasos naturales de sus seres queridos.

Al día siguiente Meg se guardó el orgullo en el bolsillo, y fue a ver a Sallie, le contó la verdad y le pidió por favor que le comprara la tela. La bondadosa señora Moffat lo hizo de buena gana, y tuvo la delicadeza de no regalársela inmediatamente después. Más tarde,

Meg encargó que le llevasen a casa el abrigo y, cuando llegó John, se lo puso y le preguntó si le gustaba su nuevo vestido de seda. No es difícil imaginar la respuesta de John, la alegría con la que recibió aquel regalo, y lo bien que marcharon las cosas a partir de entonces. John llegaba pronto a casa, y Meg ya no salía tanto. Todas las mañanas, el feliz esposo se ponía el abrigo, y por la noche le ayudaba a quitárselo su devota mujercita. Así transcurrió un año, hasta que en el solsticio de verano Meg vivió una nueva experiencia, la más dulce y tierna en la vida de una mujer.

Un sábado, Laurie entró a hurtadillas en la cocina del Palomar con una expresión entusiasmada y fue recibido por el sonido de los címbalos que Hannah había improvisado con una cacerola y una tapa.

—¿Cómo está la mamá primeriza? ¿Dónde están todos? ¿Por qué nadie me dijo nada antes de que volviera a casa? —empezó a decir Laurie, en nada discretos susurros.

—¡Feliz como una reina, el ángel! Están todos arriba, dando las gracias. No queríamos mucho jaleo por aquí. Ve a la sala de estar y enseguida les digo que bajen. —Y, tras decir estas palabras, Hannah se alejó, cómplice, con una alegre risita.

Jo apareció enseguida, llevando con orgullo un paquetito envuelto en franela colocado sobre un almohadón. El rostro de Jo era muy sobrio, pero sus ojos centelleaban, y había en su voz un extraño sonido de emoción reprimida.

—Cierra los ojos y extiende los brazos —dijo, invitándole.

Laurie retrocedió precipitadamente hasta un rincón y colocó las manos con gesto suplicante.

—No, gracias, prefiero no hacerlo. Seguro que se me cae o lo aplasto, tan seguro como el destino.

—Entonces no verás a tu sobrino —dijo Jo con decisión, dándose la vuelta como para irse.

—¡De acuerdo, lo haré, lo haré!, sólo que tú serás responsable de los daños —exclamó, aceptando sus órdenes.

Laurie heroicamente cerró los ojos mientras le ponían algo en los brazos. Una carcajada de risas de Jo, Amy, la señora March, Hannah y John le hizo abrirlos al minuto siguiente. En ese instante, se dio cuenta de que en lugar de un bebé... ¡tenía dos!

No era de extrañar que todos se rieran, pues la expresión de su rostro era lo bastante graciosa como para convulsionar de risa a un cuáquero. Laurie desvió la mirada de las inocentes criaturas a los hilarantes espectadores, con una consternación tan cómica que Jo se tuvo que sentar en el suelo muerta de risa.

—¡Gemelos, por Júpiter! ¡Gemelos! —fue todo lo que pudo decir durante un minuto. Y luego, volviéndose hacia las mujeres con una mirada suplicante que despertó la compasión de todos, añadió—: ¡Por favor, que alguien los coja enseguida! Me está entrando la risa y se me van a caer.

Jo rescató a sus bebés, y empezó a pasear meciéndolos arriba y abajo y de un lado a otro con uno en cada brazo, como si ya estuviera iniciada en los misterios del cuidado de bebés, mientras Laurie reía hasta que las lágrimas corrieron por sus mejillas.

—¿A que es la mejor broma del año? No quería que te lo dijeran, porque me propuse sorprenderte, y me alegro mucho de haberlo conseguido —afirmó Jo, en cuanto recuperó el aliento.

—No he estado más asombrado en mi vida. ¿Tiene gracia? ¿Verdad? ¿Son niños los dos? ¿Cómo los vas a llamar? ¿Puedo verlos otra vez? Sujétame, Jo, me temo que dos son demasiado para mí —respondió Laurie, mirando a los niños con el aire de un enorme y manso Terranova mirando a un par de gatitos inofensivos.

—Niño y niña. ¿Verdad que son preciosos? —dijo el orgulloso padre, mientras observaba a los pequeñines de rostro enrojecido como si fueran ángeles.

—Los niños más extraordinarios que he visto en mi vida. ¿Y quién es quién? —preguntó Laurie mientras se inclinaba como un cigoñal a un pozo para observar de cerca el rostro de aquellos dos prodigios.

—Amy le puso una cinta azul al niño y una rosa a la niña, a la moda francesa, para distinguirlos. Además, uno tiene los ojos azules y el otro marrones. Dales un besito, tío Teddy —le pidió Jo en tono travieso.

—Me temo que no les gustaría —comenzó a decir Laurie, con una timidez inusual en él en estos asuntos.

—Pues claro que sí, ahora ya están acostumbrados. Venga, hazlo —le ordenó Beth, temiendo que tratara de escabullirse.

Laurie torció el gesto, pero obedeció y depositó en cada mejilla un beso tan leve que produjo otra carcajada general y los bebés empezaron a llorar.

—¿Lo ves? ¡Ya sabía yo que no les iba a gustar! Este es el niño, ¿verdad? Mira cómo se defiende pataleando y moviendo los puños. Oye, pequeño Brooke, métete con alguien de tu tamaño, ¿quieres? —exclamó Laurie, mientras contemplaba extasiado aquel puñito que se agitaba sin rumbo en el aire como si pretendiese darle en la cara.

—El niño se llamará John Laurence, y la niña Margaret, como la madre y la abuela. Pero la llamaremos Daisy, para no tener dos Megs en casa, y supongo que a este hombrecito lo llamaremos Jack, a menos que se nos ocurra un nombre mejor —dijo Amy, con el interés propio de una tía.

—Ponedle Demijohn, y yo lo llamaré Demi para abreviar —propuso Laurie.

—Daisy y Demi... ¡Es perfecto! Sabía que Teddy acertaría —exclamó Jo, aplaudiendo.

Y, desde luego, Teddy había acertado, porque desde ese día los bebés se llamaron Daisy y Demi.

CAPÍTULO VI

Visitas

—Vamos, Jo, es la hora.

—¿Es la hora de qué?

—¿No querrás decir que has olvidado que prometiste hacer media docena de visitas conmigo hoy?

—He hecho muchas cosas imprudentes y precipitadas en mi vida, pero creo que nunca estuve tan loca como para decir que haría seis visitas en un día, cuando una sola me pone de mal humor durante toda una semana.

—Sí, lo hiciste; fue un trato entre nosotros. Yo tenía que terminar el retrato de Beth que me pediste y tú tenías que acompañarme a devolver las visitas de nuestros vecinos.

—Si hacia buen tiempo, ese era exactamente el compromiso; y yo siempre cumplo al pie de la letra mis compromisos, Shylock[7]. Hay un montón de nubes hacia el este: no hace buen tiempo, y no voy.

—Intentas zafarte de tu compromiso. Hace un día precioso, no hay perspectivas de lluvia, y tú te enorgulleces de cumplir tus promesas, así que demuéstralo; ven y cumple con tu deber, y luego te dejaré en paz durante otros seis meses.

En aquel momento, Jo estaba especialmente absorta en la confección del vestido, pues se había convertido en la costurera oficial de la familia, y estaba muy orgullosa, pues se atribuía un mérito especial porque sabía usar la aguja tan bien como la pluma. No le apetecía nada que le hicieran dejar a medias una primera prueba para ir a arreglarse y salir a hacer visitas en un caluroso día de julio. Detestaba las visitas formales, y nunca hacía ninguna hasta que Amy la acorralaba con un trato, un soborno o una promesa. Ese día no había ninguna escapatoria y, después de cerrar airadamente las tijeras y protestar diciendo que olía a tormenta, se dio por vencida, dejó sus labores, tomó el sombrero y los guantes con aire de resignación, y le dijo a Amy que la víctima estaba preparada.

—¡Jo March, eres tan perversa que acabarías con la paciencia de un santo! No pretenderás hacer visitas con esas pintas —exclamó Amy, mientras la contemplaba asombrada.

—¿Y por qué no? Estoy arreglada, voy fresca y cómoda, más que apropiada para pasear por caminos polvorientos en un día caluroso. Si la gente se preocupa más por mi ropa que por mí, no quiero verlos. Vístete tú por las dos y ponte todo lo elegante que te plazca. A ti te gusta ir arreglada, a mí, no, y los miriñaques me molestan mucho.

—Ay, no —suspiró Amy—, ahora quiere llevarme la contraria y distraerme para que no la convenza de que se arregle. Te aseguro que a mí tampoco me apetece hoy ir de visita, pero es una deuda que tenemos con los vecinos y sólo tú y yo podemos pagarla. Haré lo que sea por ti, Jo, si te vistes como Dios manda y me ayudas a hacer

---

[7] Shylock es un personaje de *El mercader de Venecia,* de William Shakespeare, un usurero judío. *(N. de la T.)*

lo que debemos hacer. Tú hablas muy bien, pareces una aristócrata cuando te pones tus mejores galas y, cuando quieres, sabes comportarte y hacer que me sienta orgullosa de ti. Tengo miedo de ir sola; ven y hazme compañía, por favor.

—Eres una gatita astuta a la hora de halagar y engatusar a la gruñona de tu hermana mayor... ¿Qué yo tengo porte aristocrático y refinado, y tú miedo de ir sola a alguna parte? No sé cuál de las dos cosas me parece más absurda. Bueno, si no hay más remedio, iré y lo haré lo mejor que pueda. Tú serás el comandante de la expedición y yo obedeceré ciegamente, ¿te das por satisfecha? —dijo Jo, con un repentino cambio de su rebeldía natural a la sumisión de un cordero.

—¡Eres un angelito! Ahora ponte tu mejor vestido y te diré cómo comportarte en cada casa, para que causes una buena impresión. Quiero que caigas bien a todo el mundo y estoy segura de que así será si te esfuerzas por ser un poco más agradable. Arréglate bien el pelo y ponte la rosa en tu gorro; te sienta bien, y le dará un aire menos sobrio a ese vestido tan sencillo. Coge tus guantes claros y el pañuelo bordado. Pararemos en casa de Meg y le pediremos prestada su sombrilla blanca. Y tú puedes entonces llevar la mía gris.

Mientras Amy se vestía, iba dando órdenes a diestro y siniestro, y Jo obedecía, no sin antes protestar. Suspiró indignada mientras se metía en su nuevo vestido de organdí, frunció el ceño con un gesto siniestro mientras se ataba las cintas del sombrero en un lazo perfecto, luchó despiadadamente con los imperdibles al ponerse el cuello e hizo unas cuantas muecas mientras sacudía el pañuelo, cuyo bordado le resultaba tan irritante para su nariz como la misión actual lo era para sus sentimientos, y cuando se hubo finalmente introducido las manos en unos ceñidos guantes con tres botones y una borla (el último grito en elegancia), se volvió hacia Amy con una estúpida expresión en su semblante, a la vez que decía en tono sumiso:

—No puedo sentirme más miserable, pero si tú consideras que voy presentable, me puedo morir feliz.

—Tienes un aspecto muy satisfactorio. Date la vuelta lentamente, que te vea bien. —Jo giró sobre sí misma, y Amy le dio un toquecito aquí y otro allá, y luego se echó hacia atrás, ladeó la cabeza y comentó amablemente—: Sí, estás lista. No se puede pedir más de tu peinado, y el gorrito blanco con la rosa es absolutamente encantador. Endereza los hombros y mueve las manos con naturalidad, da igual que los guantes te aprieten. Hay algo que puedes hacer bien, Jo, y es lucir un chal. Yo no puedo, pero a ti da gusto verte. Me alegra mucho que la tía March te regalara ese tan bonito. Es sencillo, pero bonito, y esos pliegues sobre el brazo son realmente artísticos. Bueno, ¿llevo la capa centrada? ¿Me he subido bien la falda? Me gusta que me vean las botas, porque tengo los pies bonitos, aunque mi nariz no lo sea.

—Eres una belleza y una auténtica alegría siempre —dijo Jo, mirando a través de su mano con aire experto la pluma azul contra el cabello dorado de su hermana—. ¿Desea la señora que arrastre mi mejor vestido a través del polvo, o me lo subo un poco?

—Sujétatelo cuando camines, pero déjalo caer cuando entremos en alguna casa. Las faldas hasta el suelo te quedan mejor, pero debes aprender a llevarlas con gracia. No te has terminado de abrochar un puño, arréglatelo. Nunca estarás perfecta si no cuidas los pequeños detalles, porque son los que hacen que el conjunto resulte agradable.

Jo suspiró, y al tratar de abrocharse el puño, se le soltaron los botones del guante, pero al fin ambas estuvieron listas, y salieron de casa, con un aspecto de «recién salidas de un cuadro», como dijo Hannah, mientras se asomaba a la ventana superior para observarlas.

—Jo, querida, los Chester se consideran gente muy elegante, así que quiero que te comportes de manera impecable. No hagas ninguno de tus comentarios bruscos, ni hagas nada raro, ¿entiendes? Sólo mantente serena, fría y callada. Eso es lo mejor para todos y, además, resulta muy femenino. No creo que te cueste mucho, sólo serán quince minutos —la aleccionó Amy, mientras se acercaban al primer lugar de visita.

—Vamos a ver. «Calmada, fría y callada», ¡sí!, creo que puedo prometerlo. He interpretado el papel de una joven remilgada en el escenario, así que lo intentaré de nuevo. Tengo un gran talento, como verás, así que tranquila, hermanita.

Amy parecía aliviada, pero la traviesa Jo le tomó la palabra, pues durante la primera visita se sentó con todos los miembros graciosamente erguidos, cada pliegue del vestido correctamente en orden, serena como un mar de verano, fría como un banco de nieve y callada como una esfinge. En vano la señora Chester le preguntó por su «encantadora novela» y las señoritas Chester hablaron de fiestas, pícnics, la ópera y las modas; todas y cada una fueron respondidas con una sonrisa, una gesto de asentimiento y algún que otro recatado «sí» o «no». En vano Amy le dijo con discretos gestos la palabra «habla» y le daba pataditas a escondidas. Jo permaneció sentada como si no se diera cuenta de nada, con una expresión más propia del rostro de Maud, del poema de lord Tennyson: «Gélidamente correcta, maravillosamente vacía».

—¡Qué criatura tan altanera y poco interesante es la mayor de los March! —fue el comentario, que por desgracia escucharon ambas hermanas, cuando la puerta se cerró tras despedirse de sus invitadas.

Jo se rio sin hacer ruido mientras cruzaban el vestíbulo, pero a Amy parecía molestarle que sus instrucciones no hubieran funcionado bien y, como cabía esperar, culpó a Jo de ello.

—¿Cómo has podido confundirme así? Sólo quería que te comportaras con dignidad y compostura, pero parecías una estatua de piedra. Intenta ser más sociable en casa de los Lamb, cotillea como hacen las demás chicas, e interésate por la ropa, los coqueteos y cualquier tontería que surja. Se mueven en los mejores círculos de la sociedad, nos interesa relacionarnos bien con ellos. Por nada del mundo desearía causarles una mala impresión.

—Seré agradable, chismorrearé y me reiré, y me mostraré horrorizada o escandalizada por las tonterías que queráis. La verdad es que esto me gusta, así que ahora voy a interpretar lo que se llama el papel de «una chica encantadora». Puedo hacerlo, porque tengo a May Chester como modelo, e incluso la mejoraré. A ver si los Lamb dicen: «¡Qué criatura tan vivaracha y agradable!».

Amy se puso un poco nerviosa, y no andaba mal encaminada, porque cuando a Jo le daba por hacer tonterías, no había quién la parara. La cara de la pobre Amy era todo un poema cuando vio a su hermana entrar en el salón de la siguiente casa, besar a todas las jóvenes efusivamente, saludar radiante a todos los jóvenes caballeros y unirse a la conversación con un entusiasmo que asombraba al espectador. La señora Lamb pronto se apoderó de Amy, a quien apreciaba mucho, y tuvo que escuchar un largo relato sobre el último ataque de Lucrecia, mientras tres encantadores y jóvenes caballeros revoloteaban a su alrededor, esperando una pausa en la conversación para poder intervenir y rescatarla. De este modo, Amy no tenía manera de controlar a Jo, que parecía poseída por un espíritu travieso y parloteaba sin descanso, como si fuera ella misma la anfitriona. Un corrillo de cabezas se formó a su alrededor y Amy aguzó el oído para averiguar lo que ocurría, pues las frases entrecortadas que oía la alarmaban. Vio ojos como platos y manos alzadas que aguijoneaban su curiosidad y las frecuentes carcajadas que le llegaban despertaban en ella un interés inusitado por compartir la diversión. Puede imaginarse su sufrimiento al oír fragmentos de conversación de esta calaña:

—Monta espléndidamente, ¿quién le ha enseñado?

—Nadie. Solía practicar sentada muy tiesa en una vieja silla de montar colocada en un árbol mientras sujetaba las riendas. Ahora es capaz de montar cualquier cosa, porque no sabe lo que es el miedo, y el mozo de cuadra le permite usar los caballos por muy poco dinero, porque ella los sabe adiestrar muy bien para que paseen a las damas. Le apasiona tanto, que muchas veces le digo que si todo lo demás falla, siempre puede ganarse la vida como domadora de caballos.

Ante este horrible discurso, Amy se contuvo con dificultad, porque Jo estaba dando a entender que Amy era una joven descarada, lo cual le causaba especial aversión. Pero ¿qué podía hacer? La señora Lamb estaba a mitad de su historia, y mucho antes de que terminara Jo atacó de nuevo para hacer más revelaciones graciosas y soltar disparates más grandes todavía.

—Sí, Amy estaba desesperada aquel día, pues todos los caballos buenos ya habían salido y, de los tres que quedaban, uno era cojo el otro ciego y el tercero era tan torpe que había que ponerle tierra en la boca para que arrancara. Bonito animal para dar un paseo, ¿verdad?

—¿Y cuál eligió? —preguntó uno de los caballeros, que disfrutaba con el tema.

—Ninguno de ellos. Oyó hablar de un caballo joven que había en la granja de al lado del río y, aunque nunca lo había montado una mujer anteriormente, decidió intentarlo, porque era muy bonito y brioso. ¡Ah, pero no fue fácil! No había nadie que pudiese acercar el caballo hasta la cuadra para ensillarlo, de modo que tuvo que llevar ella la silla al caballo. ¡Pobrecilla! Se puso la silla sobre la cabeza, cruzó el río y, ante el asombro del anciano granjero, ¡se dirigió al establo!

—¿Y montó el caballo?

—Por supuesto que sí, y se lo pasó en grande. Yo esperaba que la trajeran a casa hecha pedazos, pero lo manejó a la perfección y fue el alma de la fiesta.

—Bueno, ¡a eso sí que lo llamo yo ser valiente! —exclamó el joven señor Lamb, mientras dirigía una mirada de aprobación a Amy, preguntándose qué era lo que su madre podría estar diciéndole para hacer que la chica se viera tan roja y abochornada.

Aún se puso más roja y abochornada un momento después, cuando un repentino giro en la conversación introdujo el tema de la ropa. Una de las jóvenes preguntó a Jo de dónde había sacado el bonito sombrero que llevaba el día del pícnic, y la estúpida Jo, en vez de mencionar el lugar donde lo había comprado hacía dos años, respondió con innecesaria franqueza:

—Oh, Amy lo pintó. Esos tonos tan suaves no se compran en las tiendas, así que pintamos los nuestros del color que más nos guste. Es una gran suerte tener una hermana artista.

—¡Qué idea tan original! —exclamó la señorita Lamb, que encontraba a Jo muy divertida.

—Eso no es nada comparado con algunas de sus obras más brillantes. No hay nada que esta muchacha no pueda hacer. Veréis, quería un par de botas azules para la fiesta de Sallie, así que pintó las suyas, que eran blancas y estaban bastante gastadas, del tono azul celeste más bonito que jamás hayáis visto, y quedaron tan bien que parecían de satén —añadió Jo, con un aire de orgullo por los logros de su hermana que exasperó a Amy hasta tal punto que pensó en tirarle su tarjetero a la cabeza.

—El otro día leímos una historia tuya y nos gustó muchísimo —observó la mayor de las señoritas Lamb, deseosa de felicitar a la joven literata que, todo sea dicho, en ese momento no estaba representando su papel muy bien que se diga. Cualquier mención a su obra siempre tenía un efecto negativo sobre Jo, que o bien se ponía rígida y parecía ofendida, o bien cambiaba de tema con un comentario áspero, como en esa ocasión—: Lamento que no hayas encontrado nada mejor que leer. Yo escribo esas birrias porque se venden y a la gente corriente le gusta. ¿Vais a ir a Nueva York este invierno?

Como la señorita Lamb había disfrutado «muchísimo» de la historia, la respuesta que le dio Jo no le pareció especialmente agradecida ni halagadora. Jo se dio cuenta de su error nada más pronunciar esas palabras, pero temiendo empeorar las cosas aún más, recordó de repente que le correspondía a ella hacer el primer gesto de que era hora de irse, y lo hizo con tal brusquedad que dejó a tres personas con frases a medio terminar en la boca.

—Amy, debemos irnos. Adiós, queridas. Venid a vernos cuando queráis, estamos deseando que nos visitéis. No me atrevo a pedírselo también a usted, señor Lamb, pero si decidiera venir, no tendría el valor de rechazarlo.

Jo dijo esto imitando tan graciosamente el estilo efusivo de May Chester, que Amy salió del salón lo más rápido que pudo, tratando de contener la risa y las lágrimas al mismo tiempo.

—Lo he hecho bien, ¿verdad? —preguntó Jo, con expresión satisfecha mientras se alejaban.

—No podría haber sido peor —fue la aplastante respuesta de Amy—. ¿Qué te llevó a contar esas historias sobre mi montura, los sombreros, las botas y todo lo demás?

—¿Por qué no? Es divertido y a la gente le hace gracia. Ellos saben que somos pobres, así que no sirve de nada fingir que tenemos mozos de cuadra, que nos compramos tres o cuatro sombreros por temporada, y que tenemos todas las cosas que queremos con tanta facilidad como ellos.

—Pero tampoco hacía falta que fueses y les contases todas nuestras penurias ni que expusieras nuestra pobreza de esa manera totalmente innecesaria. No tienes ni el más mínimo orgullo y nunca aprenderás cuándo tienes que hablar y cuándo tienes que callar —se lamentó Amy con desesperación.

La pobre Jo parecía avergonzada y se frotaba silenciosamente la punta de la nariz con el pañuelo almidonado, como si estuviese haciendo penitencia por su mala conducta.

—¿Y aquí cómo tengo que comportarme? —preguntó, mientras se acercaban a la tercera mansión.

—Como tú quieras, yo me lavo las manos —fue la cortante respuesta de Amy.

—Pues entonces, me divertiré. Seguro que los chicos están en casa y pasaremos un rato agradable. Dios sabe que necesito un pequeño cambio, porque la elegancia tiene un mal efecto sobre mi constitución —respondió Jo con brusquedad, molesta por su falta de acierto.

La entusiasta bienvenida de tres jovencitos y varios niños calmó rápidamente sus sentimientos alterados. Después de dejar a Amy con la anfitriona y el señor Tudor, que también pasaba por allí, Jo se dedicó a los jóvenes y el cambio le pareció refrescante. Escuchaba con profundo interés las historias universitarias, acariciaba a los perdigueros y los caniches sin rechistar, estuvo completamente de acuerdo en que «Tom Brown era un trozo de pan», sin reparar en la forma impropia del elogio; y cuando un muchacho se ofreció a enseñarle la casa de las tortugas, Jo lo siguió con tanto entusiasmo que la madre de los jóvenes no pudo evitar sonreír. La mujer había llegado en ese momento y los abrazos toscos pero afectuosos de sus hijos le habían arrugado el gorro y la habían despeinado, aunque ella no hubiese cambiado aquellos pelos ni por la más sofisticada *coiffure* francesa.

Tras dejar a su hermana a su aire, Amy se dispuso a disfrutar lo posible de la visita. El tío del señor Tudor se había casado con una dama inglesa, que era prima tercera de un auténtico lord, por lo que aquella familia le inspiraba un gran respeto a Amy. Aunque hubiese nacido y se hubiese criado en Estados Unidos, sentía esa admiración por los títulos que muchos de nosotros sufrimos —esa lealtad no confesada hacia los reyes que puso en ebullición a la nación más democrática que existe bajo el sol de la tierra, con la llegada de un regio jovencito[8] de rubios cabellos, a quien recibieron con emoción hace algunos años— y que aún tiene algo que ver con el amor de un hijo adulto hacia su autoritaria madre, pequeña e imperiosa, que lo sostuvo mientras pudo, y lo dejó ir con una reprimenda de despedida cuando se rebeló, a modo de despedida. Pero incluso la satisfacción de hablar con un pariente lejano de la nobleza británica no hizo que Amy perdiera la noción del tiempo, así que, cuando transcurrieron los minutos adecuados, se separó de mala gana de aquel aristócrata y miró a su alrededor en busca de Jo, con la ferviente esperanza de que su incorregible hermana no pusiera aún más en entredicho el buen nombre de los March.

Lo cierto es que podría haber sido peor, pero a Amy no le gustó lo que vio: Jo estaba sentada en la hierba, con un grupo de muchachos a su alrededor, contando una de esas legendarias bromas pesadas de Laurie a su público de admiradores, mientras un perro de patas sucias descansaba sobre la falda de su vestido, el más elegante que tenía. Un niño pequeño estaba hostigando a unas cuantas tortugas con la preciada sombrilla de Amy, otro estaba comiendo pan de jengibre sobre el mejor sombrero de Jo, y un tercero jugaba a la pelota con sus guantes. Pero todos se divertían, y después de que Jo recogiera sus maltrechas pertenencias, el público la acompañó hasta la puerta, rogándole que volviera pronto, porque «las travesuras de Laurie son muy divertidas».

—Son muy simpáticos, ¿verdad? Después de esto, me siento más joven y llena de energía —comentó Jo, que caminaba con las manos a la espalda en parte por la fuerza de la costumbre y en parte para ocultar la sombrilla sucia.

—¿Por qué siempre evitas al señor Tudor? —le preguntó Amy, que tuvo el buen criterio de no hacer ningún comentario sobre el desastroso aspecto de Jo.

—Es que no me cae bien. Se lo tiene muy creído, se pasa el día burlándose de sus hermanas y haciendo sufrir a su padre, y no le habla con respeto a su madre. Laurie dice que es muy impetuoso y no me parece una amistad apropiada, así que mantengo las distancias.

---

[8] Posiblemente se refiera al príncipe Alberto Eduardo, que fue el primer miembro de la familia real británica que visitó Estados Unidos y Gales.

—Por lo menos podrías ser más educada con él, te has limitado a saludarlo con un gesto frío, y sin embargo, te acabas de despedir con una sonrisa y una reverencia de Tommy Chamberlain, y eso que su padre sólo es un tendero. Si lo hubieras hecho al revés, habrías actuado correctamente —la amonestó Amy.

—Eso no es verdad —respondió Jo, airada—. No me gusta ese Tudor, ni lo respeto, ni lo admiro, ya sea que la sobrina del sobrino del tío de su abuelo hubiese sido prima lejana de un lord. Tommy es pobre, tímido, bueno y muy inteligente. Yo tengo un buen concepto de él y me gusta demostrárselo, porque aunque viva rodeado de paquetes de papel de estraza, es todo un caballero.

—Es inútil tratar de discutir contigo —comenzó Amy.

—En absoluto, querida —interrumpió Jo—, así que animémonos un poco y vamos a dejar una tarjeta aquí, ya que los King están evidentemente fuera de casa, de lo cual me alegro profundamente.

Una vez que el tarjetero familiar cumplió con su deber, las chicas siguieron su camino, y Jo dio las gracias de nuevo cuando, al llegar a la quinta casa, les dijeron que las jóvenes estaban ocupadas.

—Bien, ahora vamos a casa, y no te preocupes por la tía March. A ella podemos ir a verla en cualquier momento, y es una verdadera pena arrastrarnos por el polvo con nuestros mejores vestidos y cuellos de encaje cuando estamos cansadas y enfadadas.

—Habla por ti, ¿quieres? A la tía le gusta que le hagamos el cumplido de hacerle una visita formal con nuestras mejores galas. Ya sé que puede resultar un poco engorroso, pero a ella le da mucho gusto y, después de haber estado jugando con perros sucios y niños traviesos, no creo que se nos vayan a estropear mucho más de lo que están. Agáchate y déjame quitarte las migas del gorro.

—¡Qué buena eres, Amy! —murmuró Jo, con una mirada arrepentida a su traje estropeado para después fijarse en el de su hermana, que seguía impecable—. Ojalá a mí me resultara tan fácil hacer pequeñas cosas para complacer a la gente como lo es para ti. Pienso mucho en ello, pero me lleva demasiado tiempo hacerlo, así que espero la oportunidad de hacer un gran gesto y dejo pasar los pequeños. Pero supongo que, a la larga, lo que cuenta son los pequeños detalles.

Amy sonrió y se tranquilizó enseguida, diciendo con aire maternal:

—Las mujeres deberían aprender a ser agradables, sobre todo las pobres, pues no tienen otro modo de corresponder a la amabilidad que reciben. Si lo recordaras y lo pusieras en práctica, seguro que te querrían más que mí, porque tienes mucho más que ofrecer.

—Soy una cascarrabias y siempre lo seré, pero estoy dispuesta a admitir que tienes razón, sólo que es más fácil para mí arriesgar la vida por una persona que ser agradable con ella si no me sale de forma natural. Qué desgracia tener unos sentimientos tan intensos, ¿verdad?

—Más desgracia es no poder ocultarlos. No me importa confesar que Tudor me gusta tan poco como a ti, pero no creo que sea necesario decírselo. Y tú tampoco, porque no tiene sentido comportarse de un modo desagradable sólo porque él lo haga.

—Pues yo sí creo que las jóvenes deberíamos poder decir si un chico nos desagrada y... ¿cómo lo vamos a hacer, si no es a través de la forma de tratarlo? Predicar no sirve de nada sin el ejemplo, y lo digo por experiencia propia porque yo ya lo he intentado con Teddy. En cambio, existen muchas maneras discretas de influir en él sin decir absolutamente nada y creo que, si está en nuestras manos, debemos hacer lo mismo con los demás.

—Teddy es un muchacho excepcional, no vale como ejemplo de los demás jóvenes —afirmó Amy en tono solemne de convicción que, de haberlo podido escuchar, habría provocado las carcajadas del «muchacho excepcional» en cuestión—. Si nosotras fuésemos bellezas o mujeres ricas quizás podríamos hacer algo. Pero que nosotras miremos con el ceño fruncido a ciertos jóvenes porque no nos caen bien, o sonriamos porque otros sí nos agradan, no va a cambiar nada en absoluto. Sólo vamos a conseguir que nos tomen por excéntricas puritanas.

—O sea, ¿tenemos que tolerar las cosas y las personas que odiamos sólo porque no somos bellezas ni millonarias? Vaya una moral tan curiosa, ¿no?

—No estoy diciendo que no tengas razón, lo único que digo es que el mundo no funciona así como tú lo ves. Y quienes intentan cambiar las cosas, sólo consiguen que los demás se burlen de ellos. No me caen bien los reformistas, espero que tú no pretendas serlo.

—Pues a mí sí me caen bien y lo seré si puedo. Porque por mucho que nos riamos, el mundo no puede seguir adelante sin ellos. No vamos a ponernos de acuerdo en eso, porque tú eres a la antigua usanza y yo no. A ti te irá mejor que a mí, pero yo tendré una vida más plena. Y creo que puedo disfrutar de las críticas y los abucheos.

—Bueno, pero compórtate ahora, y no preocupes a la tía con tus ideas modernas.

—Intentaré no hacerlo, pero siempre que estoy con ella me invade el deseo de soltarle algún discurso audaz o expresar algún sentimiento revolucionario. Es mi perdición, y no puedo evitarlo.

Encontraron a la tía Carrol con la anciana, ambas absortas en algún tema muy interesante de conversación, pero lo dejaron cuando las muchachas entraron, con una mirada consciente que delataba que habían estado hablando de sus sobrinas. Jo no estaba de buen humor, y la asaltó otra vez el lado perverso, pero Amy, que había cumplido virtuosamente con su deber, mantuvo la compostura, y complaciendo a todos, se comportó como un verdadero ángel. Este espíritu afable se dejó sentir de inmediato y, a juzgar por lo que dijeron cuando las jóvenes se marcharon —«esa niña mejora día a día»—, quedaron más que complacidas.

—¿Vas a ayudar en la feria, querida? —le preguntó la señora Carrol, mientras Amy se sentaba a su lado con esa sensación de confianza que tanto aprecian a las personas mayores en la juventud.

—Sí, tía. La señora Chester me preguntó si quería, y yo me ofrecí a servir una mesa, ya que lo único que puedo dar es el tiempo.

—Yo no —intervino Jo con decisión—. Me sienta fatal que me traten con condescendencia y los Chester creen que nos hacen un gran favor permitiéndonos que les ayudemos con su feria de postín. Me extraña que lo consintieras, Amy: sólo quieren que trabajes.

—Pues estoy deseando trabajar, tanto para los libertos del esclavismo como para los Chester, y creo que es muy amable por su parte dejarme que ayude con el trabajo y participe en la diversión. No me molesta la condescendencia si no es malintencionada.

—Bien dicho. Me gusta tu espíritu agradecido, querida; es un placer ayudar a la gente que aprecia nuestros esfuerzos. Hay quien no lo hace y eso sí es exasperante —comentó la tía March, mirando por encima de las gafas a Jo, que estaba sentada aparte, meciéndose en el balancín, con expresión algo malhumorada.

Si Jo hubiera sabido la inmensa felicidad que el futuro le iba a deparar a una de ellas, se habría vuelto al instante mansa como un corderito; pero, por desgracia, no tenemos ventanas en nuestro corazón que nos dejen ver lo que pasa por la mente de nuestros amigos. Y es mejor que así sea, pero de vez en cuando sería muy cómodo, y nos ahorraría tiempo y disgustos. Con sus siguientes palabras, Jo se privó a sí misma de varios años de placer, y recibió una oportuna lección en el arte de morderse la lengua.

—No me gustan los favores. Me agobian y me hacen sentir como una esclava. Prefiero hacerlo todo por mí misma, y ser completamente independiente.

—¡Ejem! —tosió la tía Carrol discretamente, dirigiendo al mismo tiempo la mirada a la tía March.

—Te lo dije —afirmó la tía March, con un decidido gesto de asentimiento a la tía Carrol.

Misericordiosamente ajena a lo que acababa de hacer, Jo siguió allí sentada, con la barbilla bien alta y un aire rebelde que era cualquier cosa menos atractivo.

—¿Hablas francés, querida? —preguntó la señora Carrol, poniendo su mano sobre la de Amy.

—Bastante bien, gracias a la tía March, que deja practicar con Esther todas las veces que quiero —contestó Amy, con una mirada agradecida, que hizo sonreír afablemente a la anciana.

—¿Y a ti, qué tal se te dan los idiomas? —le preguntó entonces la señora Carrol a Jo.

—No sé ni una palabra. Soy muy burra para los estudios. Y no soporto el francés, me parece una lengua muy cursi y empalagosa —fue la brusca respuesta de Jo.

Otra mirada se cruzó entre las damas, y tía March volvió la cabeza y le dijo a Amy:

—Ya estás fuerte y bien, querida, al menos eso parece. Los ojos ya no te molestan, ¿verdad?

—En absoluto, tía, gracias. Estoy muy bien y tengo la intención de hacer muchas cosas este invierno. Estaré preparada para ir a Roma, cuando me llegue ese feliz momento.

—¡Buena chica! Te mereces ir, y estoy segura de que lo lograrás algún día —afirmó la tía March, dándole una palmadita de aprobación en la cabeza a Amy, que se había inclinado a recogerle el ovillo.

—*Vieja cascarrabias, echa el cerrojo e hila a tu antojo* —chilló Polly, que, posado en el respaldo de la silla se inclinó hacia adelante para observar a Jo con una expresión de curiosidad tan graciosa que era imposible no echar a reír.

—Un pájaro muy observador —dijo la anciana.

—*¿Vienes a dar un paseo, querida?* —chilló Polly, saltando hacia el armario de porcelana, mirando con avidez los terrones de azúcar.

—Gracias, lo haré. Vamos, Amy...

Y así, sin más, Jo puso fin al encuentro, convencida, más que nunca, de que las visitas tenían un mal efecto sobre su salud. Se despidió con un apretón de manos bastante masculino. Por el contrario, Amy besó a sus dos tías, y las muchachas se marcharon unos instantes después, dejando tras de sí una impresión agridulce.

—Será mejor que lo hagas, Mary: yo pondré el dinero —dijo la tía March en cuanto las jóvenes desaparecieron.

—Lo haré, desde luego —respondió la tía Carrol con decisión—. Si su padre y su madre están de acuerdo.

CAPÍTULO VII

Consecuencias

La feria de la señora Chester era tan elegante y selecta que las jóvenes del vecindario consideraban un gran honor que las invitaran a atender un puesto, y todo el mundo estaba muy interesado en el asunto. A Amy se lo pidieron, pero a Jo no, lo que fue una suerte para todos, ya que estaba atravesando por una época bastante rebelde, e hicieron falta unos cuantos reveses para que aprendiera a ser más dócil. Todos los que la rodeaban, pues, dejaban de lado a aquella joven «estirada y aburrida». En cambio, el talento y el gusto de Amy recibieron como recompensa el puesto de arte, y la joven se esforzó cuanto pudo para prepararse y aportar contribuciones adecuadas y valiosas.

Todo fue bien hasta la víspera de la apertura de la feria. Entonces, ocurrió una de las pequeñas trifulcas que es casi imposible evitar, cuando veinticinco mujeres, mayores y jóvenes, cada una con sus manías y prejuicios, tratan de trabajar juntas.

May Chester estaba celosa de Amy porque esta era mucho más popular que ella y, justamente aquel día coincidieron varias circunstancias insignificantes que, sin embargo, contribuyeron a agravar este sentimiento. El delicado trabajo de pluma y tinta de Amy, para empezar, eclipsó por completo a los jarrones pintados por May. Esa fue la primera espinita. Después, en la fiesta, el caballeroso Tudor había bailado cuatro veces con Amy y sólo una con May: esa fue la espinita número dos. Pero el principal agravio que se clavó en su alma, y que le dio una excusa para su conducta poco amistosa fue el rumor, que algunos cotillas habían propagado, de que las hermanas March se habían burlado de ella en casa de los Lamb. Toda la culpa de esto tendría que haber recaído enteramente sobre Jo, pues su traviesa imitación de May había sido tan lograda que a nadie se le escapó a quién se refería... y a los traviesos Lamb les había faltado el tiempo para cotorrearlo. Aun así, las culpables no sabían ni una palabra del asunto, por lo que no es difícil imaginar la consternación de Amy cuando, la noche antes de la feria, mientras estaba dando los últimos retoques a su precioso puesto, la señora Chester —que, como es lógico, estaba dolida después de que supuestamente hubieran ridiculizado a su hija— fue a hablar con ella.

—Me temo, querida —le dijo en un tono amable, pero con una mirada fría—, que algunas muchachas no están de acuerdo en que este puesto no lo lleve una de mis hijas. Teniendo en cuenta que esa mesa es la que mejor se ve y, según parece, la más bonita de todas, y que mis hijas son el mejor reclamo de esta feria, pensamos que es mejor que se ocupen ellas. Lo siento, pues sé que estás muy comprometida con la causa, por eso superarás sin duda alguna esta pequeña decepción personal. Y, por supuesto, tendrás otro puesto si tú quieres.

La señora Chester había creído de antemano que le sería fácil soltar ese discursito, pero cuando llegó el momento, le resultó bastante difícil pronunciarlo con naturalidad, al tener que enfrentarse a los ojos de Amy, que la miraban fijamente, llenos de sorpresa y preocupación.

Amy presentía que había algo detrás de aquellas palabras, pero no podía adivinar qué, y respondió en voz baja, en un tono que dejaba claro lo dolida que se sentía:

—¿Quizá preferiría usted que no me ocupase de ningún puesto?

—Oh, querida, no te sientas mal, te lo ruego. Simplemente es una cuestión de conveniencia, como puedes ver. Mis hijas no tardarán en tomar el relevo en la organización de la feria, y consideramos que este lugar es el que les corresponde. Creo que es muy apropiado para ti, y me siento muy agradecida por tus esfuerzos para ponerlo tan bonito, pero debemos dejar a un lado nuestros deseos personales, como sabes. Me ocuparé de que tengas un buen puesto. ¿No te gustaría el de las flores? Las niñas más pequeñas se encargaron de él, pero están un poco desanimadas. Seguro que tú lo dejarás muy bonito, y además, el puesto de las flores siempre es muy atractivo, ¿no te parece?

—Sobre todo para los caballeros —añadió May, con una mirada que aclaró a Amy una de las causas de su repentina caída en desgracia. Se ruborizó, furiosa, pero decidió no hacer caso de aquel sarcasmo, y contestó en un tono de inesperada cordialidad:

—Haré lo que usted me diga, señora Chester. Dejaré mi lugar aquí de inmediato, y atenderé las flores, si así lo desea.

—Puedes llevarte tus cosas a tu propio puesto, si lo prefieres —empezó a decir May, con un poco de remordimiento de conciencia, mientras miraba los bonitos estantes, las conchas pintadas y las pintorescas ilustraciones que Amy había hecho con tanto esmero y había colocado con tanta gracia.

Su intención era amable, pero Amy la malinterpretó y se apresuró a responder:

—Oh, sí, desde luego, me las llevo por si te estorban.

Y, tras recoger sus contribuciones en la falda de su delantal, se marchó con la sensación de que tanto ella como sus obras de arte habían sido víctimas de una ofensa imperdonable.

—Y ahora está enfadada. Ay, mamá, ojalá no te hubiera pedido que hablaras con ella —dijo May, mirando desconsoladamente su puesto vacío.

—Las peleas entre amigas se acaban pronto —respondió su madre, que se sentía un poco avergonzada de su propia participación en este asunto.

Las niñas recibieron con entusiasmo a Amy y sus tesoros, y aquella cálida acogida le calmó un poco los ánimos. Se puso a trabajar, decidida a alcanzar como florista el éxito que le habían negado como artista. Sin embargo, todo parecía haberse aliado en su contra: era tarde, se sentía bastante cansada, todo el mundo estaba muy ocupado con sus cosas y nadie tenía tiempo de ayudarla, y las niñas no hacían más que estorbar, porque estaban todo el rato correteando, parloteando como urracas y alborotando todo mientras hacían inútiles esfuerzos por poner orden. Como consecuencia, el arco de hojas verdes que había colocado en el puesto temblaba y amenazaba con derrumbarse sobre la cabeza de Amy en cuanto colgara la cesta de flores, en lugar de mantenerse derecho. A su Cupido le llegó una salpicadura no se sabe de dónde y le quedó una mancha de color sepia en la mejilla. Le salieron ampollas en las manos de tanto usar el martillo. Y, para colmo de males, cogió frío trabajando en mitad de una corriente de aire y temió ponerse enferma al día siguiente. Cualquiera que haya sufrido desgracias similares en parecidas circunstancias comprenderá sin duda a la pobre Amy y le deseará mucha suerte en su tarea.

Hubo gran indignación en casa cuando Amy contó su historia aquella noche. Su madre dijo que era una vergüenza, pero le dijo que había hecho lo correcto. Beth declaró que no pensaba poner los pies en la feria y Jo le preguntó por qué no habían cogido todas sus cosas bonitas y dejaba que aquella gente mezquina se las arreglase sin ella.

—Que sean mezquinas no es razón para que yo lo sea. No soporto esas cosas, y aunque creo que tengo derecho a estar dolida, no tengo intención de demostrarlo. Seguro que eso les dolerá más que las palabras airadas o los berrinches, ¿verdad, Marmee?

—Esa es la actitud correcta, querida: un beso por un golpe siempre es lo mejor, aunque a veces no sea muy fácil darlo —respondió su madre, con el tono de quien ha aprendido la diferencia entre predicar y ponerlo en práctica.

A pesar de las naturales tentaciones de mostrarse ofendida y buscar venganza, Amy se mantuvo firme en su resolución durante todo el día siguiente, empeñada en vencer a su enemiga por medio de la bondad. Empezó bien, gracias a un recordatorio silencioso que le llegó de forma tan inesperada, como muy oportuna. Aquella mañana, mientras arreglaba su puesto, y las niñas llenaban las cestas de flores, tomó entre sus manos su producción favorita, un librito con cubiertas antiguas que había encontrado su padre entre sus tesoros, y en el que, sobre hojas de vitela de pergamino, había iluminado bellamente diversos textos. Al pasar las páginas, llenas de delicados adornos, con un orgullo muy perdonable, su mirada se detuvo en un verso que la hizo detenerse a reflexionar. Enmarcada en una brillante marquetería de color escarlata, azul y oro, con pequeños duendecillos ayudándose alegres unos a otros a trepar entre espinas y flores, se leía la frase: «Amarás a tu prójimo como a ti mismo».

«Debería, pero no lo hago», pensó Amy, mientras su mirada se desviaba hacia la cara amargada de May tras los grandes jarrones, que no conseguían disimular los huecos que sus bonitos trabajos llenaban el día anterior. Amy permaneció unos instantes pasando las páginas, y en cada una de ellas leía una dulce reprimenda por todas aquellas veces que se había enfadado y no se había mostrado lo bastante caritativa. Todos los días, ya sea en la calle, la escuela, el trabajo o el hogar, oímos sin darnos cuenta sermones sinceros y verdaderos. Incluso un puesto de feria puede convertirse en un púlpito, si es capaz de ofrecer estas sabias y reconfortantes palabras que nunca están de más. La conciencia de Amy pronunció en aquel momento un pequeño sermón a partir de aquel texto, y ella hizo lo que muchos de nosotros no siempre hacemos: tomarse el sermón al pie de la letra y ponerlo en práctica de inmediato.

Un grupo de chicas estaba de pie alrededor de la mesa de May, admirando los bonitos objetos y hablando sobre el cambio de vendedoras. Bajaron la voz, pero Amy sabía que hablaban de ella, que debían de haber oído una versión de la historia y juzgaban en consecuencia. No era agradable, pero un mejor talante se había apoderado de ella, y no tardó en presentársele la oportunidad de demostrarlo. Oyó a May decir en tono lastimero:

—Es una lástima, porque ya no queda tiempo para hacer otras cosas y no quiero llenarme el puesto de chismes. La mesa estaba perfecta entonces, pero ahora ya no es tan bonita.

—Me atrevería a decir que los volvería a poner si se lo pidieras —sugirió alguien.

—¿Cómo se lo voy a pedir, después de todo este alboroto? —empezó a decir May, pero no tuvo tiempo de terminar, porque la voz de Amy llegó a través del vestíbulo, diciendo con dulzura:

—Si quieres, puedes tenerlos, no hace falta que me los pidas —ofreció amablemente—. De hecho, estaba pensando en ofrecerme a devolverlos, porque quedan mejor en tu puesto que en el mío. Aquí están: por favor, acéptalos y perdóname si anoche me precipité al llevármelos.

Mientras hablaba, Amy le devolvió sus contribuciones, con un gesto de asentimiento y una sonrisa, y se apresuró a alejarse de nuevo, sintiendo que era más fácil tener un detalle amable que quedarse a esperar a que le dieran las gracias por ello.

—A mí me parece encantadora, ¿verdad? —exclamó una de las chicas.

La respuesta de May fue inaudible, pero otra de las jóvenes, cuyo temperamento era visiblemente un tanto agrio, seguramente de tanto hacer limonada. Añadió con una despectiva carcajada:

—Muy encantadora, sí, porque sabía que no las iba a vender en su propio puesto.

Eso sí que fue un duro golpe para Amy, pues cuando hacemos pequeños sacrificios nos gusta, al menos, que los demás los aprecien. Durante un instante, Amy se arrepintió de lo que había hecho, sintiendo que la virtud no siempre obtiene recompensa. Pero no es así, y Amy no tardó en descubrirlo, porque de repente se sentía más animada y, gracias a su habilidad y su arte, su puesto empezó a florecer. Las chicas fueron muy amables, y aquel pequeño gesto pareció haber logrado el sorprendente efecto de crear un clima más relajado.

Fue un día muy largo y difícil para Amy, ya que las niñas no tardaron en abandonarla y se quedó sola en su puesto; a casi nadie le interesaba comprar flores en verano y sus ramos se empezaron a marchitar mucho antes de que oscureciera.

El puesto de arte era, desde luego, el más atractivo de la feria. Estuvo rodeado de gente que pululaba a su alrededor durante todo el día y las vendedoras iban y venían constantemente dándose importancia y haciendo tintinear las cajas llenas de dinero. Amy contemplaba la escena con nostalgia, deseando estar allí, donde se hubiera sentido a gusto y feliz, en lugar de estar en un rincón aburriéndose como una ostra. Es posible que a algunos de nosotros no nos parezca tan grave, pero para una muchacha tan alegre y joven, no sólo era tedioso, sino muy difícil. La idea de que su familia, Laurie y sus amigos, la encontrase allí por la tarde le parecía un auténtico martirio.

No volvió a casa hasta que ya hubo oscurecido, tan pálida y callada que todo el mundo se dio cuenta de que el día había sido muy duro para ella. Amy, sin embargo, no se quejó ni les contó lo que había hecho. Por la mañana, su madre le ofreció una segunda taza de té amablemente. Beth la ayudó a vestirse y le hizo una preciosa corona de flores para el pelo, mientras Jo asombró a toda su familia al levantarse muy temprano e insinuar, en tono misterioso, que estaban a punto de cambiar las tornas ese día.

—No hagas ninguna tontería, Jo. No quiero más líos, así que déjalo pasar y compórtate —rogó Amy, mientras se marchaba temprano, con la esperanza de encontrar flores frescas con las que renovar las de su pobre puesto.

—Sólo pretendo ser increíblemente agradable con todas las personas que conozco, para que se queden en tu puesto el mayor tiempo posible. Teddy y sus amigos nos echarán una mano y seguro que lo pasaremos fenomenal —respondió Jo, inclinándose por encima de la puerta para ver si llegaba Laurie.

No tardó en oír los pasos del joven y corrió a su encuentro.

—¿Es ese mi chico?

—¡Tan seguro como que esta es mi chica!

Y, tras esas palabras, Laurie le ofreció el brazo con el aire de un joven que ha cumplido todos sus deseos.

—¡Ay, Teddy, no te lo vas a creer!

Y Jo le contó las desgracias de Amy con un celo fraternal.

—Dentro de un rato van a venir en coche unos amigos y que me aspen si no les hago comprar todas las flores que tenga Amy, e instalarse delante del puesto después —dijo Laurie, defendiendo la causa con ardor.

—Dice Amy que las flores ya están un poco feas y es posible que las frescas no lleguen a tiempo. No quisiera ser injusta o desconfiada, pero no me extrañaría que nunca llegaran. Las personas que hacen maldades no suelen conformarse con una —observó Jo, en tono de disgusto.

—¿No te dio Hayes lo mejor de nuestros jardines? Se lo pedí yo.

—No lo sabía, supongo que se le habrá olvidado. Y como tu abuelo no se encuentra muy bien, no quise preocuparlo preguntando, aunque yo quería unas cuantas.

—Pero bueno, Jo. ¿Desde cuándo tienes que pedirlas? Son tan tuyas como mías. ¿O es que no vamos siempre a medias en todo? —empezó a decir Laurie, en ese tono que siempre ponía a Jo de mal humor.

—¡Por Dios, espero que no! ¡La mitad de algunas de tus cosas no me servirían! Pero dejemos de quedarnos de brazos cruzados, que tengo que ayudar a Amy, así que tú procura ser muy generoso y si pudieras pedirle a Hayes que llevara unas cuantas flores a la feria, te estaría eternamente agradecida.

—¿Y no podrías empezar a agradecérmelo ahora? —preguntó Laurie, tan sugerente que Jo le cerró la verja en las narices con unas prisas nada hospitalarias y le gritó, a través de los barrotes—: ¡Largo de aquí, Teddy! Estoy ocupada.

Gracias a los conspiradores, las tornas, efectivamente, cambiaron aquella noche, pues Hayes envió una verdadera montaña de flores, con una preciosa cesta hermosamente arreglada, como si se tratara de un centro de mesa. Luego, la familia March acudió al completo y Jo puso todo su empeño en cumplir el objetivo que se había marcado, ya que el puesto no sólo recibió muchas visitas, sino que todo el mundo se quedaba riéndole las tonterías a Jo, admirando el gusto de Amy y, al parecer, pasárselo en grande. Laurie y sus amigos se sumaron galantemente a la causa, compraron los ramos de flores y convirtieron aquel rincón en el lugar más animado de la feria. Amy se encontraba ahora en su elemento y, tan agradecida, que se mostró más alegre y graciosa que nunca. Fue entonces cuando llegó a la conclusión de que, después de todo, la virtud era su propia recompensa.

Jo se comportó con ejemplar corrección. Mientras tanto, Amy estuvo felizmente rodeada de su guardia de honor, así Jo se dedicó a pasear por la feria, recogiendo aquí y allá los chismorreos que sirvieron para ilustrarle el cambio en cuestión que habían pedido las Chester. Fue entonces cuando fue consciente de su parte de culpa y, reprochándoselo a sí misma, decidió ponerse manos a la obra lo antes posible para compensar a Amy. También se enteró de lo que Amy había hecho con sus cosas la mañana anterior y concluyó que era un modelo de magnanimidad. Al pasar junto al puesto de arte, echó un vistazo para ver los objetos de su hermana, pero no vio ni rastro por ninguna parte. «Los habrán escondido, me atrevería a decir», pensó Jo, que era capaz de perdonar a los que la ofendían a ella, pero no a quienes se metiesen con alguien de su familia.

—Buenas tardes, señorita Jo. ¿Cómo le va a Amy? —le preguntó May, con aire conciliador, pues quería demostrar que ella también podía ser generosa.

—Ha vendido todo lo que tenía que valía la pena vender, y ahora está disfrutando. El puesto de las flores siempre resulta atractivo, ya sabes, sobre todo para los caballeros.

Jo no pudo resistirse a soltarle esa pequeña pulla, pero May la encajó con tanta resignación que se arrepintió al instante y se puso a alabar los grandes jarrones que aún no se habían vendido.

—¿Está por aquí la ilustración de Amy? Me apetecía comprarla para regalársela a mi padre —dijo Jo, ansiosa por conocer el destino de las obras de su hermana.

—Todo lo de Amy se vendió hace mucho rato. Me he ocupado de que lo viera la gente adecuada, y nos dieron una buena suma de dinero —respondió May, que había aprendido aquel día a vencer las pequeñas tentaciones, tal como Amy.

Muy complacida, Jo se apresuró a contar las buenas noticias y Amy pareció conmovida y sorprendida al mismo tiempo por las palabras y la amabilidad de May.

—Ahora, caballeros, quiero que vayan y cumplan con su deber con los otros puestos tan generosamente como lo han hecho con el mío y, sobre todo, en el puesto de arte —ordenó Amy a la «tropa de Laurie», como las chicas llamaban a los amigos universitarios de su vecino.

—¡A la carga, Chester, a la carga![9] es el lema de este puesto, pero cumplid con vuestro deber como hombres, y obtendréis vuestro dinero en arte, en todos los sentidos de la palabra —dijo Jo sin reprimirse, mientras la tropa devota se preparaba para entrar al campo de batalla.

—¡A la orden de inmediato! ¡En marcha por las March! —exclamó el pequeño Parker, haciendo un frenético esfuerzo por ser a la vez ingenioso y obediente, y Laurie lo frenó de inmediato con una paternal palmadita en la cabeza, diciéndole:

—¡Muy bien, hijo mío, para ser tan pequeño!

—Comprad los jarrones —le susurró Amy a Laurie, como si con ello quisiera darle una última lección de magnanimidad al enemigo.

Para gran deleite de May, el señor Laurence no sólo compró los jarrones, sino que recorrió la feria con uno bajo cada brazo. Los otros caballeros compraron con la misma celeridad toda clase de delicadas bagatelas y después deambularon por el recinto cargados con flores de cera, abanicos pintados a mano, carpetas de filigrana y otros muchos objetos útiles.

La tía Carrol, que también estaba allí, se enteró de la historia y, con gran satisfacción, se dirigió al rincón donde estaba la tía March y le dijo algo. A la anciana se le iluminó el rostro y contempló a Amy con una expresión en la que se mezclaba el orgullo y la inquietud, pero no reveló el motivo de su satisfacción hasta pasados unos días.

La feria resultó ser un éxito y cuando May se despidió de Amy aquella noche, no lo hizo con la afectación de costumbre, sino que le dio un beso afectuoso y le dedicó una mirada que decía: «Perdonado y olvidado». Aquel gesto satisfizo a Amy y cuando llegó a

---

[9] Haciendo referencia al verso de *Marmion: A Tale of Flodden Field*, de sir Walter Scott, donde se narra la batalla entre Escocia e Inglaterra («And shouted "Victory"! / Charge, Chester, charge! On, Stanley, on!... / Were the last words of Marmion.»). *(N. de la T.)*

casa encontró los jarrones colocados sobre la repisa de la chimenea del salón, cada uno de ellos con un enorme ramo de flores en su interior.

—La recompensa que merece una magnánima March —Laurie anunció con una floritura.

—Tienes muchos más principios, generosidad y nobleza de carácter de lo que nunca te creí, Amy. Te has comportado con dulzura y te respeto con todo mi corazón —la felicitó Jo aquella noche calurosamente, mientras se cepillaban el pelo.

—Sí, todos te respetamos y te queremos por tu capacidad de perdonar. Debe de haber sido muy difícil para ti, después de trabajar tanto tiempo y tener tanta ilusión por vender tus propias cosas. No creo que yo hubiera podido ser tan generosa como tú —añadió Beth desde su almohada.

—Bueno, chicas, no hace falta que me alabéis tanto, sólo he hecho lo que espero que los demás hagan conmigo. Os reís de mí cuando digo que quiero ser una dama, pero me refiero a una verdadera dama noble, en las ideas y en los modales, e intento hacerlo lo mejor que puedo. No puedo explicarlo con exactitud, pero quiero estar por encima de las pequeñas mezquindades, caprichos y defectos que echan a perder a tantas mujeres. Sé que aún estoy muy lejos y me queda mucho por recorrer, pero hago lo que puedo, y espero con el tiempo llegar a ser como mamá.

Amy habló con sinceridad y Jo, tras abrazarla con cariño, le dijo:

—Ahora entiendo lo que quieres decir, y nunca más me reiré de ti. Estás progresando más rápido de lo que crees y pronto serás para mí un ejemplo de buenos modales, porque estoy convencida de que has descubierto cuál es el secreto. Sigue así, preciosa, y algún día obtendrás tu recompensa y nadie estará más encantado que yo.

Una semana más tarde, Amy obtuvo su recompensa y a la pobre Jo no le resultó nada fácil alegrarse. Llegó una carta de la tía Carrol y, al leerla, el rostro de la señora March se iluminó de tal manera, que Jo y Beth, que estaban con ella, le preguntaron cuál era la buena noticia.

—La tía Carrol se va al extranjero el mes que viene y quiere...

—¡Que me vaya con ella! —irrumpió Jo, levantándose de un salto de la silla sin poder controlar la emoción.

—No, cariño, tú no. Amy.

—¡Oh, madre! Es demasiado joven, primero me toca a mí. Hace tanto tiempo que lo deseo, me haría tanto bien y sería tan espléndido... ¡Tengo que ir!

—Me temo que es imposible, Jo. La tía dice claramente que irá Amy y no nos corresponde a nosotros dictar condiciones cuando ella nos está ofreciendo un favor tan grande.

—¡Es que siempre es igual! Todo lo divertido es para Amy, cuando yo no hago más que trabajar. No es justo. ¡Vaya que no es justo! —exclamó Jo con vehemencia.

—Me temo que en parte es culpa tuya, querida. Cuando la tía y yo hablamos el otro día, se lamentó de tus toscos modales y tu espíritu demasiado independiente. Y aquí escribe, como si estuviera citando algo que tú dijiste: «Al principio pensé en pedírselo a Jo, pero como "los favores la agobian" y "no soporta el francés", creo que no me voy a arriesgar a invitarla. Amy es más dócil y será una buena compañera para Flo y aprovechará con gratitud cualquier enseñanza que el viaje pueda darle».

—¡Ay, esta lengua mía!, ¡esta abominable lengua! ¿Por qué no aprenderé a mordérmela de vez en cuando? —se desesperó Jo, recordando las palabras que la habían llevado a la perdición.

Cuando hubo oído la explicación de las frases citadas, la señora March dijo apenada:

—Ojalá pudieras ir, pero me temo que esta vez no hay esperanza. Así que trata de soportarlo alegremente y no empañes la felicidad de Amy con reproches o lamentos.

—Lo intentaré —dijo Jo, guiñando el ojo con fuerza, mientras se arrodillaba para recoger la cesta que había volcado al levantarse tan impetuosamente de la silla—. Seguiré su ejemplo e intentaré, no sólo parecer contenta, sino estarlo, y no arrebatarle ni un minuto de felicidad. Pero no será fácil, porque me he llevado una terrible desilusión.

Y la pobre Jo empapó el pequeño y gordo alfiletero que sostenía en la mano con varias lágrimas de amargura.

—Jo, querida, a lo mejor soy muy egoísta, pero no podría prescindir de ti y me alegro de que no te vayas —susurró Beth, abrazándola, con cesta y todo, con tanta dulzura que Jo se sintió reconfortada, a pesar de que lo que deseaba en ese momento era taparse los oídos y abofetearse a sí misma, suplicarle humildemente a la tía Carrol que la «oprimiese» con este favor y que viese con cuánta gratitud lo soportaría.

Para cuando por fin llegó Amy, Jo ya estaba en condiciones de participar en el júbilo familiar. Quizá no tan efusivamente como de costumbre, pero sin rechistar por la buena fortuna de Amy. La joven, por su parte, recibió la noticia como una gran alegría. Se paseó por la casa muy solemne, como si estuviese en estado de trance y empezó a elegir sus colores y empaquetar sus pinceles aquella misma tarde, dejando las menudencias de la ropa, el dinero y los pasaportes a quienes estaban menos absortos que ella en visiones artísticas.

—Para mí no es un simple viaje de placer, chicas —dijo impresionada, mientras sacaba su mejor paleta—. Decidirá mi carrera, porque si tengo algún talento, lo descubriré en Roma, y haré lo posible para demostrarlo.

—¿Y si no lo tienes? —dijo Jo, que estaba cosiendo los nuevos cuellos de encaje que debía llevarse Amy con los ojos aún enrojecidos.

—Pues entonces volveré a casa y enseñaré dibujo para ganarme la vida —respondió la aspirante a la fama, con filosófica compostura.

Sin embargo, no pudo reprimir una mueca de espanto al pensar en esa posibilidad y siguió rascando la paleta como si no estuviera realmente decidida a adoptar medidas más drásticas antes de renunciar a cumplir su sueño.

—No, no lo harás, porque no soportas el trabajo duro. Te casarás con algún hombre rico y volverás a casa para vivir rodeada de lujos hasta el fin de tus días —dijo Jo.

—A veces tus predicciones se cumplen, pero yo no creo que esta vez sea así. Estoy segura de que desearía que así fuera, porque si no puedo ser artista, me gustaría poder ayudar a quienes sí que lo son —replicó Amy con una sonrisa, como si la idea de ser una mecenas generosa le pareciera más atractiva que la de ser una pobre profesora de dibujo.

—¡Bueno! —dijo Jo con un suspiro—. Si lo deseas, lo conseguirás, porque tus deseos siempre se cumplen, no como los míos.

—¿Te gustaría ir? —preguntó Amy pensativa, mientras se aplastaba la nariz con la espátula.

—¡Pues claro!

—Bueno, pues dentro de un año o dos enviaré por ti: excavaremos en el Foro romano en busca de tesoros y llevaremos a cabo todos los planes que hemos hecho tantas veces.

—Gracias. Te recordaré tu promesa cuando llegue ese feliz día, si es que llega —respondió Jo, aceptando con todo el agradecimiento que pudo aquella promesa tan vaga como espléndida.

No hubo mucho tiempo para preparativos y el caos se apoderó de la casa hasta que Amy se marchó. Jo aguantó muy bien hasta que desapareció de su vista el último revoloteo de la cinta azul y, entonces, se retiró a su refugio, la buhardilla, y lloró hasta no poder más. Del mismo modo, Amy también aguantó hasta que el vapor zarpó. Entonces, justo cuando la pasarela estaba a punto de retirarse, de repente se dio cuenta de que todo un océano iba a interponerse entre ella y los que más la amaban, y se aferró a Laurie, el último de los que la despedían, y le dijo entre lágrimas:

—Cuida de ellos por mí, por favor. Si algo les ocurriera...

—Lo haré, querida, lo haré. Y si algo les ocurriera, iré en persona a consolarte, susurró Laurie, sin imaginar siquiera que no tardaría mucho en tener que cumplir su palabra.

Así que Amy zarpó en busca del viejo mundo, siempre nuevo y bello para los ojos de los jóvenes, mientras su padre y su amigo la miraban desde la orilla, deseando fervientemente que el viaje le aportase sólo experiencias agradables a aquella joven de tierno corazón que agitaba la mano para decirles adiós. Y allí se quedaron, hasta que no pudieron ver otra cosa que el sol del verano deslumbrando sobre el mar.

CAPÍTULO VIII

Nuestra corresponsal en el extranjero

Londres.

Queridísima familia:

Estoy aquí sentada junto a la ventana del hotel Bath, en Piccadilly. No es un lugar de moda, pero el tío se alojó aquí hace algunos años y no quiere ir a ningún otro sitio. Sin embargo, no tenemos intención de quedarnos mucho tiempo, así que, en el fondo, no importa demasiado. ¡Ay! ¡No sé por dónde empezar a contaros lo mucho que me estoy divirtiendo! Es imposible, así que sólo os copiaré algunos fragmentos de mi cuaderno, porque no he hecho más que dibujar y tomar notas desde que llegué.

Cuando os envié unas líneas desde Halifax, me sentía bastante triste, pero después me las arreglé para que el viaje fuera estupendo: rara vez me mareé y me pasaba en cubierta todo el día, con mucha gente agradable para entretenerme. Todos fueron muy amables conmigo, especialmente los oficiales. ¡No te rías, Jo! Los caballeros son muy necesarios a bordo, para sujetarnos, o para atendernos. Y como no tienen nada más que hacer, agradecen que les hagamos sentirse útiles, porque de lo contrario se pasarían el día fumando, me temo.

La tía y Flo se marearon mucho durante toda la travesía y querían estar solas, así que, después de haber hecho todo lo que pude por ellos, me dediqué a divertirme. ¡Qué paseos por cubierta, qué atardeceres más espléndidos, qué aire tan puro y qué olas tan impresionantes! Cuando navegábamos a toda máquina, ¡era como cabalgar a lomos de un brioso corcel! Ojalá Beth hubiera podido acompañarme, le habría hecho mucho bien. Y en cuanto a Jo, seguro que se habría subido a sentarse en el foque mayor, o como se llame esa cosa tan alta, se habría hecho amiga de los marineros y se habría puesto a decir tonterías por el megáfono del capitán.

Fue un viaje increíble, pero la verdad es que me alegré de ver la costa irlandesa, que me pareció muy verde, soleada y bonita, con sus casas de madera aquí y allá, ruinas en lo alto de algunas colinas, fincas nobles en los valles y ciervos pastando en los prados. Aunque era muy temprano, no me arrepentí de haber madrugado tanto para verlo, porque la bahía estaba salpicada de barquitos, las aldeas de la orilla eran muy pintorescas y el cielo estaba teñido de rosa. No lo olvidaré nunca.

En Queenstown desembarcó uno de mis nuevos conocidos, el señor Lennox, y cuando le comenté algo sobre los lagos de Killarney, suspiró y se puso a cantar, mirándome:

Ah, ¿has oído hablar alguna vez de Kate Kearney?
Vive en las orillas del lago Killarney;
por la mirada de sus ojos cargados de ira,
evita el peligro y huye rápido si te mira,
porque fatal es la mirada de Kate Kearney.

¿No era un disparate? Sólo nos detuvimos en Liverpool unas pocas horas. Es un lugar sucio y ruidoso, y me alegré de dejarlo atrás. El tío salió corriendo y compró un par de guantes de piel de perro, unos zapatos feos y gruesos, y un paraguas, pero antes de todo eso pasó a una barbería y se afeitó *á la mutton-chops.* Luego se vanaglorió de parecer un verdadero británico, pero la primera vez que le limpiaron el barro de los zapatos, el joven limpiabotas supo que los calzaba un americano, y le dijo con una sonrisa: «Listo, señor, ya tiene usted el mejor lustre yanqui». Al tío le hizo mucha gracia. ¡Ah, os tengo que contar lo que hizo ese absurdo Lennox! Consiguió que su amigo Ward, que vino con nosotros, encargara un ramo de flores para mí, y lo primero que vi en mi habitación fue un precioso ramo con una notita que decía: «Saludos de Robert Lennox». ¿No os parece divertido, chicas? Me encanta viajar.

No tendré tiempo de hablaros de Londres si no me doy prisa. El viaje fue como cruzar una larga galería de cuadros, llena de paisajes encantadores. Las granjas me encantaron, con sus tejados de paja, la hiedra que trepaba hasta el alero, las ventanas enrejadas y esas mujeres robustas rodeadas de niños de mejillas sonrosadas. Hasta el ganado, hundido hasta las rodillas en los tréboles, parecía más tranquilo que el nuestro; y las gallinas tenían un cacareo contento, como si nunca se hubieran puesto nerviosas, como las nuestras. Nunca he visto colores tan perfectos: la hierba tan verde, el cielo tan azul, los campos de trigo tan amarillos, los bosques tan oscuros... Me pasé todo el viaje fascinada. Flo también, y no parábamos de saltar de un lado a otro, tratando de ver todo mientras íbamos a cien kilómetros por hora. La tía estaba cansada y se fue a dormir, pero el tío iba leyendo su guía, y no se asombraba de nada. ¿Os imagináis el viaje? Yo, que exclamo entusiasmada: «¡Oh! ¡Eso debe de ser Kenilworth, esa mancha gris entre los árboles!». Flo, corriendo hacia mi ventanilla: «¡Qué bonito! Tenemos que ir a visitarlo algún día, ¿verdad, papá?». El tío, admirando tranquilamente sus botas la mar de tranquilo, dice: «No, querida, a menos que quieras beber cerveza; eso es una fábrica de cerveza».

Una pausa y después Flo gritó: «Dios mío, hay una horca, ¡y un hombre subiendo hacia ella!». Y yo que grito: «¿Dónde, dónde?», mirando fijamente a dos altos postes con un travesaño del que colgaban algunas cadenas. «Una mina de carbón», comenta el tío, con un brillo en los ojos. «Aquí hay un hermoso rebaño de corderos tumbados», dije yo. «Mira, papá, ¡qué bonitos son!», añade Flo en tono sentimental. «Son gansos, jovencitas», responde el tío, en un tono que nos sume en el silencio, hasta que Flo se instala para disfrutar de *Los coqueteos del capitán Cavendish,* y yo me quedo el paisaje para mí sola.

Como era de esperar, llovía cuando llegamos a Londres, y lo único que vimos era la niebla y los paraguas. Descansamos, deshicimos las maletas y nos fuimos de compras entre chaparrón y chaparrón. Tía Mary me compró algunas cosas nuevas, porque el viaje fue tan precipitado que no disponía de todo lo necesario. Un sombrero blanco con pluma azul, un vestido de muselina a juego, y la capa más bonita que jamás hayas visto. Comprar en Regent Street es espléndido: las cosas me parecen tan baratas... ¡Cintas a seis peniques el metro! Compré unas cuantas, pero los guantes quiero comprármelos en París. ¿No suena eso elegante y caro?

Flo y yo, para divertirnos, pedimos una calesa, mientras los tíos estaban fuera, y fuimos a dar una vuelta, aunque después nos enteramos de que no era muy apropiado que unas jovencitas montasen solas en calesa. ¡Fue tan divertido! Cuando nos quedamos ya encerradas en la cabina de madera, el cochero empezó a conducir tan rápido que Flo se asustó y me pidió que le dijera que lo detuviera. Pero como el hombre estaba sentado en el pescante, que está en la parte de atrás, no podía hablar con él. No me oyó llamarlo, ni dar golpes con la sombrilla, así que imaginadnos a las dos, sin poder hacer nada mientras el cochero doblaba esquinas a toda velocidad. Por fin, cuando ya estaba desesperada, vi una puertecita en el techo y, al abrirla, me topé con unos ojos enrojecidos y una voz que apestaba a cerveza, que dijo: «¿Y ahora qué pasa, señora?». Le di órdenes con tanta serenidad como pude, y el hombre, después de cerrar de un portazo la trampilla con un: «Muy bien, muy bien, señora», hizo que el caballo avanzara tan despacio como si fuéramos en un cortejo fúnebre. Me asomé de nuevo y le dije: «Un poco más rápido», y entonces se fue, a trompicones, tan rápido como antes, así que no nos quedó más remedio que resignarnos a nuestro destino.

Hoy el día era hermoso, y hemos ido a Hyde Park, cerca de aquí, porque somos más aristocráticos de lo que parecemos. El duque de Devonshire vive cerca. A menudo, veo a sus lacayos holgazaneando en la puerta trasera, y la casa del duque de Wellington no está lejos. ¡Cuántas escenas he visto, querida! Casi tan divertido como Punch[10]: había viudas rechonchas paseando en sus carruajes rojos y amarillos, con magníficos lacayos que vestían medias de seda y chaquetas de terciopelo en la parte trasera y cocheros de cara empolvada en la parte delantera. Elegantes doncellas al cuidado de niños con las mejillas más sonrosadas que he visto; muchachas guapas, que parecían medio dormidas; caballeros, con extraños sombreros ingleses y guantes de cabritilla paseando por ahí, y altos soldados, vestidos con casacas de color rojo y unas curiosas boinas que caen hacia un lado, con un aspecto tan gracioso que me moría de ganas de dibujarlos.

Rotten Row significa *Route de Roi,* o camino del rey, pero ahora parece más una escuela de hípica que otra cosa. Los caballos son soberbios, y los hombres, sobre todo los mozos de cuadra, montan estupendamente bien, pero las mujeres van muy tiesas y rebotan sobre la silla, lo cual va en contra de nuestras normas. Estaba deseando enseñarles cómo galopamos en Estados Unidos, porque lo único que hacían era trotar de un lado a otro con solemnidad, con escasa habilidad y sus altos sombreros como si fuesen las mujeres de un Arca de Noé en miniatura. Aquí todo el mundo monta a caballo: los ancianos, las mujeres, los niños y los jóvenes, que se dedi-

10 Revista satírica londinense de la época. *(N. de la T.)*

can sobre todo a coquetear. He visto a una pareja intercambiándose capullos de rosas, porque parece que aquí es costumbre llevar uno en el ojal de la solapa, y me ha parecido una idea de lo más bonita.

Por la tarde hemos ido a la Abadía de Westminster, pero no esperéis que la describa, eso es imposible, así que sólo diré que fue sublime. Esta noche vamos a ver a Fetcher[11], lo que será la guinda del pastel para el día más feliz de mi vida.

Medianoche.

Es muy tarde, pero no puedo enviar esta carta por la mañana sin contarte lo que pasó anoche. ¿Quién crees que entró mientras tomábamos el té? Los amigos ingleses de Laurie, ¡Fred y Frank Vaughn! Menuda sorpresa. De no ser por las tarjetas, no los habría reconocido. Los dos son muchachos altos, y se han dejado patillas. Fred es apuesto al estilo británico, y Frank mucho más, porque sólo cojea un poco y no usa muletas. Habían sabido por Laurie dónde íbamos a estar, y vinieron a invitarnos a su casa, pero el tío no quiere ir, así que devolveremos la visita y nos veremos cuando podamos. Nos han acompañado al teatro, y lo pasamos muy bien, porque Frank estuvo todo el rato con Flo, mientras que Fred y yo hablábamos sobre el pasado, presente y futuro como si nos conociéramos de toda la vida. Decidle a Beth que Frank ha preguntado por ella y que lamenta mucho que tenga una salud tan delicada. Fred se ha echado a reír cuando le he hablado de Jo, y le envía sus «más sinceros respetos al gran sombrero». Ninguno de los dos ha olvidado el campamento Laurence ni lo bien que nos lo pasamos allí todos juntos. Hay que ver lo lejos que queda ya, ¿verdad?

La tía está dando golpecitos en la pared por tercera vez, así que tengo que parar. La verdad es que me siento como una disipada dama londinense, escribiendo aquí tan tarde, con mi habitación llena de cosas bonitas y mi cabeza abarrotada de un revoltijo de parques, teatros, vestidos nuevos y elegantes caballeros que dicen «¡Ah!» y se retuercen el mostacho rubio con verdadera distinción inglesa. Ansío veros a todos, y a pesar de mis tonterías, soy, como siempre, vuestra cariñosa Amy.

AMY.

---

[11] Actor francés muy célebre en Londres en esta época. *(N. de la T.)*

París.

Queridas hermanas:

En mi última carta os hablé de nuestra visita a Londres, de lo amables que fueron los Vaughn y las agradables fiestas con que nos agasajaron. Disfruté los viajes a Hampton Court y al Museo de Kensington, pues en Hampton vi los cartones de Rafael, y en el museo, salas llenas de cuadros de Turner, Lawrence, Reynolds, Hogarth y otros grandes artistas. El día en Richmond Park fue encantador, pues hicimos un pícnic inglés, y vi tantos robles espléndidos y tantos rebaños de ciervos que no daba abasto a copiarlos. También oí el canto del ruiseñor y vi alondras levantar el vuelo. Disfrutamos tanto de Londres que nos dio pena marcharnos. Es cierto que los ingleses son un poco cerrados al principio, pero cuando deciden acoger a alguien, no hay quien les gane en hospitalidad, creo. Los Vaughn dicen que esperan vernos en Roma el próximo invierno, y me disgustaría enormemente si finalmente no es así, porque Grace y yo nos hemos hecho muy buenas amigas, y los chicos son muy agradables, especialmente Fred.

Bueno, apenas nos habíamos instalado cuando Fred apareció de nuevo. Dijo que estaba en París de vacaciones y que después se iba a Suiza. La tía parecía contrariada al principio, pero él estuvo tan agradable todo el tiempo que no pudo reprocharle nada; y ahora nos llevamos bien y estamos muy contentos de que haya venido, pues habla francés como un nativo, y no sé qué haríamos sin él. El tío no sabe ni diez palabras, e insiste en hablar inglés muy alto, como si así consiguiera hacerse entender. La pronunciación de la tía es anticuada, mientras que Flo y yo, aunque nos halagábamos pensando que sabíamos bastante, descubrimos que no es así, y estamos muy agradecidas de que Fred haga el «parlez vous[12]», como lo llama el tío.

¡Qué bien nos lo estamos pasando! Dedicamos todo el día a visitar monumentos desde la mañana hasta la noche, parando para almorzar en los cafés alegres y encontrándonos con todo tipo de aventuras divertidas. Los días de lluvia los paso en el Louvre, deleitándome con los cuadros. Jo levantaría su traviesa nariz ante algu-

[12] Forma jocosa de referirse a la expresión: *Parlez-vous (français)?* (¿Habla usted francés). Interpretar. *(N. de la T.)*

nas de las mejores obras maestras, porque ella no tiene sensibilidad por el arte, pero yo sí, y estoy cultivando la vista y el buen gusto lo más rápido que puedo. Seguro que a ella le gustarían más las reliquias de los grandes de la historia, porque le he visto el sombrero ladeado de tres picos y la casaca gris de Napoleón, la cuna de cuando era bebé y su viejo cepillo de dientes; también el zapatito de María Antonieta, el anillo de san Dionisio, la espada de Carlomagno, y otros muchos objetos interesantes. Hablaré durante horas de ellas cuando regrese, pero ahora no tengo mucho tiempo para escribir.

El Palais Royal es un lugar de ensueño: está tan lleno de *bijouterie* y cosas bonitas que casi me da algo por no poder comprarlas. Fred quiso regalarme alguna, pero no se lo permití, por supuesto. Y luego, el Bois y los Champs Elysées son *très magnifiques*. He visto en varias ocasiones a la familia imperial. El emperador es un hombre feo de aspecto severo y la emperatriz, una mujer pálida y guapa, pero pensé que tenía muy mal gusto para la ropa: llevaba un vestido violeta, un sombrero de color verde y unos guantes amarillos. El pequeño Napoleón es un jovencito apuesto que conversa todo el tiempo con su tutor y saluda con la mano cuando pasa en su carruaje de cuatro caballos, con postillones que visten casaca de seda verde y guardias montados delante y detrás.

Solemos pasear por los jardines de las Tullerías, que son preciosos, aunque a mí me gustan más los antiguos Jardines de Luxemburgo. El cementerio de Père Lachaise es muy curioso, porque muchas de las tumbas son como pequeñas habitaciones, y, al mirar dentro, uno ve una mesa, con imágenes o cuadros de los muertos, y sillas para que los dolientes se sienten cuando vienen a lamentarse por su muerte. ¿No os parece que es muy francés?

Nuestras habitaciones dan a la rue de Rivoli y, sentados en el balcón, miramos arriba y abajo la larga y brillante calle. Es tan agradable que pasamos las tardes hablando allí, cuando estamos demasiado cansados para salir. Fred es muy entretenido, y es, de hecho, el joven más agradable que he conocido, a excepción de Laurie, cuyos modales son exquisitos. Me gustaría que Fred fuera moreno, porque no me gustan los hombres rubios; sin embargo, los Vaughn son muy ricos y de una excelente familia, así que no voy a encontrar defectos en su pelo rubio, ya que el mío es más claro todavía.

La próxima semana nos vamos a Alemania y Suiza, y como viajaremos rápido, sólo podré enviarte cartas muy breves. Sigo llevando mi diario, e intentaré «recordar con detalle y describir con exactitud todo lo que vea y admire», como me aconsejó papá. Es una buena práctica para mí y, gracias a mi cuaderno de bocetos, podré ofreceros una mejor idea de mi viaje que la de estos apresurados garabatos.

Adieu, os mando un cariñoso abrazo,

Votre amie.

Heidelberg.

Querida mamá:

Ahora que tengo un rato tranquilo antes de partir hacia Berna, intentaré contarte todo lo que ha pasado, porque algunas cosas, como verás, son muy importantes.

La travesía por el Rin fue perfecta, y disfruté muchísimo. Busca las guías antiguas de papá sobre la zona y lee sobre ello, porque la verdad es que no tengo palabras lo suficientemente bellas para describirlo. En Coblenza lo pasamos muy bien, porque unos estudiantes de Bonn, que Fred conoció en el barco, nos dieron una serenata. Era una noche de luna, y, hacia la una, Flo y yo nos despertamos al escuchar una música deliciosa bajo nuestras ventanas. Nos levantamos de un salto y nos escondimos detrás de las cortinas. Echamos un tímido vistazo a la calle y vimos a Fred y a los estudiantes cantando abajo. Es lo más romántico que he visto en mi vida: el río, el puente, las barcas, la gran Fortaleza que se alza al otro lado, la luna que lo iluminaba todo y aquella música capaz de derretir un corazón de piedra.

Cuando terminaron tiramos algunas flores, y les vimos pelearse por recogerlas, enviar besos a las damas invisibles, y marcharse riendo, a fumar y beber cerveza, supongo. A la mañana siguiente Fred me mostró una de las flores arrugadas en el bolsillo del chaleco, y me miró con una expresión muy romántica. Me reí de él y le dije que no la había tirado yo, sino Flo, lo que pareció disgustarle, pues la arrojó por la ventana y se puso otra vez muy sensible. Me temo que voy a tener problemas con ese chico, o eso empieza a parecerme.

Las fuentes de Nassau nos parecieron muy alegres, igual que Baden-Baden, donde Fred perdió algo de dinero y le regañé. Necesita a alguien que lo cuide cuando Frank no está cerca. Kate dijo una vez que esperaba que se casara pronto, y estoy de acuerdo con ella en que sería bueno para él. Frankfurt me encantó; vi la casa de Goethe, la de Schiller y la famosa *Ariadna* de Dannecker. Era maravilloso, pero lo habría disfrutado más si hubiera conocido mejor la historia. Tendría que haber leído más, porque ahora me doy cuenta de que no sé nada y eso me avergüenza.

Y ahora viene la parte seria, pues ha sucedido aquí mismo y Fred acaba de irse. Ha sido tan amable y jovial que todos nos habíamos encariñado con él; nunca había pensado en él como nada más que un compañero de viaje, hasta la noche de la serenata. Desde entonces he empezado a sentir que los paseos a la luz de la luna y las aventuras de todos estos días eran para él algo más que diversión. No he coqueteado, madre, de verdad, pero he recordado lo que me dijiste y he hecho todo lo que he podido por cumplirlo. Pero no puedo evitar gustarle a la gente; no trato de fomentarlo, pero sufro cuando no puedo demostrar el mismo interés, aunque Jo diga que no tengo corazón. Ahora sé que mamá sacudirá la cabeza, y las chicas dirán: «¡Menuda interesada!», pero he tomado una decisión, y si Fred me lo pide, lo aceptaré, aunque no esté locamente enamorada de él. Me gusta y nos llevamos bien. Es guapo, joven, bastante inteligente y muy rico, mucho más rico que los Laurence. No creo que su familia se oponga, y yo sería muy feliz, porque todos ellos son amables, bien educados, gente generosa, y ellos me quieren. Fred, como hermano gemelo mayor, heredará el patrimonio familiar... ¡y es inmenso! Una casa de ciudad en una calle de moda, no tan ostentosa como nuestras grandes casas, pero el doble de cómoda, y llena de toda clase de lujos, como es tradicional entre los ingleses. Me gusta, porque es genuina. He visto la vajilla, las joyas de la familia, los viejos criados y los cuadros de la casa de campo, con su jardín, su fabulosa casa, sus inmensos terrenos y sus espléndidos caballos. ¡Ah, es todo lo que deseo en este mundo! Y lo preferiría a cualquier título de esos que ansían las jóvenes de mi edad, aunque después no haya nada detrás de ellos. Tal vez me consideres una interesada, pero no soporto la pobreza y no pienso tolerarla ni un minuto más de lo imprescindible. Una de nosotras debe casarse bien; Meg no lo hizo, Jo no lo hará, Beth aún no puede... así que me corresponde a mí, para que todos podamos vivir de un modo más confortable. Jamás me casaría con un hombre que odiara o despreciara. Puedes estar segura de eso. Y, aunque Fred no es precisamente mi héroe modelo, se esfuerza y, con el tiempo, llegaré a quererlo lo suficiente si él me deja hacer las cosas a mi manera. Así que llevo una semana dándole vueltas al asunto, porque me ha resultado imposible ignorar que yo le gustaba a Fred. No es que él me haya dicho nada, pero se ve en los detalles: nunca se acerca a Flo, siempre se pone de mi lado en el carruaje, la mesa o en el paseo; siempre adopta un aire sentimental cuando estamos solos y frunce el ceño cuando alguien se atreve a dirigirme la palabra. Ayer, durante la comida, cuando un oficial austríaco se nos quedó mirando y luego le dijo algo a un compañero, un barón de aspecto libertino, sobre *ein wunderschönes Blöndchen*[13], Fred se puso hecho una fiera y cortó la carne con tanta rabia que casi salió volando del plato. No es uno de esos ingleses flemáticos y tranquilos, más bien es bastante cascarrabias, porque por sus venas corre sangre escocesa, cosa que no es difícil de adivinar teniendo en cuenta sus preciosos ojos azules.

Bueno, anoche subimos al castillo al atardecer, es decir, todos menos Fred, que iba a reunirse con nosotros allí después de ir a Correos. Pasamos un rato encantador curioseando por las ruinas y la bodega, donde se conserva un barril enorme, y los hermosos jardines que el noble propietario mandó construir, hace mucho tiempo, en honor de su esposa inglesa. Lo que más me gustó fue la gran terraza, pues la vista era divina; así que, mientras los demás iban a ver las habitaciones interiores, yo me quedé en la terraza tratando de dibujar la cabeza de león de piedra gris que sobresalía de la pared, con espirales de madreselva escarlata que colgaban a su alrededor. Me sentí como si me hubiera metido en una novela romántica, allí sentada, mirando el río Neckar que fluía a través del valle y, escu-

---

[13] Una hermosa florecilla (trad. del alemán).

chando la música de la banda austríaca que tocaba justo debajo, como una princesa que espera a su enamorado. Tenía la sensación de que algo iba a pasar y me sentía preparada. Estaba tranquila: no me había sonrojado ni temblaba, aunque sí me sentía un poco emocionada.

Poco después oí la voz de Fred y enseguida cruzó corriendo el gran arco para reunirse conmigo. Parecía tan preocupado que enseguida me olvidé de mí misma y le pregunté qué le ocurría. Me dijo que acababa de recibir una carta en la que le pedían que regresara a casa urgentemente, así que se marchaba de inmediato, en el tren de medianoche, y sólo había pasado para despedirse. Me sentí triste por él, aunque también algo decepcionada. En realidad, mi decepción duró solamente unos segundos, porque al estrecharme la mano dijo, en un tono de voz que no dejaba lugar a dudas: «Volveré pronto. No te olvidarás de mí, ¿verdad, Amy?».

No llegué a prometérselo, pero la forma en que lo miré pareció satisfacerle. No tuvimos más tiempo, salvo para despedirnos, porque debía partir al cabo de una hora, Todos lo echamos mucho de menos. Sé que quería hablar, pero creo (por algo que me dejó caer en alguna ocasión) que le ha prometido a su padre que esperaría un tiempo antes de tomar decisiones en este sentido, porque es un muchacho de naturaleza impulsiva y el anciano caballero teme que acabe casándose con una extranjera. Pronto nos volveremos a ver en Roma. Y entonces, si es que no ha cambiado de idea, le diré que sí en cuanto se me declare.

Por supuesto, todo esto es muy privado, pero quería que supieras lo que estaba pasando. No te preocupes por mí, acuérdate de que sigo siendo tu «prudente Amy», y ten por seguro que no haré nada precipitadamente. Envíame todos los consejos que quieras, que los aprovecharé si puedo. Me gustaría verte para charlar con calma, Marmee. Ámame y confía en mí.

Siempre tuya,
AMY.

CAPÍTULO IX

Problemas delicados

—Jo, estoy preocupada por Beth.

—¿Por qué, mamá? Desde que nacieron los gemelos está mejor que nunca.

—No es su salud lo que me preocupa ahora, es su estado de ánimo. Estoy segura de que pasa algo por su cabeza, y quiero que descubras qué es.

—¿Qué te hace pensar eso, madre?

—Se sienta sola durante mucho tiempo, y no habla con su padre tanto como antes. La encontré llorando con los bebés el otro día. Cuando canta, las canciones son siempre tristes, y de vez en cuando veo una mirada en su rostro que no termino de entender. Beth no es así, y eso me preocupa.

—¿Le has preguntado?

—Lo intenté una o dos veces, pero ella evadió mis preguntas, o parecía tan angustiada que me detuve. Nunca fuerzo la confianza de mis hijos, y rara vez tengo que esperar mucho tiempo.

La señora March miró a Jo mientras hablaba, pero el rostro de enfrente parecía bastante ajeno a cualquier inquietud secreta que no fuera la de Beth. Tras seguir cosiendo muy pensativamente durante unos instantes, Jo dijo:

—Creo que está creciendo, y por eso empieza a soñar, a tener esperanzas y miedos y a inquietarse sin saber por qué, o ser capaz de explicarlos. Beth tiene dieciocho años, pero no nos damos cuenta, y la tratamos como a una niña, olvidando que ya es una mujer.

—Así es, cariño, qué rápido habéis crecido —respondió su madre, con un suspiro y una sonrisa.

—Es inevitable, Marmee, así que debes resignarte a vivir todo tipo de preocupaciones y dejar que tus pájaros salten del nido, uno por uno. Te prometo que yo no volaré muy lejos, si eso te consuela.

—Es un gran consuelo, Jo. Siempre me siento fuerte cuando tú estás en casa, ahora que Meg se ha ido. Beth es demasiado delicada y Amy demasiado joven para que se pueda contar con ella. Pero cuando llegan las dificultades, tú siempre estás ahí dispuesta.

—Bueno, ya sabes que no me importa mucho hacer las tareas duras, y en toda familia siempre es necesario tener un burro de carga. A Amy se la dan de maravilla los trabajos finos, y a mí no, pero me siento en mi elemento cuando hay que levantar todas las alfombras o la mitad de la familia cae enferma a la vez. Amy se está abriendo camino en el extranjero, pero si algo va mal en casa, yo soy tu hombre.

—Dejo a Beth en tus manos, pues abrirá su tierno corazoncito a su Jo antes que a nadie. Sé muy amable con ella y no dejes que piense que nadie la observe o hable de ella. Si volviera a ser tan fuerte y alegre como antes, ¡ya no desearía nada más en el mundo!

—¡Qué afortunada! Yo tengo un montón de cosas.

—¿Cómo cuáles, mi niña?

—Arreglaré los problemas de Beth y luego te contaré los míos. No son muy incapacitantes, así que pueden esperar. —Y Jo continuó cosiendo, con un cómplice asentimiento de cabeza que tranquilizó el corazón de su madre, al menos por el momento.

Aunque aparentemente absorta en sus propios asuntos, Jo se dedicó a observar a Beth y, tras muchas conjeturas contradictorias, finalmente, se decidió por una que parecía explicar el cambio en el estado de ánimo de su hermana. Un pequeño incidente dio a Jo la clave del misterio, o eso creyó ella; y su desbordante imaginación y el amor que sentía por su hermana hicieron el resto. Un sábado por la tarde, cuando Beth y ella estaban solas, Jo fingió estar muy atareada en su novela, pero mientras garabateaba, no perdía de vista a su hermana, que parecía inusualmente callada. Sentada junto a la ventana, de vez en cuando Beth dejaba caer la labor sobre su regazo y apoyaba la cabeza en la mano, en actitud abatida, mientras sus ojos se posaban en el paisaje otoñal y apagado. De pronto, alguien pasó por debajo, silbando como un mirlo con talento para la ópera, y una voz gritó:

—¡Todo sereno! Vendré esta noche.

Beth se sobresaltó, se inclinó hacia la ventana, sonrió y asintió, observó al paseante hasta que su paso apresurado se desvaneció. Luego dijo en voz baja, como para sí misma:

—¡Qué fuerte, sano y feliz parece este chico!

—Vaya —murmuró Jo, todavía atenta a la expresión del rostro de su hermana, pues el color rosado que acababa de teñir sus mejillas se desvaneció tan rápido como vino, la sonrisa se apagaba y una lágrima brilló al caer sobre el alféizar de la ventana. Beth la secó de inmediato y miró con aprensión a Jo, pero su hermana estaba escribiendo a una velocidad desmesurada, aparentemente absorta en *El juramento de Olimpia.* En el instante en que Beth se volvió, Jo comenzó a observarla de nuevo, y la vio llevarse la mano a los ojos más de una vez y, en su rostro medio oculto, leyó una tierna tristeza que hizo que a ella también se le empañaran los ojos. Temiendo traicionarse a sí misma, se escabulló murmurando algo sobre la necesidad de más papel.

—¡Que Dios se apiade de mí!, ¡Beth ama a Laurie! —dijo, sentándose en su propia habitación, pálida por la sorpresa del descubrimiento que creía haber hecho—. ¡Nunca soñé tal cosa! ¿Qué dirá mi madre? Me pregunto si él... —allí Jo se detuvo, y se puso roja como un tomate cuando le sobrevino un pensamiento a la cabeza—. Si él no le correspondía, sería terrible... Debe hacerlo, ¡le obligaré, si hace falta! —Y sacudió la cabeza con un gesto amenazador ante la imagen del travieso muchacho riéndose de ella desde el muro del jardín—. Oh, Dios mío, es verdad que estamos creciendo a toda prisa. Meg ya está casada y es madre, Amy floreciendo lejos en París y Beth enamorada. Yo soy la única que tiene el suficiente sentido común para no caer en esas tonterías.

Jo pensó a toda velocidad durante unos minutos, con los ojos fijos en aquella imagen de Laurie. Luego relajó el ceño fruncido y dijo, como si le hablara a aquel rostro imaginario, muy decidida:

—No, gracias, señor; es usted encantador, pero no tiene usted más estabilidad que una veleta; así que no tiene ninguna necesidad de escribir notas conmovedoras y sonreír de esa manera tan insinuante, porque no lo conseguirá y no lo voy a tolerar.

Entonces sonrió y se sumió en una especie de ensoñación de la que no despertó hasta que el atardecer la obligó a bajar para proseguir con sus observaciones, lo cual no sirvió sino para confirmar sus sospechas. Aunque Laurie coqueteaba con Amy y bromeaba con Jo, siempre había tratado a Beth con una amabilidad y cortesía exquisitas. Como la verdad era que todo el mundo la trataba así, a nadie se le ocurrió pensar que Laurie hubiera sentido algo especial por ella. De hecho, en la familia estaban teniendo la impresión de que últimamente «nuestro chico» estaba cada vez más encariñado con Jo. Ella, por su parte, no quería ni oír hablar una palabra sobre el tema, y se ponía hecha una furia cada vez que alguien se atrevía a sacarle el asunto a colación. De haber tenido constancia de los varios momentos tiernos del último año o, mejor dicho, de los intentos de momentos tiernos que Laurie había querido protagonizar y ella había atajado de raíz, le podrían haber dicho, satisfechos: «Te lo dije». Pero Jo detestaba los coqueteos y no estaba dispuesta a permitirlos, por lo que a la primera señal de peligro contratacaba siempre con una broma o una sonrisa burlona.

Cuando Laurie empezó la universidad, se enamoraba más o menos una vez al mes, pero estas pequeñas llamas eran tan breves como ardientes, no hacían daño, y divertían mucho a Jo, que se deleitaba viendo pasar a Laurie de la esperanza a la desesperación y luego a la resignación cuando el joven le relataba sus aventuras durante sus encuentros semanales. Pero llegó un momento en que Laurie dejó de rendir culto a muchos santuarios, y empezó a insinuar oscuramente una pasión que lo absorbía todo y se sumía, de vez en cuando, en ataques de melancolía al estilo de lord Byron. Entonces pasó a evitar por completo la cuestión sentimental y le escribía notas filosóficas a Jo, se volvió estudioso y dijo que iba a «hincar los codos», con la intención de graduarse con las mejores notas. Esto era más del agrado de Jo que las conversaciones íntimas al atardecer, las tiernas caricias en la mano o las miradas elocuentes, porque a Jo le funcionaba mejor el cerebro que el corazón, y por eso prefería los héroes imaginarios a los reales, porque, cuando se cansaba de ellos, podía encerrar a los primeros, llegado el caso, en la cocina de hojalata hasta que se les llamara de nuevo; en el caso de los segundos, eran menos manejables.

Así estaban las cosas cuando Jo hizo el gran descubrimiento. Jo observó a Laurie aquella noche como nunca antes lo había hecho. Si no se le hubiera metido la nueva idea en la cabeza, no habría visto nada raro en el hecho de que Beth estuviera muy callada y Laurie muy amable con ella. Pero habiendo dado rienda suelta a su desbordante fantasía, esta galopó con ella a un ritmo vertiginoso y el sentido común, más bien debilitado de tanto escribir novelas románticas, no acudió al rescate. Como de costumbre, Beth se tumbó en el sofá y Laurie se sentó en una silla baja cerca de ella, divirtiéndola con todo tipo de cotilleos. Era algo que Beth esperaba todas las semanas con entusiasmo, y él nunca la decepcionaba. Pero aquella tarde, Jo tuvo la sensación de que los ojos de Beth se posaban en el rostro vivo y moreno de Laurie con un placer peculiar, y que escuchaba con gran interés el relato de un emocionante partido de críquet, aunque las frases «sacado de carrera», y «pierna antes de *wicket*» o «línea de lanzamiento» le parecieran tan crípticas como un texto en sánscrito. Del mismo modo, Jo creyó ver —porque estaba convencida de que debía verlo— más amabilidad de la habitual en los modales de Laurie: le pareció que de vez en cuando bajaba un poco la voz, que se reía menos de lo habitual en él, que parecía un poco ausente y que le colocaba la mantita sobre los pies a Beth con una insistencia que casi resultaba enternecedora.

«¡Quién sabe! Cosas más raras se han visto» pensó Jo, mientras revolvía la habitación. «Si de verdad se quieren, ella hará de él un ángel, y él le hará la vida deliciosamente fácil y agradable. No veo cómo Laurie puede evitarlo, y así será si el resto de nosotros nos quitáramos de en medio».

Y como en aquel momento todo el mundo estaba fuera del camino excepto ella, Jo empezó a sentir que debía quitarse de en medio lo antes posible. Pero, ¿adónde podía ir? Y ardiendo en deseos de postrarse en el santuario de la devoción fraternal, se sentó a meditar la cuestión.

El viejo sofá era el verdadero patriarca de los sofás: largo, ancho, bien acolchado y bajo. Un poco raído, eso es verdad, porque de niñas las cuatro hermanas habían dormido y se habían tirado en él cuando eran bebés, habían trepado sobre el respaldo, se habían sentado en los brazos y habían escondido allí a sus animales de juguete; de jóvenes habían mantenido allí conversaciones íntimas, habían reposado las cansadas cabezas y se habían perdido en sus ensoñaciones. Todos lo adoraban, pues aquel sofá era un refugio familiar, y siempre había sido el lugar favorito de Jo para descansar. Entre los muchos cojines que adornaban el venerable sofá había uno, duro, redondo y provisto de un botón nudoso en cada extremo. Aquel horrendo cojín era propiedad exclusiva de Jo, que lo utilizaba como arma de defensa, barricada o remedio preventivo del sueño excesivo para no quedarse dormida.

Laurie conocía muy bien aquel cojín y tenía motivos para mirarlo con profunda aversión, ya que en otros tiempos, cuando aún estaban en edad de travesuras, Jo lo había vapuleado sin piedad con él. Aun ahora, era el elemento que le impedía ocupar el asiento que más codiciaba, junto a Jo, en una esquina del sofá. Si «la salchicha», como ellos lo llamaban, se quedaba en posición vertical, eso era una señal de que Laurie podía acercarse y tomar asiento; pero si se quedaba plano sobre el sofá, ¡ay del hombre, la mujer o el niño que se atreviera a tocarlo! Aquella noche Jo olvidó colocar la barricada en su punta del sofá; no llevaba ni cinco minutos sentada, cuando apareció a su lado una figura enorme, y con los brazos extendidos sobre el respaldo del sofá y las largas piernas estiradas ante él, Laurie exclamó, con un suspiro de satisfacción:

—¡Ah, esto sí que es vida!

—Haz el favor de comportarte —le espetó Jo, tratando de colocar el cojín.

Sin embargo, ya era demasiado tarde. No quedaba suficiente espacio y el cojín, tras caer al suelo, desapareció como por arte de magia.

—¡Vamos, Jo, no seas tan arisca! Después de pasarme toda la semana estudiando hasta que se me cierran los ojos, merezco un poco de mimo, ¿no te parece?

—Pues pide a Beth que te lo dé ella, yo estoy ocupada.

—No, no quiero molestarla con mis cosas, pero en cambio a ti sí que te gusta, a no ser que hayas perdido el interés por mí. ¿Es así? ¿Ahora odias a tu chico y prefieres lanzarle cojines a la cabeza?

Rara vez se habrá oído algo más prepotente que aquel conmovedor llamamiento, pero Jo le paró los pies a «su chico» cambiando bruscamente de tema:

—¿Cuántos ramos le has enviado a la señorita Randal esta semana?

—Ni uno, ¡te lo aseguro! Además, está prometida.

—Me alegro, porque esa es una de tus absurdas extravagancias... enviar flores y tonterías a chicas que te importan un comino —prosiguió Jo, con tono de reprobación.

—Es que las muchachas sensatas, esas que me importan muchos cominos, no me dejan mandarles «flores y tonterías», así que... ¿Qué quieres que haga? Tendré que darles alguna salida a mis sentimientos, ¿no?

—Mamá no aprueba el coqueteo, ni siquiera en broma, y tú estás coqueteando todo el día, Teddy.

—Daría lo que fuera por poder responder: «Tú también». Pero como no puedo, sólo diré que no veo nada malo en este agradable jueguecito, siempre que todas las partes entienden que es sólo un juego.

—Bueno, parece agradable, pero es que yo soy incapaz de aprenderlo. Lo he intentado, porque una se siente incómoda si no hace lo mismo que los demás, pero parece que no lo consigo —admitió Jo, olvidándose de su papel de mentora.

—Pues sigue el ejemplo de Amy, que tiene un talento espectacular para estas cosas.

—Sí, la verdad es que lo hace muy bien, y nunca parece ir demasiado lejos. Supongo que es natural en algunas personas gustar a los demás sin esforzarse, y en otras, decir y hacer siempre lo incorrecto en el lugar equivocado.

—Me alegro de que no sepas coquetear. Es realmente refrescante ver a una chica sensata y directa, que es capaz de mostrarse alegre y amable sin hacer el ridículo. Entre tú y yo, Jo, algunas de las chicas que conozco llegan a unos extremos vergonzosos. Ya sé que no lo hacen con mala intención, estoy seguro, pero si supieran cómo hablamos de ellas los chicos más tarde, estoy seguro de que no se comportarían de esa manera.

—Ellas hacen lo mismo. Y como sus lenguas son más afiladas, vosotros os lleváis la peor parte, porque sois igual de ridículos que ellas. Si vosotros os comportarais como es debido, ellas también lo harían. Pero como saben que os gustan las tonterías que hacen, las siguen haciendo, aunque después vosotros se lo echéis en cara.

—Mucho sabe al respecto, señora —le dijo Laurie, dándose aires de superioridad—. A los hombres no nos gustan ni los juegos ni los coqueteos, aunque a veces finjamos que sí. Entre caballeros nunca se habla de las chicas guapas y modestas, excepto con respeto. ¡Bendita sea tu alma inocente, amiga mía!: Si pudieras estar en mi piel durante un mes verías cosas que te asombrarían un poco. Te prometo que cuando veo a una de esas jóvenes alocadas, me dan ganas de exclamar, como nuestro amigo Cock Robin[14]: «¡Fuera! ¡Vete de aquí, descarada!».

Era imposible no echarse a reír ante el divertido conflicto entre la caballerosa reticencia de Laurie a hablar mal de las mujeres y su natural aversión a esa extravagancia poco femenina de la que la sociedad moderna le daba tantos ejemplos. Jo sabía que muchas madres sofisticadas consideraban al «joven Laurence» un buen partido, que sus hijas le reían normalmente todas las gracias y que, en general, eran tantas las mujeres de todas las edades que se deshacían en halagos hacia él, que no era de extrañar que se comportara como un engreído. Estaba bastante celosa y temía que lo echasen a perder, así que se alegró más de lo que estaba dispuesta a admitir de que su amigo aún creyera en las jóvenes modestas. Volviendo de repente a su tono admonitorio, dijo, bajando la voz:

—Si de verdad necesitas «dar salida» a tus sentimientos, Teddy, elige a una de esas jóvenes guapas y modestas a las que tanto respetas, y no pierdas el tiempo con las tontitas.

—¿Realmente me aconsejas eso? —preguntó Laurie, contemplándola con una extraña mezcla de ansiedad y alegría en su rostro.

—Pues claro que te lo aconsejo. Pero será mejor que esperes a terminar la universidad, e irte preparando mientras tanto para ser digno de ella. No eres ni la mitad de bueno de lo que se merece... en fin, la modesta chica en cuestión sea quien sea. —Y Jo se sintió un poco mal, porque casi se le había escapado el nombre de la chica.

—Cierto, ¡no lo soy! —admitió Laurie, con una expresión de humildad bastante novedosa para tratarse de él, mientras bajaba la mirada y, con aire distraído, enrollaba la borla del delantal de Jo alrededor de su dedo.

---

14 Cock Robin es un petirrojo protagonista de una canción infantil, que es rechazado por otro pajarillo (Jenny Wren), a pesar de haberlo estado cuidando durante su enfermedad. *(N. de la T.)*

«¡Ay, Señor!, ten piedad de nosotros, esto no saldrá bien», pensó Jo, y añadió en voz alta:

—¿Por qué no cantas algo? Me muero por escuchar un poco de música, y la tuya siempre me gusta.

—No, gracias. Prefiero quedarme aquí.

—Pues no puedes. Aquí no hay bastante sitio. Ve a hacer algo útil, ya que eres demasiado grandullón para servir de adorno. Pensaba que no te gustaba estar atado al delantal de una mujer —se burló Jo, citando unas palabras que el propio Laurie había pronunciado tiempo atrás.

—¡Ah, es que eso depende de quién lleve el delantal! —exclamó él, al tiempo que tiraba con descaro de la borla.

—¿Vas o no vas? —le exigió Jo mientras se inclinaba a recoger el cojín.

Laurie se levantó de un salto y, en cuanto empezó a tocar «Bonnie Dundee», Jo se escabulló y no regresó hasta que el joven caballero se marchó hecho una furia.

Jo permaneció mucho tiempo despierta aquella noche, y estaba a punto de dormirse cuando el sonido de un sollozo ahogado la hizo saltar junto a la cama de Beth con la angustiosa pregunta:

—¿Qué te pasa, mi niña? —le preguntó, alarmada.

—Creía que estabas dormida —sollozó Beth.

—¿Es el viejo dolor, preciosa mía?

—No, este es nuevo, pero puedo soportarlo —respondió su hermana, tratando de contener las lágrimas.

—Cuéntamelo todo y deja que te cure como hice con el otro.

—No puedes, porque para este no hay cura. —La voz de Beth se quebró, aferrándose a su hermana, lloró con tanta desesperación que Jo se asustó.

—¿Qué te ocurre? ¿Quieres que llame a mamá?

Beth no respondió a la primera pregunta, pero se llevó la mano involuntariamente al corazón en la oscuridad, como si el dolor lo notara allí, mientras con la otra sujetaba a Jo, susurrándole con vehemencia:

—No, no, no la llames, no se lo digas. Pronto estaré mejor. Túmbate aquí a mi lado y acaríciame la cabeza. Me quedaré quieta y no tardaré en dormirme, ya lo verás.

Jo obedeció, pero mientras su mano iba y venía suavemente por la frente caliente y los párpados húmedos de Beth, notaba el corazón encogido y sentía la necesidad de hablar. A pesar de su juventud, sin embargo, Jo había aprendido que a los corazones, como a las flores, hay que tratarlos con delicadeza y dejar que se abran cuando estén preparados. Así, aunque creía conocer la causa del nuevo dolor de Beth, se limitó a decir con su voz más dulce:

—¿Hay algo que te preocupe, querida?

—¡Sí, Jo! —respondió, tras una larga pausa.

—¿No te reconfortaría decirme de qué se trata?

—No, todavía no.

—Entonces no te lo preguntaré. Pero recuerda, Bethy, que mamá y yo siempre estamos dispuestas a escucharte y ayudarte, si podemos.

—Lo sé. Os lo contaré más adelante.

—¿Ya te duele menos?

—Oh, sí, mucho mejor. Eres un gran consuelo, Jo.

—Duerme, cariño. Yo me quedaré contigo.

Y así, mejilla contra mejilla, se durmieron, y al día siguiente Beth volvió a ser ella misma, pues a los dieciocho años ni la cabeza ni el corazón duelen tanto rato, y una palabra afectuosa puede curar la mayoría de los males.

Pero Jo había tomado una decisión y, después de meditar su proyecto durante varios días, se lo confió finalmente a su madre.

—El otro día me preguntaste cuáles eran mis deseos. Bien, pues te voy a contar uno de ellos, Marmee —comenzó a decir, mientras estaban sentadas las dos a solas—. Este invierno me gustaría irme a algún sitio, para cambiar de aires.

—¿Por qué, Jo? —y su madre levantó la vista rápidamente, como si las palabras sugiriesen un doble sentido.

Sin apartar la mirada de su labor, Jo contestó en tono serio:

—Quiero algo nuevo. Me siento inquieta y ansiosa por ver, hacer y aprender cosas nuevas. Me preocupo demasiado de mis pequeños asuntos, y necesito un cambio, así que, como ya no me necesitáis aquí este invierno, me gustaría abandonar el nido y volar yo sola.

—¿Y a dónde irás?

—A Nueva York. Ayer se me ocurrió una idea brillante... ¿Recuerdas que la señora Kirke te escribió para preguntarte que si conocías a alguna joven seria y respetable para dar clases a sus hijos y coser? Es bastante difícil encontrar a la persona adecuada, pero creo que yo que podría probarlo y a ver si encajo.

—Ay, hija, ¿entrar a servir en una pensión tan grande? —exclamó la señora March, que parecía sorprendida, aunque no disgustada.

—No es exactamente ir a servir, porque la señora Kirke es tu amiga, el alma más bondadosa que jamás haya existido, y sé que me haría las cosas agradables. Su familia vive separada de los huéspedes y nadie me conoce allí. Y, por otro lado, no me importa si me conocen, porque es un trabajo honrado, y no me avergüenzo de él.

—Yo tampoco. Pero ¿y tus historias?

—Seguro que se beneficiarán del cambio. Veré y oiré cosas nuevas, tendré nuevas ideas y, aunque no tenga mucho tiempo, traeré a casa montañas de material para mis birrias.

—No tengo la menor duda, pero... ¿son estas las únicas razones para esta repentina fantasía?

—No, madre.

—¿Puedo saber cuáles son? —Jo miró hacia arriba y abajo, y luego dijo en voz baja, con un repentino rubor en las mejillas:

—Puede que me equivoque y que sea presuntuoso por mi parte decir algo así, pero... me temo que... Laurie se está encariñando demasiado conmigo.

—Entonces, ¿tú no sientes por él lo que él está empezando a sentir por ti? —quiso saber la señora March, que parecía inquieta al formular esta pregunta.

—¡Por Dios, no! Quiero muchísimo a Laurie, como siempre lo he hecho, y estoy inmensamente orgullosa de él. Pero cualquier otro sentimiento por mi parte queda descartado.

—¡Me alegro, Jo!

—¿Por qué?

—Porque no creo que estéis hechos el uno para el otro, querida. Como amigos sois muy felices, y tras vuestras frecuentes peleas siempre acabáis haciendo las paces, pero me temo que si tuvierais que compartir vuestra vida, los dos os rebelaríais. Sois demasiado amantes de la libertad, por no hablar de que los dos tenéis mucho temperamento y fuertes voluntades para llevaros bien juntos. No creo que pudierais entenderos, porque el matrimonio, además de amor, requiere mucha paciencia y comprensión.

—Eso es justo la sensación que yo tengo, pero no sabía cómo expresarla. Me alegra que pienses que sólo está empezando a encariñarse conmigo. Me entristecería mucho hacerlo infeliz, porque yo no podría enamorarme de él sólo por gratitud, ¿verdad?

—¿Estás segura de lo que siente por ti?

El rubor se intensificó en las mejillas de Jo, mientras respondía con esa expresión, mezcla de satisfacción, orgullo y pena que suelen adoptar las jóvenes cuando hablan de sus primeros amantes.

—Me temo que es así, madre. No es que me haya dicho nada, pero lo sé por su forma de mirarme. Creo que es mejor que me vaya antes de que llegue a algo más.

—Estoy de acuerdo contigo, y si se puede arreglar pronto, te irás lo antes posible.

Jo pareció aliviada y, tras una pausa, dijo sonriendo:

—La señora Moffat se quedaría asombrada ante tu manejo de la situación y, sobre todo, se alegraría de que su hija Annie aún tenga posibilidades con Laurie.

—Ah, Jo, cada madre maneja las cosas a su manera, pero todas tenemos la misma esperanza: ver a nuestros hijos felices. Meg lo es y estoy contenta de que le haya ido tan bien. A ti te dejo disfrutar de tu libertad hasta que te canses de ella, porque sólo entonces descubrirás que hay algo más dulce. Amy es mi principal preocupación ahora, pero su buen sentido la ayudará. En cuanto a Beth, sólo tengo esperanzas de que se recupere. Por cierto, parece más animada desde hace uno o dos días. ¿Has hablado con ella?

—Sí, me dijo que tenía un problema y prometió decírmelo más adelante. No dije nada más, porque creo que ya lo sé —confesó Jo, tras lo cual le contó a su madre la historia.

La señora March sacudió la cabeza y no se tomó tan a pecho el caso, pero se puso seria e insistió en que, por el bien de Laurie, era mejor que Jo se marchara un tiempo.

—No le contaremos mis planes hasta que tengamos todo organizado, y entonces, me marcharé antes de que tenga tiempo de recuperarse y ponerse trágico. Quiero que Beth piense que me voy simplemente porque me apetece, pues no puedo hablar con ella de Laurie. Pero, en mi ausencia, ella lo cuidará y le hará compañía, hasta que se le pase esa ínfula romántica. Ya ha pasado por muchas historias similares, así que está acostumbrado y no tardará en recuperarse del desengaño amoroso.

Jo lo dijo esperanzada, pero no pudo quitarse de la cabeza el temor de que aquella «historia» fuera más difícil de superar que las otras y que Laurie no se recuperara de aquel desengaño amoroso con tanta facilidad como en otras ocasiones.

El plan se discutió en consejo de familia y se acordaron las decisiones pertinentes. La señora Kirke aceptó de buen grado a Jo y prometió procurarle un hogar agradable para ella. La enseñanza la haría más independiente, y el tiempo libre que le quedara podría aprovecharlo para escribir. Además, conocer lugares nuevos y a otras personas le sería muy útil. A Jo le gustó la perspectiva y estaba ansiosa por marcharse, pues el nido familiar se le hacía demasiado estrecho para su naturaleza inquieta y su espíritu aventurero. Cuando todo quedó por fin decidido, con temor y nervios se lo dijo a Laurie. Para su sorpresa, él se lo tomó con mucha calma. Últimamente había estado más serio que de costumbre, pero muy cordial. Y cuando le acusó Jo en broma de haber pasado página, él contestó con sobriedad:

—Así es. Y espero no volver atrás nunca.

Jo se sintió muy aliviada al comprobar que su amigo estaba atravesando justo en ese momento una de sus etapas de sensatez, y prosiguió más tranquila con los preparativos. Beth también parecía más animada, así que Jo confió en estar haciendo lo mejor para todos.

—Una cosa dejo a tu especial cuidado —le dijo a su hermana la noche antes de partir.

—¿Te refieres a tus manuscritos? —le preguntó Beth.

—No... a mi chico. ¿Me prometes que serás buena con él?

—Por supuesto que lo seré, pero no puedo ocupar tu lugar y estoy segura de que te va a echar mucho de menos.

—Eso no le hará daño, así que recuerda que lo dejo a tu cargo, para que lo incordies, lo acaricies y lo mantengas en orden.

—Haré lo que pueda por tu bien —prometió Beth, preguntándose por qué Jo la miraba tan extrañada.

Cuando Laurie se despidió de Jo, le susurró en tono significativo:

—No servirá de nada, Jo. Te estoy vigilando, así que cuidado con lo que haces o me obligarás a ir a buscarte para traerte a casa.

CAPÍTULO X

El diario de Jo

Nueva York, noviembre.

Queridas Marmee y Beth:

Voy a escribiros un libro entero, porque tengo montones de cosas que contar, aunque no sea una dama elegante que viaja por el continente. Cuando perdí de vista el viejo y querido rostro de mi padre, me sentí un poco triste, y creo que hasta se me habría escapado alguna lagrimita de no ser porque me distraje mirando a una dama irlandesa con cuatro niños pequeños, todos llorando a la vez, y no me hubiera distraído, pues me divertía tirando miguitas de pan de jengibre por encima del asiento cada vez que abrían la boca para aullar.

El sol no tardó en salir. Lo interpreté como un buen presagio, y más animada, decidí disfrutar al máximo de mi viaje.

La señora Kirke me acogió con tanta amabilidad que me sentí enseguida como si estuviera en casa, aunque sea una pensión enorme llena de extraños. Me instaló en una pequeña y coqueta habitación en el desván, que era la única que le quedaba. Tiene una cocinita y una bonita mesa junto a una ventana soleada, así que puedo sentarme aquí y escribir cuando me apetezca. Las vistas espléndidas y el campanario de una iglesia justo enfrente compensan los muchos escalones, así que esta pequeña guarida me gustó desde el principio. El cuarto de las niñas, donde tengo que enseñar y coser, es una agradable habitación contigua al salón privado de la señora Kirke. Las dos niñas son preciosas, aunque están bastante mimadas, me temo, pero se encariñaron conmigo después de que les contara el cuento de los siete cerditos traviesos, así que no dudo que seré una modelo de institutriz.

Puedo comer con las niñas, a no ser que prefiera la mesa grande. Por el momento, creo que lo haré así, porque, aunque nadie lo crea, soy un poco tímida.

«Bueno, querida, siéntete como si estuvieras en tu casa —me dijo la señora Kirke con ese aire maternal suyo—. Con tanta gente en la pensión, yo ando todo el día de acá para allá, como te puedes imaginar, con semejante familia, pero se me quitará de la cabeza la ansiedad que pueda tener si sé que las niñas están a tu cuidado. Si necesitas algo, no dudes en acudir a mí, y disfruta mucho de tu estancia. Ah, la campanilla del té, voy corriendo a cambiarme el gorro». Y se marchó, dejándome instalada en mi nuevo nido.

Al bajar las escaleras, poco después, vi algo que me gustó. Los tramos son muy largos en esta casa alta, y mientras esperaba en lo alto del tercer rellano a que subiera la sirvienta, vi a un caballero que venía detrás de ella, le quitó de la mano el pesado cesto lleno de carbón y lo subió hasta arriba, luego lo dejó delante de la puerta más cercana y se alejó, diciendo, con una amable inclinación de cabeza y un acento extranjero: «Así mejor. Tu espaldita es demasiado joven *parra* tanto peso».

¿No os parece muy amable de su parte? Me gustan esas cosas porque, como padre dice, las pequeñas cosas son las que muestran el carácter. Cuando se lo mencioné a la señora K., se echó a reír y dijo: «Debe haber sido el profesor Bhaer; siempre está haciendo cosas de ese tipo».

La señora K. me dijo que era de Berlín, que es un hombre muy culto y bueno, pero pobre como un ratón de iglesia. Para mantenerse a sí mismo y a dos sobrinitos huérfanos a los que educa aquí, según los deseos de su hermana, que está casada con un estadounidense. No es una historia muy romántica, pero me interesó, y me alegró saber que la señora K. le presta su salón para dar algunas clases. Hay una puerta de cristal entre esta sala y el cuarto de los niños, así que pienso espiar al señor Bhaer para contaros cómo es. Debe de tener cuarenta años, así que no sufras, Marmee.

Después del té y de una pequeña trifulca con las niñas para que se acostaran, me enfrenté a la enorme cesta de ropa para coser y pasé una tarde tranquila charlando con mi nueva amiga. Tengo intención de llevar un diario y enviaros lo que escriba una vez por semana, así que buenas noches y mañana más.

Martes por la noche.

Las clases de esta mañana han sido bastante intensas, porque las niñas estaban muy revoltosas, y en un momento determinado, se me ha ocurrido que lo que necesitaban era un poco de actividad y la inspiración me ha sugerido una clase de gimnasia: las he puesto a hacer ejercicio hasta que estaban tan cansadas que se han alegrado de sentarse y se han quedado quietas. Después del almuerzo, la niñera las sacó a pasear y yo me fui a mi labor de aguja, como la pequeña Mabel, del poema de Mary Howitt. Le estaba agradeciendo a mis estrellas haber aprendido a coser bonitos ojales, cuando la puerta del salón se abrió de golpe y alguien empezó a canturrear *Kennst du das Land* como un gran abejorro. Ha sido terriblemente inapropiado, lo sé, pero no pude resistir la tentación y, levantando una punta de la cortina que tapa la puerta de cristal, me asomé para echar un vistazo y allí estaba el profesor Bhaer. He aprovechado que estaba ordenando sus libros para fijarme bien en él. Es un alemán de pies a cabeza, más bien corpulento, con el pelo castaño revuelto por toda la cabeza, una barba tupida, buena nariz, los ojos más amables que he visto, y una espléndida voz que es un regalo para los oídos, si la comparamos con nuestro acento tosco y descuidado. Llevaba ropa raída, tiene las manos grandes y ni un solo rasgo atractivo en la cara, a excepción de sus hermosos dientes, que los tiene muy bonitos. Aun así, me ha gustado, porque tiene una cabeza elegante, su ropa era muy bonita. La camisa blanca que llevaba estaba impecable y parecía un caballero, aunque le faltaban dos botones a la chaqueta y llevaba un remiendo en el zapato. Parecía sobrio a pesar de su canturreo, hasta que se acercó a la ventana para girar los bulbos de jacinto hacia el sol y acariciar al gato, que lo recibió como a un viejo amigo. Entonces sonrió, y cuando llamaron a la puerta, gritó en voz alta, con tono enérgico: «¡Adelante!». Estaba a punto de apartarme cuando he visto a una niña minúscula cargada con un libro enorme, y me detuve a ver lo que estaba pasando.

—Mi quiere mi Bhaer —dijo la criaturita, mientras dejaba caer el libro sobre la mesa y salía corriendo hacia él.

—Pues tendrás a tu Bhaer. Ven aquí a darle un buen abrazo, mi Tina —dijo el profesor, cogiéndola en brazos con una carcajada, y sosteniéndola tan alto sobre su cabeza que ha tenido que inclinar su carita para besarle.

—Ahora mi quiere estudiar —ha añadido la pequeña.

Así que el profesor la ha sentado a la mesa, ha abierto el enorme diccionario que había traído consigo, y le dio un papel y un lápiz, y ella empezó a garabatear enseguida, pasando una hoja de vez en cuando y bajando su dedito gordo por la página, como si buscase una palabra, con tanta sobriedad que casi me traiciono a mí misma con una carcajada, mientras el señor Bhaer acariciaba su hermoso cabello con una mirada paternal, que me hizo pensar que debía de ser su hija, aunque a mí me parece más francesa que alemana.

Luego han vuelto a llamar y la aparición de dos jóvenes damas me ha hecho concentrarme de nuevo en mi trabajo, y allí permanecí afanosamente todo el día, a pesar del ruido y el parloteo que había en la habitación contigua. Una de las muchachas se reía afectuosamente y decía todo el rato en tono coqueto «Ay, profesor», mientras la otra pronunciaba su alemán con un acento tan malo que al profesor debe de haberle costado mucho contener la risa.

Era obvio que las dos estaban poniendo a prueba su paciencia, pues una vez lo oí decir en tono desesperado: «No, no, no es así. No me escuchan ustedes cuando les hablo». En otra ocasión he oído un fuerte golpe, como si el profesor hubiese dejado caer el libro sobre la mesa, seguido de una exclamación desesperada: *«Prut!* Todo sale mal hoy».

Pobre hombre, me ha dado un poco de pena. Cuando se marcharon las jóvenes me asomé para ver si había sobrevivido. Allí estaba, derrumbado en un sillón, agotado, y allí se ha quedado con los ojos cerrados hasta que el reloj ha dado las dos. Entonces, se ha puesto de pie de un salto, se ha metido los libros en el bolsillo, como si se preparara para dar otra clase, y después de coger en brazos a la pequeña Tina, que se había quedado dormida en el sofá, se la ha llevado en silencio. Creo que el pobre hombre lleva una vida muy dura.

La señora Kirke me ha preguntado si no quería bajar a cenar a las cinco y, como siento un poco de nostalgia, he decidido ir, sólo para ver qué clase de gente convive bajo el mismo techo conmigo. Así que me he arreglado y he tratado de esconderme discretamente detrás de la señora Kirke, pero como ella es baja y yo alta, mis esfuerzos por ocultarme tras ella han resultado un tremendo fracaso. Me ha ofrecido sentarme a su lado, y cuando se me ha bajado un poco el rubor de las mejillas, me he armado de valor y he mirado a mi alrededor. La mesa, muy larga, estaba llena de gente y todo el mundo estaba concentrado en la cena, sobre todo los caballeros, que nada más engullir lo que tenían en el plato salían literalmente disparados. Había varios hombres jóvenes, absortos como es habitual en sí mismos; parejas jóvenes absortas el uno en el otro, señoras casadas absortas en sus bebés, y señores mayores absortos en la política. No creo que me interese tener mucho que ver con ninguno de ellos, excepto con una dama de rostro dulce, que me ha parecido interesante.

Al fondo de la mesa estaba el profesor Bhaer, respondiendo a gritos a las preguntas del caballero sordo y bastante exigente que tenía a un lado, y charlando sobre filosofía con el francés que tenía al otro lado. De haber estado aquí Amy, lo habría puesto en su lista negra de por vida, porque —y lamento decirlo— el profesor goza de muy buen apetito y engullía la cena de un modo que habría horrorizado a «su señoría». A mí en realidad no me importa, porque me gusta ver a la gente «disfrutar de la comida», como dice Hannah, y me temo que el pobre hombre estaba muerto de hambre después de haberse pasado el día dando clase a idiotas.

Cuando he subido a mi habitación después de cenar, dos de los jóvenes se estaban poniendo las chisteras de castor delante del espejo del vestíbulo, y les he oído decir uno al otro en voz baja:

—¿Quién es la nueva?

—Una institutriz, o algo por el estilo.

—¿Por qué diantres se sienta en nuestra mesa?

—Es amiga de la señora.

—Es guapa, pero no tiene estilo.

—Ni un poco. Dame fuego y vámonos.

Me enfadé al principio, y luego no me importó, porque una institutriz vale tanto como cualquier oficinista, y puede que yo no tenga estilo, pero sí que tengo sentido común, que es más de lo que pueden decir algunos, a juzgar por los comentarios de ese par de caballeros que se han marchado fumando como carreteros. ¡Ah, no soporto a la gente vulgar!

Jueves.

Ayer fue un día tranquilo, dedicado a enseñar, coser, y escribir en mi pequeña habitación, que es muy acogedora, con su luz y su chimenea. Me enteré de algunas noticias y me presentaron al profesor. Parece que Tina es hija de la francesa que plancha en la lavandería de la pensión, y que está perdidamente enamorada del señor Bhaer, y le sigue por todas partes como un perrito cuando está en casa, lo que a él le encanta, ya que le gustan mucho los niños, a pesar de ser un solterón. Kitty y Minnie Kirke también lo miran con afecto, y cuentan toda clase de historias sobre las obras de teatro que se inventa, de los regalos que trae y de las espléndidas historias que les cuenta. Los chicos más jóvenes se burlan de él, por lo que veo: lo llaman Viejo Fritz, Cerveza Rubia y Osa Mayor, y hacen toda clase de bromas sobre su nombre. Pero él se divierte como un niño, según la señora Kirke, y asume las burlas con tan buen humor que todos, a pesar de sus peculiares costumbres, le tienen aprecio.

La dama soltera es la señorita Norton. Es rica, educada y generosa. Me ha hablado en la cena de hoy (porque fui a la mesa otra vez, es tan divertido observar a la gente), y me ha pedido que fuera a verla a su habitación. Tiene buenos libros y cuadros, conoce a gente interesante y parece cordial, así que voy a ser agradable con ella, porque quiero entrar en la buena sociedad de aquí, aunque no sea exactamente la clase de buena sociedad que a Amy le gusta.

Anoche estaba en nuestro salón cuando el señor Bhaer entró con algunos periódicos para la señora Kirke. Ella no estaba allí, pero Minnie, que a veces es como una ancianita, me presentó formalmente:

—Esta es la amiga de mamá, la señorita March —dijo.

—Sí, y es alegre y nos gusta mucho —añadió Kitty, que es una *enfant terrible*.

Las dos hicimos una reverencia, y luego nos reímos, porque la primorosa presentación de una de las niñas y el espontáneo comentario de la otra producían un cómico contraste.

—Ah, sí, ya he oído que este par de diablillos la traen por el camino de la amargura, *señorrita Marsch*. Si hacen otra vez, llámeme y *acudirré* al instante —dijo, con un ceño amenazador que hizo las delicias de las dos picarillas.

Prometí que lo haría, y se marchó, pero parece como que estaba condenada a verle mucho, porque hoy, cuando pasaba por su puerta al salir, por accidente golpeé con mi paraguas. Se abrió de golpe, y allí estaba él en bata, con un gran calcetín azul en una mano y una aguja de zurcir en la otra. En absoluto se ha avergonzado de ello, porque cuando me expliqué para disculparme y me apresuré a marcharme, él me ha saludado con la mano, sin soltar el calcetín, diciendo en su voz alta y alegre habitual:

—Hace un día espléndido *parra* pasear. *Bon voyage, mademoiselle.*

He bajado la escalera muerta de risa, pero la verdad es que me ha dado bastante pena pensar que el pobre hombre tiene que zurcirse la ropa. Sí, ya sé que los caballeros alemanes bordan..., pero zurcirse las medias es otra historia, y no precisamente divertida.

Sábado.

Hoy no ha pasado nada que valga la pena escribir, excepto una visita a la señorita Norton, que tiene una habitación llena de cosas preciosas, y que se ha mostrado encantadora conmigo, pues me ha mostrado todos sus tesoros y me ha preguntado si me apetecería acompañarla de vez en cuando a algún concierto o conferencia, si es que me gustan esas cosas. Lo ha planteado como un favor, pero estoy segura de que la señora Kirke le ha hablado de nosotras y lo hace por amabilidad hacia mí. Sigo siendo más terca que una mula, pero esa clase de favores no me oprimen y los acepto gustosamente.

Cuando he vuelto a la sala en la que doy clases había tanto alboroto en el salón que me asomé, y allí estaba el señor Bhaer de rodillas, con Tina a cuestas, Kitty guiándole con una cuerda de saltar, y Minnie dando de comer a dos niños pequeños con pasteles de semillas, mientras rugían dentro de jaulas construidas con sillas puestas del revés.

—Estamos jugando a los domadores de circo —me ha explicado Kitty.

—Mirad mi *felefante* —ha añadido Tina, aferrada al pelo del profesor.

—Mamá nos deja hacer lo que queramos el sábado por la tarde, cuando vienen Franz y Emil. ¿A que sí, señor Bhaer? —ha dicho Minnie.

El *felefante* se ha sentado, parecía tan entusiasmado como cualquiera de ellos, y me ha dicho con seriedad:

—Te doy mi palabra de que es así. Si hacemos demasiado ruido, no tienes más que hacer «¡Chissst!» y *bajarremos* la voz.

Le he prometido que así lo haría, pero he dejado la puerta abierta y he disfrutado de la diversión tanto como ellos, porque nunca había presenciado tanto alboroto. Han jugado al pillapilla y a los soldaditos, han bailado y cantado, y cuando ha empezado a oscurecer todos se han acurrucado en el sofá alrededor del profesor, mientras él les contaba encantadores cuentos de hadas sobre las cigüeñas que anidan en las chimeneas y los pequeños *kobolds* que cabalgan sobre los copos de nieve cuando caen. Me gusta tanto escribir, que no pararía de hacerlo si no fuera porque me lo impiden los motivos económicos, pues aunque he usado papel fino y he aprovechado bien los márgenes, estoy temblando de pensar en los sellos que va a necesitar esta carta tan larga. Por favor, enviadme las de Amy cuando las hayáis leído. Mis pequeñas aventurillas quizás os parecerán muy sosas en comparación con sus esplendores, pero seguro que os gustarán, lo sé. ¿Teddy está estudiando tanto que no encuentra tiempo de escribir a sus amigas? Cuida de él por mí, Beth, y cuéntame todo sobre los bebés, y dales muchos abrazos a todas.

Os quiere,
Vuestra fiel Jo.

PS: Al releer mi carta, tengo la sensación de que he hablado mucho de Bhaer, pero la verdad es que siempre me han interesado las personas extravagantes y, además, tampoco tengo mucho más que contar. ¡Que Dios os bendiga!

Diciembre.

Mi queridísima Betsey:

Como esta va a ser una carta escrita deprisa y corriendo, te la dirijo a ti, porque seguro que te divierte y te sirve para hacerte algunas ideas de mis andanzas, porque, aunque no sea nada del otro mundo, creo que te harán gracia, así que alégrate. Después de hacer lo que Amy llamaría un esfuerzo *herculiano* en el cultivo mental y moral, mis jóvenes ideas comenzaron a brotar y, para mi alegría, pronto crecieron sus pequeñas ramitas. No me resultan tan interesantes como Tina y los niños, pero hago bien mi trabajo y ellas me aprecian. Franz y Emil son unos chiquillos alegres, como yo, que me han robado el corazón. La mezcla de espíritu alemán y americano que hay en ellos produce un constante estado de efervescencia. Los sábados por la tarde son momentos de jolgorio, ya se pasen en casa o fuera de ella, porque en los días agradables vamos todos a pasear, como si fuéramos de excursión, y el profesor y yo nos encargamos de mantener el orden. ¡La verdad es que me resulta divertidísimo!

Ahora somos muy buenos amigos, y he empezado a tomar clases. Si te soy sincera, no pude evitarlo, porque todo sucedió de una manera tan divertida que tengo que contártelo. Empezaré desde el principio: Un día, la señora Kirke me llamó cuando yo pasaba por delante de la habitación del señor Bhaer, donde estaba rebuscando algo.

¿Habías visto alguna vez una leonera como esta, querida? Pasa y ayúdame a poner estos libros en orden, porque lo he puesto todo patas arriba tratando de descubrir lo que ha hecho este hombre con los seis pañuelos nuevos que le regalé no hace mucho.

Entré, y mientras trabajábamos miré a mi alrededor, pues efectivamente, aquello era un antro. Libros y papeles por todas partes, una pipa de espuma de mar rota y una vieja flauta sobre la chimenea, un pájaro harapiento, sin cola, piaba en el alféizar de una de las ventanas, mientras que una caja de ratoncitos blancos adornaba la otra; barcos a medio terminar y trozos de cuerda yacían entre los manuscritos; unas botitas sucias de barro se secaban ante el fuego, rastros de esos queridos muchachos, por los que se sacrifica se veían por toda la habitación. Después de rebuscar a fondo, encontramos tres de los pañuelos: uno en la jaula del pájaro, otro cubierto de tinta y un tercero chamuscado, ya que al parecer se había usado para coger el fuelle de la chimenea.

—¡Este hombre! —se echó a reír la bondadosa señora K., mientras guardaba las reliquias en la bolsa de la ropa sucia—. Supongo que los demás los habrá cortado en tiras para aparejar barcos, vendar dedos cortados o hacer colas de cometas. Es terrible, pero no puedo reñirle: es tan distraído y tan bueno que deja que esos chicos lo pisoteen sin miramientos. Accedí a lavarle y remendarle la ropa, pero siempre se olvida de darme sus cosas, y yo me olvido de pedírselas, así que a veces el pobre va hecho un desastre.

—Ya le coso yo la ropa —dije—. No me importa en absoluto, y él no tiene por qué saberlo. Es tan amable conmigo... Siempre lleva mis cartas y me presta libros.

Así que he puesto sus cosas en orden: he tenido que remendar los talones de dos pares de calcetines, pues el pobre los había deformado por completo en sus curiosos intentos de zurcirlos. No le dijimos nada y yo esperaba que él no lo descubriera, pero un día de la semana pasada me pilló en plena faena. Verás, Tina tiene la costumbre de entrar y salir constantemente de la clase, y siempre se deja la puerta abierta, así que de tanto escuchar las clases que da a los demás, me entraron ganas de aprender. Ese día estaba yo sentada cerca de su puerta, terminando de zurcir el último calcetín y tratando de entender lo que el señor Bhaer le había dicho a una nueva alumna que, al parecer, es tan burra con los idiomas como yo. La chica se había ido, y yo pensé que él también, porque no se oía nada. Estaba concentrada farfullando un verbo mientras me mecía hacia adelante y hacia atrás de la manera más absurda, cuando un pequeño graznido me hizo levantar la vista, y allí estaba el señor Bhaer mirando y riendo tranquilamente, mientras hacía señales a Tina para que no lo delatara.

—Bueno —dijo—, mientras yo me detenía y le miraba como una tonta —, usted me espía, y yo la espío a usted, y no me *parrece* del todo mal, pero me pregunto, y lo digo muy en serio, si le *interesarría* a usted aprender alemán.

—Claro que sí, pero usted está demasiado ocupado y yo soy una negada para los idiomas —balbucí, poniéndome roja como un tomate.

—*Prrut!,* ya hallaremos el tiempo y *segurro* que conseguiré que aprenda. Esta noche será *honorr* para mí darle una pequeña lección, porque mire, *señorrita Marsch,* tengo que pagar esta deuda con usted —dijo, señalando mi labor—. Sí, estas generosas damas se dicen una a la otra: «es un viejo estúpido, no se va a dar cuenta de lo que hacemos, no se va a fijar en que los talones de sus calcetines ya no entran en los agujeros, pensará que sus botones crecen nuevos cuando se caen, y creerá que los *corrdones* se atan solos». ¡Ah! pero yo no estoy ciego, yo lo veo todo. Y también tengo un *corrazón,* así que quiero darle las gracias por lo que hace. Vamos, una leccioncita de vez en cuando... o no dejaré que siga siendo mi hada madrina.

Por supuesto que no pude decir nada después de eso, y como realmente es una oportunidad espléndida, hice el trato, y empezamos. Tomé cuatro lecciones, y luego me quedé atascada en un pantano gramatical. El profesor fue muy paciente conmigo, pero debió ser un tormento para él, y de vez en cuando me miraba con tal expresión de leve desesperación que yo no sabía si echarme a reír o a llorar. Lo intenté de las dos maneras; y cuando se me escapó una lagrimita de vergüenza y desesperación, el profesor arrojó el libro de gramática al suelo y salió de la habitación. Me sentí humillada y abandonada para siempre, pero no le culpé ni un ápice, porque no tenía ningún derecho. Estaba recogiendo a toda prisa mis papeles, con la intención de subir corriendo las escaleras y sacudirme aquella sensación de fracaso, cuando el profesor volvió a entrar, tan enérgico y radiante como si yo hubiera logrado algo asombroso.

—Vamos a probar un método nuevo. Usted y yo vamos a leer estos bonitos *Märchen* y nos *olvidarremos* de ese libro tan árido, que se quedará castigado en el rincón por haberse portado tan mal.

Me habló con tanta amabilidad y abrió ante mí los cuentos de Hans Christian Andersen con tanta ilusión, que yo me sentía más avergonzada que nunca y, después, me entregué a mi clase en cuerpo y alma, cosa que pareció divertirle enormemente. Yo me olvidé de mi timidez, y me lancé al libro (creo que no hay otra forma de expresarlo) con todas mis fuerzas. Se me trababa la lengua al leer aquellas palabras larguísimas y reconozco que las pronunciaba según la inspiración del momento y dando lo mejor de mí. Cuando terminé de leer la primera página y me detuve a recobrar el aliento, el profesor aplaudió y exclamó con su acostumbrada amabilidad:

—*Das ist gut! ¡Ahorra* sí que vamos bien! Me toca a mí ahora. Lo hago en alemán y tú me escuchas con atención.

Y se puso a leer con una voz tan fuerte que las palabras parecían retumbar, y con un entusiasmo que era una maravilla ver y escuchar. Afortunadamente, el cuento era *El soldadito de plomo,* que ya sabes que es muy divertido, así que yo me reía aunque no entendiera la mitad de lo que decía. Pero es que si lo vieras leyendo con esa expresión tan seria, y yo estaba tan entusiasmada, que la escena resultaba la mar de cómica.

A partir de aquello lo llevamos mucho mejor y ahora ya leo mis lecciones bastante bien, porque esta manera de estudiar se adapta mejor a mí, ya que me ayuda a digerir la gramática oculta en los cuentos y la poesía, como cuando te tragas una pastilla con mermelada. Me gusta mucho y no parece que él esté cansado de ello todavía, lo que considero muy generoso de su parte, ¿verdad? Tengo la intención de hacerle un regalo en Navidad, porque no me atrevo a ofrecerle dinero. Dame alguna idea de algo bonito, Marmee.

Me alegro de que Laurie parezca tan feliz y ocupado, que haya dejado de fumar, y se deja crecer el pelo. Ya ves que Beth lo maneja mejor que yo. No estoy celosa, hermanita: hazlo lo mejor que puedas, pero no lo conviertas en un santo. Me temo que ya no lo querría tanto si renuncia a sus travesuras. Leedle algunas líneas de mis cartas. No tengo tiempo de escribir mucho, así que tendrá que conformarse con eso. Gracias a Dios, que Beth se encuentre tan bien.

Enero.

Deseo un feliz Año Nuevo a todos, mi querida familia, que por supuesto incluye al señor L. y a un jovencito llamado Teddy. No alcanzo a deciros con palabras cuánto disfruté del paquete que me enviasteis en Navidad, porque no lo recibí hasta la noche y casi había perdido la esperanza. Vuestra carta llegó por la mañana, pero no decíais nada del paquete, supongo que porque queríais que fuera una sorpresa. Así que la verdad es que me llevé una pequeña decepción, porque tenía «una especie de presentimiento» de que no os ibais a olvidar de mí. Me sentía un poco deprimida, sentada en mi habitación, después de la cena. Y, cuando llegó el enorme paquete —sucio de barro y maltrecho—, me abracé a él y me puse a dar saltos de alegría. Era tan hogareño y reconfortante, que me senté en el suelo a leer, curiosear, comer, llorar y reír de esa forma tan absurda que me caracteriza. Los regalos eran justo lo que quería, y más aún, porque los habéis hecho vosotras y no los habéis comprado. El nuevo «delantal de escritora» que me ha hecho Beth es estupendo; y la caja de galletas de jengibre que me ha enviado Hannah, un tesoro. Me pondré las bonitas prendas de franela que me has enviado, Marmee, y ten por seguro que leeré atentamente los libros que mi padre me ha dedicado. ¡Muchas, muchas gracias a todos!

Y, hablando de libros, eso me recuerda que empiezo a tener muchos, porque en Año Nuevo el señor Bhaer me regaló un buen volumen de Shakespeare. Es uno que él valora mucho y muchas veces lo he admirado cuando lo veía en su estantería, junto a la Biblia en alemán, y las obras de Platón, Homero y Milton. Así que imaginad cómo me sentí cuando me lo ofreció, abrió la cubierta y me enseñó la dedicatoria: «De su amigo Friedrich Bhaer».

—Siempre dice usted que le *gustarría* tener una biblioteca —me dijo—. Bueno, pues aquí le ofrezco una, porque entre las tapas (se refería, claro, a las cubiertas) hay muchos libros en uno. Lea bien a Shakespeare, porque le *serrá* muy útil y porque si estudia los personajes de estas obras, aprenderá a conocer el mundo y poder pintarlo con su pluma.

Le di las gracias lo mejor que pude, y ahora hablo de «mi biblioteca» como si tuviera cien libros. Hasta ahora no había sido consciente de lo profunda que es la obra de Shakespeare, pero también es cierto que no tenía a Bhaer para que me lo explicara. No, no os riais de su horrible nombre, no se pronuncia ni *bar* ni *ver,* como suele decir la gente, sino algo entremedias, como sólo los alemanes pueden pronunciarlo. Me alegro de que os guste lo que os cuento de él y espero que lleguéis a conocerlo algún día. Mamá se enamoraría de su corazón generoso y papá de su mente ilustre. Yo admiro las dos cosas y me siento muy afortunada de contar con mi nuevo «amigo Friedrich Bhaer».

Como no tenía mucho dinero, ni sabía exactamente lo que pudiera gustarle, le preparé varios regalos y los distribuí por su habitación, para que los fuera encontrando cuando menos lo esperara. Eran cosas útiles, bonitas o graciosas; un mueble nuevo para su mesa, un jarroncito para la flor —siempre tiene una en la habitación o a veces unas cuantas hojas en un vaso para refrescar el ambiente, como dice él—; y una manopla para cuando use el fuelle de la chimenea, así no quemará los *mouchoirs,* como los llamaría Amy. Lo hice como los que Beth inventó, una gran mariposa con cuerpo gordo y alas negras y amarillas, antenas de estambre y ojos de abalorios. Le encantó, y enseguida la puso en la repisa de su chimenea como un artículo de valor, así que en realidad no sé si la usará mucho. Pobre como es, no dejó sin regalo a ninguna sirvienta ni ninguna de las criaturas de esta casa. Y a su vez, todo el mundo se ha acordado de él, desde la lavandera francesa hasta la señorita Norton, lo cual me alegró muchísimo.

Se había organizado un baile de disfraces en Nochevieja y nos lo pasamos muy bien. No tenía intención de bajar, ya que no tenía vestido, pero en el último minuto, la señora Kirke recordó algunos de unos viejos vestidos de brocados que tenía y la señorita Norton me prestó unos cuantos encajes y plumas. Así que me disfracé como la señora Malaprop[15] y me sumergí en la fiesta con una máscara puesta. Nadie me reconoció, porque disimulé mi voz y a nadie se le ocurrió pensar que la silenciosa y altiva señorita March (porque ellos piensan que soy muy rígida y fría, la mayoría de ellos; y así lo soy para los mequetrefes) podía bailar, divertirse y lucir un disfraz tan extravagante como si fuese una «alegoría a orillas del Nilo». Lo disfruté mucho y, cuando nos desenmascaramos, fue divertido ver cómo me miraban. Oí a un joven comentar, dirigiéndose a su amigo, que ya se había imaginado que yo era actriz; de hecho,

---

15 Un personaje de la comedia *Los rivales*, de Sheridan.

añadió, creía haberme visto en un teatrillo de segunda clase. A Meg le encantará esta anécdota, se reirá mucho. El señor Bhaer era Nick Bottom, y Tina era el hada Titania[16]. Verlos bailar juntos era todo un espectáculo, como diría Teddy.

Al final, fue una Nochevieja muy feliz. Cuando lo pensé en mi habitación, sentí que estaba progresando un poco a pesar de mis muchos fracasos, porque ahora estoy alegre todo el tiempo, trabajo con entusiasmo y me intereso más por los demás que antes, lo cual es muy agradable. Que Dios os bendiga.

Con todo mi amor,

Jo.

CAPÍTULO XI

Un amigo

Aunque se sentía muy a gusto en la atmósfera social que la rodeaba y estaba muy ocupada con el trabajo diario con que se ganaba el pan, y precisamente por ello el esfuerzo se le hacía más llevadero, Jo aún encontraba tiempo para sus labores literarias. El propósito que ahora se apoderaba de su tarea era el natural en una muchacha pobre y ambiciosa, pero los medios que tomó para alcanzar su fin no fueron los más adecuados. Vio que el dinero confería poder, y por tanto resolvió tener ambas cosas, dinero y poder, y no sólo para su posesión personal, sino para aquellos a quienes amaba más que a sí misma. El sueño de llenar el hogar de comodidades, dando a Beth todo lo que quisiera —desde fresas en invierno hasta un órgano en su habitación—, viajar ella misma al extranjero y tener siempre más de lo necesario para poder permitirse el lujo de la caridad había sido, durante años, el mayor anhelo de Jo.

Tenía la sensación de que la experiencia de los cuentos premiados había abierto un camino que, aunque estuviera plagado de incertidumbres y dificultades, podía conducirla a ese maravilloso castillo en el aire. Pero el desastre de la novela apagó su coraje por un tiempo, porque la opinión pública es un gigante que ha asustado

[16] Nick Botton y Titania son personajes de la obra de SHAKESPEARE *Sueño de una noche de verano*.

a muchos otros *Jacks* de las habichuelas mágicas bastante más audaces que ella. Como ese héroe inmortal, descansó un rato después del primer intento, que resultó en una caída, y el menos atractivo de los tesoros del gigante, si no recuerdo mal. Pero el espíritu de levantarse de nuevo y empezar a trepar otra vez era tan fuerte en Jo como en Jack, así que esta vez subió por el lado más escarpado de la planta y consiguió un botín mayor, aunque casi estuvo a punto de perder algo mucho más valioso que una bolsa de monedas. Se aficionó a escribir historias sensacionalistas, porque en aquella época difícil incluso la perfecta sociedad estadounidense leía birrias. No se lo contó a nadie, sino que se inventó una «historia emocionante» y se la llevó audazmente al señor Dashwood, editor del *Weekly Volcano.* Jo jamás había leído *Sartor Resartus*[17], pero su instinto femenino le decía que su ropa podía ejercer una influencia mucho más poderosa que el carácter o la corrección en los modales. Así pues, se vistió con sus mejores galas y, tratando de convencerse a sí misma de que no estaba ni excitada ni nerviosa, subió valientemente dos tramos de escaleras oscuras y sucias para encontrarse en una habitación desordenada y llena de una nube de humo de cigarro y la presencia de tres caballeros, sentados con los pies encima de la mesa. Al ver llegar a Jo, no se molestaron en bajarlos ni en quitarse el sombrero. Algo intimidada por este recibimiento, Jo vaciló en el umbral, murmurando en tono cohibido:

—Perdonen, buscaba la oficina del *Weekly Volcano.* Quisiera ver al señor Dashwood.

Las dos botas más altas bajaron de la mesa y Jo no tardó en ver a un caballero que parecía surgir de una nube de humo mientras hacía girar un puro entre los dedos. Se dirigió hacia ella con un gesto de asentimiento y una expresión que no indicaba más que somnolencia. Sintiendo que debía resolver el asunto de algún modo, Jo sacó su manuscrito y, sonrojándose cada vez más con cada frase que pronunciaba, farfulló fragmentos del pequeño discurso que con tanto esmero había preparado para la ocasión.

---

[17] *El sastre sastreado*, sátira filosófica del escritor Thomas Carlyle sobre la corrección en el vestir. *(N. de la T.)*

—Una amiga me ha pedido que presente una historia en su nombre..., como experimento. Le gustaría conocer su opinión y, en el caso de que sea de su agrado, escribir relatos, si le parece bien.

Mientras ella se sonrojaba y tartamudeaba, el señor Dashwood había cogido el manuscrito y estaba pasando las hojas con un par de dedos más bien sucios al tiempo que echaba miradas a aquellas páginas inmaculadas.

—No es lo primero que escribe, ¿verdad? —contestó, al ver que las páginas estaban numeradas, escritas sólo por una cara y sin atar con cinta, que era la señal inequívoca de que se trataba de una principiante.

—No, señor. Ha tenido alguna experiencia, y obtuvo un premio por un cuento en el *Blarneystone Banner.*

—¿Ah, sí? —y el señor Dashwood dio a Jo una rápida miradita, con la que pareció tomar nota de todo lo que llevaba puesto, desde el lazo de su sombrero hasta los botones de sus botas—. Bueno, puedes dejarlo, si quieres. Tenemos más cosas de este tipo ahora mismo, y no sabemos qué hacer con ellas, pero le echaré un vistazo y le daré una respuesta la semana que viene.

A Jo no le gustaba mucho la idea de dejarle el manuscrito, porque no acababa de fiarse del señor Dashwood. Pero, dadas las circunstancias, no le quedaba más remedio que hacerlo y marcharse con la barbilla bien alta y el aire digno que solía adoptar cuando se sentía irritada o cohibida, Y, en ese momento, sentía ambas cosas, habida cuenta del intercambio de miraditas de complicidad que habían intercambiado los caballeros, que puso de manifiesto que se habían tomado a broma la historia de «la amiga». Las carcajadas que oyó a su espalda en cuanto se cerró la puerta, tras un comentario inaudible del editor, no hicieron más que contribuir a aumentar aún más su turbación. Puso rumbo a casa, decidida a no volver nunca más, y trató de apaciguar su rabia zurciendo con brío unos cuantos delantales. Al cabo de una o dos horas, se había relajado lo bastante como para reírse de la anécdota y desear que pasara la semana pronto.

Cuando volvió a la redacción, se alegró de ver que el señor Dashwood estaba solo. El editor, además, estaba mucho más despierto que la otra vez —cosa que fue de agradecer— y no tan absorto en su puro como para recordar sus modales, así que la segunda entrevista fue mucho más cómoda que la primera.

—Lo aceptaremos —dijo en plural mayestático, pues los editores nunca hablan en primera persona— si está usted dispuesta a realizar algunas modificaciones. Es demasiado largo, pero si omite los pasajes que he marcado le dará la longitud adecuada —añadió en tono profesional.

Jo apenas reconoció su propio manuscrito, de tan arrugadas y subrayadas que estaban todas sus páginas y párrafos. Pero, sintiéndose como una madre cuando le piden que recorte las piernecitas de su bebé para que quepa en la cuna nueva, miró los pasajes marcados y se sorprendió al comprobar que todas las reflexiones morales —que ella había añadido cuidadosamente para compensar el edulcorado romanticismo de la historia— aparecían ahora tachadas.

—Pero, señor, yo creía que toda historia debía tener algún tipo de moraleja, así que me preocupé de que algunos de mis pecadores se arrepintieran.

La gravedad del semblante editorial del señor Dashwood se relajó con una repentina sonrisa, porque Jo había olvidado a su «amiga» y había hablado como sólo una autora podía haber hecho.

—La gente quiere historias que la diviertan, no que le sermoneen. La moral no vende nada hoy en día —afirmó, aunque no puede decirse que tuviera razón, por cierto.

—Entonces, ¿cree que le vendrían bien estos cambios?

—Sí. El argumento es novedoso y está bastante bien trabajado..., buen lenguaje..., muy buena calidad —fue la afable respuesta del señor Dashwood.

—¿Y cuánto... es decir, qué compensación ofrecen? —empezó a decir Jo, sin saber exactamente cómo expresarse.

—Oh, sí, bueno, damos de veinticinco a treinta dólares por relatos de estas características. Pagamos cuando se publica —respondió el señor Dashwood, como si ese punto se le hubiera escapado. Estas nimiedades a menudo se le escapan a la mente de los editores, según dicen.

—Muy bien, puede quedárselo —dijo Jo, devolviéndole la historia con aire satisfecho, pues después de haber estado trabajando a un dólar por columna, incluso veinticinco le parecían una buena paga—. ¿Puedo decirle a mi amiga que le aceptará otro relato si es mejor que este? —preguntó Jo, envalentonada por el éxito, sin darse cuenta de que poco antes se había delatado.

—Bueno, lo miraremos, aunque no puedo prometer que lo acepte. Dígale a su amiga que sea corto y picante, que no se preocupe por la moraleja. ¿Con qué nombre le gustaría firmar a su amiga? —le preguntó el hombre en tono despreocupado.

—Con ninguno, en absoluto, por favor. Ella no desea que su nombre aparezca y no tiene ningún pseudónimo —dijo Jo, ruborizándose muy a su pesar.

—Pues como ella desee, claro está. El cuento se publicará esta semana. ¿Vendrá usted a recoger el dinero o quiere que se lo enviemos a su amiga? —preguntó el señor Dashwood, que sentía la natural curiosidad de conocer mejor a su nueva colaboradora.

—Vendré yo. Buenos días, señor.

Cuando se marchó, el señor Dashwood puso los pies sobre la mesa e hizo un gentil comentario.

—Pobre y orgullosa, como de costumbre, pero nos viene fenomenal.

Tras seguir las indicaciones del señor Dashwood y tomando como modelo a la señora Northbury, Jo se zambulló de inmediato en el espumoso mar de la literatura sensacionalista. Gracias al salvavidas que le lanzó un amigo, volvió a salir a flote, sin mayores consecuencias para su zambullida.

Como la mayoría de las jóvenes escritoras, se fue al extranjero en busca de personajes y escenarios. Bandidos, condes, gitanos, monjas y duquesas aparecieron en su escenario, e interpretaron sus papeles con toda la precisión y el entusiasmo que cabía esperar. Los lectores de Jo no se preocupaban especialmente por cosas tan insignificantes como la gramática, la puntuación y la verosimilitud. El señor Dashwood, por su parte, le permitía amablemente publicar sus columnas por un precio ridículo y no consideró necesario decirle que el verdadero motivo de su generosidad era que uno de sus escritores de poca monta lo había dejado en la estacada al recibir una oferta más suculenta.

Jo no tardó en entregarse a su trabajo en cuerpo y alma, pues veía que su raquítico monedero estaba cada vez más abultado, y que el poco dinero que estaba ahorrando para llevar a Beth a las montañas el próximo verano iba aumentando con el paso de las semanas. Un detalle, sin embargo, perturbaba su satisfacción y era que no se lo había contado a su familia. Tenía la sensación de que su padre y su madre no lo aprobarían y prefería salirse con la suya primero y pedir perdón después. Era fácil guardar su secreto, pues ningún nombre aparecía en sus historias. El señor Dashwood, por supuesto, lo descubrió muy pronto, pero prometió guardar silencio; y, por asombroso que parezca, mantuvo su palabra.

Jo pensó que aquello no podría perjudicarla de ninguna manera, porque realmente no tenía intención de publicar nada de lo que pudiera avergonzarse más tarde y silenciaba la mala conciencia imaginándose el feliz momento en que mostraría sus ganancias y se reiría del secreto tan bien guardado.

Pero el señor Dashwood rechazaba cualquier historia que no fuera emocionante, y como la emoción sólo podía producirse desgarrando las almas de los lectores, tuvo que saquear sin escrúpulos con este propósito la historia y el romance, la tierra y el mar, la ciencia y el arte, informes policiales y manicomios. Jo pronto descubrió que su inocente experiencia no le había permitido ahondar en el trágico mundo que subyace en la sociedad. Así pues, viéndolo desde el punto de vista de los negocios, se dedicó a suplir sus deficiencias con la energía que la caracterizaba. Deseosa de encontrar material para sus historias, y empeñada en escribir tramas originales —aunque no fueran obras maestras—, buscó en la prensa noticias de accidentes, sucesos y crímenes de toda clase; despertó las sospechas de los bibliotecarios públicos pidiéndoles tratados sobre venenos; estudió en la calle los rostros de los transeúntes y el carácter —ya fuera bueno, malo o anodino— de quienes la rodeaban; se sumergió en los albores del tiempo en busca de hechos o ficciones que pudieran pasar por nuevos y, dentro de lo razonable, se introdujo en la locura, el pecado y la miseria. Pensaba que lo estaba haciendo muy bien, pero sin saberlo estaba profanando algunos de los rasgos de la condición femenina. Se había rodeado de malas compañías, aunque sólo fueran imaginarias, y esa influencia empezó a afectarla, pues no sólo alimentaba su corazón y su fantasía con un peligroso e insustancial alimento, sino que también estaba perdiendo rápidamente la inocencia por culpa de un encuentro demasiado prematuro con ese lado oscuro de la vida que más tarde o más temprano todos llegamos a conocer.

Más que darse cuenta de todo eso, empezaba a intuirlo, pues de tanto describir e imaginar las pasiones y los sentimientos de los demás había empezado a especular sin darse cuenta acerca de los suyos: un morboso divertimento al que las mentes jóvenes y sanas no deberían entregarse de forma voluntaria. Las malas acciones siempre conllevan un castigo, y Jo recibió el suyo cuando más se lo merecía.

No sé si el estudio de la obra de Shakespeare la ayudó a leer el carácter, o si fue el instinto natural de una mujer por encontrar lo que era honesto, valiente y fuerte, pero mientras dotaba a sus héroes imaginarios con todas las perfecciones habidas y por haber, Jo descubría un héroe vivo, que le interesaba a pesar de sus muchas imperfecciones humanas. El señor Bhaer, en una de sus conversaciones, le había aconsejado que estudiara personajes sencillos, verdaderos y encantadores, dondequiera que los encontrara, como una buena forma de entrenamiento para escribir. Jo le tomó la palabra al pie de la letra y se dedicó a estudiarlo fríamente a él, un procedimiento que, de haberlo sabido —ya que prácticamente desconocía la vanidad— le habría sorprendido muchísimo.

Saber por qué le gustaba a todo el mundo era lo que desconcertaba a Jo al principio. No era ni rico ni importante, ni joven ni guapo; en ningún sentido fascinante, imponente o brillante. Y, sin embargo, era tan atractivo como una buena hoguera: todo el mundo parecía reunirse a su alrededor con la misma naturalidad que alrededor de un cálido hogar. Era pobre, y sin embargo, siempre parecía estar regalando algo; era extranjero, pero todo el mundo era su amigo; ya no era joven, pero tenía el corazón alegre de un niño; su rostro era sencillo y peculiar, pero a muchos les parecía atractivo y estaban dispuestos a pasar por alto sus peculiaridades. Jo le observaba a menudo, tratando de descubrir su encanto, hasta que finalmente decidió que era la benevolencia la que obraba el milagro. Si tenía alguna preocupación, la escondía bajo el ala y sólo mostraba su lado alegre al mundo. Tenía surcos en la frente, pero el tiempo parecía haberle rozado apenas con suavidad, recordando lo amable que era con los demás. Las agradables arrugas que se formaban alrededor de la boca eran el testimonio de muchas palabras afectuosas y muchas risas alegres; su mirada nunca era fría ni dura, mientras que su apretón de manos, firme y cálido, era mucho más elocuente que cualquier discurso.

Incluso la ropa que llevaba parecía reflejar la naturaleza hospitalaria de su portador, como si aquellas prendas no solo se sintieran cómodas con el profesor, sino que quisieran hacerle sentir cómodo a él: el enorme chaleco insinuaba que debajo se ocultaba un corazón aún más grande; el abrigo raído conservaba una cierta elegancia; los bolsillos holgados demostraban claramente que las manos pequeñas del profesor solían entrar vacías y salir llenas. Hasta las botas que calzaba tenían un aire benévolo, mientras que los cuellos de sus camisas nunca parecían rígidos y ásperos, como los de los demás.

«¡Eso es!», se dijo Jo, cuando al fin comprendió que mirar a alguien con buenos ojos puede embellecer y dignificar incluso a un tosco profesor alemán que no traga, sino que engulle la cena, se zurce sus propios calcetines y tiene que cargar con la cruz de apellidarse Bhaer.

Jo valoraba mucho la bondad, pero también poseía un respeto muy femenino por el intelecto. El pequeño descubrimiento que hizo sobre el profesor sólo sirvió para ensalzar más aún la opinión que tenía de él. Bhaer nunca hablaba de sí mismo, y nadie sabía que en su ciudad natal había sido un hombre muy honrado y estimado por su erudición e integridad, hasta que un día un paisano fue a verle y, en una conversación con la señorita Norton, divulgó ese bonito detalle. Jo lo supo por su amiga... y le pareció aún más admirable que el profesor jamás lo hubiera contado. Se sintió orgullosa al saber que en Berlín era un profesor muy respetado, por mucho que en Estados Unidos no fuera más que un profesor de idiomas. Gracias a aquel descubrimiento, de súbito la vida hogareña y entregada al trabajo que llevaba el profesor le pareció mucho más hermosa y romántica.

No obstante, a Jo aún le quedaba por descubrir otro don del profesor, más valioso aún que el intelecto, que le fue mostrado de la manera más inesperada. La señorita Norton se relacionaba con la sociedad literaria de la ciudad, a los que Jo no habría tenido oportunidad de conocer de no haber sido por ella. La solitaria dama se había encariñado con la ambiciosa muchacha y solía invitarla, tanto a Jo como al profesor. Una noche los llevó con ella a un selecto simposio, celebrado en honor de varias celebridades.

Jo fue dispuesta a caer rendida a los pies de aquellos personajes poderosos que veneraba con juvenil entusiasmo desde hacía tanto tiempo. Pero aquella noche su reverencial ilusión por los genios sufrió un importante revés y tardó un tiempo en recuperarse del descubrimiento de que aquellas grandes criaturas no eran, en el fondo, más que hombres y mujeres. No es difícil imaginar su consternación, al observar a hurtadillas, con tímida admiración, al poeta cuyos versos sugerían un ser etéreo que se alimentaba de «espíritu, fuego y rocío» y verlo devorar su cena con un ardor que traicionaba su semblante intelectual. Al apartar la mirada del aquel ídolo caído, hizo otros descubrimientos que disiparon de inmediato sus ilusiones románticas. El gran novelista oscilaba entre dos decantadores con la regularidad de un péndulo; el célebre teólogo coqueteaba descaradamente con una de las madame de Staël[18] de la época, que lanzaba miradas como puñales a otra Corinne, la cual, a su vez, se burlaba amablemente de ella, después de haberla derrotado a la hora de acaparar al profundo filósofo, que bebía casi más té que Samuel Johnson, y parecía estar dormitando, ya que la locuacidad de la mujer convertía al discurso en algo ininteligible. Los célebres científicos se habían olvidado de los moluscos y de sus períodos glaciales para cotillear sobre arte, mientras se atiborraban de ostras y helado con una energía admirable. El joven músico, que tenía encandilada a toda la ciudad como si fuera el nuevo Orfeo, hablaba de caballos, mientras que el único ejemplar de la nobleza británica presente en la sala resultó ser el hombre más vulgar de la noche.

Antes de que la velada llegara a la mitad, Jo se sintió tan completamente desilusionada que se sentó en un rincón para tratar de recuperarse. El señor Bhaer, que parecía un pez fuera del agua, no tardó en unirse a ella, y pronto varios de los filósofos, cada uno absorto en su tema preferido, se acercaron deambulando para iniciar un de-

---

[18] Madame de Staël, escritora francesa cuya obra *Corinne o Italia* está protagonizada por la poetisa italiana Corinne. *(N. de la T.)*

bate intelectual durante la pausa. Aunque la conversación resultaba incomprensible para Jo, la disfrutó, pese a que Kant y Hegel fueran divinidades poco conocidas para ella, lo mismo que los conceptos *subjetivo* y *objetivo* y que lo único «surgido del subconsciente» fue un terrible dolor de cabeza al terminar la velada. Poco a poco se dio cuenta de que el mundo había sido reducido a pedazos y reconstruido, según los interlocutores, sobre principios infinitamente mejores que los de antes; que la religión iba a terminar desapareciendo ante el auge de la razón y que el intelecto iba camino de convertirse en el único Dios. Jo no sabía nada de filosofía ni de metafísica de ninguna clase, pero una curiosa excitación, mitad placentera, mitad dolorosa, la invadió mientras escuchaba con la sensación de estar a la deriva en el tiempo y en el espacio, como un joven que flota en el aire.

Miró a su alrededor para ver qué le parecía al profesor y lo encontró mirándola con la expresión más sombría que jamás le había visto. Sacudió la cabeza y le hizo señas para que se marchara, pero ella estaba fascinada por la libertad de la filosofía especulativa, y permaneció sentada, tratando de averiguar en qué pensaban confiar aquellos sabios caballeros después de haber aniquilado todas las viejas creencias.

Ahora bien, el señor Bhaer era un hombre reservado y lento a la hora de regalar sus propias opiniones, no porque fueran inestables, sino demasiado sinceras y serias para ser pronunciadas a la ligera. Cuando apartó la mirada de Jo para mirar a otros jóvenes, igualmente atraídos por la brillantez de aquella pirotecnia filosófica, frunció el ceño y quiso hablar, temiendo que aquellos espíritus jóvenes e inflamables se dejaran llevar por los fuegos artificiales y, cuando la exhibición terminara, descubrieran que sólo les quedaba un palito de madera o una mano chamuscada.

Lo soportó todo lo mejor que pudo, pero cuando se le pidió su opinión, se encendió con honesta indignación y defendió la religión con toda la elocuencia de la verdad —una elocuencia que hacía que su inglés entrecortado sonara musical y que su rostro sencillo pareciera bello. Sostuvo un duro combate, pues los sabios argumentaron bien, pero se negó a claudicar y defendió con valentía su bandera. De alguna manera, mientras hablaba, el mundo volvió a estar bien para Jo: los viejos principios, que habían durado tantos años, le parecieron mejores que los nuevos. Dios no era una fuerza ciega ni la inmortalidad una fábula para ingenuos, sino una verdadera bendición. Se sintió como si volviera a tener tierra firme bajo los pies. Cuando el señor Bhaer hizo una pausa, ya sin argumentos pero ni por asomo convencido, Jo quiso aplaudirle y darle las gracias.

No hizo ninguna de las dos cosas, pero se limitó a recordar esta escena y a sentir el más profundo respeto por el profesor, pues sabía que le había costado un esfuerzo hablar entonces y allí, porque su conciencia no le dejaba callar. Empezó a darse cuenta de que el carácter es mejor posesión que el dinero, el rango, el intelecto o la belleza y supo que si, como dijo un sabio, la grandeza es «verdad, reverencia y buena voluntad», entonces su amigo Friedrich Bhaer no sólo era bueno, sino grande.

Esta creencia se reforzaba cada día. Ella valoraba su afecto, codiciaba su respeto, quería ser digna de su amistad. Y justo cuando el deseo era más sincero, estuvo a punto de perderlo todo. La culpa fue de un sombrero: Una tarde el profesor vino a darle a Jo su lección, con un sombrero de soldado hecho de papel en la cabeza, que Tina le había puesto y que él se había olvidado de quitarse.

«Es evidente que no se mira en el espejo antes de bajar», pensó Jo, con una sonrisa, mientras el profesor saludaba con un *«Buenas tarrdes»* y se sentaba sobriamente a la mesa, sin darse cuenta del ridículo contraste entre el sombrero y la lectura de ese día: *La muerte de Wallnestein,* de Friedrich Schiller.

Jo no dijo nada al principio, porque le gustaba oír su risa sonora y sincera, cuando ocurría algo gracioso, así que le dejó que lo descubriera por sí mismo, y enseguida se olvidó por completo del sombrero, porque oír a un alemán leer a Schiller es una tarea bastante absorbente. Después de la lectura vino la lección, que fue muy animada, pues Jo estaba de buen humor aquella noche y el sombrero de papel hacía risueña su mirada. El profesor no sabía qué hacer con ella y se detuvo al fin para preguntar, con un aire de leve sorpresa que a Jo le resultó irresistible:

—*Señorrita Marsch,* ¿por qué se ríe usted en la *carra* de su profesor? ¿Tan poco me respeta, que se comporta usted así?

—¿Y cómo puedo mostrar respeto, señor, cuando usted se olvida de quitarse el sombrero? —respondió Jo.

Llevándose la mano a la cabeza, el distraído profesor se palpó y se quitó el sombrerito de papel, lo observó durante un instante y, por último, se lo volvió a poner y se echó a reír con el sonido alegre de una viola de gamba.

—¡Ah! *¡Ahorra* lo entiendo! Es ese diablillo de Tina que me ha hecho quedar en ridículo con este sombrero. Bueno, no es nada, pero si esta clase no sale bien, va a ser usted quien se lo ponga.

Pero la lección no fue bien durante unos minutos, porque el señor Bhaer vio un dibujo en el sombrero, y, desplegándolo, dijo, con un aire de gran disgusto:

—Desearía que estos periódicos no entraran en casa. No son apropiados para que los vean los niños ni para que los lean los jóvenes. No está bien, y no tengo paciencia con los que hacen tanto daño.

Jo echó un vistazo a la hoja y vio una interesante ilustración compuesta por un lunático, un cadáver, un villano y una víbora. No le gustó especialmente, pero el impulso que la hizo darle la vuelta no fue de desagrado, sino de miedo, porque, por un momento, temió que el periódico fuera el *Weekly Volcano*. Sin embargo, no lo era y su pánico se calmó al recordar que, incluso si lo hubiera sido, y en la página hubiera habido uno de sus propios cuentos, no habría ningún nombre que la delatara. Sin embargo, se había traicionado a sí misma, por la mirada y el rubor. Por muy despistado que fuera el profesor, veía muchas más cosas de lo que pensaba la gente. Sabía que Jo escribía y la había visto más de una vez cerca de las redacciones de los periódicos, pero como ella nunca hablaba del tema, no le había hecho preguntas al respecto, a pesar de que ardía en deseos de ver su trabajo. En ese momento, sin embargo, se le ocurrió que Jo estaba haciendo algo que la avergonzaba y eso lo preocupó. No se dijo a sí mismo: «No es asunto mío; no tengo *derrecho* a decir nada», como habría hecho mucha gente. Sólo recordó que Jo era joven y pobre, una muchacha lejos del hogar materno y de los cuidados de su padre y se sintió movido a ayudarla con un impulso tan rápido y natural como hubiera sentido al ver a un niño a punto de caer en un estanque. Todo esto pasó por su mente en un minuto, pero ni rastro de ello apareció en su rostro; y para cuando la hoja de periódico volvió a estar bocabajo y Jo enhebró la aguja de coser, el profesor Bhaer dijo, con toda su naturalidad, pero al mismo tiempo en un tono muy serio:

—Sí, hace usted muy bien en apartarlo. No me gusta pensar que las jóvenes decentes puedan ver esas cosas. Quizás a algunos les resultan agradables, pero yo *preferriría* ver a mis hijos jugando con pólvora que leyendo esa *basurra.*

—Puede que no todo sea malo... sólo un poco tonto, ya sabes; y si hay demanda de estos contenidos, no veo nada malo en ofrecerlos. Mucha gente muy respetable se gana la vida honradamente con lo que se llaman historias sensacionalistas —argumentó Jo, cosiendo con tanto afán que la aguja iba dejando un rastro de puntadas a su paso.

—La gente también pide wiski, pero creo que ni a usted ni a mí nos *interrese* venderlo. Si la gente respetable supiera el daño que hacen, no tendrían la percepción de que se ganan honradamente la vida. No tienen ningún *derrecho* a envenenar los caramelos y dejar que los niños los coman. No, ¡tendrían que reflexionar un poco y ponerse a barrer las calles antes que a escribir esas cosas!

El señor Bhaer habló calurosamente y se acercó al fuego, a la vez que arrugaba el papel entre sus manos. Jo permaneció sentada, como si el fuego le hubiera llegado a ella, pues sus mejillas seguían ardiendo mucho después de que el sombrero se hubiera convertido en humo y subiera inofensivamente por la chimenea.

—Esto mismo me *gustarría* hacer con el resto de las historias —murmuró el profesor, al tiempo que regresaba junto a Jo con aire aliviado.

Jo pensó en la hoguera que provocaría la pila de periódicos que tenía en la habitación y, por un momento, el dinero que tanto le había costado ganar le pesó bastante sobre la conciencia. Luego pensó consolada: «Mis historias no son así, son tontas, pero no malas, así que no tengo de qué preocuparme». Después, tomó su libro y dijo, con expresión de alumna aplicada:

—¿Seguimos, señor? Seré muy buena y me portaré bien.

—Eso espero —fue todo lo que dijo, pero quería decir más de lo que ella imaginaba. Y la mirada grave y amable que le dirigió hizo sentir a la joven como si las palabras *Weekly Volcano* estuvieran impresas en letras grandes sobre su frente.

En cuanto se fue a su habitación, Jo sacó sus papeles, y releyó cuidadosamente cada una de sus historias. Como era un poco miope, el señor Bhaer usaba a veces gafas, y Jo las había probado una vez, sonriendo al ver cómo ampliaban la letra pequeña de los libros. Ahora le parecía llevar puestos también los anteojos mentales y morales del profesor, pues los defectos de aquellos vulgares relatos la deslumbraban terriblemente y la llenaban de consternación.

«Son basura, y pronto serán peor que basura si sigo adelante, cada uno es más sensacionalista que el anterior. He actuado a ciegas, haciéndome daño a mí misma y a los demás, sólo por el dinero. Sé que es así, porque soy incapaz de leer estas cosas en serio sin avergonzarme horriblemente de ello. Y, por otro lado... ¿Qué haría si los vieran en casa, o si caen en manos del señor Bhaer?».

Jo se ruborizó sólo de pensarlo, así que metió todo el paquete de periódicos en la chimenea, y a punto estuvo de incendiarla entera de tan grande como fue la llamarada que desprendía.

«Sí, ese es el mejor lugar para tan inflamable sinsentido. Supongo que preferiría quemar la casa entera antes que permitir que otros se quemaran con mi pólvora», pensó, mientras contemplaba cómo las llamas devoraban *El demonio del Jura* hasta convertirlo en rescoldos de ceniza de ojos ardientes.

Cuando ya no quedó nada de sus tres meses de duro trabajo, salvo un montón de ceniza y el dinero que tenía sobre su regazo, Jo se puso seria y se sentó en el suelo para meditar sobre lo que debía hacer con su pequeña fortuna.

—Tengo la sensación de que aún no ha causado males mayores y que puedo quedarme con este dinero, aunque sólo sea por el tiempo que me ha llevado —se dijo a sí misma, después de haberlo meditado mucho. Sin embargo, añadió con impaciencia—: Ojalá careciera de conciencia, hay que ver lo inoportuna que es a veces. Si a mí me diera igual hacer el bien o hacer el mal y no me sintiera fatal cuando hago el mal, qué bien me iría. A veces me da por pensar que ojalá papá y mamá no hubieran insistido tanto en estas cosas.

Pobre Jo. En vez de desear eso, da gracias a Dios porque «papá y mamá insistieran tanto» y compadécete de todo corazón de aquellos a los que no acompañan esos ángeles de la guarda que los guían con principios que a la impaciencia de la juventud pueden parecer muros infranqueables, pero que se convierten en sólidos cimientos sobre los que construir el carácter femenino.

Jo no escribió más historias sensacionalistas, decidiendo que el dinero no valía la pena como compensación, y lo que hizo fue irse al otro extremo —como suele suceder con las personas impulsivas como ella—, así que se dedicó a empaparse de las obras de la señora Sherwood, la señorita Edgeworth y Hannah More; y luego produjo un relato tan moral que podría haber sido denominado más apropiadamente como ensayo o sermón, tan intensamente moral como era. Desde el principio tuvo dudas sobre él, ya que su vívida imaginación y su romanticismo juvenil se sentían tan incómodos con aquel nuevo estilo como podrían haberse sentido de haberse disfrazado con el rígido y pesado vestuario del siglo pasado. Envió su joyita didáctica a varios editores, pero no encontró a quien le interesara, así que tuvo que darle la razón al señor Dashwood en que la moralidad no vendía.

Más adelante probó con un cuento infantil, que podría haber introducido fácilmente si no hubiera sido por un afán un tanto mercenario de querer obtener un beneficio económico. La única persona que le ofreció lo suficiente como para que sus primeros pasos en el mundo de la literatura juvenil merecieran la pena fue un acaudalado caballero convencido de que su misión era convertir al mundo entero a sus creencias particulares. Por mucho que le gustase escribir para los más pequeños, no podía consentir que todos sus personajes fueran niños traviesos devorados por osos o corneados por toros enloquecidos, sólo por no haber asistido a la iglesia, ni tampoco que los niños buenos que sí acuden a la iglesia recibieran todo tipo de bendiciones —desde galletas doradas de jengibre hasta coros de ángeles— cuando se marchaban de esta vida entre salmos y sermones pronunciados con sus vocecillas infantiles. De este modo, presa de un ataque de humildad, Jo enroscó la tapa de corcho en el tintero y, en un arranque de humildad, dijo:

—No sé nada y voy a esperar a aprender algo antes de intentarlo de nuevo. Mientras, «me llenaré de barro en las calles», habida cuenta de que no sé hacer nada mejor. Al menos eso es un trabajo honrado.

Y esa decisión demostró que su segundo resbalón con la mata de habichuelas le había hecho algún bien.

Mientras estas revoluciones ocurrían en su interior, su vida externa había sido tan ocupada e intrascendente como de costumbre. Y, si a veces parecía seria o un poco triste, nadie lo notaba excepto el profesor Bhaer. Él lo hacía tan discretamente que Jo nunca supo que la observaba para ver si aceptaba la realidad objeto de su reprimenda y aprovechaba la lección, pero Jo pasó la prueba y él se dio por satisfecho; porque, aunque no intercambiaron palabras entre ellos, él sabía que ella había dejado de escribir. No sólo lo adivinó por el hecho de que el segundo dedo de su mano derecha ya no estaba manchado de tinta, sino que ella pasaba sus noches abajo ahora, ya no se la veía nunca cerca de la redacción del periódico y estudiaba con una paciencia tenaz, lo cual hacía pensar al profesor que Jo estaba decidida a ocupar su mente con algo, si no placentero, por lo menos útil.

La ayudó en todo lo que pudo y se convirtió en su más fiel amigo. Jo, por su parte, era muy feliz, pues aunque había dejado durante un tiempo que la pluma descansase, seguía aprendiendo otras cosas además del alemán, y estableciendo los cimientos de la historia romántica que iba a ser su propia vida.

Fue un invierno agradable y largo, pues Jo no se fue de la casa de la señora Kirke hasta junio. Todos parecían apenados cuando llegó el momento; los niños lloraban inconsolables y el señor Bhaer llevaba el pelo erizado por toda la cabeza, porque cuando algo le perturbaba siempre se lo alborotaba a lo loco.

—¡Se va de casa! Ah, eres *aforrtunada* de tener un hogar adonde regresar —exclamó el profesor la última noche, cuando Jo se lo contó.

Después se sentó en silencio, tirándose de la barba, en un rincón, mientras Jo celebraba una pequeña fiesta aquella última noche. Se iba temprano, así que se despidió de todos por la noche, y cuando llegó su turno, le dijo cariñosamente al profesor Bhaer:

—Ahora, señor, no se olvidará de venir a vernos, si alguna vez pasa por casa, ¿verdad? Nunca le perdonaré si no lo hace, porque quiero que todos conozcan a mi amigo.

—¿Ah, sí? ¿Puedo ir? —preguntó él, mirándola con una expresión de impaciencia que ella no llegó a apreciar.

—Sí, venga el mes que viene. Laurie se gradúa entonces, y disfrutará de la ceremonia.

—¿Ese es su *mejorr* amigo, del que habla a menudo? —dijo el profesor, en tono alterado.

—Sí, Teddy, mi chico. Estoy muy orgullosa de él, y me gustaría que lo conociera usted.

Jo levantó entonces la vista, ajena a todo lo que no fuera su propia perspectiva ante la idea de que Laurie y el profesor Bhaer se conocieran. Sin embargo, algo en el rostro del señor Bhaer le recordó de repente que quizás Laurie quería ser algo más que un «mejor amigo» y se ruborizó simplemente porque no quería que el profesor creyera que había algún problema. Pero cuanto más intentaba no hacerlo, más roja se ponía. Si no hubiera sido porque tenía a Tina en sus rodillas, no habría sabido qué hacer. Por suerte, la niña tuvo en ese instante el impulso de abrazarla, de modo que consiguió así ocultar el rostro al momento, esperando que el profesor no se hubiera percatado. Pero él sí la había visto, y a él también le cambió la cara —de la repentina ansiedad a la expresión habitual— cuando dijo en tono cordial:

—Me temo que no *tendrr*é tiempo para eso, pero le deseo al amigo mucho éxito y a usted toda la felicidad del mundo. ¡Que Dios la bendiga!

Habiendo dicho eso, le estrechó la mano calurosamente, se echó al hombro a Tina, y se fue.

Pero cuando los chicos se fueron a dormir, se sentó largo rato ante el fuego, con la expresión cansada en el rostro, y el *heimweh,* la nostalgia de estar en casa, pesándole como una losa en el corazón. Una vez, al acordarse de Jo, sentada con la pequeña Tina en el regazo y evocar la mirada dulce de sus ojos, apoyó la cabeza en las manos durante unos instantes y luego deambuló por la estancia, como si buscara algo que no podía encontrar.

—No es *parra* mí. No debo esperar nada —se dijo con un suspiro que más bien sonaba a lamento.

Luego, como si se reprochase a sí mismo el anhelo que no podía reprimir, se aproximó a besar las dos cabecitas de pelo alborotado que reposaban sobre la almohada, cogió la pipa que rara vez usaba y abrió un libro de Platón.

Hizo todo lo que pudo, y lo hizo muy bien, pero no creo que un par de criaturas traviesas, una pipa o incluso el divino Platón, pudieran sustituir de manera satisfactoria el anhelo de una esposa, unos hijos y un hogar.

Por temprano que fuera, allí estuvo en la estación, a la mañana siguiente, para despedir a Jo. Y, gracias al profesor, Jo comenzó su solitario viaje con el agradable recuerdo de un rostro familiar que la sonreía, con un ramo de violetas para hacerle compañía y, lo mejor de todo, un feliz pensamiento: «Bien, el invierno ha pasado y no he escrito ningún libro, no he ganado ninguna fortuna, pero he hecho un amigo que vale la pena tener, y trataré de conservarlo durante toda mi vida».

CAPÍTULO XII

Tristeza

Cualquiera que fuesen sus motivos, Laurie «hincó los codos» ese año, pues se graduó con honores y pronunció el discurso en latín con la gracia de Phillips[19] y la elocuencia de Demóstenes, según dijeron sus amigos. Estaban allí todos: su abuelo —que no podía estar más orgulloso—; el señor y la señora March, John y Meg, Jo y Beth... Todos estaban exultantes de alegría, y lo felicitaron con esa admiración que los jóvenes suelen tomarse a la ligera, pero que en sus logros posteriores difícilmente volverán a obtener.

—Tengo que quedarme a esta maldita cena, pero estaré en casa temprano por la mañana. ¿Vendréis a buscarme como siempre, chicas? —preguntó Laurie, mientras acompañaba a las hermanas al carruaje, una vez terminadas las celebraciones del día.

---

[19] Wendell Phillips, abogado y abolicionista de Boston, conocido por su oratoria sencilla y directa.

Dijo «chicas», pero se refería a Jo, pues era la única que mantenía esa vieja costumbre. Y Jo, que era incapaz de negarle nada a su chico, ahora más espléndido y exitoso que nunca, contestó afectuosamente:

—Pues claro que sí, Teddy, claro que vendré. Ya llueva o truene, y desfilaré por delante de ti tocando «Salve, aquí llega el héroe conquistador» con un birimbao.

Laurie se lo agradeció con una mirada que le hizo pensar y, presa de un pánico repentino, pensó: «¡Oh, Dios mío! Seguro que me dirá algo y entonces, ¿qué haré?».

La meditación vespertina y el trabajo matutino disiparon un poco sus temores y, habiendo decidido que no sería tan vanidosa de pensar que la gente le iba a proponer matrimonio cuando ella les había dejado claro cuál sería la respuesta, se encaminó para esperar a Teddy a la hora convenida, con la esperanza de que su amigo no hiciera nada que la obligara a herir sus pobres sentimientos.

—¿Dónde está el birimbao, Jo? —exclamó Laurie, tan pronto como estuvo a una distancia prudencial para que ella lo oyera.

—Lo olvidé —y Jo se animó de nuevo, pues aquel saludo no podía calificarse de alguien enamorado.

Siempre solía tomarlo del brazo en esas ocasiones, pero ahora no lo hacía, y él no se quejaba, lo cual era una mala señal. Sin embargo, hablaron atropelladamente de toda clase de temas que no venían a cuento, hasta que se desviaron del camino por el pequeño sendero que conducía a casa a través del bosque. Entonces él empezó a caminar más despacio, perdió de repente la fluidez de su lenguaje y, de vez en cuando, se producía una incómoda pausa. Para rescatar la conversación de uno de los pozos de silencio en los que caía una y otra vez, Jo dijo apresuradamente:

—¡Ahora debes tener unas buenas y largas vacaciones!

—Eso pretendo.

Algo en su tono decidido hizo que Jo levantara rápidamente la vista y se dio cuenta de que él la estaba observando con una expresión que le aseguraba que el terrible momento había llegado. Al punto, extendió la mano con una implorante súplica:

—¡No, Teddy, por favor, no! —exclamó Jo.

—Lo haré, y debes oírme. Es inútil, Jo, tenemos que hablarlo, y cuanto antes, mejor para los dos —contestó él, ruborizado y emocionado a la vez.

—Di lo que quieras, entonces. Te escucharé —dijo Jo, con una paciencia desesperada.

Laurie era un joven enamorado, pero hablaba en serio y tenía la intención de «desahogarse», aunque muriera en el intento, así que se zambulló en la cuestión y, con una voz que se le quebraba de vez en cuando pese a sus valientes esfuerzos por no sucumbir a la emoción, declaró:

—Te he amado desde que te conozco, Jo. No he podido evitarlo, has sido tan buena conmigo. He intentado demostrártelo, pero no me dejaste. Ahora voy a hacer que me escuches y me des una respuesta, porque ya no puedo seguir así por más tiempo.

—Quería ahorrarte esto, Laurie, pensé que lo entenderías —comenzó a decir Jo, encontrándolo mucho más difícil de lo que esperaba.

—Sé que lo hiciste. Pero las chicas sois tan raras que nunca se sabe lo que queréis decir. Decís no cuando queréis decir sí, y sacáis a un hombre de sus casillas sólo por diversión —replicó Laurie, atrincherándose tras un hecho innegable.

—Yo no. Nunca quise que te preocuparas tanto por mí, y me fui para alejarte de ello si podía.

—Eso pensé. Típico de ti, pero fue inútil. Sólo hizo que te amara aún más, y me esforcé mucho para complacerte, y dejé el billar y todo lo que no te gustaba, y esperé y nunca me quejé con la ilusión de que me correspondieras, aunque sé que no soy ni la mitad de bueno que... —aquí fue donde se le quebró la voz, así que se pudo a decapitar ranúnculos mientras se aclaraba la «maldita garganta».

—Sí, lo eres. Eres demasiado bueno para mí, y te estoy tan agradecida. Me siento muy orgullosa de ti y te aprecio muchísimo. No sé por qué no soy capaz de amarte como tú quieres. Lo he intentado, de verdad, pero no puedo cambiar mis sentimientos, y sería una mentira que te dijera que te quiero cuando no es así.

—¿De verdad, Jo? ¿Estás segura? —preguntó Laurie mientras le cogía las manos y la miraba de una manera que Jo tardaría en olvidar.

—De verdad, Laurie. Estoy segura.

Estaban ahora en el bosque, cerca de la verja, y cuando las últimas palabras salieron de mala gana de los labios de Jo, Laurie le soltó las manos y se volvió como para seguir adelante, pero por una vez en su vida aquella valla era demasiado alta para él, así que se limitó a recostar la cabeza sobre el poste cubierto de musgo, y se quedó tan quieto que Jo se asustó.

—Oh, Teddy, lo siento tanto, que daría mi vida si sirviera de algo. Ojalá no te lo tomaras tan a pecho. No puedo evitarlo, sabes que es imposible que la gente se obligue a amar a otras personas si no es eso lo que sienten —exclamó Jo, sin demasiado tacto pero muy apenada, mientras le daba suaves palmaditas en el hombro a Laurie y recordaba aquella vez en que él la había consolado a ella.

—A veces lo hacen —dijo él con voz débil, sin apartarse del poste.

—No creo que sea la clase correcta de amor y preferiría no intentarlo —respondió Jo, en tono tajante.

Hubo una larga pausa, mientras un mirlo cantaba alegremente en el sauce, junto a la orilla del río, y se oía el susurro de la brisa en la hierba. Al cabo de un rato, Jo dijo muy sobriamente, mientras se sentaba en el escalón de la verja:

—Laurie, quiero decirte algo.

El joven se sobresaltó como si le hubieran disparado, levantó la cabeza y exclamó con vehemencia:

—No me digas eso, Jo. ¡Ahora mismo no puedo soportarlo!

—¿Decir qué? —preguntó ella, extrañada de aquel arranque.

—Que estás enamorada de ese viejo.

—¿Qué viejo? —quiso saber Jo, pensando que debía de referirse a su abuelo.

—Ese profesor tuyo del que siempre escribías. Como me digas que lo amas, soy capaz de cometer una locura... —exclamó.

Y parecía que iba a cumplir su palabra, mientras apretaba las manos con una chispa de ira en los ojos. A Jo le entraron ganas de reír, pero se contuvo.

—No es viejo, ni nada malo, sino bueno y amable, y el mejor amigo que tengo, después de ti. Por favor, no te enfades... Quiero ser amable, pero sé que me enfadaré si te empeñas en insultar a mi profesor. No tengo la menor idea de amarle a él ni a nadie.

—Pero lo harás, más tarde o más temprano. Y, entonces, ¿qué será de mí?

—Pues que tú también te enamorarás de otra, como un chico sensato que eres, y olvidarás todos estos problemas.

—No puedo amar a nadie más, y nunca te olvidaré, Jo. ¡Nunca! ¡Nunca! —dijo con un pisotón para enfatizar sus apasionadas palabras.

—¿Qué voy a hacer contigo? —suspiró Jo, descubriendo que sus emociones eran más inmanejables de lo que esperaba—. No has oído lo que quería decirte. Siéntate y escucha, porque quiero hacer las cosas bien y quiero que seas feliz —le dijo, con la esperanza de tranquilizarlo haciendo uso de la razón, lo cual demostraba que no sabía gran cosa acerca del amor.

Creyendo ver un rayo de esperanza en aquel último discurso, Laurie se arrojó sobre la hierba a sus pies, apoyó el brazo en el peldaño inferior de la verja y la miró con cara expectante. Aquella disposición no favorecía en nada la serenidad de palabra ni la claridad del pensamiento por parte de Jo, porque... ¿Cómo iba a dirigirse con firmeza a su chico cuando él la estaba mirando con los ojos llenos de amor y anhelo, cuando sus pestañas aún estaban húmedas de las amargas lágrimas que su dureza de corazón le había arrancado? Lo obligó con delicadeza a apartar suavemente su cabeza, diciendo, mientras acariciaba el cabello ondulado que se había dejado crecer por ella, lo cual era un detalle ciertamente conmovedor:

—Estoy de acuerdo con mi madre en que tú y yo no somos el uno para el otro, porque nuestros temperamentos vehementes y tozudos probablemente nos harían muy desgraciados, si fuéramos tan tontos como para... —Jo se detuvo un poco en la última palabra, pero Laurie la pronunció con expresión arrobada.

—Casarnos... ¡No, no seríamos infelices! Si tú me amaras, me portaría como un verdadero ángel... ¡Tienes el poder de convertirme en lo que tú quieras!

—No, no lo tengo. Lo he intentado y he fracasado y no pienso arriesgar nuestra felicidad con un experimento tan arriesgado. No nos ponemos de acuerdo y nunca lo haremos, así que seremos buenos amigos durante toda nuestra vida, pero no vamos a cometer ninguna locura.

—Yo digo que lo intentemos —murmuró Laurie, rebelde.

—Vamos a ver, sé razonable y trata de tomar las cosas con sensatez —le imploró Jo, casi al límite de su ingenio.

—No quiero ser razonable, no quiero adoptar lo que tú llamas un punto de vista sensato. No creo ni que tengas corazón.

—¡Ojalá no lo tuviera!

Había un pequeño temblor en la voz de Jo y, pensando que era un buen presagio, Laurie se volvió, haciendo uso de todo su poder de persuasión, mientras decía, en un tono adulador que nunca había sido tan peligrosamente adulador:

—¡No nos decepciones, querida! Todo el mundo lo espera. Mi abuelo ha puesto su corazón en ello, a tu familia le gusta y yo ya no puedo vivir sin ti. Di que sí y seamos felices. ¡Por favor!

Jo tardó varios meses en comprender de dónde había sacado las fuerzas necesarias para aferrarse a la decisión que había tomado al darse cuenta de que no estaba enamorada de su chico ni lo estaría jamás. Le costó mucho trabajo hacerlo, pero lo hizo, pues sabía que retrasar las cosas no haría sino acentuar la crueldad de la situación y tampoco serviría de nada.

—No puedo darte un sí sincero, así que no lo haré. Con el tiempo comprenderás que he tomado la decisión correcta y me darás las gracias... empezó a decir en tono solemne.

—¡Antes muerto! —exclamó Laurie, indignado ante aquella idea, mientras se ponía de pie de un salto.

—Lo harás —insistió Jo—. Con el tiempo lo superarás, conocerás a una chica joven guapa y educada que te adorará y se convertirá en una excelente esposa en vuestro espléndido hogar. Yo no podría. Soy sencilla, torpe, rara y mayor. Te avergonzarías de mí, discutiríamos continuamente. ¿Es que no te das cuenta de que ni siquiera ahora dejamos de discutir? A mí no me gustaría codearme con la flor y nata de la sociedad, pero a ti sí; a ti no te gustaría que yo escribiera y yo no podría vivir sin escribir. Y entonces seríamos muy infelices y desearíamos no habernos casado... ¡Y nuestra vida sería horrible!

—¿Algo más que añadir? —inquirió Laurie, que no parecía haber disfrutado precisamente oyendo aquel sermón profético.

—Nada más. Salvo que no creo que llegue a casarme jamás. Yo soy feliz así, amo demasiado mi libertad y no tengo ninguna prisa en renunciar a ella por un hombre.

—¡No me lo creo! —le interrumpió Laurie—. Eso me lo dices ahora, pero llegará un día en que tú también te enamorarás de alguien. Y entonces lo amarás con toda tu alma, vivirás por él y, si fuese necesario, morirás por él. Lo sé, porque sé que tú eres así, y a mí me tocará aguantarlo... —dijo el enamorado despechado, mientras arrojaba su sombrero al suelo con un gesto que, de no ser por la expresión de angustia que tenía, hubiera resultado cómico.

—Sí, puede ser. Viviré por él y moriré por él, como tú dices, si es que aparece ese hombre y yo me enamoro locamente. Y tú, llegado el caso, tendrás que superarlo —exclamó Jo, que ya empezaba a perder la paciencia con el pobre Teddy—. He hecho todo cuanto he podido, pero es que no quieres entrar en razón, y estás siendo muy egoísta al exigirme lo que sabes que no puedo darte. Siempre te querré muchísimo, Teddy, siempre, pero como amiga solamente. Nunca me voy a casar contigo. Y cuanto antes lo aceptes, mejor para los dos. Y ya está, se acabó.

Aquel discurso fue como acercar el fuego a la pólvora. Laurie se la quedó mirando unos segundos, como si no supiera muy bien qué hacer, pero finalmente se dio la vuelta y dijo con desesperación:

—Algún día lo lamentarás, Jo.

—¡Teddy! ¿Adónde vas? —exclamó, pues se había asustado al ver su expresión.

—¡Al infierno! —fue su consoladora respuesta. Durante un minuto, el corazón de Jo se detuvo, mientras lo veía bajar por el terraplén por la orilla en dirección al río. Pero para que un joven quiera terminar con su vida de forma trágica se necesita mucha locura, pecado o miseria, y Laurie no era uno de esos hombres débiles que se dan por vencidos al primer fracaso. No estaba pensando en arrojarse al río con una zambullida melodramática, sino que un instinto ciego lo condujo a arrojar el sombrero y el abrigo al bote y a alejarse remando con todas sus fuerzas, hasta el punto de batir su propio récord de velocidad en la remontada del río. Jo dio un largo suspiro y soltó las manos mientras observaba al pobre hombre tratando de sobreponerse a la pena que le atenazaba el corazón.

—Eso le hará bien, aunque volverá a casa en un estado de ánimo tan frágil y arrepentido que no me atreveré a ir a verlo —dijo. Y luego, mientras volvía lentamente a casa, sintiéndose como si hubiera asesinado a un inocente y lo hubiera enterrado bajo las hojas, añadió—: Ahora debo ir a preparar al señor Laurence para que sea muy amable con mi pobre chico. Desearía que Laurie amara a Beth. Puede que con el tiempo, pero empiezo a pensar que me equivoqué con ella. ¡Ay, Señor! ¿Por qué a las jóvenes les gusta tener tantos enamorados y rechazarlos? Creo que es espantoso.

Convencida de que nadie podría hacerlo mejor que ella misma, se dirigió directamente al señor Laurence, le contó la triste historia con valentía y luego se derrumbó, llorando tan desconsoladamente por su propia insensibilidad, que el amable y anciano caballero, pese a haberse llevado una dolorosa decepción, no expresó ningún reproche. Le resultaba difícil comprender cómo Jo no era capaz de amar a Laurie y esperaba que ella cambiase de opinión, pero él también sabía —puede que incluso mejor que Jo— que el amor no se puede forzar, así que sacudió tristemente la cabeza y resolvió llevar a su hijo lejos de su fuerte dolor.

Cuando Laurie llegó a casa, muerto de cansancio, pero bastante más calmado, su abuelo lo recibió como si no supiera nada y mantuvo el engaño con mucho éxito durante todo el día. Sin embargo, cuando se sentaron juntos a la luz del atardecer, el momento que tanto disfrutaban ambos, al anciano le costaba mucho divagar sobre sus cosas como acostumbraba a hacer, y al muchacho le costó mucho más escuchar las alabanzas a sus logros del último año, que ahora le parecían trabajos de amor perdidos. El pobre Laurie lo soportó todo lo mejor que pudo, luego se dirigió al piano y comenzó a tocar. Las ventanas estaban abiertas y Jo, que paseaba por el jardín con Beth, por una vez comprendió el significado de la música mejor que su hermana, pues Laurie estaba interpretando la sonata *Patética* de Beethoven como nunca antes lo había hecho.

—Esa pieza está muy bien, me atrevo a decir, pero es tan triste que le entran a uno ganas de llorar. Toca algo más alegre, muchacho —dijo el señor Laurence, cuyo bondadoso y viejo corazón estaba lleno de simpatía que estaba deseando mostrar, pero no sabía cómo hacerlo.

Laurie se apresuró a interpretar una melodía más alegre y tocó tempestuosamente durante varios minutos. Y habría seguido haciéndolo con valentía de no ser porque, en una momentánea pausa, no se hubiera oído la voz de la señora March que decía: «Ven, Jo, entra, por favor. Te necesito».

Justo lo que Laurie deseaba decir, aunque con un significado diferente. Mientras escuchaba, perdió el compás, la melodía terminó de forma abrupta y el músico permaneció en silencio en la oscuridad.

—No soporto esto más —murmuró el anciano caballero.

Se puso de pie, caminó a tientas hasta el piano, puso sus manos amables sobre los hombros de su nieto y dijo, con la más dulce de las voces:

—Lo sé, hijo, lo sé.

No hubo respuesta por un instante. Entonces Laurie preguntó bruscamente:

—¿Quién se lo ha dicho?

—La propia Jo.

—¡Entonces se acabó! —exclamó, y se sacudió las manos de su abuelo con un movimiento impaciente porque, aunque agradecía el gesto de compasión del anciano, su orgullo varonil no soportaba la idea de dar lástima.

—No del todo. Quiero decir una cosa, y después sí, todo se habrá acabado —respondió el señor Laurence con una delicadeza poco habitual en él—. ¿No crees que sería mejor que te marcharas un tiempo quizás?

—No tengo intención de huir de una chica. Jo no puede impedir que la vea y me quedaré todo el tiempo que quiera —lo interrumpió Laurie, en tono desafiante.

—No, si eres el caballero que yo creo que eres. Yo me acabo de llevar una decepción, pero la muchacha no tiene la culpa y a ti lo único que te queda por hacer es marcharte un tiempo. ¿Adónde te gustaría ir?

—A cualquier parte. ¡No me importa ya mi suerte! —exclamó Laurie. Y se levantó, con una risa temeraria, que chirrió en los oídos de su abuelo.

—Por el amor de Dios, ¡pórtate como un hombre y no hagas nada imprudente! ¿Por qué no te vas al extranjero, como habías planeado y tratas de olvidarlo todo?

—No puedo.

—Pero has estado loco por ir, y yo te prometí que lo harías cuando terminaras la universidad.

—¡Es que yo no quería ir solo! —protestó Laurie, mientras caminaba rápidamente por la habitación, con una expresión que, por suerte, su abuelo no llegó a ver.

—Yo no te he pedido que vayas solo. Sé de alguien que se alegraría mucho de acompañarte a cualquier parte del mundo.

—¿Sí? ¿Quién? —preguntó, deteniéndose para escuchar.

—Yo.

Laurie volvió tan rápido como se había alejado, y extendió la mano a su abuelo, diciendo en voz ronca:

—Lo siento, señor, soy un desconsiderado. Pero... abuelo, usted sabe que...

—Que Dios me ayude, sí, lo sé, porque ya he pasado por todo eso antes, una vez en mi juventud y luego otra con tu padre. Ahora, mi querido muchacho, siéntate tranquilamente y escucha mi plan. Está todo arreglado y podemos ponernos en marcha de inmediato —dijo el señor Laurence sin soltar al joven, como si temiera que saliera huyendo como su padre había hecho antes que él.

—Muy bien, señor, ¿y cuál es el plan? —quiso saber Laurie, mientras se sentaba sin el menor rastro de entusiasmo, ni en la voz ni en la expresión.

—Hay asuntos en Londres de los que hay que ocuparse. Quise que te ocuparas tú de ellos, pero puedo hacerlo mejor yo mismo y las cosas irán muy bien por aquí con Brooke. Mis socios lo hacen casi todo, así que lo único que hago yo es esperar hasta que ocupes mi lugar. Puedo irme de viaje cuando me apetezca.

—Pero usted detesta viajar, señor. No puedo pedirle que lo haga a su edad —comenzó Laurie a decir, que estaba agradecido por el sacrificio, pero en el caso de que decidiera ir, prefería ir solo.

El anciano caballero lo sabía perfectamente, es más, deseaba evitarlo a toda costa, pero dado el estado de ánimo en que se encontraba su nieto le parecía más prudente no dejarlo a su suerte. Así pues, reprimiendo las comprensibles reticencias de dejar atrás las comodidades del hogar, añadió, con obstinación:

—Hijo mío, tampoco soy un vejestorio. Me apetece mucho la idea; me vendrá bien, y mis viejos huesos no sufrirán mucho, porque viajar hoy en día es casi tan fácil como sentarse en un sillón. —El movimiento inquieto de Laurie daba a entender que su sillón no era tan cómodo como parecía, o que no le gustaba demasiado el plan, así que se apresuró a añadir—: No pretendo convertirme en un incordio ni en una carga para ti. Voy contigo porque creo que te sentirías más feliz que dejándome aquí en casa. Tampoco pretendo ir de un lado a otro contigo. Tendrás libertad de ir a donde quieras, mientras yo me entretengo a mi manera. Tengo amigos en Londres y París, y me gustaría visitarlos.

Mientras tanto, puedes ir a Italia, Alemania, Suiza o donde te apetezca, y disfrutar de los cuadros, la música, los paisajes y las aventuras a tu gusto hasta que te canses.

En aquel momento Laurie sintió que su corazón estaba completamente roto y que el mundo no era más que un árido desierto, pero al escuchar el sonido de ciertas palabras que el anciano caballero había introducido ingeniosamente en su frase final, el corazón roto le dio un inesperado vuelco, y uno o dos oasis verdes aparecieron de repente en el árido desierto. Suspiró y luego, en un tono carente de cualquier asomo de entusiasmo, dijo:

—Como usted quiera, señor. No importa adónde vayamos ni lo que hagamos.

—Pues a mí sí me importa, recuérdalo, muchacho. Te doy total libertad, pero confío en que hagas un uso honesto de ella. Prométemelo, Laurie.

—Lo que usted quiera, señor.

«Bueno —pensó el anciano—, ahora no te importará mucho, pero o mucho me equivoco, o llegará el día en que esa promesa te salvará de meterte en líos».

Siendo un individuo enérgico como era, el señor Laurence se puso manos a la obra enseguida y partieron antes de que el desdichado joven pudiera reunir los ánimos suficientes para rebelarse. Durante el tiempo necesario para la preparación, Laurie se comportó como los jóvenes caballeros suelen hacerlo en tales casos. Estaba malhumorado, irritable y pensativo según el día; perdió el apetito; descuidó su aspecto y dedicó mucho tiempo a tocar tempestuosamente el piano. Evitaba a Jo, pero se consolaba mirándola fijamente desde la ventana, con un rostro trágico que atormentaba a la joven en sus sueños por la noche, y la oprimía con un pesado sentimiento de culpa durante el día. A diferencia de otros amantes despechados, él nunca hablaba de su pasión no correspondida, y no permitía que nadie, ni siquiera la señora March, intentara consolarlo u ofrecerle su simpatía. En cierto sentido, eso era un alivio para sus amigos, pero las semanas previas al viaje resultaron muy incómodas y todos se alegraron de que «el pobre muchacho se fuera muy lejos para olvidar sus penas», confiando en que «volviera a casa feliz». Al escuchar tales comentarios, él sonreía de un modo misterioso, pensando en lo falsa que era esa esperanza, pero los pasaba por alto con la triste superioridad de quien sabe que su fidelidad, como su amor, es inquebrantable.

Cuando llegó el momento de la despedida se mostró muy animado, sólo para controlar ciertas emociones inoportunas que amenazaban con aflorar. Esta alegría no engañó a nadie, pero trataron de parecer como si lo hiciera, por su bien. Y realmente se las arregló muy bien hasta que la señora March lo besó, con un susurro lleno de maternal solicitud; entonces, sintiendo que se iba a desmoronar a toda prisa, se apresuró a abrazarlos a todos, sin olvidar a la afligida Hannah, y corrió escaleras abajo como si le fuera la vida en ello. Jo le siguió un minuto después para saludarlo con la mano si volvía la vista. Y Laurie se volvió, regresó junto a ella, la abrazó, mientras ella estaba en el peldaño de la escalera por encima de él, y la miró con un rostro que dio un aire elocuente y patético a su escueta súplica:

—Oh, Jo, ¿seguro que no puedes?

—Teddy, querido, ¡ojalá pudiera!

Y eso fue todo, excepto por una pequeña pausa. Laurie se enderezó, dijo: «Está bien, no importa», y se marchó sin decir una palabra más. Ah, pero no estaba bien y a Jo sí le importaba, pues mientras la rizada cabeza yacía sobre su brazo un minuto después de su dura respuesta, sintió como si hubiera apuñalado a su amigo más querido. Y cuando lo vio marcharse, sin volver la mirada. Había comprendido que el Laurie de siempre no regresaría jamás.

CAPÍTULO XIII

El secreto de Beth

Cuando Jo volvió a casa aquella primavera, le había impresionado mucho el cambio que había experimentado Beth. Nadie hablaba de ello ni parecía darse cuenta, porque la transformación había sido tan gradual que no había llamado la atención de quienes la veían a diario, pero a los ojos aguzados por la ausencia, sin embargo, resultaba muy evidente, por lo que a Jo se le encogió el corazón al ver a su hermana. No es que estuviera más pálida que en otoño, pero sí más delgada y su rostro tenía un aspecto extraño, traslúcido, como si su pátina mortal se estuviera desvaneciendo lentamente y lo inmortal brillara a través de la frágil carne con una belleza indescriptiblemente patética. Jo lo vio e intuyó lo que ocurría, pero no dijo nada en aquel momento, y pronto la primera impresión perdió gran parte de su fuerza; Beth parecía feliz, nadie parecía dudar de que estaba mejor. Y como Jo tenía otras preocupaciones, pronto olvidó sus temores.

Pero cuando Laurie se marchó y se instauró de nuevo la paz, esa vaga ansiedad regresó a Jo para atormentarla. Había confesado sus pecados y había sido perdonada; pero cuando mostró sus ahorros y le propuso el viaje a la montaña, Beth se lo agradeció de todo corazón, pero le rogó que no se fueran tan lejos de casa. Creyó que le sentaría mejor otra escapada a la orilla del mar y, como no quería separar a la abuela de los bebés, Jo llevó a Beth a aquel lugar tranquilo, para que disfrutara del aire libre y dejar que la fresca brisa del mar devolviera un poco de color a sus pálidas mejillas.

No era un lugar de moda, pero la gente era agradable. Aun así, las chicas no hicieron muchas amistades, porque preferían estar las dos juntas. Beth era demasiado tímida para disfrutar de la vida social y Jo estaba demasiado absorta en cuidar a su hermana como para preocuparse por nadie más. Así que se dedicaron la una a la otra, sin ser conscientes del interés que despertaban en los demás, que miraban con ojos compasivos a la hermana fuerte y a la débil, que siempre estaban juntas, como si de algún modo sintieran intuitivamente que se avecinaba una larga separación.

Ambas lo presentían, de hecho, pero no hablaban de ello, pues es frecuente que entre las personas que más unidas están y más se quieren exista una especie de reserva difícil de vencer. Jo sentía como si entre su corazón y el de Beth hubiera caído un velo, pero cuando alargaba la mano para levantarlo, le parecía que había algo sagrado en aquel silencio, y decidía esperar a que fuera Beth quien hablara. Le causaba extrañeza —aunque en el fondo lo agradecía— que sus padres no vieran lo mismo que ella veía. Durante aquellas tranquilas semanas, a medida que la sombra se iba haciendo más evidente, Jo no dijo nada al resto de la familia, creyendo que lo verían por sus propios ojos cuando Beth volviera a casa sin haber mejorado. Se preguntaba, también, si su hermana percibía aquella cruel verdad y qué pensamientos ocuparían su mente durante las largas horas que pasaba en las cálidas rocas, con la cabeza apoyada en el regazo de Jo, mientras la saludable brisa marina la acariciaba y las olas la arrullaban con su música.

Un día, Beth se lo contó. Jo creyó que estaba dormida de tan quieta como yacía y, dejando su libro, se sentó a mirarla con ojos melancólicos, tratando de ver signos de esperanza en el débil color de las mejillas de Beth. Pero no pudo encontrar los suficientes para satisfacerla, pues Beth estaba cada vez más demacrada y tenía las manos tan débiles que apenas podían sostener las conchas rosadas que habían estado recogiendo. Entonces comprendió con más amargura que nunca que Beth se alejaba lentamente de ella, y sus brazos apretaron instintivamente el tesoro más querido que poseía. Durante un minuto sus ojos estuvieron llenos de lágrimas y le impedían ver. Cuando por fin se aclararon, Beth la estaba observando con tanta ternura que lo que dijo fue casi innecesario.

—Jo, querida, me alegro de que lo sepas. He intentado decírtelo, pero no he podido.

No hubo más respuesta que las mejillas de su hermana contra las suyas, ni siquiera lágrimas, porque cuando más profundamente conmovida estaba, Jo no lloraba. Entonces era la hermana más débil y Beth trató de consolarla y reconfortarla, abrazándola y diciéndole palabras tranquilizadoras que le susurraba al oído.

—Hace tiempo que lo sé, querida y ahora que me he hecho a la idea, no me resulta tan difícil pensar en ello ni sobrellevarlo. Trata de verlo del mismo modo y no te preocupes por mí, porque es lo mejor, de verdad.

—¿Por eso estabas tan triste en otoño, Beth? Lo descubriste entonces y te lo guardaste para ti tanto tiempo, ¿verdad? —preguntó Jo, negándose a verlo como le decía Beth y a aceptar que fuese lo mejor, pero a la vez contenta de saber que Laurie no tenía nada que ver con los problemas de Beth.

—Sí, dejé de tener esperanzas entonces, pero no me gustaba reconocerlo. Intenté pensar que era un capricho enfermizo y no dejaría que nadie se preocupara por mí. Pero cuando os vi a todos tan bien y fuertes, y llenos de planes felices, me di cuenta de que nunca podría ser como vosotros, y entonces me sentí muy triste, Jo.

—¡Oh, Beth, y no me lo dijiste, no me dejaste consolarte y ayudarte! ¿Cómo pudiste dejarme fuera y soportar tú sola algo así?

La voz de Jo estaba cargada de dulces reproches y se le encogía el corazón de pensar en la dura batalla en solitario que debía de haber librado su hermana Beth mientras aprendía a despedirse de la salud, del amor y de la vida, y a llevar su cruz sin quejarse.

—Tal vez estuvo mal, pero intenté hacer lo correcto. No estaba segura, porque nadie decía nada, y esperaba estar equivocada en el fondo. Habría sido egoísta asustaros a todos cuando Marmee estaba tan preocupada por Meg, Amy estaba tan lejos, y tú tan feliz con Laurie..., al menos eso pensé entonces.

—Y yo creía que eras tú quien estaba enamorada de él, Beth, y me fui porque yo no podía amarlo —exclamó Jo, contenta por fin de decir toda la verdad.

Beth parecía tan asombrada ante la idea que Jo sonrió a pesar de su dolor, y añadió con dulzura:

—¿Entonces no lo estabas, querida? Temía que fuera así, e imaginé tu pobre corazoncito lleno de amor y tristeza por un desengaño amoroso.

—¡Jo!, ¿cómo iba a hacerlo si él te quería tanto? —preguntó Beth, con una inocencia infantil—. Le quiero mucho, siempre ha sido muy bueno conmigo, ¿cómo no lo voy a querer? Pero él nunca podría ser para mí otra cosa que un hermano... Y espero que algún día lo sea de verdad.

—Conmigo no cuentes —dijo Jo, en tono decidido—. Le queda Amy, y la verdad es que encajarían de maravilla..., pero ahora no estoy de humor para estas cosas. No me importa lo que le ocurra a nadie... más que a ti, Beth. Debes ponerte bien.

—Lo deseo tanto... Lo intento, pero cada día pierdo un poco más y estoy más segura de que nunca lo recuperaré. Es como la marea, Jo, cuando baja, va despacio, pero es imposible pararla, no se puede detener.

—Pues la detendremos. Tu marea no debe retirarse tan pronto. Tienes diecinueve años: eres demasiado joven. Beth, no puedo dejarte ir. Trabajaré, rezaré y lucharé para impedirlo. Te retendré junto a mí a pesar de todo; debe de haber maneras, no puede ser demasiado tarde. Dios no será tan cruel como para arrancarte de mí —se rebeló entre lágrimas la pobre Jo, pues su espíritu era mucho menos piadoso y sumiso que el de Beth.

Las personas sencillas y sinceras rara vez hablan de su piedad, más bien la expresan a través de sus actos, y no de sus palabras, por lo que causa más efecto en los sermones y las protestas. Beth no era capaz de razonar ni de encontrar ninguna explicación a la fe que le otorgaba la paciencia y la valentía necesarias para renunciar a la vida y esperar a la muerte sin desanimarse. Al igual que una niña confiada, no hacía preguntas, sino que lo dejaba todo en manos de Dios y de la Naturaleza, padre y madre de todos los mortales, en la firme convicción de que ellos —y sólo ellos— podían preparar su corazón y su alma para esta vida y la que estaba por llegar. No reprendió a Jo con discursos sagrados, sólo la quiso aún más por su intenso cariño y se aferró aún más a ese amor mortal al cual Dios no quiere que renunciemos, pero a través del cual nos acerca aún más a Él. Beth no podía decir: «Me alegro de marcharme», porque amaba demasiado la vida, sino que sólo podía sollozar: «Lo intentaré con todas mis fuerzas» y abrazar a Jo mientras la primera ola de aquel profundo dolor se estrellaba contra ellas.

Poco después Beth dijo, con recobrada serenidad:

—¿Les dirás esto a todos cuando volvamos a casa?

—Creo que lo verán sin que haga falta decir nada —suspiró Jo, que ya se había dado cuenta de que Beth cambiaba cada día.

—Tal vez no; he oído que la gente que más nos quiere suele ser quien más tarde se da cuenta de estas cosas, porque están ciegas. Si no lo ven, tú se lo dirás por mí. No quiero que haya secretos y es justo darles tiempo para que se preparen. Meg tiene a John y a los niños para consolarla, pero tú debes apoyar a papá y mamá. ¿Lo harás, Jo?

—Si puedo, sí. Pero, Beth, yo aún no me rindo. Voy a creer que son imaginaciones tuyas y no dejaré que pienses que es verdad —dijo Jo, tratando de adoptar un tono más alegre.

Beth se quedó pensativa un minuto, y luego dijo en voz baja:

—No sé cómo expresarme, y no debería intentarlo con nadie más que contigo, porque la única persona con la que puedo hablar es con mi querida Jo. Sólo quiero decir que siempre he tenido la sensación de que mi vida no iba a ser muy larga. No soy como vosotras: yo nunca he hecho planes sobre lo que haría cuando fuera mayor; nunca pensé en casarme, como vosotras. No podía imaginarme a mí misma de otra manera que no fuera la pobre Beth, trotando por casa, porque no servía para nada más. Nunca quise irme a ningún sitio, por eso lo que más difícil me resulta ahora es dejaros a todos. No tengo miedo, pero parece como si os fuese a echar de menos incluso en el cielo.

Jo era incapaz de responder, y durante varios minutos no se oyó otra cosa que el suspiro del viento y el batir de la marea. Una gaviota de alas blancas surcó el cielo, con el destello del sol iluminando su pecho plateado. Beth la observó hasta que desapareció, y sus ojos se llenaron de tristeza. Un pequeño corremolinos de plumaje gris avanzó a saltitos por la playa, gorjeando en voz baja mientras disfrutaba del sol y del mar.

Se acercó mucho a Beth, la observó con una mirada amable y, como si estuviera en su casa, se posó sobre una piedra cálida para acicalarse las plumas. Beth sonrió y se sintió reconfortada, pues el animalito parecía querer ofrecerle su pequeña amistad y recordarle que aún podía disfrutar de un mundo agradable.

—¡Querido pajarito! Mira, Jo, ¡qué manso es! Me gustan más estos pajaritos que las gaviotas. No son tan salvajes y hermosos, pero parecen más felices y confiados. Yo los llamaba «mis pajaritos» el verano pasado, y mamá decía que le recordaban a mí, criaturas laboriosas y de un gris apagado, que siempre están cerca de la orilla tarareando sus cancioncillas. Tú eres la gaviota, Jo, fuerte y salvaje, aficionada a las tormentas y al viento, volando mar adentro, feliz estando sola. Meg es la tórtola, y Amy es como la alondra sobre la que escribe en sus cartas, que intenta elevarse entre las nubes, pero siempre vuelve a caer en su nido. ¡Querida niña!, es tan ambiciosa, pero su corazón es bueno y tierno; y sé que, no importa lo alto que vuele, nunca olvidará su hogar. Espero volver a verla algún día, pero está tan lejos...

—Vendrá a casa en primavera y seguro que tú ya estarás preparada para verla y disfrutar de su compañía. Voy a tenerte bien y con el mejor color de cara que puedas imaginar para entonces —empezó a decir Jo, sintiendo que de todos los cambios que Beth había experimentado, el de la conversación era el mayor, pues parecía no costarle ningún esfuerzo hablar de sus sentimientos, y pensaba en voz alta de un modo muy diferente a como solía hacer la tímida Beth.

—Jo, querida, no sigas manteniendo la esperanza. No servirá de nada. Estoy segura de ello. No quiero que estemos tristes, sino que disfrutaremos de estar juntas mientras esperamos. Tendremos momentos felices, porque yo no sufro mucho y creo que la marea bajará fácilmente, si tú me ayudas.

Jo se inclinó para besar aquel rostro sereno; y con ese gesto silencioso, se dedicó en cuerpo y alma a Beth. Ella tenía razón: no hubo necesidad de palabras cuando llegaron a casa, porque su padre y su madre vieron claramente, ahora, lo que habían rezado para no tener que ver nunca. Cansada de su corto viaje, Beth se fue enseguida a la cama, diciendo lo contenta que estaba de estar en casa, y cuando Jo bajó, descubrió que se había ahorrado la penosa tarea de contar el secreto de Beth. Su padre estaba apoyado en la repisa de la chimenea y no se volvió cuando ella entró; pero su madre extendió los brazos como pidiendo ayuda y Jo fue a consolarla sin decir palabra.

CAPÍTULO XIV

Nuevas impresiones

A las tres en punto de la tarde, todo el mundo de la sociedad de Niza puede verse en el paseo marítimo de Niza, la Promenade des Anglais. Este encantador lugar es un amplio paseo, bordeado de palmeras, de flores y arbustos tropicales, que limita por un lado con el mar y por el otro con el gran paseo, flanqueado de hoteles y mansiones con huertos de naranjos y colinas de fondo. Están representadas muchas naciones, se hablan muchas lenguas y se ven toda clase de vestimentas. En los días soleados, el espectáculo es tan alegre y brillante como un desfile de carnaval: ingleses altivos, alegres franceses, sobrios alemanes, apuestos españoles, feos rusos, judíos tímidos, estadounidenses libres y despreocupados..., todos conducen, se sientan o pasean por aquí, charlando sobre las noticias y criticando al último famoso recién llegado: la actriz Adelaide Ristori o Charles Dickens, el rey Víctor Manuel II de Italia o la reina de las islas Sandwich, Emma de las islas Hawái. Los carruajes son tan variados como la concurrencia y despiertan el mismo interés, sobre todo las calesas bajas en las que pasean las damas solas, que son carrozas minúsculas tiradas por elegantes ponis y provistas de alegres cortinas, para que los voluminosos vestidos no sobresalgan del habitáculo. Siempre va un paje encaramado en la parte trasera.

Por este mismo paseo, el día de Navidad, un joven alto caminaba despacio, con las manos recogidas por atrás y una expresión un tanto ausente. Parecía italiano, vestía como un inglés y tenía el aire independiente de un estadounidense, una combinación que despertó el interés de varios pares de ojos femeninos que lo miraban con aprobación, y de varios caballeros —vestidos con trajes de terciopelo negro, pajarita rosa, guantes grises y flor de azahar en la solapa— que se encogieron de hombros y envidiaron sus centímetros de estatura de más. Había muchas caras bonitas que admirar, pero el joven se fijaba poco en ellas, salvo para echar de vez en cuando una mirada a alguna chica rubia o dama de azul. De pronto, salió del paseo y se detuvo un momento en el cruce, como indeciso entre ir a escuchar a la banda en el *jardin publique* o vagar por la playa hacia la Colina del Castillo. El rápido trote de los ponis le hizo levantar la vista, pues una de esas pequeñas calesas, en la que viajaba una dama, bajaba rápidamente por la calle. La dama era joven, rubia y vestía de azul. Se quedó mirando un minuto, luego toda su cara se iluminó y, agitando el sombrero como un niño, se apresuró a salir a su encuentro.

—¡Oh, Laurie! ¿De verdad eres tú? ¡Pensé que no ibas a venir nunca! —exclamó Amy, soltando las riendas y extendiendo ambas manos para abrazar a su amigo, mientras una madre francesa, escandalizada, hacía apretar el paso a su hija no fuera que se le pegaran los modales libertinos de esos ingleses chiflados.

—Me entretuve por el camino, pero te prometí pasar la Navidad contigo, y aquí estoy.

—¿Cómo está tu abuelo? ¿Cuándo has venido? ¿Dónde te alojas?

—Muy bien, anoche, en el Chauvain. Pasé por tu hotel, pero no estabas; ya habíais salido todos.

—Tengo tanto que decir que no sé por dónde empezar, *mon Dieu!* Sube, y podremos hablar a nuestras anchas; yo iba a dar una vuelta y me apetecía un poco de compañía. Flo se está reservando para esta noche.

—¿Qué pasa esta noche? ¿Un baile?

—Una fiesta de Navidad en nuestro hotel. Hay muchos estadounidenses en él, y se organiza en nuestro honor. ¿Vendrás con nosotros, verdad? La tía estará encantada.

—¡Gracias! ¿Y ahora, dónde? —preguntó Laurie, mientras se inclinaba hacia atrás y cruzaba los brazos, reacción que fue del agrado de Amy, que prefería conducir, pues llevar la fusta y las riendas azules sobre los lomos de los ponis blancos, le proporcionaban una infinita satisfacción.

—Primero voy al banco, a por unas cartas, y luego a la Colina del Castillo. Desde allí la vista es tan hermosa, y me gusta dar de comer a los pavos reales. ¿Has estado alguna vez allí?

—A menudo, hace años, pero no me importaría ir a echarle un vistazo.

—Ahora háblame de ti. Lo último que supe de ti fue cuando tu abuelo escribió para decirme que te esperaba en Berlín.

—Sí, pasé un mes allí, y luego me reuní con él en París, donde pasará todo el invierno. Tiene amigos allí y encuentra muchas distracciones; así que yo voy y vengo y nos llevamos de maravilla.

—Ese es un arreglo cómodo —dijo Amy, que extrañaba algo en los modales de Laurie, aunque no podía decir de qué se trataba.

—Verás, él odia viajar y yo detesto quedarme quieto, así que cada uno se adapta a su gusto y no hay problemas. Yo paso bastante tiempo con él y disfruta de mis aventuras, mientras que a mí me gusta sentir que alguien se alegra de verme cuando vuelvo de mis andanzas. Vaya, qué sucio y viejo está todo esto, ¿verdad? —añadió, arrugando la nariz con un gesto de disgusto, mientras conducían por el bulevar hacia la plaza Napoleón, en la parte vieja de la ciudad.

—La suciedad es pintoresca, así que no me importa. El río y las colinas son deliciosos, y estas vislumbres de las estrechas calles transversales son mi deleite. Ahora tendremos que esperar que pase esa procesión; va a la iglesia de San Juan.

Mientras Laurie contemplaba con desgana la procesión de sacerdotes bajo sus palios, monjas con velos blancos que portaban velas encendidas y alguna cofradía cuyos miembros vestían de azul y entonaban cánticos acompañando el paso. Amy lo miraba, y sintió que una timidez desconocida se apoderaba de ella, porque Laurie estaba muy cambiado y no encontraba al muchacho alegre del que se había despedido tiempo atrás, sino a un hombre taciturno. En cambio, estaba más guapo que nunca y había mejorado su atractivo en todos los sentidos. Sin embargo, ahora que el entusiasmo inicial de Laurie por encontrarla había desaparecido, Amy se dio cuenta de que parecía cansado y sin ánimo; no enfermo, ni exactamente infeliz, sino más viejo y serio de lo que cabría esperar tras un par de años dedicados a la buena vida.

—*Que pensez-vous?* —le preguntó ella, presumiendo de su francés, que había mejorado en cantidad, si no en calidad, desde que llegó al extranjero.

—Que *mademoiselle* ha aprovechado bien su tiempo, y el resultado es delicioso —respondió Laurie, inclinándose, con la mano apoyada en el corazón y una mirada de admiración.

Amy se ruborizó de satisfacción, pero de alguna manera el cumplido no la satisfizo tanto como los elogios directos que solía hacerle en casa, cuando revoloteaba a su alrededor en las fiestas y le decía que estaba «espléndida», con una sonrisa sincera y una palmada en la cabeza. A Amy no le gustaba el nuevo tono, pues, aunque no era explosivo, sonaba indiferente a pesar de la mirada. «Si así es como va a ser de adulto, ojalá siguiera siendo un niño», pensó, con una curiosa sensación de decepción e incomodidad, tratando entretanto de parecer despreocupada y alegre.

En casa de Avigdor encontró las ansiadas cartas y, cediéndole las riendas a Laurie, las leyó con calma mientras ascendían por el camino sombreado entre setos verdes, donde las rosas de té florecían tan frescas como en el mes de junio.

—Beth está muy mal, dice mamá, a menudo pienso que debería volver a casa, pero todos me dicen que me quede, y yo les hago caso, porque jamás se me volverá a presentar una oportunidad como esta —dijo Amy, mientras leía una de las cartas con expresión grave.

—Creo que tienes razón; no podrías hacer nada en casa y es un gran consuelo para ellos saber que tú estás bien y feliz, y disfrutando tanto, querida.

Se acercó un poco más a Amy al pronunciar estas palabras y, durante un segundo, pareció más el de antes. El miedo que a veces pesaba sobre el corazón de Amy se aligeró, porque la mirada, el gesto, ese fraternal «querida», parecían tener el propósito de tranquilizarla y decirle que, si alguna vez le pasaba algo, no se encontraría sola en tierra extraña. Luego se echó a reír y le mostró un pequeño boceto de Jo con su traje de escritora; el lazo del gorrito estaba tieso y de sus labios salían las palabras: «He encontrado la inspiración».

Laurie sonrió, cogió el boceto y se lo guardó en el bolsillo del chaleco «para que no se lo lleve el viento» y escuchó con interés la animada carta que Amy le leyó.

—Esta Navidad va a ser la mejor para mí, con regalos por la mañana, tú y las cartas por la tarde, y una fiesta por la noche —dijo Amy, mientras se apeaban entre las ruinas del antiguo fuerte y una bandada de espléndidos pavos reales correteaban a su alrededor, esperando dócilmente a que les dieran de comer.

Mientras Amy se reía en la orilla por encima de él mientras esparcía migas entre los vistosos pájaros, Laurie la miraba como ella le había mirado antes a él, con una curiosidad natural por ver qué cambios habían producido el tiempo y la ausencia. No encontró nada que le desconcertase o decepcionase, sino mucho que admirar y aprobar, porque, dejando a un lado alguna ligera afectación en los modales y en la forma de hablar, estaba tan grácil y alegre como siempre, con el añadido de ese algo indescriptible en el vestir y en el porte que llamamos elegancia. Siempre muy madura para su edad, había adquirido un cierto *aplomb,* tanto en el porte como en la conversación, que la hacía parecer una mujer más sofisticada de lo que en realidad era; pero su mal genio y su terquedad de siempre asomaban de vez en cuando, además de aquella ingenuidad innata que el barniz extranjero no había conseguido arrebatarle.

Laurie no reparó en todo esto mientras la miraba dar de comer a los pavos reales, pero vio lo suficiente para sentirse satisfecho e interesado, y grabó en su memoria el bonito retrato de una muchacha de rostro alegre, de pie bajo los rayos del sol que, al resaltar el tono claro de su vestido, el color fresco de sus mejillas y el brillo dorado de sus cabellos, la convertían en el elemento más agradable de aquella hermosa escena.

Cuando llegaron a la meseta rocosa que corona la colina, Amy agitó la mano como si le diera la bienvenida a su lugar favorito, y dijo, señalando hacia todas partes:

—¿Te acuerdas de la Catedral y del Corso, de los pescadores que arrastran sus redes por la bahía y el hermoso camino que lleva a Villa Franca, con la Torre de Schubert justo debajo? Y, lo mejor de todo, ese puntito en el mar que dicen que es... ¿Córcega?

—Lo recuerdo, sí; no ha cambiado mucho —respondió Laurie, sin demasiado entusiasmo.

—¡Lo que Jo daría por ver ese famoso puntito! —afirmó Amy, sintiéndose de buen humor y deseosa de verle también a él igual.

—Sí —se limitó a decir, pero se volvió hacia el mar y forzó la vista para ver la isla que, ahora, una usurpadora más grande aún que Napoleón había vuelto interesante a sus ojos.

—Fíjate bien en estas vistas por ella y luego cuéntame qué has estado haciendo durante todo este tiempo —le propuso Amy, al tiempo que se sentaba como si estuviera dispuesta a mantener una larga conversación.

Pero no lo consiguió, porque, aunque Laurie se sentó con ella y respondió a todas sus preguntas con total libertad, sólo pudo enterarse de que había recorrido buena parte del continente y se había quedado un tiempo en Grecia. Y así, después de pasear durante una hora, se encaminaron de regreso al hotel y, después de presentar sus respetos a la señora Carrol, Laurie los dejó, prometiendo volver por la tarde.

Es necesario decir que Amy se acicaló deliberadamente esa noche. El tiempo y la ausencia habían dejado su huella en los dos jóvenes. Amy había visto a su viejo amigo no como «nuestro chico», sino como un hombre apuesto y agradable, y era consciente de su deseo de gustarle. Amy conocía sus atractivos a la perfección y los aprovechaba al máximo, con el gusto y la habilidad que son una verdadera bendición para una joven guapa, pero pobre.

La tartalana y el tul no eran caros en Niza, así que los elegía en ocasiones como aquella y, siguiendo la sensata costumbre inglesa de la sencillez en el vestir de los jóvenes, optó por discretos adornos de flores frescas, algunas piezas de bisutería y toda clase de finos complementos, tan baratos como eficaces. Hay que reconocer que a veces la artista le ganaba el terreno a la mujer, y se atrevía con *coiffures* pasados de moda, poses imponentes y vestidos clásicos. Pero, bueno, todos tenemos nuestras pequeñas debilidades y nos cuesta poco perdonar las de los jóvenes, que nos regalan la vista con su encanto y nos alegran el corazón con su ingenua vanidad.

«Quiero que piense que tengo buen aspecto y que lo diga en casa», se dijo Amy mientras se ponía el viejo vestido de baile de seda blanca de Flo y lo cubrió con una nube de fresca ilusión, de la que emergían sus hombros blancos y su melena dorada con un efecto de lo más artístico. Tuvo, eso sí, la sensatez de recoger las gruesas ondas y rizos en un moño a la altura de la nuca.

«No es precisamente lo que más se lleva, pero queda muy bien y no puedo permitirme ir por ahí hecha un adefesio», solía decir cuando le aconsejaban que se rizara el pelo, se lo ahuecase o se hiciera trenzas, según dictaba el último grito de la moda.

Al no tener adornos lo bastante finos para tan importante ocasión, Amy adornó sus faldas de lana con rosados ramilletes de azalea y enmarcó sus blancos hombros con delicadas enredaderas verdes. Recordando las botas teñidas de antaño, miró sus zapatos de satén blanco con la satisfacción de una niña y recorrió la habitación admirando sus aristocráticos pies.

—Mi nuevo abanico hace juego con las flores, los guantes me quedan perfectos y el *mouchoir* de encaje de la tía le da un aire muy elegante a todo mi vestido. ¡Ojalá tuviera una nariz y una boca clásicas, sería completamente feliz! —dijo ella, observándose a sí misma con una mirada crítica y una vela en cada mano.

A pesar de esta aflicción, se veía de lo más alegre y graciosa mientras se alejaba caminando. Rara vez corría —«no va con mi estilo», pensaba—, pues, como era una joven alta, el estilo señorial y majestuoso le iba mejor que el aire deportivo o atrevido. Se dedicó a caminar arriba y abajo por el largo salón mientras esperaba a Laurie y, en un momento dado, se detuvo bajo la enorme lámpara de araña, porque pensó que así el pelo le brillaría más. Luego, se lo pensó mejor y se fue al otro extremo de la sala, como si se avergonzara de su deseo femenino de causar una buena primera impresión. Y resultó que no se le podía haber ocurrido mejor idea, porque Laurie entró tan sigilosamente que no lo oyó. Y, mientras estaba en la ventana más alejada, con la cabeza ligeramente vuelta y el vestido recogido con una mano, su esbelta figura blanca y grácil se recortaba contras las cortinas rojas, dándole el aspecto de una estatua colocada de un modo ingenioso.

—¡Buenas noches, Diana! —saludó Laurie, con la expresión satisfecha que a ella le gustaba ver en sus ojos cuando se posaban en ella.

—¡Buenas noches, Apolo! —respondió ella, sonriéndole, pues él también tenía un aspecto inusitadamente *debonnaire,* y la idea de entrar en el salón del brazo de un hombre tan apuesto hizo que Amy se compadeciera de las cuatro sencillas señoritas Davis desde el fondo de su corazón.

—¡Aquí están tus flores! Las he elegido yo mismo, recordé que no te gustaba lo que Hannah llama *floripondios* —dijo Laurie, entregándole un delicado ramillete en un portaflores que ella había codiciado durante mucho tiempo al pasar por el escaparate de Cardiglia.

—¡Qué amable eres! —exclamó, agradecida—. Si hubiera sabido que venías, habría tenido algún detalle preparado, aunque no tan bonito como esto, me temo.

—Gracias. No es todo lo bonito que debería ser, pero tú lo has mejorado —añadió el joven, mientras ella se ajustaba la pulsera de plata en la muñeca.

—¡No, por favor!

—¡Pensé que te gustaban esas cosas!

—No de ti; no suena natural, y me gusta más tu brusquedad habitual.

—¡No sabes cómo me alegro! —respondió él, con una expresión de alivio.

Luego le abrochó los guantes y le preguntó si su corbata estaba recta, como solía hacer en casa cuando iban juntos a alguna fiesta.

El grupo que se reunía aquella noche se acomodó en la amplia *salle à manger,* que era de esas que sólo se ven en Europa. Los hospitalarios estadounidenses habían invitado a todas las amistades que tenían en Niza, y no teniendo prejuicios en contra de los títulos nobiliarios, consiguieron algunos para dar lustre a su baile de Navidad.

Un príncipe ruso se avino a sentarse en un rincón durante una hora y charlar con una dama inmensa que, con su traje de terciopelo negro y su gargantilla de perla bajo la papada, parecía la madre de Hamlet. Un conde polaco de apenas dieciocho años se atrevió a entretener a varias damas, que lo consideraron como «un jovencito encantador», mientras un noble alemán, que había acudido a la velada sólo por la cena, deambulaba de un lado para otro en busca de algo que devorar. El secretario particular del barón de Rothschild, un judío de nariz aguileña que calzaba unas botas muy apretadas, sonreía con afabilidad a todos los asistentes, como si el nombre de su señor le otorgara un halo de honorabilidad. Un robusto francés que aseguraba conocer al emperador había asistido sólo para entregarse a su mayor pasión, el baile y, por último, una dama inglesa, *lady* de Jones, que había acudido acompañada por sus ocho hijos. Como es lógico, también había muchas muchachas estadounidenses de pies ligeros y voz chillona, un grupo nutrido de inglesas de aspecto anodino y unas cuantas *mademoiselles* francesas, sencillas pero guapas. Completaban el grupo los consabidos jóvenes de viaje por el mundo que se divertían alegremente, mientras madres de todas las nacionalidades posibles los observaban desde la pared y sonreían con aire benigno mientras esos jóvenes caballeros bailaban con sus hijas.

Cualquier jovencita puede imaginar el estado de ánimo de Amy cuando «salió a escena» aquella noche, apoyada en el brazo de Laurie. Sabía que tenía buen aspecto, le encantaba bailar y se sentía como pez en el agua cada vez que pisaba un salón de baile. Disfrutaba de la deliciosa sensación de poder que se produce cuando las jóvenes descubren por primera vez el nuevo y encantador reino que han nacido para gobernar en virtud de su belleza, juventud y su condición femenina. Compadecía a las pobres hermanas Davis, que eran un poco torpes, sosas y no tenían más acompañantes que un padre ceñudo y tres tías solteronas más ceñudas aún, a las que saludó cordialmente cuando pasó junto a ellas. Y fue un acierto, así las cuatro jóvenes tuvieron la oportunidad de contemplar su maravilloso vestido y morirse de curiosidad por saber quién era aquel joven de aspecto tan distinguido que la acompañaba. En cuanto los músicos dieron los primeros acordes, Amy se ruborizó, le centellearon los ojos y empezó a dar impacientes golpecitos en el suelo con el pie. Se le daba muy bien bailar, y quería que Laurie se diera cuenta, así que es mejor imaginar que describir la sorpresa que se llevó cuando Laurie, con toda la calma del mundo, le inquirió:

—¿Quieres bailar?

—Se suele bailar en los bailes.

La mirada asombrada de Amy y su rápida respuesta hicieron que Laurie enmendara su error lo más rápido posible.

—Me refería al primer baile. ¿Me concedes este honor?

—Puedo concederte un baile si declino la invitación del conde. Baila divinamente, pero me disculpará, ya que eres un viejo amigo —respondió Amy, esperando que la alusión al conde causara el efecto deseado y le demostrara a Laurie que no se podía jugar con ella.

—Es buen chico, pero un poco corto de estatura para seguirle el paso a... una hija de los dioses, divinamente alta y muy divinamente hermosa —fue la satisfactoria respuesta que obtuvo Amy.

El conjunto en el que se encontraban estaba compuesto por ingleses y Amy se vio obligada a bailar con decoro un cotillón, cuando en realidad lo que quería era bailar una tarantela. Laurie la dejó en mano del «simpático muchachito» y se fue a cumplir sus obligaciones con Flo, sin haberse asegurado, no obstante, unos cuantos bailes más con Amy. Tal censurable falta de previsión fue castigada duramente, pues Amy comprometió todos sus bailes hasta la hora de la cena, momento en el cual estaría dispuesta a rectificar siempre y cuando él diera alguna señal de arrepentimiento. Le mostró su carné de baile con recatada satisfacción cuando él se acercó —caminando, no corriendo— para pedirle el siguiente baile, una preciosa redova. Las amables excusas del joven no la convencieron y, cuando se alejó dando saltos con el conde, vio a Laurie sentarse junto a la tía Carrol con una más que evidente expresión de alivio.

Aquello le pareció imperdonable, y Amy no volvió a fijarse en él durante mucho rato, excepto para dirigirle una palabra de vez en cuando, entre baile y baile, cuando se acercaba a su carabina para ajustarse una horquilla o descansar un momento. Sin embargo, su enfado, que ocultaba bajo un rostro sonriente y parecía alegre y radiante, surtió el efecto deseado, pues Laurie se dedicó a observarla con una mirada de satisfacción: Amy no saltaba ni correteaba, sino que bailaba con entusiasmo y gracia, haciendo de aquel agradable pasatiempo lo que debía ser. Con toda naturalidad, Laurie empezó a estudiarla desde este nuevo punto de vista y, antes de que la velada llegara a la mitad, había decidido que «la pequeña Amy se había convertido en una mujer encantadora».

Fue una fiesta muy animada, pues el espíritu festivo no tardó en adueñarse de todos los presentes y la magia de la Navidad hacía que sus rostros brillasen, llenaba los corazones de alegría y ponía alas en los pies. La orquesta tocaba el violín, la flauta y el piano con una entrega total; los que podían bailar, bailaban, y los que no admiraban a los demás con una emoción inusitada. Las hermanas Davis desmerecían un poco la alegría general y varios de los Jones brincaban como una manada de jirafas jóvenes. El aureolado secretario pululaba de un lado a otro con la velocidad de un meteorito, acompañado de una elegante dama francesa cuya cola de satén rosa se arrastraba por el suelo. Su alteza teutona se encontraba muy feliz, pues por fin había encontrado la mesa de la cena y, para desesperación de los *garçons,* se entregaba sin descanso a engullir el menú. El amigo del emperador, en cambio, se coronó, pues atacó todos los bailes, los conociera o no, e introdujo improvisadas piruetas cuando no se aclaraba con los pasos. Contemplar el juvenil abandono de aquel hombre corpulento resultaba fascinante, porque «a pesar de su peso», se movía como una pelota de goma. Corría, volaba y brincaba con el rostro sonrosado y la calva brillante, mientras los faldones de la chaqueta le revoloteaban alrededor y los zapatos destellaban en el aire. Cuando terminaba la música, se secaba las gotas de sudor de la frente y observaba a los demás con una expresión radiante, como si se tratara de un Pickwick francés sin gafas.

Amy y su polaco destacaron por ese mismo entusiasmo, aunque en su caso les acompañaba mucha más gracia y agilidad. Laurie se encontró involuntariamente siguiendo el compás de aquellos zapatitos blancos, que subían y bajaban sin descanso como si estuviesen dotados de alas. Cuando el pequeño Vladimir por fin se separó de ella, tras asegurarle que «se le partía el corazón por tener que separarse tan pronto», Amy se dispuso a descansar y a ver qué tal había soportado el castigo su cobarde caballero.

Parecía haber surtido efecto, porque, a los veintitrés años, la vida social es como un bálsamo para las penas del corazón: cuando los jóvenes se ven envueltos en la magia de la belleza, la luz, la música y el movimiento, las emociones de la juventud aforan, la sangre hierve y el espíritu se eleva. Y cuando Laurie se levantó para cederle su asiento a Amy, tenía una expresión mucho más animada. De modo que, cuando se alejó a toda prisa para traerle algo de cena, Amy sonrió con aire satisfecho y se dijo: «¡Ay, ya sabía yo que le sentaría bien!».

—Pareces la *Femme peinte par-elle même* de Balzac —dijo, mientras la abanicaba con una mano y sostenía su taza de café en la otra.

—No se me quita el colorete, pero es natural —respondió Amy, al tiempo que se frotaba la reluciente mejilla y le mostraba el guante inmaculado, con una seriedad que a Laurie no le quedó más remedio que reírse a carcajadas.

—¿Cómo se llama esto? —preguntó, tocando un pliegue del vestido que le había caído sobre la rodilla.

—Ilusión.

—Buen nombre; es muy bonita esta tela. ¿Está de moda?

—Es más vieja que las colinas; seguro que la has visto en docenas de chicas y no te habías dado cuenta de lo bonita que era... *Stupide!*

—Bueno, es que nunca te lo había visto antes, lo que explica el error, ya ves.

—No vayas por ahí, te lo prohíbo. Prefiero aceptarte un café a que me hagas cumplidos en este momento. No, no holgazanees, me pone nerviosa.

Laurie se sentó muy erguido y dócilmente tomó su plato vacío, sintiendo un extraño placer al tener a la «pequeña Amy» dándole órdenes, porque ahora había perdido su timidez, y sentía un irresistible deseo de pisotearlo, como acostumbran a hacer las chicas cuando perciben una señal de sumisión en los caballeros.

—¿Dónde has aprendido este tipo de cosas? —le preguntó Laurie con una mirada inquisitiva.

—Como «este tipo de cosas» es una expresión bastante vaga, ¿serías tan amable de explicármelo mejor? —respondió Amy, sabiendo perfectamente lo que él quería decir, pero dejándolo describir lo que es indescriptible.

—Bueno, pues... el aire general, el estilo, la compostura, la ilusión... ya sabes —rio Laurie, rindiéndose finalmente entre risas y tratando de librarse de la situación recurriendo a la nueva palabra.

Amy se sintió gratificada, pero, por supuesto, no lo demostró.

—La vida en el extranjero lo pule a uno a pesar de uno mismo. Yo estudio tanto como juego; y en cuanto a esto —añadió, con un pequeño gesto hacia su vestido—, bueno, el tul es barato, los ramilletes no cuestan nada y yo estoy acostumbrada a aprovechar al máximo mis modestas posesiones.

Amy se arrepintió de la última frase, temiendo que no fuera de buen gusto, pero a Laurie le gustó más por ello, y se encontró admirando y respetando aún más la valiente paciencia de sacar el máximo partido de las oportunidades y el espíritu alegre que disfrazaba con flores la pobreza. Amy no entendió por qué él la miraba con tanta ternura, ni por qué anotó su nombre en el carné y se dedicó a ella el resto de la velada, con la más encantadora mansedumbre, pero el impulso que produjo este agradable cambio fue, sin duda, el resultado de una de las nuevas impresiones que sin ser conscientes de ello, ambos estaban inconscientemente dando y recibiendo.

CAPÍTULO XV

En el olvido

En Francia, las jóvenes se aburren hasta que se casan, y cuando se casan, «Vive la liberté!» se convierte en su lema. En Estados Unidos, como todo el mundo sabe, las muchachas firman pronto una declaración de independencia y disfrutan de su libertad con entusiasmo republicano. Sin embargo, una vez casadas suelen abdicar con la llegada del primer heredero al trono y entran en una especie de reclusión digna de un convento francés, aunque de ningún modo tan tranquila. Les guste o no, caen en el olvido en cuanto se va apagando el entusiasmo de la boda. La mayoría de ellas podrían exclamar, como hizo una mujer muy hermosa a la que conocemos: «Soy tan guapa como siempre, pero nadie se fija en mí porque estoy casada».

Al no ser una belleza, ni siquiera una dama elegante, Meg no experimentó esta aflicción hasta que sus bebés cumplieron un año, porque en su pequeño mundo prevalecían las costumbres primitivas y ella se encontró más admirada y querida que nunca.

Como era una mujercita muy femenina, el instinto maternal era muy fuerte y ella estaba enteramente entregada a sus pequeños, hasta el punto de excluir cualquier otra relación o actividad. Día y noche se ocupaba de ellos con incansable devoción y ansiedad, dejando a John a la tierna misericordia del servicio la ayuda, pues una dama irlandesa presidía ahora la cocina. Puesto que John era un hombre hogareño, echaba decididamente de menos las atenciones que su esposa le había estado prodigando. Sin embargo, como adoraba a sus hijos, renunció alegremente a su comodidad durante un tiempo, suponiendo, con ignorancia masculina, que la paz no tardaría en volver a reinar. Pero pasaron tres meses y el reposo no volvía. Meg parecía agotada y nerviosa, los niños absorbían cada minuto de su tiempo, la casa estaba descuidada, y Kitty, la cocinera, que se tomaba la vida con mucha tranquilidad, lo tenía como quien dice a dieta. Cuando salía por la mañana, antes de que se marchara, la mamá cautiva le daba una larga lista de encargos. Y por la noche, cuando volvía a casa ansioso por abrazar a su familia, se topaba con un «¡Ssst! Los niños llevan todo el día inquietos y acaban de dormirse». Si proponía una pequeña diversión en casa, la respuesta siempre era: «No, yo no molestaría a los bebés, que tienen que descansar». Si insinuaba la posibilidad de asistir a algún concierto o conferencia, se ganaba una mirada de reproche y un enérgico: «¿Dejar a mis hijos para el placer de divertirme? ¡Jamás!». A la hora del sueño, se veía interrumpido por llantos infantiles e imágenes de una figura fantasmal que paseaba sin tregua de un lado a otro velando a los bebés. Comer sin interrupciones tampoco era posible, pues su angustiada esposa lo plantaba en la mesa para acudir presta al más mínimo gorjeo procedente del nido de arriba, donde descansaban los niños; y cuando leía el periódico por las tardes, los cólicos de Demi se confundían con la lista de barcos que zarpaban, y una caída de Daisy era capaz de afectar al precio de las acciones, porque a la señora Brooke sólo le interesaban las noticias del ámbito doméstico.

El pobre hombre se sentía desplazado, pues los niños le habían privado de su esposa. Su hogar no era más que una guardería, con el perpetuo «¡Silencio!» que le hacía sentirse como un completo intruso cada vez que entraba en el sagrado recinto del reino infantil. Lo soportó con mucha paciencia durante seis meses, pero, cuando no aparecieron signos de enmienda, hizo lo que hacen otros muchos exiliados paternos: buscar un poco de consuelo en otra parte. Su amigo Jack Scott se había casado y se había ido a vivir no muy lejos de allí, así que John adoptó la costumbre de escaparse una o dos horas cada tarde, cuando su propio salón estaba vacío y su esposa cantaba canciones de cuna que parecían no tener fin.

La señora Scott era una muchacha alegre y bonita, que no tenía otra cosa que hacer que ser agradable, cosa que se le daba de maravilla. Su sala de estar era siempre un lugar acogedor y bien iluminado, el tablero de ajedrez siempre estaba listo, el piano afinado, la conversación jamás decaía y, por si todo esto fuera poco, nunca faltaba una tentadora cena.

John habría preferido su propia chimenea si no se hubiera sentido tan solo, pero tal como estaba, tomó con gratitud aquella segunda opción y disfrutó de la compañía de sus vecinos.

Meg aceptó de buen agrado el nuevo arreglo al principio, y encontró un alivio al saber que John se divertía en lugar de dormitar en el salón o alborotar por la casa despertando a los bebés. Pero cuando la preocupación de la dentición terminó, y los angelitos se iban a dormir a una hora decente, dejando a la joven mamá más tiempo para descansar, empezó a echar de menos a John y a encontrar aburrida la compañía de su costurero cuando no tenía a su esposo delante, envuelto en su vieja bata y chamuscándose las pantuflas en el guardafuegos. No quería pedirle que se quedara en casa, pero se sentía herida porque a él no se le ocurría sin que ella tuviera que pedírselo... aunque, al parecer, Meg había olvidado por completo las muchas tardes que él la había esperado en vano. Estaba cansada y nerviosa de tanto cuidar a los niños y preocuparse por ello, inmersa en ese estado de ánimo tan irracional que suelen experimentar hasta las mejores madres cuando las tareas domésticas se vuelven una carga demasiado pesada, la falta de actividad les roba la alegría y la excesiva devoción por ese ídolo de las amas de casa estadounidense, la tetera, las convierte en un auténtico manojo de nervios.

—Sí —decía ella, mirándose en el espejo— me estoy poniendo vieja y fea. John ya no me encuentra interesante, así que deja a su ajada esposa en casa y se va a ver a su guapa vecina, que no tiene otra preocupación en la vida. Bueno, a los bebés no les importa que su madre esté delgada y pálida, o que no tenga tiempo para rizarme el pelo. Ellos son mi consuelo y, algún día, John verá lo que he sacrificado gustosamente por ellos. ¿Verdad, mis tesoros?

A este patético llamamiento, Daisy respondía con un arrullo y Demi con un gritito, así que Meg dejaba a un lado sus lamentos para dedicarles unos cuantos mimos maternales que calmaban momentáneamente su soledad. Pero el dolor aumentaba a medida que la política absorbía más y más a John, que siempre iba corriendo a discutir puntos interesantes con Scott, sin darse cuenta de lo mucho que Meg lo echaba de menos. Sin embargo, Meg no dijo ni una palabra, hasta que su madre la encontró llorando un día e insistió en saber qué le ocurría, pues el decaído ánimo de Meg desde hacía algún tiempo no le había escapado a su observación.

—No se lo diría a nadie más que a ti, madre, pero la verdad es que necesito consejo, porque si John sigue así mucho tiempo, empezaré a sentirme como una viuda —respondió la señora Brooke, secándose las lágrimas en el babero de Daisy, con aire ofendido.

—¿Si sigue así, cómo, querida? —le preguntó su madre con inquietud.

—Está fuera todo el día, y por la noche, cuando quiero verlo porque me apetece pasar un rato con él, va continuamente a casa de los Scott. No es justo que a mí me toque todo el trabajo más duro y nunca tenga ninguna diversión. Los hombres son muy egoístas, incluso los mejores.

—También lo son las mujeres. No culpes a John hasta que veas dónde te equivocas tú misma.

—Pero... ¿Es justo que me tenga tan abandonada?

—¿Y tú no lo tienes abandonado a él?

—¡Vaya, madre, pensé que te pondrías de mi parte!

—Así es, en todo lo que puedo, pero creo que la culpa ahora es tuya, Meg.

—Pues no sé en qué.

—Déjame que te explique. ¿Alguna vez John te descuidó, por poner tus palabras, cuando tú te empeñabas en hacerle compañía por las tardes, sus únicos ratos libres?

—No, pero ahora no puedo, porque tengo que ocuparme de dos bebés.

—Creo que sí puedes, querida. Es más, creo que deberías. ¿Puedo hablar con toda libertad, sin olvidar que soy tu madre y que sólo quiero lo mejor para ti?

—¡Claro que sí, madre! Háblame como si aún fuera la pequeña Meg. Ahora, más que nunca, siento que necesito consejo, pues mis bebés dependen de mí para todo.

Meg acercó su silla baja a la de su madre y, con una criatura en el regazo de cada una, las dos mujeres se mecieron cariñosamente, sintiendo que el lazo de la maternidad las unía más que nunca si cabe.

—Sólo has cometido el error que cometen la mayoría de las esposas jóvenes: olvidar tu deber para con tu marido por el amor a tus hijos. Un error muy natural y perdonable, Meg, pero que es mejor remediar antes de que toméis caminos diferentes; porque los hijos deberían uniros más que nunca, no separaros, como si fueran sólo tuyos y John no tuviera ninguna responsabilidad más que la de mantenerlos. Lo llevo viendo ya desde hace varias semanas, pero no he dicho nada porque estaba convencida de que, con el tiempo, todo se arreglaría.

—Me temo que no será así. Si le pido que se quede, pensará que estoy celosa y no quiero insultarle con esa idea. No se da cuenta de que lo amo, y lo que quiero es estar con él y yo no sé cómo decírselo sin palabras.

—Haz que estar aquí le resulte tan agradable que no quiera irse. Querida, lo que está deseando es disfrutar de su hogar y su familia. Pero sin ti no es un hogar y tú estás siempre con los niños.

—¿Es que no debería ser así?

—No todo el tiempo. Demasiado encierro te pone nerviosa, hasta el punto de que ya no quieres hacer nada más. Además, no sólo te debes a los bebés, también a John. No descuides a tu esposo por los niños ni lo apartes de ellos, es mejor que le enseñes a ayudarte. Estar con los niños no es cosa tuya, sino también suya, y los pequeños necesitan a su padre. Hazle sentir que él también tiene que participar y seguro que lo hará con gusto. Y eso mejorará las cosas entre vosotros.

—¿De verdad lo crees, madre?

—Lo sé, Meg, porque yo misma lo he vivido y no suelo dar consejos sobre algo que no he experimentado si es viable en la práctica. Cuando tú y Jo erais pequeñas, a mí me ocurría lo mismo que a ti ahora: tenía la sensación de que no estaba cumpliendo con mi deber si no me entregaba en cuerpo y alma a vosotras. Tu pobre padre se refugió en los libros, no sin antes haber rechazado yo sus ofertas de ayuda, y me dejó que experimentara a mi aire. Me esforcé todo lo que pude, pero Jo era demasiado para mí. Casi la eché a perder por ser demasiado indulgente. Tú estabas delicada de salud y me preocupaba tanto por ti que caí enferma. Entonces tu padre vino al rescate, se ocupó tranquilamente de todo y se mostró tan servicial que me ayudó a darme cuenta de mi error, y nunca he sido capaz de seguir adelante sin él desde entonces. Ese es el secreto de la felicidad de nuestro hogar: él no deja que los negocios le aparten de las pequeñas preocupaciones y deberes que nos afectan a todos, y yo intento que las preocupaciones domésticas destruyan mi interés por sus logros. Cada uno hace su parte sólo en muchas cosas, pero en casa trabajamos juntos, siempre.

—Eso es cierto, madre, y mi mayor deseo es ser para mi esposo y mis hijos lo que tú has sido para los tuyos. Enséñame cómo; haré todo lo que me digas.

—Lo sé, siempre has sido mi hija más dócil. En fin, querida, si yo estuviera en tu lugar, permitiría que John se implicara más en el cuidado de Demi, porque el chico necesita que lo eduquen y nunca es demasiado pronto para empezar. Y entonces, haría lo que siempre te he recomendado: dejar que Hannah venga y te ayude; es una enfermera excelente, y puedes confiarle los preciosos bebés mientras tú haces más tareas domésticas. Tú necesitas el ejercicio, Hannah disfrutaría del descanso, y John volvería a recuperar a su esposa. Sal más a menudo, mantente alegre y ocupada, porque tú eres la luz de la familia y, si tú te deprimes, el sol no volverá a brillar en esta casa. También deberías interesarte más por las cosas que le gustan a John, hablar más con él, dejar que te lea, intercambiar ideas y ayudaros en todo lo que podáis el uno al otro. No te encierres en una sombrerera por el simple hecho de que seas mujer; interésate por las cosas que pasan en el mundo, aprende para poder participar, porque lo que ocurre os afecta a ti y a los tuyos.

—John es tan inteligente... Lo mismo piensa que soy tonta si empiezo ahora a hacerle preguntas sobre política y esas cosas.

—Yo creo que no. El amor es como un velo que oculta todos los defectos y... ¿A quién podrías preguntarle con más confianza que a él? Inténtalo y ya verás cómo tu compañía le parece más agradable que las cenas en casa de los Scott.

—Tienes razón... ¡Pobre John! Me temo que lo he tenido demasiado abandonado, pero yo creía estar haciendo lo correcto y él nunca ha dicho nada.

—Seguro que se ha sentido muy triste todo este tiempo e intentaba no parecer egoísta. Este es el momento, Meg, en que las parejas jóvenes corren el riesgo de empezar a distanciarse y, precisamente por eso, es cuando más unidas deben estar. El enamoramiento inicial se desvanece pronto, a menos que se tenga cuidado de preservarlo, y no hay época más feliz y bonita para unos padres que los primeros años de la vida de sus hijos, que han recibido para educarlos. No dejes que John sea un extraño para los bebés, porque ellos lo ayudarán más que ninguna otra cosa a mantenerlo seguro y feliz en este mundo de pruebas y tentaciones, y a través de ellos aprenderéis a conoceros y a quereros como debéis. Ahora, querida, adiós. Piensa en el sermón de tu madre y, si lo consideras adecuado, haz caso de mis consejos, y que Dios os bendiga a todos.

Pocos días después de la charla con su madre, Meg consideró que tenía razón su madre y le hizo caso, aunque su primer intento no salió exactamente como ella había planeado disfrutarlo. Por supuesto los niños la tenían tiranizada y se habían erigido como los reyes de la casa desde que habían descubierto que gritando y pataleando podían conseguir lo que quisieran. Mamá no era más que la triste sierva de sus caprichos, pero papá era un hueso duro de roer y, de vez en cuando, afligía a su dulce esposa con sus intentos de imponer disciplina paterna a su revoltoso hijo. Porque Demi había heredado en parte el carácter firme de su padre —por no llamarlo obstinación— y cuando se le metía algo entre ceja y ceja, no había forma humana de disuadirlo a dar su brazo a torcer. La madre pensaba que aún era demasiado pequeño como para que supiera controlar su carácter, en cambio, el padre creía que nunca era demasiado pronto para inculcarle obediencia. Así pues, el amo Demi no tardó nada en descubrir que cuando decidía hacer frente a su padre, siempre llevaba las de perder. Sin embargo, el niño respetaba a quien era capaz de derrotarlo, como los ingleses, y adoraba a su padre, cuyo «no, no» dicho con voz sería era mucho más impresionante que todas las caricias afectuosas de su madre.

Pocos días después de la conversación con su madre, Meg decidió organizar una velada social con John, así que pidió una buena cena, puso el salón en orden, se vistió y se arregló para la ocasión, y acostó a los niños temprano, para que nada pudiera interferir en su experimento. Pero, por desgracia, el prejuicio más inconquistable de Demi era el de que nunca veía la hora de ir a acostarse, y aquella noche decidió montar en cólera; así que la pobre Meg le cantó y lo acunó, le contó cuentos y probó todas las artimañas que se le ocurrieron para que el niño conciliase el sueño, pero todo fue en vano. Aquellos grandes ojos no se cerraban; y mucho después de que Daisy se hubiera ido a dormir, como el tesoro de niña bondadosa que era, el travieso Demi seguía en su camita mirando la luz, con los ojos abiertos como platos y cara de no tener la más mínima intención de cerrarlos.

—¿Verdad que Demi va a quedarse quieto como un buen chico, mientras mamá baja a cenar con el pobre papá? —preguntó Meg, mientras la puerta del vestíbulo se cerraba despacio y oía los sigilosos pasos de John entrando en el comedor.

—¡Yo quiero cena! —dijo Demi, preparándose para unirse al jolgorio.

—No, pero te guardaré unos pastelitos para el desayuno, si te duermes ahora mismo como Daisy. ¿Lo harás, amorcito?

—¡Ziii!

Y Demi cerró los ojos con fuerza, como si quisiera conciliar el sueño para que la ansiada mañana llegara cuanto antes.

Aprovechando el momento propicio, Meg se escabulló, y bajó corriendo a saludar a su marido con una sonrisa radiante, y con el lacito azul en el pelo que a él tanto le gustaba. Él se fijó de inmediato, y dijo, gratamente sorprendido:

—Vaya, madrecita, qué alegres estamos esta noche. ¿Esperas visita?

—Sólo a ti, querido.

—¿Es un cumpleaños, aniversario o algo así?

—No. Es que ya estoy cansada de ir hecha un desastre, así que me he arreglado para cambiar un poco. Tú siempre te pones muy elegante para cenar, da igual lo cansado que estés. ¿Por qué no habría de hacerlo yo, cuando tengo tanto tiempo?

—Lo hago por respeto a ti, querida —dijo el anticuado John.

—Lo mismo digo, señor Brooke —rio Meg, que volvía a parecer joven y bonita de nuevo, mientras asentía con la cabeza y mirada a su esposo por encima de la tetera.

—Bueno, en conjunto es delicioso, y es como en los viejos tiempos. Esto sabe muy bien. ¡Brindo a tu salud, querida!

Y John bebió un sorbo de su té con un aire de reposado embeleso, que, sin embargo, duró muy poco, pues, al dejar la taza, el tirador de la puerta sonó misteriosamente, y se oyó una vocecita que decía con impaciencia:

—*Ablid la peta. Teno hambe.*

—Ay, qué niño tan travieso. Le dije que se fuera a dormir solo, y aquí está, abajo, descalzo, muriéndose de frío, que se va a coger un buen resfriado —dijo Meg, respondiendo a la llamada.

—*Benos* días —anunció Demi, en tono alegre, al entrar con el camisón de dormir graciosamente enrollado en el brazo, mientras cada uno de los rizos se mecía alegremente mientras brincaba alrededor de la mesa, observando los pastelillos con avidez.

—No, aún no es de día. Debes irte a la cama y no molestar a la pobre mamá. Y luego podrás comerte un pastelillo con azúcar por encima.

—Demi quiere papá —dijo él muy artero, preparándose para trepar a la rodilla paterna y deleitarse con aquellas delicias prohibidas. Pero John sacudió la cabeza en sentido negativo, y dijo a Meg:

—Si le has dicho que se quede ahí arriba, y se vaya a dormir solo, haz que lo haga, o nunca aprenderá a hacerte caso.

—Sí, claro. Ven Demi.

Y Meg se llevó a su hijo, no sin sentir un fuerte deseo de propinarle un azote al pequeño aguafiestas que saltaba a su lado, convencido de que recibiría el ansiado premio en cuanto volvieran al cuarto de los niños.

Y no iba mal encaminado, porque la ingenua madre le dio un terrón de azúcar, lo metió en su cama y le prohibió que volviera a levantarse hasta que fuera de día.

—*¡Zí!* —dijo Demi el falso, chupando felizmente su azúcar, y considerando que su primer intento había sido un rotundo éxito.

Meg volvió a su sitio, y la cena progresaba de forma agradable cuando el pequeño fantasma volvió a pasearse y puso en evidencia el delito materno al exigir audazmente...

—Más *zúcar,* mamá.

—Bueno, se acabó —intervino John, endureciendo su corazón contra el simpático señorito—. Nunca estaremos en paz en esta casa hasta que este niño aprenda a acostarse como es debido. Tú ya has sido su esclava durante mucho tiempo. Hay que darle una lección y se acabó. Mételo en la cama y déjalo allí, Meg.

—No se quedará ahí; nunca lo hace, a menos que me siente a su lado.

—Pues me ocuparé yo de él. Demi, sube las escaleras y métete en tu cama, como te ha pedido mamá.

—¡No! —replicó el pequeño rebelde, ayudándose a sí mismo a alcanzar el codiciado pastelito, y comenzando a comérselo con una desfachatez asombrosa.

—Nunca debes decirle eso a papá; te llevaré yo, si no vas tú mismo.

—Vete. A mí no me *guzta* papá —dijo el niño, mientras se refugiaba en las faldas de su madre en busca de protección.

Pero ni siquiera ese refugio le sirvió de nada, porque su madre lo entregó al enemigo, con un «Ten cuidado con él, John» que golpeó al culpable con consternación; porque ahora que *mamma* lo había abandonado, entonces veía que el día del juicio estaba mucho más cerca. Despojado de su pastel, defraudado por su travesura frustrada, diversión, y llevado por una mano firme hacia la odiosa cama, el pobre Demi no fue capaz de contener su cólera. Desafió abiertamente a papá, y pataleó y gritó todo el camino a pleno pulmón escaleras arriba. En cuanto su padre lo dejaba en un lado de la cama, se iba rodando hacia el otro para bajarse y correr hacia la puerta, pero —para su desesperación— su padre lo atrapaba por la punta del camisón de dormir y lo llevaba de nuevo a la cama.

Esta animada actuación se mantuvo hasta que el hombrecito, sin fuerzas, se dio por vencido y se dedicó a gritar hasta desgañitarse. Este ejercicio vocal solía conquistar a Meg, pero John permaneció tan impasible como una tapia, y las tapias, según dice todo el mundo, son sordas. No hubo persuasión, ni azúcar, ni canción de cuna, ni cuentos... Hasta la luz estaba apagada, y sólo el rojo resplandor del fuego animaba la «profunda oscuridad» que Demi contemplaba con más curiosidad que miedo. Este nuevo orden de cosas le disgustó, por lo que aulló desconsoladamente llamando a su *mammma.* A medida que se le iba pasando el berrinche, el autócrata cautivo recordó las muchas atenciones de su dulce sierva. Finalmente, cuando el lastimero llanto al que habían dado paso los furiosos gritos del pequeño llegó al corazón de Meg, ella corrió escaleras arriba a decir suplicante:

—Déjame que me quede con él —susurró a su esposo—. Te prometo que ahora será bueno, John.

—No, querida, le he dicho que debe irse a dormir, como tú le has pedido, y debe hacerlo, aunque me tenga que quedar aquí toda la noche.

—Pero se pondrá enfermo de tanto llorar —suplicó Meg, reprochándose por haber abandonado a su hijo.

—No, no lo hará, está tan cansado que no tardará en dormirse y entonces el asunto estará resuelto, porque comprenderá que tiene que hacer caso. No te metas, por favor, yo me ocuparé de él.

—Es mi hijo, y no puedo permitir que lo trates con tanta dureza.

—También es mi hijo y no permitiré que su temperamento se estropee con tanta indulgencia. Baja, querida, y deja que yo me ocupe del chico.

Cuando John hablaba en ese tono severo, Meg siempre obedecía, y nunca se arrepentía de haber adoptado esa docilidad.

—Pero al menos deja que le dé un beso, John.

—Por supuesto. Demi, dale las buenas noches a mamá y déjala que se vaya a descansar, porque está muy cansada después de cuidaros todo el día.

Meg siempre insistió en que aquel beso había ganado la batalla, pues después de recibirlo, el sollozo de Demi se volvió más tranquilo y se quedó muy quieto a los pies de la cama, hasta donde se había escurrido durante su rabieta.

«¡Pobrecito! Está muerto de sueño y agotado de tanto llorar. Voy a taparlo y luego iré a tranquilizar el corazón de Meg», pensó John, arrastrándose hasta la cabecera de la cama, esperando encontrar a su rebelde heredero profundamente dormido.

Pero no lo estaba. En cuanto su padre se asomó, los ojos de Demi se abrieron, su pequeña barbilla empezó a temblar, y él le levantó los brazos, diciendo, con un hipo penitente:

—Demi *quere* papá.

Sentada en la escalera, fuera, Meg se maravilló del largo silencio que había seguido al berrinche y, después de imaginar toda clase de accidentes imposibles, se deslizó en la habitación, para acallar sus temores. Demi yacía profundamente dormido; no en su habitual postura de águila extendida, despatarrado, sino acurrucado en el brazo de su padre y cogido del dedo de este, como si hubiera entendido que la justicia paterna había sido templada con misericordia y se hubiera dormido como un niño más triste, pero también más sabio. En esa postura, John esperó con paciencia femenina que la manita del pequeño soltara el dedo, y, mientras esperaba, se había quedado dormido, más agotado por aquella batalla con su hijo que por la jornada de trabajo.

Mientras Meg observaba los dos rostros sobre la almohada, sonrió para sí misma y luego volvió a marcharse de puntillas, diciendo, en un tono satisfecho:

—No tengo por qué temer que John sea demasiado duro con mis bebés. Él sabe cómo tratarlos y será de gran ayuda, porque Demi se está volviendo demasiado para mí.

Cuando John bajó por fin, esperando encontrar a una esposa angustiada o resentida, se sorprendió gratamente al encontrarla tejiendo plácidamente un gorrito. Meg le pidió que, si no estaba demasiado cansado, le leyera algo acerca de las elecciones. John se dio cuenta al instante de que se estaba produciendo algún tipo de revolución, pero tuvo el acierto de no hacer ninguna pregunta. Sabía que Meg era una personita tan transparente que no podía guardar un secreto ni aunque peligrase su vida, por lo que no tardaría en averiguar lo que estaba sucediendo. Le leyó un largo debate con la más amable disposición y luego se lo explicó de la manera más didáctica posible, mientras ella se esforzaba en parecer profundamente interesada, hacer preguntas inteligentes y evitar que sus pensamientos se desviaran del estado de la nación al estado de su gorrito. Sin embargo, en su fuero interno decidió que la política era tan difícil como las matemáticas y que, al parecer, la misión de los políticos parecía ser insultarse unos a otros, pero se guardó para sí estas ideas femeninas y, cuando John hizo una pausa, sacudió la cabeza y dijo, con lo que ella pensó que era una ambigüedad diplomática:

—En fin, no sé a dónde vamos a parar.

John se echó a reír y la observó durante unos instantes, mientras ella terminaba un delicado adorno de tul y flores para el gorrito y lo contemplaba con el genuino interés que la arenga de su esposo no había logrado despertar.

«Ella está tratando de demostrar interés por la política sólo para agradarme, así que intentaré interesarme por los gorritos. Es lo justo», pensó John el Equitativo, añadiendo en voz alta:

—Es muy bonito. ¿Es lo que llamáis un gorro de dormir?

—Ay, ¡no, querido! ¡Pues claro que no! Es para ir a conciertos y al teatro.

—Ruego disculpes mi ignorancia. Es tan pequeño, que naturalmente lo confundí con uno de esos gorritos que a veces llevas por la mañana. ¿Cómo consigues que se aguanten?

—Estas tiras de encaje se sujetan bajo la barbilla con un botón —y Meg lo ilustró poniéndose el bonete y mirándole con una serena satisfacción que a John le pareció irresistible.

—Me encanta el gorrito, pero prefiero la carita que lleva dentro, porque hoy parece joven y feliz de nuevo.

Y John besó el rostro sonriente, sin prestar atención alguna al botón en forma de rosa bajo la barbilla.

—Me alegro de que te guste, porque quiero que me lleves a uno de los nuevos conciertos alguna noche. Necesito algo de música para animarme. ¿Me llevarás?

—Claro que sí, de todo corazón. Te llevaré adonde tú quieras. Llevas tanto tiempo encerrada que te sentará muy bien y yo lo disfrutaré, por el concierto y por ti. ¿Cómo es que se te ha ocurrido esta gran idea, mamita?

—Bueno, tuve una charla con Marmee el otro día, y le conté lo nerviosa, enfadada y malhumorada que me sentía, y me dijo que necesitaba un cambio y preocuparme menos de los cuidados de los niños. Me ayudará con los niños, vendrá Hannah, y yo me ocuparé más de los asuntos de la casa y, de vez en cuando, saldré a divertirme un poco, para evitar convertirme antes de tiempo en una vieja cansada y cascarrabias. Es sólo un experimento, John, pero quiero intentarlo, tanto por tu bien como por el mío, porque te he descuidado mucho últimamente y eso es algo que me avergüenza. Quiero que nuestro hogar vuelva a ser lo que solía ser, si puedo. Siempre que no tengas ninguna objeción, claro.

No importa lo que John dijera, ni lo poco que le faltó al gorrito para acabar hecho un desastre. Lo único que tenemos que saber es que John no pareció oponerse en absoluto, a juzgar por los cambios que gradualmente se produjeron en la casa y sus habitantes. No es que de repente se convirtiera en el paraíso, de ninguna manera, pero todos se beneficiaron del reparto de tareas: los niños prosperaban bajo la disciplina paterna, certera y firme, ya que introdujo el orden y la obediencia en el reino de los niños, mientras Meg recuperaba la alegría gracias a un poco de ejercicio y tiempo libre. El hogar volvió a ser un hogar tras la conversación con su sensato marido, y a John no le apetecía pasar tanto tiempo fuera, a menos que Meg lo acompañara. Ahora eran los Scott quienes visitaban a los Brooke y todo el mundo veía aquella casita un hogar alegre, rebosante de felicidad, satisfacción y amor. Incluso Sally Moffat les visitaba de vez en cuando. «En vuestra casa estoy siempre tan tranquila y tan a gusto que me sienta de maravilla venir aquí, Meg», solía decir, mientras miraba a su alrededor con expresión nostálgica, como si intentara descubrir el secreto de aquella felicidad para poder llevarlo a su propio hogar, una casa espléndida pero solitaria, porque allí no había ningún sonrosado y revoltoso bebé, y Ned vivía en un mundo propio que era inaccesible para ella.

Esta felicidad doméstica no llegó de golpe, pero John y Meg habían encontrado la llave que abría esa puerta y cada año de su vida matrimonial les enseñaba a usarla, a descubrir esos tesoros del verdadero amor hogareño y respeto mutuo, que hasta el más pobre puede poseer, pero el más rico no puede comprar. Esa es la única clase de olvido en el que aceptan caer las jóvenes esposas y madres, lejos de la inquietud febril y las preocupaciones del mundo moderno: para cuidar con sincero cariño de esos hijos e hijas que tanto las necesitan, sin dejarse amilanar por las penas, la pobreza o la edad; para caminar, llueva o haga sol, junto a un compañero fiel, en lo bueno y en lo malo, que es, en el verdadero sentido de la palabra sajona, la «banda de la casa», y aprendiendo, como Meg, que el reino más feliz de una mujer es su hogar, y su más alto honor el arte de gobernarlo, no como una reina, sino como una sabia esposa y madre.

CAPÍTULO XVI

Laurie el perezoso

Laurie había viajado a Niza con la intención de quedarse una semana y se quedó un mes. Estaba cansado de vagar en solitario y la presencia familiar de Amy parecía dar un encanto diferente a las escenas extranjeras en las que participaba. Echaba bastante de menos las «carantoñas» que solía recibir, y no le desagradaba recuperarlas, aunque fuera en una cuarta parte, pues ninguna atención, por halagadoras que fuesen las de los extraños, era ni la mitad de agradable que la adoración fraternal de las cuatro muchachas de casa. Amy nunca lo había mimado tanto como el resto de las March, pero ahora se alegraba mucho de verlo y se aferraba a él, sintiendo que era el representante de su querida familia, a la que añoraba más de lo que estaba dispuesta a confesar. Así, ambos sentían la compañía del otro, agradecidos, y pasaban mucho tiempo juntos —cabalgando, paseando, bailando o perdiendo el tiempo, ya que, en Niza, nadie trabaja demasiado durante el verano—. Pero, mientras aparentemente sólo se divertían de un modo inocente, lo cierto es que se estaban descubriendo mutuamente y formándose opiniones el uno del otro. Día tras día, Amy ganaba puntos a ojos de él, y ambos intuyeron la verdad antes de que ninguno de los dos dijera nada. Amy intentaba agradar y lo conseguía, pues se mostraba agradecida por los buenos ratos que pasaban juntos y correspondía con esos pequeños favores que las mujeres como ella saben ofrecer con indescriptible encanto. Laurie, en cambio, no hacía ningún esfuerzo, sino que se limitó a dejarse llevar lo más cómodamente posible, tratando de olvidar, y sintiendo que todas las mujeres le debían una palabra amable porque una lo había tratado con crueldad. No le costaba ser generoso y le habría dado a Amy todos los caprichitos del mundo si ella se hubiera mostrado dispuesta a aceptarlos, pero, al mismo tiempo, tenía la sensación de que no podía cambiar la imagen que ella se estaba formando de él, así que temía aquellos ojos azules que parecían observarlo con una expresión a medio camino entre la compasión y la burla.

—Todos los demás se han ido a Mónaco a pasar el día, pero yo he preferido quedarme en casa y escribir cartas. Ya he terminado, así que ahora me voy a Valrose a dibujar. ¿Vas a querer venir conmigo? —preguntó Amy, mientras se unía a Laurie un hermoso día en que él, como de costumbre, se había dejado caer por su hotel hacia el mediodía.

—Sí, pero ¿no hace calor para un paseo tan largo? —respondió él lentamente, pues el sombreado salón le resultaba ahora muy acogedor, después del resplandor del sol del exterior.

—Voy a pedir el carruaje pequeño y Baptiste puede conducir, así que no tendrás que hacer nada más que sostenerme la sombrilla y no ensuciarte los guantes —respondió Amy, con una sarcástica mirada a los inmaculados guantes de Laurie, que eran uno de sus puntos débiles.

—Entonces iré con mucho gusto. —Y extendió la mano para coger el cuaderno de dibujo. Pero ella se lo metió bajo el brazo con un agudo reflejo.

—No te preocupes —le dijo en tono cortante—. No es ningún esfuerzo para mí, pero no parece que a ti te pase lo mismo.

Laurie enarcó las cejas y la siguió a paso ligero mientras ella corría escaleras abajo. Pero cuando entraron en el carruaje, él mismo tomó las riendas y dejó al pequeño Baptiste nada más que hacer que cruzarse de brazos y dormirse en el pescante.

Laurie y Amy no discutían nunca: ella era demasiado educada y a él, en aquel momento, le daba demasiada pereza. Al cabo de un instante, Laurie se aventuró a echar una mirada inquisitiva bajo el ala del sombrero de Amy y ella le respondió con una sonrisa. A partir de ese momento, el paseo les resultó a los dos de lo más agradable.

Fue un viaje encantador, por carreteras sinuosas llenas de escenas pintorescas que deleitan a los ojos amantes de la belleza. Aquí, un antiguo monasterio, desde donde les llegaba el canto solemne de los monjes. Allí, un pastor con las piernas desnudas, zuecos de madera, sombrero puntiagudo y tosca chaqueta colgada del hombro fumaba en pipa sentado en una piedra, mientras sus cabras saltaban entre las rocas o se echaban a sus pies. Se cruzaron con unos burros mansos cargados con cestas de hierba recién cortada, guiados por una jovencita muy guapa que, cubierta con una pamela, iba sentada entre las pilas verdes, o una anciana que hilaba en una rueca. Niños morenos de ojos suaves salían corriendo de las pintorescas casuchas de piedra para ofrecer ramilletes de flores o racimos de naranjas tan frescas que aún conservaban las hojas. Nudosos olivos cubrían las colinas con su oscuro follaje. La fruta colgaba madura en el huerto y grandes anémonas de color púrpura bordeaban el camino, mientras que más allá de las verdes laderas y escarpadas alturas, los Alpes Marítimos se alzaban nítidos y blancos contra el cielo azul italiano.

Valrose hacía honor a su nombre, pues en aquel clima de verano perpetuo las rosas florecían por todas partes, colgando del arco de la entrada, enredándose entre los barrotes de la gran verja, como si quisieran dar la bienvenida a los visitantes, y flanqueando la avenida que serpenteaba entre limoneros y elegantes palmeras hasta la villa, en la colina. En todos los rincones ya cubiertos por la sombra había bancos que invitaban a sentarse y descansar entre las flores; en todas las grutas frescas había ninfas de mármol que sonreían tras un velo de flores, y en todas las fuentes había reflejos de rosas rojas, blancas o rosa pálido, como si se hubieran inclinado para apreciar su propia belleza. Las rosas tapizaban las paredes de la casa, colgaban de las cornisas, trepaban por las columnas y adornaban la balaustrada de la amplia terraza, desde donde se podía contemplar la escena de un soleado Mediterráneo y, en la orilla de la playa, la ciudad de paredes encaladas.

—Este es un paraíso digno de una luna de miel, ¿no te parece? ¿Habías visto alguna vez rosas como estas? —preguntó Amy, deteniéndose en la terraza para disfrutar de la vista y de una lujosa bocanada del perfume de las flores.

—No, ni tampoco había visto espinas como estas —respondió Laurie, con el pulgar en los labios, tras un vano intento de capturar una solitaria flor escarlata que crecía justo a su alcance.

—Prueba a agacharte un poco y coger las que no tienen espinas —dijo Amy, recogiendo tres diminutas flores de color crema que colgaban de la pared tras ella.

Se las puso a Laurie en la solapa, como si fuera una ofrenda de paz y él permaneció un minuto con una expresión curiosa, pues en la parte italiana de su naturaleza había un toque de superstición y en aquel preciso instante se encontraba en ese estado de melancolía y sensibilidad que lleva a los jóvenes imaginativos a encontrar significados ocultos en los detalles más nimios y a darle un aire romántico a todo. Había pensado en Jo al ir en busca de aquella rosa roja llena de espinas, porque las flores de colores vivos le sentaban bien y a menudo había llevado rosas como aquellas, cogidas del invernadero de su casa. Las rosas pálidas que Amy le ofreció eran del tipo que los italianos ponen en las manos de los muertos —nunca en las coronas de las novias— y, durante un momento, se había preguntado si era un presagio para Jo o para él; pero al instante siguiente su sentido común americano se impuso al sentimentalismo y soltó la carcajada más sonora que Amy le había oído hasta entonces.

—Es un buen consejo... Será mejor que lo aceptes y salves tus dedos de los pinchazos —dijo ella, pensando que Laurie habría encontrado gracioso el comentario.

—Gracias, lo haré —respondió él en broma, y unos meses después lo hizo en serio.

—Laurie, ¿cuándo vas a ver a tu abuelo? —le preguntó Amy en ese momento, tras sentarse en un rústico banco.

—Muy pronto.

—Eso mismo has dicho una docena de veces en las últimas tres semanas.

—Me atrevo a decir que las respuestas cortas ahorran problemas.

—Pero él te espera y creo que deberías ir.

—Eres una jovencita muy bondadosa. Ya lo sé.

—Entonces, ¿por qué no lo haces?

—Por depravación natural, supongo.

—Indolencia natural, querrás decir. Es realmente espantoso —replicó ella, con una mirada severa.

—No es tan malo como parece, porque si me fuera sólo acabaría atosigándolo, así que mejor me quedo y te fastidio un poco más a ti, que lo soportarás mejor. De hecho, ¡creo que te sienta de maravilla! —exclamó Laurie, al tiempo que se acomodaba sobre la amplia balaustrada, como si se dispusiera a descansar allí un buen rato.

Amy negó con la cabeza y abrió su cuaderno con aire de resignación, pero se había decidido a sermonear a aquel muchachito y, al cabo de un minuto, volvió a empezar.

—¿Qué estás haciendo ahora?

—Viendo lagartijas.

—¡No, no! Quiero decir, ¿qué pretendes y qué deseas hacer?

—Fumarme un cigarrillo, si me lo permites.

—¡Qué provocador eres! No apruebo a los hombres que fuman, pero sólo te lo permitiré a condición de que poses para un esbozo. Necesito un modelo.

—Con todo el placer del mundo. ¿Cómo quieres dibujarme? ¿De cuerpo entero o de tres cuartos? ¿De pie o cabeza abajo? Con todos mis respetos, sugeriría una postura recostada. Luego puedes ponerte a ti misma al relato y lo titulamos *Dolce far niente.*

—Quédate como estás y duérmete si quieres. Tengo la intención de trabajar muy en serio —replicó Amy, en su tono más enérgico.

—¡Qué delicioso entusiasmo! —exclamó el joven, al tiempo que se apoyaba en una vasija alta con un aire de entera satisfacción.

—¿Qué diría Jo si te viera ahora mismo? —preguntó Amy con impaciencia, con la esperanza de despabilarlo un poco con la alusión a su hermana.

—Pues lo de siempre: «¡Vete, Teddy, estoy ocupada!». Se rio mientras hablaba, pero la risa no sonó muy natural, y una sombra le cruzó el rostro, porque la pronunciación del nombre familiar tocó la herida que aún no había cicatrizado.

Tanto el tono como la sombra impresionaron a Amy, pues aunque ya los había visto y oído antes, ahora levantó la vista a tiempo para captar una nueva expresión en el rostro de Laurie, una mirada dura y amarga, llena de dolor, insatisfacción y pesar. Desapareció antes de que pudiera estudiarlo con detenimiento y Laurie volvió a adquirir el gesto apático de antes. Lo observó durante unos instantes con artístico placer, pensando realmente tenía un aire muy italiano, tumbado al sol, con la cabeza descubierta y los ojos rebosantes de ensoñación sureña, como si se hubiera olvidado por completo de Amy y se hubiese perdido en sus ensoñaciones.

—Pareces la efigie de un joven caballero dormido sobre su tumba —contestó Amy, trazando cuidadosamente el perfil bien recortado contra la piedra oscura.

—¡Ojalá lo fuera!

—Pues es un deseo tonto, a menos que hayas arruinado tu vida. Estás tan cambiado que a veces pienso... —empezó a decir Amy, pero se detuvo, con una mirada entre tímida y melancólica, más elocuente que su discurso inacabado.

Laurie vio y comprendió la afectuosa ansiedad que ella no se atrevía a expresar, y mirándola directamente a los ojos, le dijo, tal como solía decírselo a la señora March:

—Todo bien, señora.

Aquello la satisfizo y despejó las dudas que últimamente habían empezado a atormentarla. También la conmovió, cosa que resultó obvia por el tono cordial que empleó al decir:

—¡Me alegro! No creía que hubieras sido un mal chico, pero me imaginaba que podrías haber malgastado dinero en esa ciudad depravada que es Baden-Baden, o te hubieras enamorado de alguna encantadora francesa casada o que te hubieras metido en alguno de esos líos que, al parecer, tanto atraen a los jóvenes cuando viajan al extranjero. No te quedes ahí fuera al sol. Ven y túmbate aquí en la hierba, y «seamos buenos amigos», como Jo solía decir cuando nos sentábamos en el rincón del sofá y nos contábamos secretos.

Laurie se tiró obedientemente al césped, y comenzó a divertirse pegando margaritas en las cintas del sombrero de Amy, que yacía allí.

—Estoy listo para escuchar esos secretos —dijo, y levantó la vista con una decidida expresión de interés en los ojos.

—No tengo ninguno que contar; puedes empezar tú.

—Pues yo tampoco tengo ninguno. Pensé que tal vez habías recibido noticias de casa.

—Ya conoces todo lo que ha llegado últimamente. ¿No recibes cartas a menudo? Creía que Jo te enviaría volúmenes enteros.

—Ella está muy ocupada. Y yo ando de aquí para allá, es imposible mantener una correspondencia regular, ya sabes. ¿Cuándo empiezas tu gran obra de arte, Rafaela? —preguntó el joven, cambiando abruptamente de tema después de una pausa en la que se había preguntado si Amy conocía su secreto y quería hablar de él.

—¡Nunca! —respondió ella, con aire abatido pero decidido al mismo tiempo—. Roma me quitó toda la vanidad; porque después de ver allí las maravillas, me sentí demasiado insignificante para vivir, y abandoné todos mis sueños con desesperación.

—¿Y por qué tú, con tanta energía y talento, deberías hacer tal cosa?

—Precisamente por eso, porque el talento no es genio, y ninguna energía puede suplantarlo. Quiero ser genial, o nada. No voy a ser una pintora de brocha gorda, así que no tengo intención de seguir.

—¿Y qué vas a hacer con tu vida ahora mismo, si puedo preguntar?

—Pulir mis otros talentos y convertirme en un adorno para la sociedad, si tengo la oportunidad.

—¡Bien! Y aquí es donde entra Fred Vaughn, me imagino.

Amy guardó un discreto silencio, pero había una mirada en su rostro abatido, que hizo que Laurie se incorporara y dijera con gravedad:

—Ahora voy a jugar a los hermanos y a hacerte unas cuantas preguntas. ¿Puedo?

—No prometo contestar.

—Tu cara lo hará, si tu lengua no lo hace. Aún no eres mujer de mundo como para ocultar tus sentimientos, querida. Oí rumores sobre Fred y tú el año pasado y, si quieres saber mi opinión, si no lo hubieran llamado a casa tan repentinamente y lo hubieran retenido tanto tiempo, algo habría pasado entre vosotros..., ¿eh?

—No me corresponde a mí decirlo —fue la estirada respuesta de Amy.

Sin embargo, sus labios sonreían, y había un delator brillo en su mirada que delataba que ella conocía su poder y disfrutaba con saberlo.

—Espero que no estés prometida —inquirió Laurie, que de repente había adoptado una expresión muy seria de hermano mayor.

—No.

—Pero lo estarás, si él vuelve y se hinca de hinojos como Dios manda, ¿verdad?

—Muy probablemente.

—Entonces, ¿te gusta el viejo Fred?

—Podría ser, si me lo propusiera.

—¿Pero no piensas intentarlo hasta el momento oportuno? Bendita sea mi alma, qué prudencia sobrenatural. Es un buen tipo, Amy, pero no el hombre que me imaginaba que te gustaría.

—Es rico, todo un caballero y tiene unos modales exquisitos —empezó a decir Amy, tratando de mostrarse fría y digna, pero sintiéndose un poco avergonzada de sí misma, a pesar de la sinceridad de sus intenciones.

—Entiendo. Las reinas de la sociedad no pueden vivir sin dinero, así que te refieres a encontrar un buen partido, ¿no? Muy correcto y apropiado, tal como está el mundo de hoy, es una decisión de lo más adecuada, pero suena extraño de labios de una de las hijas de tu madre.

—Pues es así.

Una frase muy breve, pero expresada en un tono decidido y sereno que contrastaba curiosamente con la juventud de quien la había pronunciado. Laurie lo captó de forma instintiva y se recostó de nuevo sobre la hierba, con una extraña sensación de decepción que no era capaz de expresar. Su mirada y su silencio, así como una cierta desaprobación interior, desconcertaron a Amy... y la hicieron decidirse a decirle lo que pensaba de él sin mayor dilación.

—Me gustaría que me hicieras el favor de incorporarte un poco para hablar conmigo —le espetó, en un tono muy poco amable.

—Hazlo por mí. ¡Tendrás que obligarme!

—Podría, si lo intentara —replicó ella, con una expresión que daba a entender que no dudaría en absoluto en hacerlo, llegado el caso.

—Inténtalo, entonces, te doy permiso —respondió Laurie, que disfrutaba de tener a alguien a quien tomar el pelo, después de su larga abstinencia de su pasatiempo favorito.

—Te enfadarías en menos de cinco minutos.

—Yo nunca me enfado contigo. Se necesitan dos pedernales para hacer fuego: tú eres tan fría y suave como la nieve.

—Tú no tienes ni idea de lo que yo soy capaz de hacer. La nieve produce un resplandor y un cosquilleo, si se aplica bien. Tu indiferencia es mitad afectación y conque te provoque un poco, lo demostraría.

—Vale, provócame, no me hará daño y puede que te divierta, como dijo el hombre grande cuando su mujercita le pegó. Considérame como un esposo o una alfombra, y pégame hasta que te canses, si ese tipo de ejercicio te gusta.

Sintiéndose claramente molesta, y deseando ver a Laurie sacudirse de encima aquella apatía que tanto lo había cambiado, Amy afiló la lengua y el lápiz y comenzó a hablar:

—Flo y yo tenemos un mote: Laurie el Perezoso. ¿Qué te parece?

Amy pensó que le molestaría, pero el joven se limitó a cruzar los brazos bajo la cabeza, con un imperturbable «No está mal. Gracias, señoras».

—¿Quieres saber lo que pienso sinceramente de ti? —contratacó Amy.

—Estoy deseando que me lo digas.

—Bueno, pues te desprecio.

Si Amy hubiera dicho «Te odio» en un tono petulante o coqueto, él se habría reído, y más bien le habría gustado. Pero el acento grave, casi triste, de su voz le hizo abrir los ojos y preguntar rápidamente.

—¿Por qué, si puede saberse?

—Porque, con todas las posibilidades a tu alcance de ser bueno, útil y feliz, eres malo, perezoso y desdichado.

—Unas palabras muy duras, *mademoiselle.*

—Si te gusta, seguiré.

—Sí, por favor, adelante, es de lo más entretenido.

—Lo suponía. A las personas egoístas siempre les gusta hablar de sí mismas.

—¿Yo egoísta? —La pregunta se deslizó involuntariamente y en un tono de sorpresa, porque la única virtud de la que se enorgullecía poseer era la generosidad.

—Sí, muy egoísta —continuó Amy, con voz tranquila y serena, que resultaba en aquel momento mucho más efectivo que si se hubiera dejado llevar por la rabia—. Y te voy a demostrar hasta qué punto, porque te he estado estudiando mientras te dedicabas a hacer travesuras y tengo que decirte que no estoy nada satisfecha contigo. Llevas casi seis meses en el extranjero casi seis meses y lo único que has hecho es gastar dinero y decepcionar a tus amigos.

—¿Es que no puede un hombre joven darse un gusto después de cuatro años hincando los codos en los estudios?

—No parece que te hayas esforzado mucho, la verdad. En cualquier caso, y por lo que yo veo, no te ha hecho mejor persona. Cuando volvimos a encontrarnos, te dije que te veía mucho más maduro, pero ahora me veo obligada a retractarme, porque no me pareces ni la mitad de agradable que el joven del que me despedí en casa. Te has vuelto abominablemente perezoso, te gustan los chismes y pierdes el tiempo en frivolidades. Prefieres sentirte admirado y adulado por personas inútiles que respetado y querido por quienes valen la pena. Tienes dinero, talento y posición social, salud, atractivo... ¡y no eres más que un vanidoso! Pero es que es la verdad, y no voy a ahorrártela: con todas estas cosas espléndidas que tienes a tu alcance para usar y disfrutar, lo único que haces es perder el tiempo. Y, en lugar de convertirte en el hombre que podrías y deberías ser, no eres más que... —se detuvo Amy, con una expresión que reflejaba dolor y lástima al mismo tiempo—. San

Lorenzo en la parrilla —concluyó Laurie, terminando la frase en un tono irónico.

Pero el sermón empezó a surtir efecto, porque ahora había un brillo muy despierto en sus ojos y una expresión medio enfadada, medio herida, que sustituyó a la indiferencia anterior.

—Ya suponía que te lo tomarías así. Vosotros, los hombres, nos decís que somos ángeles, y dicen que podemos hacer de ustedes lo que queramos, pero en cuanto nos proponemos devolveros al buen camino, os reís de nosotras y no nos escucháis, lo que prueba lo poco que valen vuestros halagos —le dijo Amy con amargura, al tiempo que le daba la espalda al exasperante mártir que tenía a sus pies.

En un minuto una mano tapó su cuaderno, impidiéndole así seguir dibujando. Laurie, imitando el tono de voz de un niño arrepentido, dijo:

—¡Ya voy a ser bueno, te lo prometo! ¡Voy a portarme bien!

Pero a Amy, sin embargo, no le hizo ninguna gracia, porque se lo había dicho completamente en serio. Golpeteando repetidamente la mano extendida que le impedía dibujar, le respondió, muy severa:

—¿No te da vergüenza tener una mano así, tan suave y blanca como la de una mujer, que parece que no has hecho otra cosa en tu vida que servir de modelo de los mejores guantes de Jouvin y recoger flores para regalárselas a las damas? No eres un dandi, gracias a Dios, así que me alegra ver que no llevas diamantes ni grandes anillos en los dedos, sólo el pequeño y viejo anillo que Jo te regaló hace tanto tiempo. ¡Pobrecilla! ¡Ojalá estuviera aquí para ayudarme!

—¡Yo también! —exclamó Laurie, retirando apresuradamente la mano, tal como la había puesto.

Expresó su deseo con tanta vehemencia que incluso Amy se sintió satisfecha. Observó a su amigo con una mirada nueva, pero Laurie estaba tumbado en la hierba con el rostro medio oculto por el sombrero, como si quisiese protegerse del sol, y el bigote le tapaba los labios. Lo único que vislumbraba Amy del joven era el pecho subiendo y bajando en señal de que estaba respirando, y la mano en la que llevaba el anillo estaba hundida en la hierba, como si quisiera ocultar algo demasiado valioso o tierno como para hablar de ello. De pronto, varias pistas y detalles cobraron vida en la mente de Amy, y le rebelaron algo que su hermana no le había llegado a contar. Recordó que Laurie nunca hablaba voluntariamente de Jo si no le sacaban el tema con insistencia; pensó en la sombra que acababa de cruzarle el rostro, en el cambio que le veía en el carácter, y en aquel pequeño y viejo anillo que lucía en el dedo, que no era un adorno digno de una mano tan hermosa. Las muchachas saben leer estas señales y sentir su elocuencia. Amy había interpretado que tal vez un desengaño amoroso estuviese en el fondo del malestar de su amigo, y ahora sí que estaba segura de ello. Se le empañaron los ojos y, cuando volvió a hablar, lo hizo con su voz más dulce y afectuosa.

—Sé que no tengo derecho a hablarte así, Laurie, y si no fueras el hombre más dulce del mundo, te enfadarías mucho conmigo. Pero todos te queremos tanto y estamos tan orgullosos de ti, que no podría soportar que en casa pudieran estar tan decepcionadas contigo como me he sentido yo... aunque supongo que ellas entenderían mejor que yo por qué has cambiado tanto.

—Creo que sí —salió la vocecilla de debajo del sombrero, en un tono tan sombrío, tan conmovedor como las lágrimas.

—Deberían habérmelo contado, y no dejarme que metiera la pata dando palos de ciego y regañándote, cuando debería haber sido más amable y paciente que nunca. Nunca me gustó esa señorita Randal, ¡y ahora la odio! —exclamó la astuta Amy, deseando asegurarse de sus sospechas.

—¡Que cuelguen a la señorita Randal! —protestó Laurie al tiempo que se quitaba el sombrero con una mirada que no dejaba lugar a dudas de sus sentimientos hacia aquella joven.

—Discúlpame, creía que... —balbuceó Amy, tras lo cual hizo una pausa diplomática.

—No, no lo pensaste; sabías perfectamente que nunca me había preocupado por nadie más que por Jo —exclamó Laurie con su viejo tono impetuoso de antaño, mientras apartaba la mirada.

—Así lo pensé, pero como nunca dijeron nada al respecto y tú te marchaste, yo supuse que me había equivocado. ¿Y Jo no te corresponde? Estaba convencida de que te quería muchísimo.

—Era amable, pero no en el buen sentido. Y fue una suerte para ella que no me amara, si soy tan inútil como crees que soy. Aunque la culpa la tiene ella, y por mí, me da igual si se lo cuentas.

La mirada dura y amarga volvió de nuevo mientras pronunciaba estas palabras, cosa que preocupó a Amy, porque no sabía qué hacer para consolarlo.

—Estaba equivocada, no lo sabía. Siento mucho haberme enfadado tanto, pero es que no puedo dejar de pensar que ojalá lo encajases mejor, querido Teddy.

—¡No me llames así! Es el nombre que me puso Jo —exclamó Laurie, al tiempo que levantaba la mano con un rápido gesto para detener las palabras que pronunciaba la joven hacia él en ese tono entre amable y lleno de reproches, tan característico de Jo—. Espera a que lo pruebes tú misma —añadió en voz baja, mientras arrancaba la hierba a puñados.

—Yo lo tomaría con valentía, y si no pudiera tener amor, al menos me gustaría mantener el respeto —exclamó Amy, con la decisión de alguien que no sabe nada del tema.

A continuación, Laurie empezó a jactarse de haber encajado notablemente bien la cuestión, sin quejarse, sin pedir compasión, y llevándose sus problemas para vivirlos a solas. La perorata de Amy puso el asunto bajo una nueva luz, y por primera vez le parecía que era débil y egoísta desanimarse al primer fracaso y encerrarse en una malhumorada indiferencia. De repente sintió como si se hubiera sacudido repentinamente de un sueño pensativo, y le resultaba imposible volver a dormirse. Por fin, se incorporó y preguntó despacio:

—¿Crees que Jo me despreciaría tanto como tú?

—Sí, si ella te viera ahora. Detesta a la gente perezosa. ¿Por qué no haces algo espléndido para que se enamore de ti?

—Hice lo que pude, pero fue inútil.

—¿Quieres decir que te graduaste con buenas notas? Eso no fue más que una obligación tuya, aunque sólo fuera por respeto a tu abuelo. Habría sido vergonzoso fracasar después de gastar tanto tiempo y dinero, cuando todo el mundo sabía que podías hacerlo bien, con lo inteligente que eres.

—Pero fracasé, digan lo que digan, porque Jo no me amaba —comenzó a decir Laurie, apoyando la cabeza en su mano con actitud abatida.

—No, no fracasaste, y al final te darás cuenta, con el tiempo... porque ha sido bueno para ti y te demostró que podías hacer lo que te propusieras. Si te marcases otro objetivo de cualquier tipo, seguro que pronto volverías a ser el mismo muchacho alegre y feliz de antes y olvidarías tus problemas.

—¡Eso es imposible!

—Inténtalo y lo verás. No es necesario que te encojas de hombros y pienses «Como si ella supiera mucho de estas cosas». No pretendo hacerme la sabia, pero soy observadora y me doy cuenta de muchas más cosas de las que tú piensas. Me interesan las vidas, experiencias e incoherencias de otras personas y, aunque no puedo explicarlas, las recuerdo y las uso para aprender y poder aplicarlas a mi propia experiencia. Puedes amar a Jo, si quieres, hasta el fin de tus días, pero no dejes que eso te hunda, porque es muy egoísta desperdiciar todas las buenas cualidades que tú tienes sólo porque no has podido conseguir a la chica que tú quieres. Bueno, pues ya está, ya me callo, porque sé que tarde o temprano vas a despertar y te vas a comportar como un hombre, a pesar de esa hermana mía que tiene el corazón duro como una piedra.

Ninguno de los dos habló durante varios minutos. Laurie se sentó, girando el pequeño anillo en su dedo, y Amy dio los últimos retoques al apresurado boceto en el que había estado trabajando mientras hablaba. Luego se lo puso en la rodilla a Laurie, limitándose a decir:

—¿Qué te parece?

Él miró y luego sonrió, como no podía dejar de hacerlo, pues Amy había hecho un magnífico trabajo. Una figura larga y perezosa tendida sobre la hierba, con el rostro lánguido, los ojos medio cerrados y una mano sosteniendo un cigarro, del que salía la pequeña voluta de humo que rodeaba la cabeza del soñador.

—¡Qué bien dibujas! —dijo, con genuina sorpresa y placer por su habilidad, agregando, con una media sonrisa—: Está claro que soy yo.

—Como eres ahora. Y aquí, como eras antes —respondió la joven mientras colocaba otro boceto junto al que él sostenía.

No estaba ni mucho menos tan bien hecho, pero había en él una vitalidad y un entusiasmo que compensaban muchos defectos, y recordaba el pasado de una forma tan vívida que la expresión del joven cambió repentinamente mientras lo observaba. Sólo era un tosco esbozo de Laurie domando un caballo; iba sin sombrero y sin abrigo, y cada línea de aquella figura activa, de aquella expresión decidida y de aquella actitud autoritaria estaba cargada de significado. El hermoso animal, recién sometido, arqueaba el cuello bajo las riendas tensas, parecía golpear impacientemente el suelo con una pata y tenía las orejas aguzadas como si escuchara la voz que lo dominaba. En la crin alborotada, el pelo despeinado del jinete y su actitud erguida, súbitamente detenido, sugerían una fuerza, un coraje y una juventud, que contrastaba fuertemente con la gracia supina del esbozo de *dolce far niente*. Laurie no decía nada, pero Amy lo observaba mientras desviaba la mirada de un boceto a otro, y vio cómo se ruborizaba y apretaba los labios, como si hubiera leído y entendido la pequeña lección que la joven acababa de darle. Eso la alegró y, sin esperar a que él dijese nada, le comentó con su habitual tono risueño:

—¿No recuerdas el día que jugaste a domar caballos con Puck, y todas te estábamos mirando? —dijo Amy—. Meg y Beth estaban asustadas, pero Jo aplaudía y hacía cabriolas, y yo me senté en la valla y te dibujé. Encontré ese boceto en mi carpeta el otro día, lo retoqué, y lo guardé para enseñártelo.

—Te estoy muy agradecido. Has mejorado muchísimo desde entonces, y te felicito por ello. ¿Puedo aventurarme a sugerir que, aunque estemos en un «Paraíso de luna de miel» que las cinco es la hora en que sirven la cena en tu hotel?

Laurie se levantó mientras hablaba, le devolvió los bocetos con una sonrisa y una reverencia y miró su reloj, como si quisiera recordarle que incluso los sermones morales deben tener un final. Trató de retomar el mismo aire despreocupado e indiferente de antes, pero ahora parecía muy impostado, porque la regañina de Amy había resultado mucho más eficaz de lo que él estaba dispuesto a admitir. Amy sintió una sombra de frialdad en sus modales, pero se dijo a sí misma: «Ahora se ha ofendido. Bueno, pues si ha servido para algo, me alegro mucho... Y si me odia, mala suerte, pero todo lo que he dicho es verdad y no pienso retirar ni una sola palabra».

—¿Nos vemos esta noche, *mon frère?* —preguntó Amy cuando se separaron en la puerta de su tía.

—Por desgracia, ya tengo un compromiso. *Au revoir, mademoiselle* —respondió Laurie mientras se inclinaba como si fuera a besarle la mano al estilo de los extranjeros, cosa que a él le sentaba mejor que a muchos hombres.

Algo en su rostro hizo que Amy dijera rápida y cálidamente:

—No. Sé tú mismo conmigo, Laurie, y nos despedimos como siempre. Prefiero un cordial apretón de manos inglés a todos los saludos sentimentales de Francia.

—Entonces, adiós, querida —y con estas palabras, pronunciadas en el tono que a ella le gustaba, Laurie la dejó, tras un apretón de manos casi doloroso, para ser sinceros.

A la mañana siguiente, en lugar de la llamada habitual, Amy recibió una nota que la hizo sonreír al principio y suspirar al final.

Mi querida Méntor:

Por favor, despídeme de tu tía y alégrate en tu interior, porque «Laurie el Perezoso» se va a ver a su abuelo, como el mejor de los chicos. Espero que pases un buen invierno y que los dioses os concedan una feliz luna de miel en Valrose. Creo que a Fred no le vendría mal una de tus regañinas. Díselo y felicítalo de mi parte.

Con todo mi agradecimiento:

TELÉMACO.

—¡Bien! ¡Buen chico! Me alegro de que se haya ido —dijo Amy, con una sonrisa de aprobación. Un momento más tarde, se entristeció al ver la habitación vacía, y añadió, con un suspiro involuntario—: Sí, me alegro..., pero ¡cómo lo voy a echar de menos!

CAPÍTULO XVII

El valle de la sombra

Superados los primeros momentos de amargura, la familia March aceptó lo inevitable y trató de sobrellevarlo con alegría, ayudándose mutuamente con ese afecto profundo que une con ternura a los hogares en tiempos difíciles. Dejaron a un lado su dolor y cada uno hizo su parte para que el último año de Beth fuera el más feliz de su vida.

La instalaron en la habitación más agradable de la casa y la llenaron de todo lo que ella más amaba: flores, cuadros, su piano, la mesita de trabajo y sus amados gatitos. También fueron a parar allí los mejores libros de papá, la butaca de mamá, el escritorio de Jo y los mejores bocetos de Amy. Todos los días Meg llevaba a sus bebés en una cariñosa peregrinación, para hacer brillar el sol para la tía Beth. John apartó tranquilamente una pequeña suma de dinero para poder proporcionar a la enferma la fruta que tanto le gustaba y anhelaba. La anciana Hannah nunca se cansaba de preparar delicados platos para despertar su apetito caprichoso, dejando caer sus lágrimas mientras los preparaba. Y, del otro lado del océano, llegaban pequeños regalos y alegres cartas, que parecían traer consigo alientos del calor y la fragancia de aquellas tierras que no conocen el invierno.

Allí, adorada como una santa de la casa en su santuario, estaba sentada Beth, tranquila y ocupada como siempre; pues nada podía cambiar su carácter dulce y altruista, y aun cuando se preparaba para dejar la vida, trataba de hacerla más feliz para los que sabía que debía dejar atrás. Sus débiles dedos nunca estaban ociosos. Uno de sus placeres era hacer cositas para los niños que iban y venían de la escuela, desde dejar caer desde su ventana un par de manoplas para proteger unas manos azules del frío, un pequeño alfiletero de tela para las mamás de muchas muñecas, unos cuantos limpiaplumas para los jóvenes escritores que se afanaban en bosques de garabatos, libros de recortes para los ojos de los amantes de los cuadros y todo tipo de dispositivos agradables, hasta que los reacios a subir la escalera del aprendizaje encontraban un sendero sembrado de flores, por decirlo de alguna manera, y pasaban a considerar a su gentil benefactora como una especie de hada madrina, que desde lo alto de la ventana, les hacía regalos que encajaban a la perfección con sus gustos y necesidades. Si Beth hubiera querido alguna recompensa, la encontró en las caritas brillantes que siempre se asomaban para contemplar su ventana, asintiendo y sonriendo, y en las graciosas cartas que le hacían llegar, llenas de tachones y arrepentimiento.

Los primeros meses fueron muy felices. Beth solía mirar a su alrededor y decía: «¡Qué bonito es todo esto!», cuando se sentaban todos juntos en la soleada habitación. Los bebés pataleando y gorjeando en el suelo, su madre y sus hermanas se sentaban a hacer sus labores al lado, y su padre leía en alto, con su agradable voz, fragmentos de libros antiguos, repletos de palabras sabias y reconfortantes, tan aplicables ahora como cuando se habían escrito, siglos atrás. La habitación era como una pequeña capilla, donde un paternal sacerdote enseñaba a su rebaño las arduas lecciones que todos deben aprender, tratando de mostrarles que la esperanza puede consolar al amor y la fe hace posible la resignación. Unos sermones sencillos que llegaban directamente al alma de los que escuchaban, pues tras las palabras del sacerdote latía el corazón de un padre y la frecuencia con que se le quebraba la voz hacía que las palabras que pronunciaba o leía resultaran doblemente elocuentes.

Fue una suerte para todos que este tiempo de paz les diera una tregua para preparar las tristes horas que se avecinaban. Beth, al cabo de poco tiempo, dijo que la aguja era «muy pesada» y la dejó para siempre. Se cansaba al hablar, las caras de las visitas la incomodaban, el dolor la reclamaba como suya y su espíritu tranquilo se veía tristemente perturbado por los males que afligían su cuerpo debilitado. ¡Pobrecilla! Qué días tan pesados, qué noches tan largas, cuánto sufrimiento y cuántas plegarias de quienes más la amaban y la veían extender sus manitas delgadas y suplicantes, mientras exclamaba con desesperación: «¡Ayudadme, ayudadme!», sabiendo que no había nada que pudieran hacer. Era el triste eclipse de un alma serena, una batalla desesperada de la vida joven con la muerte; por suerte ambas fueron misericordiosamente breves, y luego, superada la rebelión natural, la paz anterior se impuso más hermosa que nunca. A medida que su frágil cuerpo iba naufragando, el alma de Beth se hacía más fuerte; y, aunque hablaba poco, los que la rodeaban se daban cuenta de que estaba preparada, sabían que el primer peregrino en ser llamado es el que está más preparado, así que esperaron a su lado en la orilla para ver a los Seres Luminosos que vendrían a recibirla cuando cruzara el río.

Jo no se separó de ella ni una hora desde que Beth le había dicho: «Me siento más fuerte cuando estás aquí». Dormía en un sofá en la habitación, despertándose a menudo para renovar el fuego, alimentar, levantar o atender a la paciente criatura que rara vez pedía nada y «lamentaba causar tantas molestias». Deambulaba durante todo el día por la habitación, celosa de cualquier otra enfermera y más orgullosa aún de haber sido elegida entonces que de cualquier honor que su vida le hubiera deparado. Fueron unas horas preciosas, de un valor incalculable para Jo, porque su corazón recibió las enseñanzas que más necesitaba: aprendió a través de lecciones tan dulces que era imposible ignorarlas, a tener paciencia, a ser caritativa con todo el mundo, a convertirse en un alma generosa capaz de perdonar y olvidar la falta de amabilidad; aprendió la lealtad al deber que hace que las más arduas tareas resulten sencillas, y aprendió a tener esa fe sincera que no le teme a nada y que confía a ciegas.

A menudo, cuando se despertaba en mitad de la noche, Jo encontraba a Beth leyendo en su pequeño y gastado libro, la oía cantar suavemente para vencer el insomnio o la veía apoyar el rostro entre las manos, mientras las lágrimas caían lentamente por los dedos tan delgados que casi parecían transparentes. Y Jo se quedaba mirándola, con pensamientos demasiado profundos como para ser capaz de llorar, sintiendo que Beth, con su sencillez y generosidad, estaba tratando de despedirse de su vieja y querida vida terrenal, y prepararse para la vida futura, con sagradas palabras de consuelo, oraciones tranquilas y la música que tanto amaba.

Presenciar aquellos momentos ayudó mucho más a Jo que los más sabios sermones, los más santos himnos y las más fervorosas plegarias que pudieran pronunciarse. Porque ahora que las lágrimas ya le dejaban ver con claridad, que el dolor más profundo le había abandonado el corazón, era cuando se daba cuenta de lo hermosa que era la vida de su hermana: una existencia tranquila, sin grandes ambiciones y, aun así, rebosante de virtudes sinceras, de esas que «tienen dulce aroma y florecen en el polvo[20]», la generosidad que hace que los más humildes en la tierra sean, al mismo tiempo, los primeros que serán recordados en el cielo, que es el mayor éxito al que podemos aspirar.

Una noche, cuando Beth buscaba entre los libros de su mesa, para encontrar algo que la hiciera olvidar el cansancio mortal que era casi tan difícil de soportar como el dolor, encontró entre las páginas de su viejo libro favorito, *El progreso del peregrino*[21], una hoja de papel manuscrita por Jo. El título le llamó la atención y los renglones, medio emborronados, le confirmaron la sospecha de que Jo había llorado mientras lo escribía.

«Pobre Jo, está profundamente dormida, así que no quiero despertarla para pedirle permiso. Como me enseña todas sus cosas, no creo que le importe que mire esto», pensó Beth, mirando a su hermana, que yacía durmiente en la alfombra, con el atizador en la mano, lista para despertarse en cuanto el tronco se deshiciera.

MI BETH

Sentada paciente en la sombra
hasta que llegue la bendita luz,
una presencia serena y santa
nos ayuda a llevar esta cruz.

Las alegrías terrenales y las esperanzas y penas
se rompen como olas en la orilla
del profundo y solemne río
que ahora bañan sus pies de chiquilla.

Oh, mi hermana, alejándote de mí,
fuera del cuidado y la lucha humanos,
déjame, como un regalo, esas virtudes
que han embellecido la vida en tus manos.

Querida, déjame en herencia esa gran paciencia
que tiene el poder de sostener

20 «Sólo las acciones de los justos huelen a dulce y florecen en el polvo» (JAMES SHIRLEY, 1566-1666. Dramaturgo inglés).

21 Novela alegórica de JOHN BUNYAN, dramaturgo inglés, de trasfondo teológico (1678).

a un espíritu alegre y sin quejas
en su prisión de dolor sin querer.

Dame, pues lo necesito mucho,
ese valor, sabio y dulce de verdad,
que ha allanado el camino del deber,
verde bajo tus pies dispuesto hacia la eternidad.

Dame esa naturaleza desinteresada,
que con caridad divina
puede perdonar el mal por amor,
corazón manso, perdóname el mío, triste peregrina.

Así, nuestra despedida diaria pierde
algo del amargo dolor de tu partida.
Y al aprender esta dura lección,
en ganancia se convertirá mi gran pérdida.

Pues el golpe del dolor llenará
mi naturaleza rebelde de esperanza,
dará a la vida nuevas aspiraciones,
y en lo desconocido, confianza.

De ahora en adelante, segura al otro lado del río,
veré por siempre eternamente
al espíritu querido y hogareño
esperándome en la orilla paciente.

En ángeles de la guarda se convertirán
la esperanza y la fe nacidas de mi dolor,
y la hermana que tan pronto me ha dejado
me llevará a casa de la mano con infinito amor.

Por borrosas y manchadas, defectuosas y débiles que estuvieran aquellas líneas, consiguieron traer una mirada de inexpresable consuelo al rostro de Beth, pues lo único que lamentaba en su vida era haber hecho tan poco. Aquellas palabras servían para asegurarle que su vida no había sido en vano, que su muerte no traería la desesperación que temía. Mientras estaba sentada con el papel doblado entre las manos, el tronco carbonizado se partió en dos. Jo se levantó, avivó el fuego y se arrastró hasta la cabecera de la cama, esperando que Beth estuviera dormida.

—Dormida no, pero muy feliz sí que estoy, querida. Mira, encontré esto y lo leí; sabía que no te importaría. ¿He sido todo eso para ti, Jo? —le preguntó, con melancólica y humilde nostalgia.

—Oh Beth... ¡Sí, lo has sido tanto! —respondió Jo, al tiempo que apoyaba la cabeza sobre la almohada, junto a la de su hermana.

—Entonces no siento que haya desperdiciado mi vida. No soy tan buena como tú me crees, pero he intentado hacer el bien. Y ahora que es demasiado tarde para empezar a hacerlo mejor, es un gran consuelo saber que alguien me quiere tanto, y se siente como si yo le hubiera sido de gran ayuda.

—Más que a nadie en el mundo, Beth. Pensaba que no podía dejarte ir; pero estoy aprendiendo a sentir que no te pierdo, que serás más que nunca parte de mí y que la muerte no podrá separarnos, aunque lo parezca.

—Sé que no puede, y ya no la temo, porque estoy segura de que seguiré siendo tu Beth, para quererte y ayudarte más que nunca. Debes ocupar mi lugar, Jo, y serlo todo para padre y madre cuando yo no esté. Ellos recurrirán a ti, no les falles; y si te resulta duro trabajar sola, recuerda que no te olvido, y que serás más feliz haciendo eso que escribiendo espléndidos libros o viendo el mundo entero; porque el amor es lo único que podemos llevar con nosotros cuando nos vamos y hace que el final sea más fácil.

—Lo intentaré, Beth.

Y entonces Jo renunció a su vieja ambición, se comprometió a una nueva y mejor, reconociendo la vanidad de sus otros deseos y sintiendo el bendito consuelo que proporciona la fe de creer en la inmortalidad del amor.

Así los días de primavera vinieron, el cielo se hizo más claro y azul, y la tierra más verde. Las flores brotaron temprano, y los pájaros volvieron a tiempo para despedirse de Beth, que, como una niña cansada pero confiada en su fe, se aferraba a las manos que la habían cuidado toda su vida, mientras su padre y su madre la guiaban tiernamente a través del valle de las sombras y la entregaban a Dios.

Rara vez, excepto en los libros, los moribundos pronuncian palabras memorables, ven visiones o se marchan con una expresión beatífica en el rostro. Y los que han visto partir a muchas almas saben que a la mayoría el fin les llega como de forma tan natural como el sueño. Como Beth había esperado, «la marea se retiró lentamente» y, en las horas de penumbra antes del amanecer, recostada sobre el pecho donde había inspirado su primer aliento, exhaló tranquilamente el último, sin más despedida que una mirada de amor y un débil suspiro.

Entre lágrimas y plegarias, con gestos cargados de ternura, su madre y sus hermanas la prepararon para ese largo sueño que el dolor jamás volvería a perturbar. Contemplaron con mirada agradecida aquella hermosa serenidad que no tardó en sustituir la abnegada paciencia que tanto había hecho sufrir sus corazones y comprendieron, con solemne alegría, que para la pequeña Beth la muerte no era un fantasma horrendo, sino un ángel bondadoso.

Cuando llegó la mañana, por primera vez en muchos meses se había extinguido, el rincón de Jo estaba vacío y la habitación se hallaba en absoluto silencio. Pero un pájaro cantaba alegremente en una rama cercana, las campanillas de invierno florecían frescas en la ventana y el sol primaveral entraba, como si fuera una bendición, iluminando el plácido rostro que descansaba sobre la almohada, un rostro tan lleno de una paz libre del dolor, que los que más la amaban no pudieron evitar sonreír entre lágrimas y dar las gracias a Dios porque Beth estuviese, por fin, descansando en paz.

CAPÍTULO XVIII

Aprendiendo a olvidar

El sermón que le había soltado Amy le hizo mucho bien a Laurie, aunque, por supuesto, él no fue consciente hasta mucho tiempo después. Suele suceder con los hombres, ya que cuando son las mujeres las que los aconsejan, los señores de la creación no admiten los consejos hasta que se han convencido a sí mismos de que era eso precisamente lo que querían hacer, antes de que se lo dijeran. Luego ponen dichos consejos en práctica y, si surten el efecto deseado, sólo conceden al «vaso más frágil[22]» la mitad del mérito. Y en el caso de que vaya mal, le atribuyen generosamente toda la culpa. Laurie volvió con su abuelo, y se mostró tan devoto y entregado durante varias semanas que el anciano caballero declaró que el clima de Niza le había sentado de maravilla y que quizás debería probarlo de nuevo. No había nada que le hubiera gustado más al joven caballero, pero ni una manada de elefantes habría podido arrastrarlo allí de nuevo después de la regañina que había recibido. El orgullo se lo impedía y, cuando la nostalgia se hacía más fuerte, se fortalecía en su decisión repitiendo para sus adentros las palabras que más hondo le habían calado: «Te desprecio» y «¿Por qué no haces algo espléndido, que haga que se enamore de ti?».

Laurie le dio tantas vueltas al asunto en su mente a estas palabras, que pronto terminó reconociendo que había sido egoísta y perezoso. Pero cuando un hombre tiene un gran sufrimiento, debería poder permitirse todo tipo de caprichos hasta que se le pase. Sentía que sus afectos no correspondidos eran cosa del pasado y, aunque estaba convencido de que nunca dejaría de llorar su pérdida, creía que tampoco era necesario llevar luto eternamente. Jo no lo amaba, pero seguro que podía conseguir demostrarle que el «no» de una chica no le había arruinado la vida, y así ganarse su respeto y admiración. Siempre había querido llegar así a poner remedio a la situación, por lo que el sermón de Amy le parecía bastante innecesario. Sólo estaba esperando a que el amor no correspondido quedase sepultado para siempre. Y, una vez llegado ese momento, se sintió preparado para «guardarse su corazón herido y seguir adelante».

Como Goethe, cuando tenía una alegría o una pena, la ponía en forma de canción, ya fuera alegría o tristeza, así que Laurie resolvió embalsamar su pena de amor con música y componer un réquiem capaz de desgarrar el alma de Jo y derretir el corazón de todos los oyentes. Por lo tanto, la siguiente vez que el viejo caballero encontró a su nieto inquieto y malhumorado, y le ordenó que se marchara, se fue a Viena, donde tenía amigos músicos, y se puso a trabajar con la firme determinación de distinguirse. Pero... ya fuera porque la

---

[22] Referencia bíblica a las cartas de Pedro (1 Pedro 3:7): «Vosotros, maridos, igualmente, vivid con ellas sabiamente, dando honor a la mujer como al vaso más frágil, y como a coherederas de la gracia de la vida, para que vuestras oraciones no tengan estorbo».

pena era demasiado inmensa para ser plasmada en música o porque la melodía era demasiado etérea para ayudarle a sobreponerse de una aflicción tan grande, pronto descubrió que el réquiem estaba fuera de su alcance por el momento. Era evidente que su mente aún no discurría de una forma ordenada y le hacía falta aclarar las ideas, porque no era raro que a mitad de un lastimero compás se descubriera de pronto a sí mismo tarareando alguna alegre melodía que le recordaba vívidamente el baile de Niza —y, más que nada, al robusto francés—, distracción que terminaba de forma abrupta en cuanto irrumpía su composición trágica.

Luego lo intentó con la ópera, porque nada parecía imposible al principio; pero aquí, de nuevo, se topó con dificultades imprevistas. Quería que Jo fuera la heroína de su obra, por lo que invocó a su memoria para que le proporcionara tiernos recuerdos y románticas visiones de su amor. Pero la memoria se tornó traidora y, como poseída por el perverso espíritu de la joven, sólo le recordaba las rarezas, defectos y tonterías de Jo, sólo se la mostraba en los aspectos menos sentimentales: sacudiendo esteras con un pañuelo atado a la cabeza, atrincherándose con la almohada del sofá o echando un jarro de agua fría sobre su pasión como si fuera la señora Gummidge en *David Copperfield.* Cuando eso ocurría, a Laurie le entraba una risa irresistible y ya no conseguía reflejar la estampa melancólica que se había propuesto pintar. Saltaba a la vista que Jo no entraría en la ópera a cualquier precio, así que Laurie tuvo que renunciar a ella con un: «Bendita sea esa chica, ¡qué tormento es!», mientras se mesaba los cabellos con desesperación, como un compositor distraído.

Cuando miró a su alrededor en busca de otra musa que fuese menos intratable para inmortalizarla con su melodía, la memoria se apresuró a proporcionarle una con la más servicial prontitud. Este fantasma tenía muchas caras, pero siempre tenía el cabello dorado, aparecía envuelto en una nube diáfana, flotaba ante los ojos de su mente en un agradable caos de rosas, pavos reales, ponis blancos y cintas azules. No le ponía nombre al complaciente espectro, pero la convirtió en su heroína y se encariñó con ella, como no podía ser de otro modo, porque la había dotado con todos los dones y gracias que pudieran existir bajo la luz del sol, y la había sometido a pruebas que habrían acabado con cualquier otra mujer mortal, pero que a ella la habían dejado ilesa. Gracias a esta inspiración, le fue muy bien durante un tiempo, pero poco a poco, la obra fue perdiendo su encanto y se olvidó de componer, mientras se sentaba a meditar, con la pluma en la mano, o deambulaba por la alegre ciudad en busca de nuevas ideas y refrescar su mente, que parecía estar en un estado un tanto inestable aquel invierno. No hacía gran cosa, pero pensó mucho y fue consciente de un cambio que se estaba produciendo en él, muy a pesar suyo. «Debe de ser mi genialidad, que está cocinándose a fuego lento, tal vez. La dejaré hervir un poco más, a ver qué sale de ello», se dijo, con la secreta sospecha, todo el tiempo, de que no se trataba de genialidad, sino de algo mucho más común. Fuera lo que fuese, se cocía a fuego lento con algún propósito, porque cada vez estaba más descontento con su vida desganada y desorganizada que llevaba y comenzó a anhelar un trabajo real que ocupara su alma y su cuerpo, y finalmente llegó a la sabia conclusión de que no todo aquel que amaba la música era compositor. Al regresar de una de las grandes óperas de Mozart, espléndidamente representada en el Teatro Real, interpretó algunas de las mejores partituras, se sentó a contemplar los bustos de Mendelssohn, Beethoven y Bach, que le devolvieron la mirada con benignidad. Y luego, de repente, rompió sus partituras, una a una, y cuando tenía la última entre sus manos, se dijo, con gravedad:

—¡Amy tiene razón! ¡Tener talento no significa ser un genio, y no se puede forzar la genialidad! Esa música me ha quitado la vanidad, como Roma se la quitó a ella, y ya no seré un patán nunca más. ¿Y ahora qué hago?

Parecía una pregunta difícil de responder y Laurie empezó a desear tener que trabajar para ganarse el pan de cada día. Él tenía mucho dinero y nada que hacer, y Satanás es proverbialmente aficionado a proporcionar empleo a manos ociosas. El pobre hombre sufría toda clase de tentaciones de fuera y de dentro, pero las resistió bastante bien, porque, por mucho que apreciase la libertad, valoraba aún más la buena fe y la confianza, por lo que la promesa que le había hecho a su abuelo y su deseo de poder mirar honestamente a los ojos de las mujeres que lo amaban, y decirles «todo va bien», lo mantuvieron seguro y firme.

Como muy probablemente observará alguna Tiquismiquis que nos esté leyendo: «No me lo creo, ya se sabe que los hombres son como niños, les gusta hacer locuras y las mujeres no tenemos que esperar ningún milagro». Seguramente usted, señora Tiquismiquis, no los espera, pero en el fondo, tiene razón. Las mujeres obran milagros, y estoy convencida de que incluso podrían conseguir que los hombres se convirtieran en mejores personas si se negaran a repetir esa clase de tópicos. Vamos a dejar que los hombres sean como niños —y que siembren sus locuras por doquier—, si les apetece, y cuanto más tiempo, mejor, pero las hermanas, las madres y las amigas podemos impedir que se vayan por el mal camino y se descarríen, y también ayudarles a creer que lo que les gana el respeto de las mujeres es la lealtad a sus propias virtudes. Si no se trata más que de una ilusión femenina, pues vamos a disfrutarla mientras podamos, porque sin ella la vida no es ni tan bonita ni tan romántica, y con esas intuiciones tan tristes se nos amargarían las esperanzas depositadas sobre los jóvenes valientes y bondadosos que quieren más a su madre que a sí mismos y no se avergüenzan de admitirlo.

Laurie pensó que la tarea de olvidar su amor por Jo absorbería todas sus fuerzas durante años; pero, para su gran sorpresa, descubrió que cada día le resultaba más fácil. Al principio se negaba a creerlo, se enfadaba consigo mismo y no podía entenderlo, pero nuestros corazones humanos son extraños y contradictorios, y —mal que nos pese— el tiempo y la naturaleza trabajan según su voluntad, a pesar nuestro. A Laurie no le dolía el corazón; la herida persistía en curarse con una rapidez que le asombró, y, en vez de tratar de olvidar, se encontró intentando recordar. No se había previsto este giro tan inesperado, así que lo pilló por sorpresa. Estaba indignado consigo mismo, asombrado ante su propia inconstancia y rebosante de una extraña mezcla de decepción y alivio por haberse recuperado con tanta prontitud. Con cuidado, removió los rescoldos de su amor perdido, pero las llamas se negaron a renacer. Sólo permanecía un débil rescoldo que le proporcionaba una agradable calidez, pero que ni mucho menos le sumía en un estado febril ni nada que se le pareciera, así que no tuvo más remedio que reconocer, aunque a regañadientes, que su pasión juvenil se había ido transformando lentamente en un sentimiento sosegado —muy tierno, un poco triste y con algo de resentimiento todavía—que seguramente pasaría con el tiempo, dejando un afecto fraternal que duraría intacto hasta el final de sus días. Cuando la palabra «fraternal» pasó por su mente en uno de estos ensueños, sonrió y miró hacia arriba, al cuadro de Mozart que tenía delante: «Bueno, era un gran hombre; y cuando no pudo tener una hermana se quedó con la otra, y fue feliz».

Laurie no pronunció estas palabras en voz alta, pero las pensó; y al instante siguiente besó el pequeño y viejo anillo, diciéndose a sí mismo: «¡No, no la olvidaré! ¡No la he olvidado y nunca podré olvidarla! Probaré a intentarlo de nuevo, y si fracaso, entonces...».

Dejando la frase sin terminar, cogió papel y bolígrafo y escribió a Jo, diciéndole que no podía seguir adelante con su vida mientras existiera la más mínima posibilidad de que ella cambiara de opinión. ¿Podría, quería...? Si decía que sí, él volvería a casa y serían felices juntos. Mientras esperaba la respuesta no hizo nada, salvo dejar que la impaciencia consumiera sus energías. La respuesta llegó por fin, y en un punto le dejó las cosas muy claras, pues Jo decididamente no podía ni quería. Estaba totalmente dedicada a Beth y no quería volver a oír la palabra «amor». Entonces ella le rogó que fuera feliz con otra persona, pero que siempre guardara un rincón de su corazón para su querida hermana Jo. En una posdata le pidió que no le dijera a Amy que Beth estaba peor. Volvería a casa en primavera y no era necesario entristecerla durante el resto de su estancia. Ya tendría tiempo para eso, por desgracia. Por último, Jo le pedía a Laurie que escribiera a Amy a menudo, para que no se sintiera sola, nostálgica o inquieta por volver a su hogar.

«Así lo haré, de inmediato. Pobre niña; será muy triste el regreso a casa para ella, me temo». y Laurie abrió su escritorio, como si escribirle a Amy hubiera sido la conclusión apropiada a la frase que había dejado a medias unas semanas antes.

Sin embargo, no escribió la carta aquel día, porque, mientras rebuscaba en su escritorio en busca del mejor papel de carta, se encontró con algo que cambió su propósito. Revuelto en una parte del escritorio, entre facturas, pasaportes y documentos negocios de diversa índole, había varias cartas de Jo. Y en otro compartimento había tres notas de Amy, cuidadosamente atadas con una de sus cintas azules, que conservaban aún restos de pétalos de rosa en su interior. Con una expresión medio arrepentida, medio divertida, Laurie recogió todas las cartas de Jo, las alisó, las dobló y las guardó cuidadosamente en un pequeño cajón del escritorio. Se quedó un minuto girando pensativamente el anillo en su dedo, luego se lo quitó lentamente, lo puso con las cartas y cerró el cajón con llave y se fue a oír misa a Saint Stefan con la actitud de quien asiste a un funeral. Y aunque no puede decirse que le abrumara la tristeza, le pareció que aquello era lo mejor que podía hacer aquel resto del día, en lugar de ponerse a escribir cartas a encantadoras jovencitas.

La carta, no obstante, no tardó en enviarse, como tampoco tardó en recibir respuesta, pues Amy extrañaba su casa y lo confesó con la más deliciosa sinceridad. La correspondencia y las cartas iban y venían, con una regularidad infalible, y siguieron llegando durante todo el principio de la primavera. Laurie vendió sus bustos, quemó las partituras de su ópera y volvió a París, con la esperanza de que alguien llegara pronto. Deseaba desesperadamente ir a Niza, pero no lo haría hasta que se lo pidieran. Y Amy no quiso pedírselo, porque justo entonces estaba teniendo pequeñas experiencias propias, que no deseaba someter a la mirada burlona de «nuestro chico».

Fred Vaughn había regresado y le planteó la proposición a la que ella había decidido responder «sí, gracias», pero a la que ahora dijo «no, gracias» amablemente, pero con firmeza; porque, llegado el momento, su valor le falló y se dio cuenta de que se necesitaba algo más que el dinero y la posición para satisfacer el nuevo anhelo que llenaba su corazón de tiernas esperanzas y temores. Ella no quería que Laurie pensara que era una criatura mundana y sin corazón. Las palabras «Fred es un buen chico, pero no la clase de hombre que, en mi opinión, te haría feliz», junto con la expresión de Laurie al decirlas regresaban a su mente una y otra vez, con la misma machacona insistencia que otras que ella misma había pronunciado, no con los labios, en su caso, sino con la mirada: «Me casaré por dinero». Le inquietaba recordarlo, y deseaba tener la oportunidad de echarse atrás, porque aquello no le parecía nada femenino. No quería que Laurie tuviera una imagen de ella mundana y sin corazón. Ahora ya no le importaba ser la reina de la sociedad ni la mitad de lo que le importaba ser una mujer adorable. Se alegraba mucho de que Laurie, en lugar de odiarla por las cosas horribles que le había dicho, se las hubiera tomado tan bien, mostrándose más amable que nunca. Sus cartas eran un gran consuelo, porque las cartas de casa eran muy irregulares y no eran ni la mitad de satisfactorias que las suyas cuando llegaban. Era no sólo un placer, sino un deber responderlas, porque el pobre estaba desamparado y necesitaba mimos. Jo persistía en tener un corazón de piedra. Tendría que haber hecho un esfuerzo y tratar de quererlo. Tampoco es que fuese tan difícil, pues mucha gente estaría orgullosa y contenta de que un joven tan agradable se preocupara por ellas. Pero Jo nunca se comportaba como las demás chicas, así que no había nada que hacer que ser muy amable y tratarlo como a un hermano.

Si todos los hermanos fueran tratados tan bien como Laurie lo fue en este período, serían una raza de seres mucho más felices de lo que son. Amy nunca le soltaba sermones ahora, sino todo lo contrario: le pedía su opinión en todos los asuntos; se interesaba por todo lo que él hacía, le hacía encantadores regalitos y le enviaba dos cartas por semana, llenas de chismes, confidencias y cautivadores bocetos de las encantadoras escenas que la rodeaban. Como son pocos hermanos que pueden presumir de que sus hermanas lleven siempre sus cartas en el bolsillo, las lean y las relean con emoción, lloren cuando son cortas, las besen cuando son largas y las atesoren cuidadosamente, no insinuaremos que Amy hizo alguna de estas cosas cariñosas y románticas, pero ciertamente se puso un poco pálida y pensativa aquella primavera, perdió gran parte de su gusto por la sociedad, y salió mucho a dibujar sola. Nunca tenía gran cosa que mostrar cuando volvía al hotel, porque me atrevería a decir que se pasaba horas sentada, con las manos cruzadas, en la terraza de Valrose, o dibujaba distraídamente cualquier cosa que se le ocurría: un fornido caballero esculpido en una tumba, un joven dormitando sobre la hierba, con los ojos ocultos bajo el sombrero, o una damita de cabello ondulado, con un vestido precioso, que paseaba por un salón de baile del brazo de un alto caballero. Los rostros de los dos eran trazos borrosos, como dictaban los cánones de la época, lo cual parecía más seguro, pero no del todo satisfactorio.

El caso es que su tía estaba convencida de que Amy estaba arrepentida de la respuesta que le había dado a Fred, pero Amy, que pensaba que no serviría de nada negarlo y tampoco tenía fuerzas de dar ninguna explicación, dejó que creyera lo que quisiera, aunque asegurándose de que Laurie supiera que Fred se había marchado a Egipto. Eso fue lo único que le dijo, pero Laurie captó el mensaje y sintió un cierto alivio cuando se dijo, en tono sabio: «Estaba convencido de que Amy se lo pensaría mejor. El pobrecillo... Yo, que ya he pasado por esto y sé lo que duele...».

Mientras estos cambios se producían en el extranjero, los problemas habían llegado a casa de los March, pero la carta en la que le decían que Beth estaba muy grave nunca le llegó a Amy, y cuando recibió la siguiente, la hierba verde crecía ya sobre la tierra en que descansaba su hermana. La triste noticia le llegó en Vevey, pues el calor las había obligado a salir de Niza en mayo, y habían viajado con calma hasta Suiza, pasando por Génova y los lagos italianos del norte. Lo encajó con bastante entereza, dentro de lo que cabe, y se sometió con sumisión al decreto familiar de que no acortase su visita por Europa, pues como era demasiado tarde para despedirse de Beth, era mejor que se quedase y la distancia mitigase su dolor. Sin embargo, el corazón de Amy estaba muy apesadumbrado y ansiaba el momento de volver a casa. Cada día contemplaba el lago con nostalgia, esperando que Laurie viniera a consolarla.

De hecho, Laurie acudió tan pronto como le fue posible, pues aunque los March habían enviado una carta con la triste noticia el mismo día a los dos, él estaba en Alemania y tardó algunos días en llegarle. En cuanto la leyó, hizo su mochila, se despidió de sus compañeros de viaje y partió para cumplir su promesa, con el corazón lleno de alegría y tristeza, esperanza e inquietud.

Conocía bien Vevey, así que tan pronto como el barco tocó el pequeño muelle, corrió por la orilla hasta La Tour, donde los Carrol vivían en una pensión. El *garçon* le comunicó, entristecido, que toda la familia había ido a dar un paseo por el lago, menos la rubia *mademoiselle* que, según creía, podría estar en el jardín del castillo. Si *monsieur* quería sentarse a esperar, iría a buscarla en un santiamén. Pero *monsieur* no podía esperar ni un instante y, en mitad del discurso, partió en busca de *mademoiselle* personalmente. Era un viejo y agradable jardín a orillas del espléndido lago, con castaños susurrando en lo alto, hiedra trepando por todas partes y la sombra de la torre cayendo a lo lejos sobre el agua centelleante. En una esquina del muro ancho y bajo había un asiento y allí acudía Amy a menudo a leer o a trabajar, o a consolarse con la belleza del paisaje que la rodeaba. Y allí estaba aquel día, con la cabeza apoyada en la mano, el corazón enfermo y los ojos apesadumbrados, pensando en Beth y preguntándose por qué Laurie no había venido. No lo oyó cruzar el más allá del patio a su espalda, ni lo vio detenerse en el arco del camino subterráneo al jardín. Allí se detuvo un minuto, mirándola con una mirada nueva, viendo lo que nadie había visto antes: el lado tierno del carácter de Amy. Todo en ella sugería en silencio amor y dolor: las cartas borrosas de lágrimas en su regazo, la cinta negra que le recogía el pelo, el dolor y la paciencia en su rostro; incluso la pequeña cruz de ébano que llevaba al cuello le parecía entrañable, pues se la había regalado él mismo y la llevaba como único adorno. Si tenía alguna duda sobre el recibimiento que Amy le daría, se disipó en el momento en que ella levantó la vista y lo vio, dejando caer todo lo que tenía en el regazo y corrió hacia él, exclamando, en un tono de inconfundible amor y anhelo.

—¡Oh, Laurie, Laurie! ¡Sabía que vendrías a verme!

Creo que fue en ese momento cuando todo quedó dicho y decidido, porque, mientras permanecían abrazados en silencio aquellos instantes, con la cabeza de cabello oscuro inclinada con un gesto protector hacia la melena rubia, Amy sintió que nadie podría ofrecerle tanto consuelo y amor como Laurie, y Laurie decidió que Amy era la única mujer en el mundo que podía ocupar el lugar de Jo y hacerlo feliz. No se lo dijo en aquel momento, pero no fue para decepción de Amy, porque ambos supieron la verdad y, satisfechos, dejaron que el silencio hablara por sí sólo.

De inmediato Amy volvió a su lugar. Mientras ella se secaba las lágrimas, Laurie recogió los papeles esparcidos, descubriendo sus cartas releídas mil veces y los elocuentes bocetos, que consideró un buen augurio para el futuro. Al sentarse a su lado, Amy volvió a sentirse tímida y ruborizarse al pensar en su impulsivo recibimiento.

—No he podido contenerme. Me sentía tan sola y triste, y me alegré tanto de verte. Fue una gran sorpresa levantar la vista y justo cuando empezaba a temer que no vinieras —dijo, tratando en vano de hablar con naturalidad.

—He venido en cuanto me he enterado. Me gustaría poder decir algo que te reconfortara por la pérdida de la querida Beth, pero lo único que puedo hacer es sentir tristeza y...

Sin embargo, no pudo continuar hablando, porque, de repente, a él también le invadió la timidez y no sabía qué decir. Ansiaba pedirle a Amy que recostara la cabeza en su hombro y llorara hasta sentirse mejor, pero no se atrevió, así que se limitó a cogerle la mano y apretársela con un gesto que decía mucho más que las palabras.

—No hace falta que digas nada, esto ya me reconforta —dijo en un susurro dulce—. Beth está bien y en un lugar feliz, y no debo desear su regreso, pero temo volver a casa, por mucho que anhele verlos a todos, va a ser terrible. No hablaremos de eso ahora, porque... me hace llorar, y quiero disfrutarte mientras estés aquí. No hace falta que regreses enseguida, ¿verdad?

—No, si tú quieres que me quede, Amy.

—Sí, mucho. Tía y Flo son muy amables, pero tú pareces de la familia y sería muy agradable tenerte conmigo por un tiempo.

En aquel momento, Amy hablaba y parecía una niña nostálgica, con el corazón lleno de pena y nostalgia por su casa. Laurie estaba tan conmovido que se olvidó al momento de su timidez y le ofreció a Amy justo lo que necesitaba: los mimos a los que estaba acostumbrada y la conversación alegre que necesitaba.

—¡Pobrecita! Estás tan triste que temo que caigas enferma. Yo voy a cuidarte, así que no llores más y ven a pasear conmigo. Hace un viento demasiado fuerte para que te quedes aquí quieta —le dijo, en ese tono entre la caricia y la orden que tanto le gustaba a Amy, mientras le ataba el sombrero, le ofrecía el brazo y empezaban a pasear por el soleado sendero, bajo los castaños rebosantes de hojas nuevas. Él se sentía más cómodo de pie y a ella le parecía muy agradable tener un brazo en el que apoyarse, un rostro familiar que le sonreía y una voz amable que hablaba sólo para ella.

El viejo y pintoresco jardín había dado cobijo a muchas parejas de enamorados, y parecía hecho expresamente para ellos. Era tan soleado y apartado, sin nada más que la torre y el extenso lago, cuyas olas se llevaban mansamente a sus pies el eco de sus palabras. Durante una hora esta nueva pareja estuvo caminando y hablando, descansando junto al muro, disfrutando de un momento y un lugar cautivadores. Cuando una campana que anunciaba la cena les avisó con poco romanticismo que debían marcharse, Amy se sintió como si hubiera dejado atrás su carga de soledad y tristeza tras ella, en el jardín del castillo.

En el momento en que la señora Carrol vio el rostro alterado de la muchacha, ató cabos y exclamó para sus adentros: «Ahora lo comprendo todo: la niña ha estado suspirando por el joven Laurie. Bendito sea mi corazón, ¡nunca se me ocurrió pensar en algo así!».

Haciendo gala de una loable discreción, la buena señora no dijo nada, y no dio señales de ningún modo que dieran a entender que había intuido algo; pero instó cordialmente a Laurie a que se quedase, y rogó a Amy que disfrutase de su compañía, pues le haría más bien que tanta soledad. Amy era un modelo de docilidad, y como su tía estaba muy ocupada con Flo, le tocó entretener a su amigo y lo hizo mucho mejor que nunca.

En Niza, Laurie vagueaba y Amy lo regañaba; en Vevey, Laurie no estuvo ocioso ni un momento, sino que se entregó en cuerpo y alma a pasear, montar a caballo, remar o estudiar, mientras Amy elogiaba todo lo que hacía y, siempre que podía, seguía su ejemplo. Laurie dijo que eso era porque el clima allí era mucho más agradable, pero Amy no le llevaba la contraria porque a ella misma le servía esa misma excusa para justificar que hubiera recuperado el ánimo y la salud.

Lo cierto es que aquel aire sano les sentó fenomenal a los dos y que el ejercicio obró cambios asombrosos tanto en sus cuerpos como en sus mentes. En aquel lugar, entre aquellas eternas montañas, ambos parecían tener una visión más clara de la vida y de las obligaciones que conllevaba; la brisa fresca arrastraba consigo las dudas y la tristeza, las ilusiones engañosas y la neblina del desánimo. Por su parte, los cálidos rayos del sol primaveral les traían toda clase de ideas inspiradoras, tiernas esperanzas y pensamientos felices. Era como si el lago hubiera borrado con sus aguas los problemas del pasado, como si las antiguas e imponentes cumbres les dijeran, mirándolos desde las alturas: «Amaos el uno al otro, chiquillos».

A pesar de la reciente pérdida, fue un momento muy feliz, tan feliz que Laurie no se atrevía ni a hablar para no perturbar esa paz. Tardó un poco en recuperarse de la sorpresa ante la rápida curación de su primer y, como él creía firmemente, único amor. Se consoló de la aparente deslealtad de pensar que la hermana de Jo era casi igual a ella misma, y la convicción de que habría sido imposible amar a otra mujer que no fuera Jo tanto y tan rápido. Su primer cortejo había sido tempestuoso, y ahora, al volver la vista atrás, lo recordaba como si hubiera sido hace muchísimos años, hasta el punto de verse invadido por un sentimiento de compasión mezclado con pesar. No se avergonzaba de ello, sino que lo guardaba como una de las experiencias agridulces de su vida, por la que se sentiría agradecido cuando pasara el dolor. Su segundo cortejo debía ser tan tranquilo y sencillo como fuera posible: no había necesidad de hacer grandes gestos, de hecho, no hacía falta ni decirle a Amy que la amaba, pues ella ya lo sabía sin necesidad de palabras y hacía tiempo que le había dado su respuesta. Todo se había desarrollado de una forma tan natural que nadie podía quejarse de nada, y Laurie sabía que todos estarían encantados, incluso Jo. Pero cuando nuestro primer amor ha terminado en fracaso, es habitual que nos mostremos cautelosos y prudentes a la hora de intentarlo una segunda vez, así que Laurie fue dejando pasar los días, disfrutando de cada hora y dejando al azar la pronunciación de la palabra que pondría fin a la primera y más dulce parte de su nuevo romance.

Más bien había imaginado que el desenlace tendría lugar en el jardín del castillo a la luz de la luna, y de la manera más elegante y decorosa, pero resulto exactamente lo contrario: se comprometieron en el lago, a mediodía y con unas pocas palabras toscas. Habían estado navegando toda la mañana, de la sombría Saint-Gingolf hasta la soleada Montreux, con los Alpes de Saboya a un lado, el Monte Saint Bernard y los Dents du Midi por el otro, la bonita Vevey en el valle y Lausana sobre la colina que se alzaba más allá, bajo un cielo azul despejado que se reflejaba en las aguas más azules del lago, salpicado de pintorescas embarcaciones que parecían gaviotas de alas blancas.

Habían estado hablando de Bonnivard, mientras se deslizaban más allá de Chillon, y de Rousseau, mientras miraban hacia Clarens, donde escribió su *Julia, o la nueva Eloísa*. Ninguno de los dos lo había leído, pero sabían que era una historia de amor, y cada uno se preguntaba en privado si era la mitad de interesante que la suya. Amy había estado jugando con la mano en el agua durante la pequeña pausa que se produjo entre ellos y, cuando levantó la vista, Laurie estaba apoyado en los remos, con una expresión en la mirada que le hizo decir apresuradamente, por el mero hecho de decir algo, aunque fuera para romper el silencio:

—Debes de estar cansado... Descansa un poco, y déjame remar a mí. Me irá bien, porque, desde que llegaste, he estado un poco perezosa.

—No estoy cansado, pero puedes tomar un remo, si quieres. Hay espacio suficiente, aunque tengo que sentarme casi en el medio, para que la barca no se escore —respondió Laurie, como si le gustara el arreglo.

Sintiendo que no iba a ser de mucha ayuda, Amy tomó el tercio de asiento que se le ofrecía, se sacudió el pelo de la cara y aceptó un remo. Remó tan bien como hacía tantas otras muchas cosas y, aunque ella usaba las dos manos, y Laurie una sola, los remos siguieron el compás, y la barca avanzó con suavidad por el agua.

—Qué bien se nos da remar juntos, ¿verdad? —comentó Amy, que en aquel momento no podía soportar el silencio.

—Tan bien que ojalá pudiéramos ir siempre remando en la misma barca. ¿Querrías, Amy?

—Sí, Laurie —respondió ella en un susurro.

Entonces ambos dejaron de remar y, sin pretenderlo, añadieron una bonita escena de amor humano y felicidad a las vistas que se disolvían en el reflejo de las aguas del lago.

CAPÍTULO XIX

Completamente sola

Era fácil prometer abnegación cuando el yo se ve envuelto en otro ser, y el corazón y el alma se purifican con su dulce ejemplo. Pero cuando esa voz servicial que tanto la ayudaba quedó en silencio, cuando las lecciones diarias terminaron y la presencia amada se marchó, no le quedó a Jo más que soledad y dolor, entonces su promesa le resultó muy difícil de cumplir. ¿Cómo podía consolar a sus padres, cuando su propio corazón sufría con la insoportable añoranza de su hermana? ¿Cómo iba a convertir aquella casa en un lugar alegre, cuando toda la luz, la calidez y la belleza parecían haberse marchado con Beth para acompañarla a su nuevo hogar? ¿Dónde se suponía que iba a encontrar alguna otra tarea útil y feliz que hacer, que ocupara el lugar de los amorosos cuidados que le había prodigado a su hermana? Se esforzaba insistentemente por cumplir con su deber a ciegas y sin esperanza, rebelándose secretamente contra él, pues le parecía injusto que le estuviesen arrebatando las escasas alegrías que le quedaban, que su carga se hiciera cada vez más pesada y que la vida fuese cada vez más difícil a medida que pasaba el tiempo. Al parecer, algunos acaparaban todo el sol y a otros sólo les tocaba la sombra. No era justo, porque ella se esforzaba más que Amy por ser buena, pero veía que nunca obtenía a cambio ninguna recompensa, sólo decepciones, problemas y arduas tareas.

¡Pobre Jo! Fueron días lúgubres para ella, porque la invadía algo parecido a la desesperación cuando pensaba en pasar toda su vida en esa casa silenciosa, dedicada a las preocupaciones monótonas, a unos pocos placeres y a unas tareas que nunca parecían disminuir. «No puedo hacerlo. No estoy hecha para una vida como esta, y sé que voy a acabar por huir y cometer alguna locura, a menos que venga alguien a ayudarme», se dijo a sí misma cuando sus primeros esfuerzos fracasaron. No tardó en sumirse en ese estado de tristeza e impotencia que suele darse cuando una voluntad fuerte tiene que ceder a lo inevitable.

Pero alguien vino a ayudarla, aunque Jo no reconoció de inmediato a sus ángeles bondadosos, porque eran formas familiares y recurrieron a hechizos sencillos más propios de los seres humanos.

A menudo, se levantaba de noche pensando que Beth la llamaba y, al ver su camita vacía, se echaba a llorar con el llanto amargo de una pena inconsolable, invocándola: «¡Oh, Beth, vuelve, vuelve!». No extendió en vano sus brazos anhelantes, pues, tan pronto como oía sus sollozos, su madre acudía a consolarla, como lo había hecho en cuanto oía suspirar a Beth. No sólo la consolaba con palabras, sino con la paciente ternura que alivia el sufrimiento de una hermana, y con lágrimas que eran recuerdos mudos de un dolor mucho más profundo que el de Jo, y susurros entrecortados, más elocuentes que las plegarias, porque la resignación esperanzada iba de la mano del lógico dolor natural. Eran momentos sagrados, en los que sus corazones hablaban abiertamente en la mitad de la noche, en los que la pena se transformaba en una bendición que mitigaba el dolor y fortalecía el amor. Al darse cuenta, Jo pensó que su carga resultaba mucho más fácil de llevar, las obligaciones le parecieron más dulces y la vida, vista desde el cálido refugio que eran los brazos de su madre, más soportable.

Cuando el corazón dolorido se consoló un poco, la mente atribulada de Jo también encontró ayuda. Un día fue al estudio de su padre y, tras inclinarse sobre aquella cabeza entrañable y plateada que se había erguido para recibirla con una serena sonrisa, dijo en el tono más humilde posible:

—Padre, háblame como lo hacías con Beth. Lo necesito más que ella, porque estoy muy mal.

—Mi querida hija, nada puede consolarme más que eso —le respondió su padre, con un titubeo en la voz y rodeándola con los brazos, como si él también necesitara ayuda y no se atreviera a pedírsela.

Luego, sentada en la sillita de Beth, cerca de él, Jo le contó sus inquietudes: la rabia por haber perdido a Beth, los esfuerzos infructuosos que la desalentaban, la falta de fe que hacía que la vida pareciera tan oscura, y todo el triste desconcierto que llamamos desesperación. Ella le dio toda su confianza, él le dio la ayuda que necesitaba, y ambos encontraron consuelo en el acto, porque había llegado el momento en que podían hablar no sólo como padre e hija, sino como hombre y mujer, capaces y contentos de servirse el uno al otro con mutua simpatía y amor. Pasaron momentos muy felices en aquel viejo estudio que Jo solía llamar «la iglesia de un solo hombre» y del cual Jo solía salir más valiente y alegre, y con el ánimo más sereno, ya que los mismos padres que enseñaron a su hija a enfrentarse sin miedo a la muerte, intentaban ahora ayudar a la otra a que aceptase la vida con entusiasmo y confianza, y aprovechar con energía y gratitud las hermosas oportunidades que esta le ofrecía.

Jo también encontró ayuda en las tareas humildes y saludables, y en los placeres del hogar, que también contribuyeron a su recuperación, y que, poco a poco, aprendió a ver y valorar. Las escobas y los paños de cocina no podían ser más desagradables de lo que habían sido antes, y además, como habían sido una vez el reino de su hermana, algo de su espíritu de ama de casa parecía persistir en torno a la pequeña fregona y el viejo cepillo que nadie se atrevía a tirar. Así que Jo, mientras los usaba, se descubrió un buen día tarareando las mismas canciones que Beth solía tararear, imitando las maneras de ordenar de Beth y dando esos pequeños toques aquí y allá que mantenían todo fresco y acogedor, lo cual era el primer paso para hacer un hogar feliz. Sin embargo, Jo no fue consciente de ello hasta que Hannah le dijo, con un aprobatorio apretón de manos:

—Ay, señorita escritora, se ha propuesto que no echemos de menos a nuestro corderito, ¿verdad?, en tanto pueda evitarlo... No decimos nada, pero lo vemos y el Señor la bendecirá por ello, si no se ha dado cuenta ya de todo lo que hace.

Mientras cosían juntas, Jo descubrió cuánto había madurado su hermana Meg, lo bien que sabía hablar, cuánto sabía de los impulsos, pensamientos y sentimientos buenos de las mujeres, de lo feliz que era con su esposo y sus hijos, y de cuánto se ayudaban el uno al otro.

—Pues parece que el matrimonio es algo excelente, al fin y al cabo. Me pregunto si yo florecería la mitad de bien que tú, si yo lo intentara —dijo Jo, mientras construía una cometa para Demi en el cuarto de los niños, que estaba patas arriba.

—Es justo lo que necesitas para sacar el lado tierno y femenino de tu naturaleza, Jo. Eres como un erizo de castaña: espinosa por fuera, pero tierna y suave como la seda por dentro, y dulce, para quien puede llegar a ti. El amor te hará mostrar tu corazón algún día y entonces ese áspero envoltorio de espinas caerá.

—Es la escarcha lo que hace que se abran los erizos de castaña, hermanita, y para que caigan hace falta una buena sacudida al árbol. Los chicos se vuelven locos yendo de árbol en árbol, pero yo no tengo el menor interés de que me metan en su saco —respondió Jo, encolando la cometa que ni el viento más potente podría echar al vuelo, porque Daisy se había atado a sí misma como si fuera el palo.

Meg se echó a reír, pues se alegraba de ver un destello del viejo espíritu de Jo, pero se sentía obligada a imponer su opinión con todos los argumentos a su alcance. Y aquellas charlas entre las hermanas no cayeron en saco roto, sobre todo porque dos de los argumentos más eficaces de Meg eran los bebés, a los cuales Jo quería con locura. La tristeza es el mejor instrumento para abrir algunos corazones, y el de Jo estaba casi a punto para desprenderse del erizo: un poquito más de sol para terminar de madurar, y entonces, no la impaciente mano de un muchacho, sino la de un hombre, para retirar con suavidad el erizo para descubrir un fruto sano y dulce en su interior. Si lo hubiera sospechado, Jo se habría cerrado en banda y se habría puesto más punzante que nunca; afortunadamente no pensaba en sí misma, así que, cuando llegó el momento, se dejó caer del árbol.

Ahora, si ella hubiera sido la heroína de un libro de cuentos con moraleja, en este período de su vida debería de haberse convertido en santa, habría renunciado al mundo y habría ido yendo por ahí haciendo el bien con un gorrito raído y estampitas en el bolsillo. Pero Jo no era una heroína; era sólo una muchacha humana normal y corriente, que luchaba, como cientos de otras, y sólo actuaba según su naturaleza, triste, enfadada, apática o enérgica, según el estado de ánimo. Es muy loable decir que seremos buenos, pero no podemos hacerlo todo a la vez. A veces, hace falta un fuerte tirón y la ayuda de todos los que nos rodean, antes de que algunos de nosotros pongamos los pies en el camino correcto. Jo había llegado tan lejos, que estaba aprendiendo a cumplir con su deber y a sentirse desgraciada si no lo hacía; pero hacerlo con alegría... ¡Ah, eso era harina de otro costal! A menudo, había dicho que quería hacer algo espléndido, por duro que fuera, y ahora se cumplía su deseo, porque ¿qué podía haber más hermoso que dedicar su vida a su padre y a su madre, tratando de que vivieran en un hogar tan feliz como ellos lo habían hecho para ella? Y, si las dificultades eran necesarias para aumentar el esplendor del esfuerzo, ¿qué podría ser más difícil para una muchacha inquieta y ambiciosa que renunciar a sus propias esperanzas, planes y deseos para entregarse con alegría al cuidado de los demás?

La providencia le había tomado la palabra, porque allí estaba su tarea. No era lo que ella esperaba, pero en el fondo era mejor, porque no la había escogido. De todos modos, ¿sería capaz de lograrlo? Decidió que debía probar y, nada más empezar, encontró la ayuda que antes he mencionado. Pero también recibió otra y no la aceptó, no como recompensa, sino como consuelo, igual que Cristiano aceptó en *El progreso del peregrino,* el descanso que le ofrecía el cenador en su ascenso por la colina llamada Dificultad.

—¿Por qué no escribes? Eso siempre te hacía muy feliz —le dijo su madre una vez, cuando el abatimiento ensombrecía a Jo.

—No tengo corazón para escribir, y si lo tuviera, a nadie le importa lo que escribo.

—A nosotros sí. Escribe algo para nosotros, y no te preocupes por el resto del mundo. Inténtalo, cariño: estoy segura de que te hará bien y a nosotros nos complacería mucho.

—No creo que pueda —respondió Jo, pero Jo sacó su escritorio y empezó a revisar sus manuscritos a medio terminar.

Una hora después, su madre se asomó, y allí estaba ella con su delantal negro puesto y una expresión absorta que hizo sonreír a la señora March, y se marchó sin hacer ruido, satisfecha por el éxito de su sugerencia. Jo nunca supo cómo sucedió, pero escribió una historia que llegaba directamente al corazón de quienes la leían. Después de que su familia leyera el cuento, que los hizo reír y llorar, su padre lo envió, contra su voluntad, a una de las revistas populares y, para su sorpresa, no sólo se lo pagaron, sino que le pidieron que mandara más. Tras la publicación del breve relato, Jo recibió cartas de varias personas de prestigio, cuyos elogios fueron honrosos. Varios periódicos lo comentaron y todo el mundo, tanto los conocidos como los desconocidos, aplaudió su obra. Pese a ser poca cosa, fue un rotundo éxito y Jo estaba más asombrada que cuando su novela fue elogiada y condenada a la vez.

—No lo entiendo. ¿Qué puede haber en una simple pequeña historia como esa, para que la gente la elogie tanto? —dijo, bastante desconcertada.

—Hay verdad en ella, Jo, ese es el secreto. El humor y el patetismo le dan vida, y por fin has encontrado tu estilo. Escribiste sin pensar en la fama ni en el dinero, y pusiste tu corazón en ello, hija mía. Has vivido momentos amargos, ahora te toca lo dulce. Hazlo lo mejor que puedas, y sé tan feliz como nosotros por tu éxito.

—Si hay algo bueno o verdadero en lo que escribo, no es mérito mío. Todo se lo debo a ti, a mi madre y a Beth —dijo Jo, más conmovida por las palabras de su padre que por cualquier elogio del mundo.

Y así, fortalecida por el amor y la pena, Jo siguió escribiendo sus pequeñas historias y enviándolas lejos para que hicieran nuevos amigos. Y lo cierto es que fue encontrando un mundo muy generoso para tan humildes vagabundas, pues eran acogidas con amabilidad, y enviaban a casa pequeñas muestras de su éxito, como hijas obedientes a las que sonríe la fortuna.

Cuando Amy y Laurie escribieron a casa para comunicar su compromiso, la señora March temió que a Jo le resultara difícil alegrarse por ello, pero sus temores se disiparon pronto, pues, aunque al principio Jo parecía seria, se lo tomó con mucha calma, leyó dos veces la carta y, finalmente, declaró que estaba llena de esperanzas y planes para «los niños».

—¿A ti te gusta, madre? —dijo Jo, mientras dejaban sobre la mesa las hojas llenas de letras apretadas y se miraban la una a la otra.

—Sí, esperaba que fuera así, desde que Amy escribió diciendo que había rechazado a Fred. Entonces estaba segura de que algo mejor que lo que tú llamas «espíritu mercenario» se había apoderado de ella. Una insinuación aquí y allá en sus cartas me hizo sospechar que el amor y Laurie acabarían ganando.

—¡Qué aguda eres, Marmee, y qué discreta! Tú nunca me dijiste ni una palabra.

—Las madres necesitamos una mirada aguda y una lengua discreta cuando se trata de nuestras hijas. Tenía miedo de meterte la idea en la cabeza, no fuera a ser que se te ocurriera escribir para felicitarlos antes de que el asunto cuajara.

—Ya no soy la cabeza de chorlito que era. Puedes confiar en mí, ahora soy lo suficientemente sobria y sensata como para ser la mejor confidente de cualquiera.

—Así es, querida, y tendría que habértelo contado, pero la verdad es que pensé que quizás te dolería saber que tu Teddy amaba a otra mujer.

—A ver, mamá, ¿de verdad pensaste que podía ser tan tonta y egoísta, después de haber rechazado su amor, cuando era más fresco, si no el mejor, por el hecho de ser el primero?

—Sabía que eras sincera entonces, Jo, pero últimamente me había dado por pensar que si Laurie regresaba y te lo volvía a pedir de nuevo, tal vez te apeteciera darle otra respuesta. Perdóname, querida, no puedo evitar ver que estás muy sola, y a veces hay una mirada ansiosa en tus ojos que me llega al corazón, así que pensé que tu chico podría llenar ese vacío si lo intentara ahora.

—No, madre, es mejor así, y me alegro de que Amy haya aprendido a quererlo. Pero tienes razón en una cosa: me siento sola, y quizás si Teddy lo hubiera intentado de nuevo, tal vez habría dicho que sí, no porque lo ame más, sino porque me importa más ser amada que cuando él se marchó.

—Me alegro de oír eso, Jo, porque demuestra que estás progresando. Hay muchas personas que te quieren, que intentan estar satisfechos Así que intenta conformarte con tu padre y tu madre, tus hermanas y hermanos, tus amigos y los bebés hasta que el mejor amor de todos venga a darte tu recompensa.

—El mejor amor de todos es el de las madres, Marmee, pero no me importa admitir que me gustaría probar también esa otra clase de amor. Es muy curioso, pero cuanto más trato de conformarme con todo tipo de afectos naturales, más parezco desear. No tenía ni idea de que los corazones pudieran aceptar tanto amor: el mío es tan elástico, que ahora nunca parece lleno, cuando antes me bastaba y me sobraba con el amor de mi familia. No lo entiendo.

—Yo sí —murmuró la señora March esbozando su sabia sonrisa, mientras Jo volvía las hojas para leer lo que Amy decía de Laurie.

Es tan hermoso ser amada como Laurie me ama. No es un hombre sentimental, no habla mucho de ello, pero yo lo veo y lo siento en todo lo que dice y hace, y me hace tan feliz y estoy tan agradecida que ya no parezco la misma chica que antes. Nunca antes me había dado cuenta de lo bueno, generoso y tierno que era, porque me deja leer su corazón, y lo encuentro lleno de nobles impulsos y esperanzas y propósitos, y estoy tan orgullosa de que me lo haya entregado a mí. Laurie dice que yo seré su «compañera de viaje y nos embarcaremos juntos en una travesía larga, próspera y llena de amor». Y yo rezo para que así sea, e intento ser todo lo que él espera de mí, porque amo a mi galante capitán con todo mi corazón, toda mi alma y toda mi fuerza, y nunca lo abandonaré, mientras Dios nos permita estar juntos. ¡Ay, mamá, nunca supe cómo este mundo podía parecerse al cielo, cuando dos personas se aman y viven el uno para el otro!

—¡Y esa es nuestra Amy fría, reservada y mundana! Verdaderamente, el amor hace milagros. ¡Deben de ser muy, muy felices! —dijo Jo, al tiempo que plegaba con el mayor cuidado aquellas páginas con mano cuidadosa, como se cierran las tapas de una maravillosa novela de amor que tiene al lector con el alma en vilo hasta el final y se encuentra de nuevo solo en el mundo de sus quehaceres diarios.

Poco después, Jo se alejó escaleras arriba hacia el desván, pues ese día llovía y no podía salir a caminar. Un espíritu inquieto la poseía, y el sentimiento de desconsuelo de otros tiempos volvió, no tan amargo como antes, sino como una triste y paciente pregunta. Seguía preguntándose, con dolorosa paciencia, por qué una hermana podía tener todo lo que pedía mientras la otra no tenía nada. No era verdad, y Jo lo sabía, por lo que intentaba ahuyentar esa idea, pero el deseo natural de sentirse querida era fuerte, y la felicidad de Amy había despertado en ella un anhelo desesperado de amar a alguien en cuerpo y alma, y no separarse de él mientras Dios les permita estar juntos.

Arriba, en el desván, donde terminaban las inquietantes andanzas de Jo, había cuatro pequeños cofres de madera en fila, cada uno marcado con el nombre de su dueño, y cada uno lleno de reliquias de la infancia y la adolescencia que habían dejado atrás para siempre. Jo echó un vistazo y cuando llegó al suyo, apoyó la barbilla en el borde y contempló distraídamente la caótica colección de objetos, hasta que un manojo de viejos cuadernos le llamó la atención. Los sacó, les dio la vuelta y revivió aquel agradable invierno en casa de la amable señora Kirke. Sonrió al principio, luego se mostró pensativa, después triste, y cuando llegó a un pequeño mensaje escrito por el profesor, sus labios empezaron a temblar, los libros se deslizaron fuera de su regazo, y se sentó a mirar las amistosas palabras, como si cobraran un nuevo significado y tocaran un punto sensible de su corazón: «Espéreme, amiga mía. Puede que llegue un poco tarde, pero no le quepa duda de que *irré*».

—¡Oh, si él viniera! Tan amable, tan bueno, tan paciente siempre conmigo. Mi querido Fritz, no lo valoré lo suficiente cuando lo tenía, pero ahora me encantaría verlo, porque todo el mundo parece alejarse de mí, y yo estoy sola.

Y, sujetando el papelito con fuerza, como si fuera una promesa aún por cumplir, Jo recostó la cabeza en un cómodo saco de trapos y retales de tela y lloró, como si se opusiera a la lluvia que golpeteaba en el tejado.

¿Era autocompasión, soledad o falta de ánimo? ¿O acaso era el despertar de un sentimiento que había esperado su momento tan pacientemente como su inspirador? ¿Quién sabe?

CAPÍTULO XX

Sorpresas

Anochecía y Jo estaba sola, tumbada en el viejo sofá, mirando al fuego y pensando. Era su manera favorita de pasar la hora del crepúsculo, cuando nadie la molestaba, y ella podía apoyar la cabeza sobre la pequeña almohada roja de Beth, planeando historias, perderse en sus sueños o teniendo tiernos pensamientos hacia la hermana a la que sentía aún muy cercana. Su rostro parecía cansado, serio y algo triste, pues al día siguiente era su cumpleaños y no podía dejar de pensar en lo rápido que pasaba el tiempo y en lo poco que parecía haber logrado en esta vida. Casi veinticinco años y nada de lo que estar orgullosa. Pero en eso Jo se equivocaba, porque había conseguido mucho y, con el tiempo, se daría cuenta y se sentiría agradecida por ello.

«Una solterona, eso es lo que voy a ser. Una solterona, con una pluma por esposo, una familia de cuentos por hijos, y dentro de veinte años puede que alcance un poco de fama, pero para entonces, como el pobre Johnson, ya no podré saborearla porque estaré demasiado vieja y no podré disfrutar de ella, ni compartirla, porque no tendré a nadie. De hecho, para entonces quizás ni la necesite. Bueno, tampoco es que tenga que convertirme en una santa amargada, ni en una pecadora egoísta, y me atrevería a decir, que las solteronas están muy cómodas consigo mismas cuando se acostumbran, pero...». Y ahí Jo suspiró, como si la perspectiva no le pareciera muy atractiva.

Rara vez lo es, al menos al principio, y a los veinticinco tenemos la sensación de que al cumplir los treinta se acaba el mundo. Pero no todo es tan negativo como parece, pues se puede ser feliz si se tiene algo en lo que apoyarse. A los veinticinco, las jóvenes empiezan a hablar de la posibilidad de convertirse en solteronas, aunque en su fuero interno estén decididas a que eso no ocurra; a los treinta, ya dejan de hablar del tema, pero empiezan a aceptar en silencio que ese va a ser su destino. Si son un poco sensatas, se consuelan pensando que aún les quedan otros veinte años útiles y felices durante los cuales pueden aprender a envejecer con gracia, Queridas jovencitas, no os riais de las solteronas, pues a menudo esconden, en ese corazón que late bajo su austero vestido, una tierna y trágica historia de amor, y el hecho de haber renunciado a su juventud, a la salud, a sus ambiciones e, incluso, al amor consigue que sus rostros ajados resulten más hermosos a los ojos de Dios. Hasta las más tristes y amargadas merecen un trato amable, aunque sólo sea porque han renunciado a la parte más dulce de sus vidas, y que las miremos con compasión, no con desprecio. Las jóvenes que están ahora en la flor de la vida no deben olvidar que algún día se marchitarán como las demás, no siempre van a conservar las mejillas sonrosadas, ni podrán evitar que en sus oscuras cabelleras aparezcan hebras plateadas con el tiempo. Cuando ese momento llegue, se darán cuenta de que la amabilidad y el respeto son tan importantes para ellas como lo son ahora el amor y la admiración.

Caballeros, sí, los jovencitos, sed corteses con las solteronas, por muy pobres, poco agraciadas o quisquillosas que os puedan parecer, pues la única caballerosidad que vale la pena es la que nos hace respetar a las personas mayores, proteger a los débiles y servir a las mujeres, sea cual sea su posición social, edad o color de piel. Pensad en todas esas tías ancianas que, aunque os sermoneaban y estaban todo el tiempo quejándose, también es verdad que os cuidaban y os mimaban, la mayor parte de las veces sin esperar nada a cambio de vosotros; acordaos de todos los líos de los que os han ayudado a salir, de las «paguillas» que os han dado de sus exiguos ahorros, de las heridas que os curaron con sus pacientes manos y de los pasos que han dado a pesar de sus pies cansados. Acordaos de todas esas cosas, sed agradecidos y dedicad a vuestras ancianas tías toda esa clase de atenciones que a las mujeres les gusta recibir mientras viven. Las jóvenes de mirada atenta valoran mucho estas cosas y, sin duda alguna, os valorarán mucho más por ellas. Y si la muerte, que es prácticamente lo único que puede separar a una madre de un hijo, os roba a la vuestra, siempre podréis contar con el afecto maternal, tierno y generoso de alguna tía soltera que ha reservado el rincón más cálido de su corazón anciano y solitario para el «mejor sobrinín del mundo».

Jo debía de haberse quedado dormida (como imagino que les habrá sucedido también a los lectores después de esta pequeña homilía), porque de repente el fantasma de Laurie parecía estar ante ella, un fantasma sustancial y realista, inclinado sobre ella, con la misma mirada que él solía poner cuando se sentía mal y no quería demostrarlo. Pero, como la Jenny de la balada, «no podía creer que fuera él», así que se lo quedó mirando, callada, asombrada, hasta que vio que Laurie se le acercaba para darle un beso. Entonces comprendió que era él en carne y hueso, y se puso de pie de un salto.

—¡Oh, Teddy! ¡Mi Teddy!

—Querida Jo, ¿te alegras de verme?

—¿Qué si me alegro? Mi chico bendito, no puedo expresar con palabras mi alegría. ¿Dónde está Amy?

—Tu madre la tiene en casa de Meg. Nos detuvimos allí por el camino, y no había forma de arrancar a mi esposa de sus garras.

—¿Tu qué? —exclamó Jo, pues Laurie pronunció esas dos palabras con un orgullo y una satisfacción inconscientes que lo delataban.

—¡Oh, vaya! Ya he metido la pata —dijo, parecía tan culpable que Jo cayó sobre él como un rayo.

—¡No me digas que vuelves ya casado!

—Sí, pero no te enfades, te prometo que no volveré a hacerlo nunca más.

Y se puso de rodillas, con las manos apretadas en un gesto penitente y la expresión llena de picardía, alegría y triunfo, todo a la vez.

—Pero, ¿casado de verdad?

—Mucho, gracias.

—¡Dios bendito! ¿Qué otras locuras más vas a hacer ahora? —exclamó Jo, al tiempo que se dejaba caer en su asiento, con un grito ahogado.

—Una característica, pero no exactamente elogiosa, felicitación a tu estilo —respondió Laurie, que seguía arrodillado, pero radiante de satisfacción.

—¿Qué se puede esperar, cuando casi me matas del susto, arrastrándote como un ladrón y encima me sueltas esa bomba? Levántate, tontorrón, y cuéntamelo todo.

—No diré ni una palabra, a menos que me dejes sentarme en mi sitio de siempre y me prometas no levantar barricadas de cojines.

Jo se echó a reír como no lo había hecho desde hacía mucho tiempo y dio una palmada en el sofá invitándolo a sentarse, mientras decía, en tono cordial:

—El viejo cojín está en el desván, y ahora no lo necesitamos; así que, ven, siéntate, y confiesa, Teddy.

—¡Qué bien suena oírte decir «Teddy»! Nadie me llama así excepto tú —comentó Laurie, al tiempo que se sentaba con una expresión la mar de satisfecha.

—¿Cómo te llama Amy?

—Mylord.

—Así es ella. Bueno, lo pareces... —afirmó Jo. Y sus ojos delataban claramente que encontraba a su chico más atractivo que nunca.

El cojín ya no estaba, pero en su lugar había aparecido una nueva barricada, natural, levantada por el tiempo, la ausencia y el cambio que habían experimentado sus sentimientos. Ambos la sintieron, y durante un minuto se miraron como si aquella barrera invisible proyectara una sombra sobre ellos. Sin embargo, desapareció enseguida, porque Laurie dijo, en un vano intento de aparentar dignidad:

—¿Así que no te parezco un hombre casado y cabeza de familia?

—Ni un poco, y nunca lo serás. Has crecido y estás más gordo, pero eres el mismo canalla de siempre.

—Ahora, de verdad, Jo, deberías tratarme con más respeto —empezó a decir Laurie, que estaba disfrutando muchísimo con aquello.

—¿Cómo voy a hacerlo, cuando la mera idea de que estés casado y quieras sentar la cabeza me hacer romper a reír y no poder parar? —respondió Jo, con una sonrisa tan contagiosa que se echaron a reír de nuevo, tras lo cual se dispusieron a charlar animadamente, como en los viejos tiempos.

—Es inútil que salgas al frío a buscar a Amy, porque todos van a subir enseguida. Pero yo no podía esperar, quería ser yo quien te contara la gran sorpresa y ser el primero en darte la noticia, igual que cuando quería ser el primero en quitar la primera cucharada de la leche y por eso nos peleábamos, ¿te acuerdas?

—Y vaya que lo hacías, como ahora. Has estropeado la historia al empezarla por el final. Ahora, empieza bien y cuéntame cómo pasó todo. Me muero por saberlo.

—Bueno, dije que sí para complacer a Amy... —comenzó Laurie, con un brillo en los ojos que hizo exclamar a Jo...

—¡Primera mentira! Más bien fue Amy la que dijo que sí para complacerte a ti. Adelante, sigue y cuéntame la verdad, si no te importa.

—Vaya, por fin dice lo que piensa. ¿No es divertido oírla? —dijo Laurie mirando al fuego del hogar, y el fuego brillaba como si estuviera de acuerdo—. En el fondo es lo mismo, ya sabes, Amy y yo somos uno. Planeamos volver a casa con los Carrol, hace un mes o más, pero de repente cambiaron de idea y decidieron pasar otro invierno en París. Pero mi abuelo, en cambio, quería volver a casa; se fue para complacerme, y yo no podía dejar que volviera solo, ni tampoco podía dejar a Amy. Por otra parte, la señora Carrol es muy estricta con el tema de las carabinas y esas cosas, y no estaba dispuesta a permitir que Amy regresara con nosotros. Así que, para evitarnos más problemas, resolví la dificultad diciéndole: «Pues casémonos, y así podremos hacer lo que queramos».

—Típico de ti, siempre haces las cosas a tu gusto.

—No siempre —respondió el joven, en un tono que obligó a Jo a cambiar de tema apresuradamente.

—¿Cómo conseguiste que la tía accediera?

—Fue una tarea dura, pero entre los dos la convencimos, porque teníamos un montón de buenas razones a nuestro favor. No había tiempo para escribir y pedir permiso a tus padres, pero sabíamos que les gustaba la idea y que habrían consentido en ello, así que... teníamos que coger la ocasión al vuelo, como dice mi esposa.

—¡Uy! ¿Me equivoco si digo que estamos muy orgullosos de esas dos palabras y nos gusta decirlas a la más mínima oportunidad? —interrumpió Jo, dirigiéndose a su vez al fuego y observando con deleite la alegre luz que parecía encender en aquellos ojos, que guardaban una mirada tan sombría la última vez que los vio.

—Una nimiedad, tal vez... Es una mujercita tan cautivadora, que no puedo evitar sentirme orgulloso de ella. Bueno, entonces, el tío y la tía se habían erguido como guardianes del decoro y nosotros estábamos tan perdidamente enamorados que no pensábamos en nada más, así que creíamos que aquella solución nos simplificaría mucho más las cosas, y así lo hicimos.

—¿Cuándo? ¿Dónde? ¿Cómo? —preguntó Jo, dejándose invadir por un febril interés y una curiosidad muy femeninos, pues no era capaz de imaginar las circunstancias de la boda.

—Hace seis semanas, en casa del cónsul de Estados Unidos, en París. Fue una boda muy discreta, por supuesto, porque incluso dentro de nuestra inmensa felicidad, no podíamos olvidarnos de la pequeña Beth.

Jo puso su mano en la de él mientras decía eso, y Laurie suavemente alisó el pequeño cojín rojo, que él tan bien recordaba.

—¿Por qué no nos escribiste después para contárnoslo? —preguntó Jo, en un tono más tranquilo, tras unos minutos de silencio.

—Queríamos daros una sorpresa. Al principio pensábamos que íbamos a volver directamente a casa, pero el viejo y querido caballero, tan pronto como nos casamos, comentó que no podía marcharse hasta al cabo de un mes, por lo menos, y nos envió a pasar nuestra luna de miel donde quisiéramos. Amy había dicho una vez que Valrose era un lugar digno de una luna de miel, así que fuimos allí, y fuimos tan felices como sólo se es una vez en la vida. ¡Amor entre las rosas! ¿Te lo imaginas?

Laurie pareció olvidar a Jo por un momento, y Jo se alegró de ello, pues el hecho de que le contase estas cosas con tanta naturalidad, la convenció de que Laurie por fin había perdonado y olvidado. Ella trató de apartar la mano, pero, como si el joven hubiese adivinado el pensamiento que había provocado aquel impulso casi involuntario, Laurie la retuvo, y dijo, con una gravedad madura y masculina que Jo hasta entonces nunca le había escuchado:

—Jo, querida, quiero decirte una cosa, y luego olvidaremos el asunto para siempre. Como te dije en mi carta, cuando escribí que Amy había sido tan amable conmigo, nunca dejaré de amarte. Pero ese amor ha cambiado y he aprendido a ver que es mejor así. Amy y tú cambiáis de lugar en mi corazón, eso es todo. Creo que estaba destinado a ser así, y se habría producido naturalmente, si hubiera esperado, como tú trataste de hacerme ver. Pero ya sabes que la paciencia nunca ha sido mi fuerte, así que me rompiste el corazón. Yo era entonces un crío, testarudo y rebelde, y fue necesaria una dura lección para mostrarme mi error. Porque fue en un error, Jo, como tú bien me dijiste, y sólo me di cuenta cuando ya me había puesto en ridículo de aquella manera. A decir verdad, una vez estuve tan trastornado de la cabeza, que no sabía a quién quería más, si a ti o a Amy, y traté de amar a las dos por igual; pero eso es imposible, claro. Cuando la vi en Suiza, todo pareció aclararse de golpe. Las dos os colocasteis en el lugar que os correspondía, y me sentí seguro de que había superado el primer amor antes de empezar con el nuevo; de que podía repartir honestamente mi corazón entre la hermana

Jo y la esposa Amy, y amarlas a ambas con todo mi corazón. ¿Me crees, querida Jo? ¿Podemos volver a ser tan felices como en los viejos tiempos, cuando nos conocimos?

—Lo creo, con todo mi corazón; pero, Teddy, ya no somos niños y nunca podremos volver a aquellos tiempos felices, como tampoco esperar que eso ocurra. Ahora somos adultos, tenemos responsabilidades en esta vida, porque el tiempo de jugar ha terminado, y debemos dejarnos de diversiones. Estoy segura de que lo sientes así igual que yo. Me doy cuenta de que hay un gran cambio en ti, y seguro que tú lo verás en mí misma. Echaré de menos a mi chico, pero amaré igual al hombre en el que se ha convertido, y lo admiraré más, porque quiere ser lo que yo esperaba que fuera. Ya no podemos ser pequeños compañeros de juegos, pero seremos hermanos, para amarnos y ayudarnos mutuamente toda la vida, ¿verdad, Laurie?

Laurie no dijo una palabra, pero aceptó la mano que ella le ofrecía y recostó su rostro en ella durante un minuto, sintiendo que de la tumba de una pasión infantil se había levantado una hermosa y fuerte amistad que los bendeciría a ambos. Enseguida, Jo, que no quería que la vuelta a casa de Laurie se convirtiera en un momento triste, dijo en tono alegre:

—No puedo creer que vosotros, que sois unos niños, estéis realmente casados y que vayáis a formar un hogar. Porque parece que fue ayer cuando le abrochaba el delantal a Amy y te tiraba a ti del pelo cuando me hacías burla. Dios mío, ¡cómo vuela el tiempo!

—Como uno de los niños es mayor que tú, tampoco tienes que hablar como una abuela. Me congratulo de considerarme un «caballero hecho y derecho», como Peggotty dijo de David Copperfield. Y cuando veas a Amy, te parecerá una niña bastante precoz —dijo Laurie.

—Puede que tú seas un poco mayor en años, pero yo soy mucho mayor en cuestión de sentimientos, Teddy. Las mujeres siempre lo son; y este último año ha sido tan duro que me siento como si fuera una cuarentona.

—¡Pobre Jo! Te dejamos sola, mientras nos íbamos a divertirnos. Pues sí que parece que estás mayor; aquí hay una arruga y allí otra. Cuando no sonríes, tienes una mirada triste, y cuando toqué el cojín hace un momento, encontré una lágrima en él. Qué momentos tan duros has tenido que soportar, Jo, y has tenido que vivirlos completamente sola. ¡Qué egoísta he sido! —exclamó Laurie, al tiempo que se tiraba del pelo, con expresión compungida.

Pero Jo se limitó a dar la vuelta al cojín traidor, y a responder, en un tono que trató de sonar bastante alegre:

—No, tenía a mi padre y a mi madre para ayudarme. Y los bebés para consolarme, y la idea de que tú y Amy estabais a salvo y erais felices, para hacer los problemas más fáciles de sobrellevar. Es cierto que a veces me siento sola, pero me atrevo a decir que en el fondo es bueno para mí.

—Nunca volverás a estarlo —interrumpió Laurie, rodeándola con el brazo, como si quisiera protegerla de todo mal humano—. Amy y yo no podemos vivir sin ti, así que debes venir y enseñar a estos dos niños a cuidar de la casa e ir a medias en todo, como solíamos hacer, y dejarnos mimarte y, juntos, seremos felices siempre.

—Si no soy una molestia, sería muy agradable. De hecho, ya empiezo a sentirme muy joven, porque, de alguna manera, todos mis problemas parecen desaparecer cuando llegas tú. Tú siempre fuiste un consuelo, Teddy.

Y Jo apoyó la cabeza en su hombro, como hacía años, cuando Beth estaba enferma, y él le había ofrecido consuelo. Laurie la miró, preguntándose si recordaría también el momento, pero Jo sonreía para sus adentros, como si, en verdad, todos sus problemas se hubieran desvanecido con su llegada.

—Sigues siendo la misma Jo, derramando lágrimas un momento y riendo al siguiente. Pareces un poco malvada. ¿Qué pasa, abuela?

—Me preguntaba cómo os lleváis Amy y tú.

—¡Como los ángeles!

—Sí, claro, al principio; pero... ¿quién manda?

—No me importa decirte que, ahora mismo, manda ella. O al menos yo dejo que lo piense, porque le gusta, ya sabes. Dentro de poco nos turnaremos, porque el matrimonio, según dicen, divide los derechos y duplica los deberes.

—Seguirás igual que el primer día y Amy te gobernará todos los días de tu vida.

—Bueno, lo hace de una forma tan discreta que no creo que me importe mucho. Es el tipo de mujer que sabe cómo gobernar bien; de hecho, me gusta, porque te enrolla alrededor de su dedo con tanta suavidad como si fueras una madeja de seda, y te hace sentir como si fueras tú quien le estás haciendo un favor a ella.

—¡Quién me iba a decir que alguna vez te vería convertido en un marido calzonazos y yo disfrutando de ello! —exclamó Jo, con las manos en alto.

Resultó gracioso ver a Laurie cuadrar los hombros y sonreír con desprecio masculino ante aquella insinuación, mientras replicaba, con aire altivo y poderoso:

—Amy está demasiado bien educada para eso, y yo no soy el tipo de hombre que se doblega. Mi esposa y yo nos respetamos demasiado como para tiranizarnos o pelearnos.

A Jo le gustó aquello y pensó que esa nueva dignidad le sentaba muy bien a Laurie, pero comprobar que su chico parecía transformarse demasiado rápido en un hombre, le despertó una mezcla de tristeza y alegría.

—Estoy segura de ello. Amy y tú nunca os peleasteis como solíamos hacerlo tú y yo. Ella es el sol y yo el viento de la fábula de Esopo. No olvides que el sol manejaba mejor al hombre, recuerda.

—Amy sabe soplar además de calentar con sus rayos —se rio Laurie—. ¡No te puedes imaginar el sermón que me soltó en Niza! Te doy mi palabra de que fue mucho peor que cualquiera de tus regañinas. Tu hermana es una auténtica provocadora. Te lo contaré todo alguna vez, porque dudo que ella lo haga, porque, después de decirme que me despreciaba y se avergonzaba de mí, va y se enamora de este villano y se casa con este inútil.

—¡Qué mala persona! Bueno, si ella abusa de ti, me lo dices y yo te defenderé.

—Parece como si lo fuera a necesitar, ¿verdad? —dijo Laurie, levantándose y adoptando una actitud imponente que cambió de golpe en cuanto escuchó la voz de Amy.

—¿Dónde está? ¿Dónde está mi querida Jo?

La familia al completo entró atropelladamente, se intercambiaron de nuevo besos y abrazos y, después de varios intentos fallidos de imponer la calma, los tres viajeros se sentaron para que todos pudieran admirarlos, exultantes. Al señor Laurence, tan sano como siempre, le había sentado también de maravilla el viaje por el extranjero, pues parecía haber desaparecido casi por completo su habitual rigidez y su anticuada cortesía había recibido un lustre que volvía al anciano aún más encantador. Era maravilloso verlo mirar a la pareja de «mis niños», como él los llamaba, con mirada radiante, pero más maravilloso aún era ver que el cariño y las atenciones propias de una hija que le prodigaba Amy le habían robado por completo el corazón. Pero, sin duda alguna, lo más maravilloso de todo era ver a Laurie revolotear alrededor de los dos, como si no se cansara nunca de contemplar la bonita imagen que ofrecían.

En cuanto puso los ojos en Amy, Meg se dio cuenta de que su propio vestido no tenía un aire parisino, que la joven señora Moffat quedaría totalmente eclipsada por la joven señora Laurence, y que «su señoría» era en conjunto una mujer de lo más elegante y agraciada. Jo pensó, mientras observaba a la pareja: «¡Qué buena pareja hacen! Estaba en lo cierto, y Laurie ha encontrado por fin a la chica hermosa y educada con la que llevará una vida mucho más agradable que con la torpe y vieja Jo, y será un orgullo, no un tormento para él». La señora March y su marido sonrieron y asintieron con expresiones de felicidad, pues se daban cuenta de que la menor de sus hijas había prosperado en la vida, no sólo en cuestiones materiales, sino también en la fortuna más grande de todas: el amor, la confianza y la felicidad.

Porque Amy resplandecía ahora con esa delicada luz propia de un corazón que ha encontrado la paz, su voz destilaba una nueva ternura y sus aires remilgados y fríos de antes habían dado paso a una dignidad muy femenina e irresistible. Ya no había afectación en sus gestos que estropeara el conjunto, y la cordial dulzura de sus modales resultaba más encantadora que su nueva belleza o su antigua elegancia, porque le imprimía el aspecto inconfundible de la auténtica dama que siempre había querido ser.

—El amor le ha sentado muy bien a nuestra hijita —dijo su madre en voz baja.

—Ha tenido un buen ejemplo frente a ella toda su vida, querida —le susurró el señor March, con una mirada cariñosa a la esposa de rostro ajado y cabello gris que tanto amaba.

A Daisy le resultaba imposible apartar los ojos de su tía, pero se pegó como un perrito faldero a aquella dama de modales exquisitos. Demi se tomó su tiempo para estudiar a los recién llegados, pero no tardó en rendirse tras aceptar, sin pensárselo mucho, un soborno que adoptó la tentadora forma de familia de ositos de madera, traídos especialmente desde Berna para él. La rendición incondicional, sin embargo, llegó gracias a un movimiento táctico de Laurie, que sabía cómo ganarse al pequeño:

—Jovencito, la primera vez que tuve el honor de conocerte, me diste un bofetón en la cara: ¡ahora exijo una compensación de caballero!

Y con esto el alto tío procedió a sacudir y despeinar al pequeño sobrino, mientras le hacía cosquillas en una escaramuza que perjudicó tanto su dignidad filosófica de adulto como deleitó el alma infantil del pequeño.

—¡Bendita sea! ¡Si va vestida de seda de pies a cabeza! ¿No es maravilloso ver lo elegante que va la pequeña Amy hecha toda una dama y oír a los demás llamarla «señora Laurence»? —murmuró la anciana Hannah, que no podía resistirse a asomar la cabeza cada dos por tres para echar un vistazo mientras preparaba la cena y disponía la mesa de forma bastante caótica.

¡Madre mía, cómo hablaban! Primero uno, luego el otro, luego todos a la vez, tratando de contar la historia de tres años en media hora. Fue una suerte que el té ya estaba preparado y les permitía hacer pausas para reponerse un poco, porque se habrían quedado roncos y desmayados si hubieran seguido así mucho más tiempo. ¡Qué procesión tan alegre formaban cuando entraron en el comedor! El señor March escoltaba con orgullo a la «señora Laurence»; la señora March se apoyaba con orgullo en el brazo de «mi hijo». El anciano caballero cogió a Jo, al tiempo que le decía con un susurro: «Ahora tú serás mi niña» y echaba una mirada al rincón vacío junto al fuego de la chimenea.

—Trataré de ocupar su lugar, señor —le susurró Jo con voz temblorosa.

Los mellizos se pusieron a brincar detrás de ellos, sintiendo que aquel era su día y podrían divertirse a sus anchas, porque todos estaban muy ocupados con los recién llegados. Y, desde luego, estaban más que decididos a aprovechar al máximo la oportunidad. Bebieron sorbitos de té a escondidas, se atracaron de pan de jengibre *ad libitum,* se comieron un bollo cada uno y, como remate, se guardaron en los bolsillos un tentador pastelillo, sin pensar en que podría pegarse a la ropa y se desmoronaría a traición, enseñándoles que tanto la naturaleza humana como la pastelería son frágiles. Cargada su conciencia con los bollos robados y temiendo que la mirada aguda de Dodo —que era como llamaban a Jo— perforara el delgado disfraz de batista y lana merina que ocultaba su botín, los pequeños pecadores se pegaron al regazo de su «abuelito», que no llevaba puestas las gafas. Amy, que era repartida como los refrescos de mano en mano, volvió a la sala del brazo del padre de Laurence; los demás se emparejaron como antes, lo cual dejó a Jo sin compañía. En ese momento no le importó, pues se entretuvo en responder a la apremiante pregunta de Hannah:

—¿Cree que la señorita Amy se paseará en carruaje y comerá en esa vajilla de plata tan fina que tienen en la mansión?

—No me extrañaría verla en una carroza tirada por seis caballos blancos, comiendo en una vajilla de oro, ni que llevara diamantes y puntillas todos los días. Teddy piensa que nada es lo bastante bueno para ella —respondió Jo con infinita satisfacción.

—¡Pues claro que no lo es! ¿Qué va a querer para almorzar, estofado de carne o albóndigas de pescado? —preguntó Hannah, que sabiamente mezclaba lo poético con lo prosaico.

—Me da igual —respondió Jo, al tiempo que cerraba la puerta y pensaba que la comida era un tema poco agradable en ese momento.

Se quedó un minuto mirando al grupo que se perdía escaleras arriba y, mientras las cortas piernecitas forradas de cuadros escoceses de Demi terminaron de subir con dificultad el último escalón, se apoderó de ella una repentina sensación de soledad con tanta fuerza que no pudo evitar echar un vistazo a su alrededor con los ojos empañados, como si quisiera encontrar algo en lo que apoyarse, pues incluso Teddy la había abandonado. Si hubiera sabido qué regalo de cumpleaños se estaba aproximando cada minuto a su puerta, no se habría dicho a sí misma: «Lloraré un poco cuando me vaya a la cama; no quiero estar triste ahora». Luego se enjugó las lágrimas con la mano, pues aún mantenía una de sus costumbres infantiles, la de no saber nunca dónde tenía el pañuelo, y apenas había conseguido esbozar una sonrisa cuando llamaron a la puerta del porche.

Jo acudió a abrir con una hospitalaria rapidez, pero se sobresaltó como si otro fantasma hubiera venido a sorprenderla, porque allí, delante de ella, se presentó un caballero alto y barbudo, cuya sonrisa la iluminaba desde la oscuridad como un sol de medianoche.

—¡Caramba, señor Bhaer, no sabe cómo me alegro de verlo! —gritó Jo, como si temiera que la noche se lo tragara antes de que pudiera decirle que pasara dentro.

—Y yo de ver a la *señorrita Marsch*... Pero no, usted está celebrando una fiesta —respondió el profesor, que se detuvo al escuchar el sonido de las voces y los pasos de pies que bailaban en el piso de arriba.

—No, no es una fiesta... sólo la familia. Mi hermana y mi amigo acaban de llegar de Europa y estamos todos muy contentos. Pase a celebrarlo con nosotros.

A pesar de ser un hombre muy sociable, creo que el señor Bhaer se habría marchado decorosamente y habría vuelto otro día, pero... ¿Cómo iba a hacerlo, cuando Jo ya había cerrado la puerta tras él y le había quitado el sombrero? Quizás la expresión de Jo tuvo algo que ver, porque no se molestó en ocultar su alegría al verlo de nuevo, y lo mostró con una franqueza que al solitario caballero le resultó irresistible, pues aquella acogida superó con creces sus más audaces expectativas.

—Si no voy a ser una molestia, me *gustarría* conocerlos a todos. ¿Ha estado usted enferma, amiga mía?

Hizo la pregunta bruscamente, porque mientras Jo colgaba su abrigo, la luz cayó sobre su rostro, y el señor Bhaer observó un cambio en él.

—Enferma no, pero sí muy cansada y triste. Me han pasado muchas cosas desde la última vez que nos vimos.

—Ah, sí, lo sé. Me dolió mucho el corazón cuando supe la noticia —murmuró el profesor, al tiempo que le estrechaba de nuevo la mano con una expresión tan simpática y dulce que Jo tuvo la sensación de que no existía mayor consuelo que la mirada de sus ojos amables y el apretón de su mano grande y cálida.

—Padre, madre, os presento a mi amigo, el profesor Bhaer —dijo Jo, con una expresión y un tono de orgullo y placer tan irreprimibles que bien pudiera haber acompañado la presentación con una fanfarria de trompeta y una apertura reverencial de la puerta.

Si el forastero había tenido alguna duda sobre su recepción, se disiparon al instante por la cordial bienvenida que le dieron. Todos lo saludaron amablemente, al principio por respeto a Jo, pero muy pronto lo empezaron a apreciar por sí mismo. Y no podía ser de otra manera, pues el señor Bhaer poseía ese talismán que abre todos los corazones. Aquellas personas afectuosas y sencillas lo acogieron con calidez, especialmente porque era pobre, pues la pobreza enriquece a los que no la sufren y es un pasaporte seguro para las almas verdaderamente hospitalarias. El señor Bhaer había estado sentado mirando a su alrededor con el aire de un viajero que llama a una puerta extraña y, cuando se abre, se encuentra en casa. Los niños acudían a él como abejas a un tarro de miel; una vez instalados en su regazo, procedieron a cautivarlo hurgándole en los bolsillos, tirándole de la barba e investigando su reloj, con la audacia propia de los niños. Las mujeres se transmitieron silenciosamente su aprobación, y el señor March, sintiendo que había conseguido un espíritu afín, se abrió a conversar animadamente con su invitado, mientras que el silencioso John escuchaba y disfrutaba de la charla, pero no decía ni una palabra, y al señor Laurence le resultaba imposible dormirse. Si Jo no hubiera estado ocupada en otra cosa, el comportamiento de Laurie la habría divertido, porque una leve punzada —no de celos, sino de algo parecido a la sospecha— hizo que aquel gentilhombre se mantuviera distante al principio y observara al recién llegado con una circunspección fraternal. Sin embargo, no duró mucho pues, muy a su pesar, y antes de darse cuenta, había entrado en el círculo de la conversación, pues el señor Bhaer hablaba bien en aquella atmósfera y se hacía justicia a sí mismo. Rara vez se dirigía a Laurie, pero lo miraba a menudo, y una sombra le cruzaba el rostro, como si lamentara su propia juventud perdida, mientras observaba al joven en la flor de la vida. Luego, su mirada se volvía hacia Jo con tanta nostalgia que, de haberla visto, ella habría correspondido de inmediato a su petición silenciosa, pero Jo tenía bastante trabajo con cuidar de sus propios ojos, pues la había invadido la sensación de que podrían traicionarla en cualquier momento. Así pues, los mantuvo prudentemente en el calcetín que estaba tejiendo, como si fuera una modélica tía solterona.

De vez en cuando, una mirada furtiva la refrescaba tanto como un sorbo de agua fresca tras un largo paseo por un camino polvoriento, pues todo lo que veía de reojo le parecía un buen presagio. El rostro del señor Bhaer había perdido aquella expresión ausente de otros tiempos y parecía absorto en el momento actual. Le parecía a Jo que tenía un aire más juvenil y atractivo. Pero no se le ocurrió compararlo con Laurie, como solía hacer con los hombres desconocidos, que siempre salían mal parados en la comparación. También le parecía que estaba muy inspirado, aunque las tradiciones funerarias de los antiguos, a las cuales había derivado la conversación, no eran exactamente el tema más emocionante de conversación. Laurie se vio superado en un debate y, mientras contemplaba la expresión fascinada de su padre, no pudo evitar pensar: «Ay, ¡cuánto disfrutaría mi padre si pudiera charlar todos los días con un hombre como mi profesor!». Por si no fuera poco, el profesor Bhaer llevaba puesto un traje negro nuevecito que lo hacía parecer un auténtico caballero. Se había cortado la alborotada melena y la llevaba muy bien arreglada, aunque, por desgracia, no le duró mucho: como era su costumbre, en los momentos más acalorados de la conversación, se pasaba las manos por el pelo. A Jo, en realidad, le gustaba más cuando llevaba el pelo tieso que cuando lo llevaba bien peinado, porque le imprimía a su frente un aire más imponente. ¡Pobre Jo! Mientras tejía en silencio, no dejaba de observar detalles buenos en aquel hombre sencillo, aunque tampoco se le escapaban otros, como que lucía gemelos de oro en los inmaculados puños de la camisa.

«¡Ay, Dios mío! Si se ha vestido con tanta elegancia que parece que vaya a declararse a su amada», pensó Jo. Y entonces, tras pensar en sus propias palabras, se le ocurrió una idea que la hizo sonrojarse hasta el punto que dejó caer el ovillo al suelo para poder agacharse a recogerlo y, de paso, esconder el rubor.

La maniobra, no obstante, no le salió como había previsto, ya que en aquel preciso momento el profesor estaba explicando cómo se encendía una pira funeraria: mientras hacía el gesto de bajar una metafórica antorcha aprovechó para lanzarse al rescate del ovillo azul. Como era de esperar, chocaron de cabeza, vieron las estrellas y se levantaron los dos ruborizados y sonrientes, pero sin el ovillo. Luego volvieron a sentarse y desearon no haber abandonado sus asientos.

Nadie se dio cuenta de que se había hecho tarde, porque Hannah se llevó discretamente a los bebés a una hora temprana, cabeceando como dos amapolas sonrosadas, y el señor Laurence se fue a casa a descansar. Los demás se sentaron alrededor del fuego, hablando sin parar, sin tener en cuenta en absoluto el tiempo transcurrido, hasta que Meg, cuya mente maternal tenía la firme convicción de que Daisy se había caído de la cama y Demi le había prendido fuego al camisón estudiando la estructura y el funcionamiento de las cerillas, hizo ademán de irse.

—Tenemos que cantar algo a la vieja usanza, para celebrar que volvemos a estar todos juntos otra vez —propuso Jo, sintiendo que un buen ejercicio de voz sería un desahogo seguro y agradable para las jubilosas emociones de su alma.

En realidad, no estaban todos. Pero a nadie le pareció que aquellas palabras fueran irreflexivas o inexactas, porque Beth aún parecía estar entre ellos, como una presencia pacífica, invisible, pero más querida que nunca, ya que la muerte no podía romper esos lazos que el amor había convertido en indisolubles. La sillita permanecía en su antiguo lugar; el cesto de costura ordenado, con el trozo de trabajo que dejó sin terminar cuando la aguja se le hizo tan pesada, que seguía en su estante de siempre; su amado instrumento, que ya casi no se tocaba y sobre él el rostro de Beth, sereno y sonriente, como en sus primeros días, que los contemplaba, como si quisiera decir: «¡Sed felices! ¡Yo estoy aquí con vosotros!».

—Toca algo, Amy. Que oigan cuánto has mejorado —dijo Laurie, con indulgente orgullo por su prometedora alumna.

Amy, sin embargo, susurró, con los ojos arrasados de lágrimas, mientras hacía girar el desteñido taburete:

—Esta noche no, querido. Esta noche no puedo.

No obstante, demostró algo más que brillantez o destreza con el piano: cantó las canciones de Beth con una tierna música en la voz que ni el mejor maestro podría haber enseñado, y que ablandó los corazones de los oyentes con esa ternura que sólo la inspiración puede proporcionar. La estancia permanecía muy quieta, cuando la clara voz se apagó de repente en el último verso del himno favorito de Beth. Le costó tanto decir: «No hay dolor en la tierra que el cielo no pueda curar», que Amy se tuvo que apoyar en su marido, que estaba detrás de ella, sintiendo que su bienvenida a casa no era perfecta sin el beso de Beth.

—Bueno, pues ahora tenemos que cantar *Kennst du das Land,* la balada de Mignon, que sabe cantar el señor Bhaer —dijo Jo, antes de que la pausa hiciera doloroso el silencio. Y el señor Bhaer se aclaró la garganta con un agradecido «¡Ejem!» mientras se acercaba al rincón donde estaba Jo, diciendo:

—Sólo si usted la canta conmigo. Juntos, nos sale muy bien.

En realidad, era una mentira piadosa, por cierto, porque Jo tenía la misma idea de música que un saltamontes. Pero ella habría aceptado si él le hubiera propuesto cantar una ópera entera, y se hubiera puesto a tararear, sin importarle el tiempo ni la melodía. Tampoco es que hubiese importado mucho, porque el señor Bhaer cantaba como un verdadero alemán, con gracia y entusiasmo, y Jo pronto fue calmando la voz en un murmullo apagado, para poder escuchar aquella voz melodiosa que parecía cantar sólo para ella.

«Conoces la tierra donde florecen los limones» solía ser la frase favorita del profesor, pues *das Land,* la tierra, significaba Alemania para él; pero ahora parecía detenerse con una calidez especial en las palabras «Allí, allí me gustaría ir contigo, oh, mi amada». Y Jo, entusiasmada con aquella tierna invitación, quiso decir que sí, que conocía el país, y que no dudaría en partir hacia allí en cuanto él se lo pidiera.

La interpretación fue considerada un gran éxito y el cantante se retiró tímidamente cubierto de laureles en mitad de una gran ovación. Pero pocos minutos después, olvidó por completo sus modales y se quedó mirando cómo Amy se ponía el sombrero, pues se la habían presentado simplemente como «mi hermana», y nadie la había llamado por su nuevo nombre de casada desde que él había llegado.

Se olvidó aún más de sí mismo cuando Laurie dijo, de la manera más amable, al despedirse:

—Mi esposa y yo nos alegramos mucho de conocerlo, señor Bhaer. Por favor, recuerde que siempre será bienvenido en nuestro hogar, aquí al lado.

Entonces, el profesor le dio las gracias con tanta efusividad, y parecía tan repentinamente iluminado de satisfacción, que Laurie pensó que era el hombre más deliciosamente extrovertido que había conocido en su vida.

—Yo también me voy, pero volveré con gusto, si me da usted su permiso, querida señora, porque tengo un pequeño asunto en la ciudad que me retendrá aquí algunos días.

Se dirigió a la señora March, pero miró a Jo; y la voz de la madre concedió el permiso con tanta cordialidad como la mirada de su hija, pues la señora March no era tan ciega a los intereses de sus hijas como suponía la señora Moffat.

—A mí me ha parecido que es un hombre sabio —comentó el señor March, con plácida satisfacción, desde la alfombra de la chimenea, después de que el último invitado se hubiera marchado.

—Estoy segura de que es un buen hombre —añadió la señora March, con decidida aprobación, mientras daba cuerda al reloj.

—Ya sabía yo que os caería bien —se limitó a decir Jo, mientras se escabullía hacia su habitación.

Se preguntó cuál era el asunto que había traído al señor Bhaer a la ciudad, y finalmente concluyó que había sido nombrado para algún gran honor, en algún lugar, pero había sido demasiado modesto para mencionarlo. Si Jo hubiera visto su expresión cuando, a salvo ya en su propia habitación, contemplaba el retrato de una joven severa y rígida, con una buena cantidad de pelo, que parecía mirar hacia el futuro con pesimismo, tal vez podría haber arrojado algo de luz sobre el tema. Y sí, además, lo hubiera visto apagar la lámpara de gas y besar aquella imagen ya a oscuras, ya no habría albergado la menor duda.

CAPÍTULO XXI

El señor y la señora (Laurence)

—Por favor, señora madre, ¿podría prestarme a mi esposa media hora? El equipaje ya ha llegado y llevo un buen rato rebuscando entre las galas parisinas que se ha traído Amy, tratando de encontrar algunas cosas que necesito —dijo Laurie, entrando al día siguiente para encontrar a la señora Laurence sentada en el regazo de su madre, como si volviera a ser una niña.

—Desde luego. Vete, cariño, he olvidado que tienes otra casa aparte de esta —respondió la señora March mientras apretaba la manita blanca que lucía el anillo de bodas, como pidiendo perdón por su maternal codicia.

—No habría venido si hubiera podido evitarlo, pero es que no puedo vivir sin mi mujercita más que...

—... la veleta puede existir sin el viento —continuó Jo, mientras él sonreía.

Desde que Teddy había vuelto a casa, Jo volvía a ser la misma muchacha traviesa de siempre.

—Exacto. Amy me tiene apuntando hacia el oeste la mayor parte del tiempo y sólo muy de vez en cuando me deja girar hacia el sur. No sé lo que es el viento del este desde que me casé, ni tampoco el del norte, pero sigo muy sano y templado, ¿verdad, *milady?*

—Hemos tenido un tiempo encantador hasta ahora; no sé cuánto durará, pero no temo a las tormentas, pues estoy aprendiendo a gobernar mi barco. Ven a casa, querido, y te ayudaré a buscar el descalzador, porque supongo que eso es lo que estás buscando entre mis cosas. Qué indefensos son los hombres, madre —dijo Amy, con un aire maternal que hizo las delicias de su esposo.

—¿Qué pensáis hacer cuando os instaléis? —preguntó Jo, abotonando la capa de Amy, como cuando era pequeña y le abrochaba el delantal.

—Tenemos nuestros planes. No queremos decir nada todavía, porque está todo en el aire, pero no tenemos intención de holgazanear. Voy a dedicarme a los negocios con una devoción que hará las delicias del abuelo, y le demostrará que no soy un muchacho consentido. Necesito algo así para mantenerme firme en mi rumbo.

Estoy cansado de perder el tiempo, y quiero trabajar como un hombre hecho y derecho.

—Y Amy, ¿qué va a hacer? —preguntó la señora March, complacida por la decisión de Laurie y la energía con la que hablaba.

—Después de las visitas de rigor, y de lucir sus mejores gorritos, os sorprenderemos a todos con la elegante hospitalidad de nuestra mansión, la selecta sociedad que acudirá a veladas que organizaremos y la influencia benéfica que ejerceremos sobre el mundo entero. Eso es todo, ¿verdad, madame Récamier?[23] —le preguntó Laurie a Amy, con una mirada inquisitiva.

—El tiempo lo dirá. Vámonos, don Impertinente, y no escandalices a mi familia insultándome llamándome así delante de ellos —respondió Amy, decidida a que antes de que hubiera un hogar, más que una reina de la sociedad, era una buena esposa.

—¡Ay, qué felices parecen esos niños juntos! —observó el señor March, a quien le resultaba difícil enfrascarse en su Aristóteles después de que la joven pareja se hubiera ido.

—Sí, y creo que durará —añadió la señora March, con la expresión sosegada del patrón que ha llevado su barco a buen puerto.

—Sí, y creo que durará. ¡Que Amy sea muy feliz! —suspiró Jo, pero enseguida sonrió alegremente mientras el profesor Bhaer abría las puertas de la verja con un impaciente empujón.

Más tarde aquella misma noche, después de que Laurie por fin encontrara el descalzador, le dijo de repente a su esposa, que correteaba de un lado a otro ordenando sus nuevos tesoros de arte:

—¿Señora Laurence?

—¿Sí, esposo mío?

—¡Ese hombre pretende casarse con nuestra Jo!

—Eso espero. ¿Tú no, querido?

—Bueno, mi amor, lo considero un triunfo, en el más completo sentido de esa expresiva palabra, pero desearía que fuera un poco más joven y mucho más rico.

—Bueno, Laurie, no seas tan exigente y mundano. Si se aman el uno al otro de verdad no importa en absoluto la edad que tenga

[23] Madame Juliette de Récamier (1777-1849) era conocida por las veladas literarias que organizaba en el París posterior a la revolución.

o lo pobre que sea. Las mujeres nunca deberían casarse por dinero —dijo Amy, pero se detuvo en seco como si aquellas palabras se le hubieran escapado y miro a su esposo, que correspondió con una sonrisita maliciosa.

—Desde luego que no, aunque se oye decir a muchachas encantadoras que a veces tienen la intención de hacerlo. Si no me falla la memoria, tú pensaste en su día que era tu deber encontrar un buen partido. Y a lo mejor eso explica por qué te has casado con un inútil como yo.

—¡Ay, tesoro, no, no digas esas cosas! Cuando te dije que sí, yo no tuve en cuenta que eras rico. Me habría casado contigo igualmente aunque no tuvieras ni un céntimo y, a veces, desearía que fueras pobre para poder demostrarte lo mucho que te quiero.

Y tras esas palabras, Amy —que era muy digna en público y muy cariñosa en privado, le ofreció pruebas convincentes de la verdad de sus palabras.

—No creerás realmente —añadió— que sigo siendo la criatura mercenaria que intenté ser en otros tiempos, ¿verdad? Se me rompería el corazón si no creyeras que, con gusto, me subiría al mismo bote contigo, aunque tuvieras que ganarte la vida remando en el lago.

—¿Me crees tonto o insensible? ¿Cómo podría pensar eso, cuando rechazaste a un hombre más rico por mí, y no me dejas que te ofrezca ni la mitad de lo que mereces, a pesar de que tengo derecho a hacerlo? Sin embargo, es frecuente que muchas chicas se comporten así, porque les enseñan a pensar que su única salvación es casarse con un hombre rico. A ti, en cambio, te han educado mejor y si bien es cierto que en otros tiempos temía por ti, debo decir que no me has decepcionado y que has estado a la altura de las enseñanzas de tu madre. Ayer mismo se lo dije, y parecía tan contenta y agradecida como si le hubiera dado un cheque de un millón de dólares para gastarlo en caridad. Pero usted no está escuchando mi discursito moral, señora Laurence...

Laurie hizo una pausa, porque si bien Amy lo estaba mirando, tenía la mirada ausente.

—Sí que te escucho y al mismo tiempo admiro ese precioso hoyuelo que tienes en la barbilla. No quiero envanecerte, pero debo confesar que estoy más orgullosa de mi apuesto marido que de todo su dinero. No te rías, pero es que tienes una nariz tan graciosa... —suspiró Amy, mientras acariciaba con la satisfacción de un artista aquel rasgo tan bien dibujado.

Laurie había recibido muchos cumplidos a lo largo de su vida, pero ninguno que le hubiera sentado mejor que aquel, como se apresuró a demostrar, aunque también se rio del gusto peculiar de su esposa, mientras ella decía en voz baja:

—¿Puedo hacerte una pregunta, querido?

—Claro que puedes.

—¿Te molestaría que Jo se casase con el señor Bhaer?

—Ah, así que era eso, ¿no? Ya me parecía a mí que había algo en mi hoyuelo que no acababa de convencerte. ¿Me tomas por el perro del hortelano? Ahora mismo soy el hombre más feliz del mundo, así que te aseguro que en la boda de Jo bailaré más contento que unas pascuas. ¿Acaso lo dudas, *mon amie?*

Amy lo miró y se sintió satisfecha: sus últimos celos y temores se disiparon para siempre y le dio las gracias a su esposo con una mirada rebosante de amor y confianza.

—Ojalá pudiéramos hacer algo por ese buen profesor. ¿No podríamos inventarnos un pariente rico, que casualmente fallece en la lejana Alemania y le deja una pequeña fortuna? —propuso Laurie cuando hubieron empezado a caminar por el largo salón, tomados del brazo, como les gustaba hacer para recordar los paseos por el jardín del *château.*

—Jo nos descubriría y lo echaría todo a perder. Está muy orgullosa de él, tal y como es, y ayer dijo que pensaba que la pobreza, en su opinión, era algo hermoso.

—¡Bendita sea! No pensará eso cuando tenga un marido de letras y una docena de pequeños profesores y profesoras que mantener. No interferiremos ahora, sino que esperaremos a que se nos presente la oportunidad y los ayudaremos en lo que podamos aunque ellos no quieran. Le debo a Jo parte de mi educación, y ella cree que lo justo es que todos paguemos nuestras deudas honradamente, así que saldaré mis cuentas con ella de ese modo.

—¡Qué agradable es poder ayudar a los demás!, ¿verdad? Ese fue siempre uno de mis sueños, tener la capacidad de dar libremente; y, gracias a ti, el sueño se ha hecho realidad.

—Sí, haremos muchas buenas obras, ¿verdad? Hay una clase de pobres a los que me gustaría ayudar especialmente. Los mendigos suelen recibir ayuda, pero los caballeros respetables que no tienen dinero no, en primer lugar, porque no se atreven a pedirla y, en segundo lugar, porque los demás no se atreven a ofrecérsela. Sin embargo, existen mil maneras distintas de ayudarlos, si se hace de una forma delicada que no ofenda. Debo admitir que prefiero ayudar a un caballero arruinado que a un mendigo lisonjero. Supongo que no está bien, pero es lo que pienso, aunque sea más difícil.

—Porque hay que ser un caballero para hacer eso —añadió el otro miembro de la sociedad de admiración doméstica mutua.

—Gracias, me temo que no merezco ese bonito cumplido. Pero te iba a decir que mientras estaba holgazaneando en el extranjero vi a muchos jóvenes con talento hacer todo tipo de sacrificios y soportando verdaderos apuros para hacer realidad sus sueños. Muchos de ellos eran hombres estupendos que trabajaban como héroes, jóvenes pobres y sin amigos, pero tan rebosantes de valor, paciencia y ambición que me hacían avergonzarme de mí mismo, hasta el punto de que deseaba darles un buen empujón en lo que pudiera ayudar. Esas son personas a las que es una satisfacción ayudar, porque si tienen talento, es un honor que te permitan servirles y no dejar que se pierda o se retrase ese talento por falta de combustible que lo impulse. Y si no tienen talento, es un placer consolar a las pobres almas para que no se desesperen cuando lo descubran.

—Sí, en efecto; y también hay otra clase de personas que necesitan ayuda, pero que no la piden y sufren en silencio. Yo sé algo, porque pertenecía a ella antes de que tú me convirtieras en princesa, como el rey hizo con la mendiga en aquella historia antigua. Las chicas ambiciosas no lo tienen fácil, Laurie, y a menudo ven cómo se les escapa la juventud, la salud y las oportunidades por no haber contado con una pequeña ayuda en el momento adecuado. Todo el mundo ha sido muy generoso conmigo; y siempre que veo a las chicas luchando como nosotras por abrirse camino, quiero tenderles la mano y ayudarlas, como me ayudaron a mí.

—¡Y así lo harás, amor mío, como un ángel que eres! —exclamó Laurie, resuelto, al mismo tiempo que decidía, en un arrebato de filantropía, fundar y dotar una institución para el beneficio expreso de mujeres jóvenes con inquietudes artísticas—. Los ricos no tenemos derecho a quedarnos sentados disfrutando de la vida, ni a acumular el dinero para que otros lo malgasten. No es ni la mitad de sensato dejar grandes fortunas cuando uno muere que usar el dinero con sabiduría mientras se vive, y disfrutar con orgullo de poder ayudar a los demás. Tú y yo también disfrutaremos de nuestra vida, pero a ese placer le añadiremos una nueva satisfacción, que es ser generosos con los demás. ¿Querrás ser mi Tabita[24] y vaciar tu cesto de lujos para llenarlo de buenas obras?

—Con todo mi corazón, si tú eres mi valiente san Martín y, mientras cabalgas gallardamente por el mundo, te detienes para compartir tu capa con un mendigo.

—Trato hecho. Lo haremos lo mejor que podamos.

Así pues, la joven pareja se estrechó la mano para sellar el acuerdo y, a continuación, siguió paseando alegremente, con la sensación de que su agradable hogar era aún más agradable porque tenían la esperanza de iluminar otras muchas casas. Estaban convencidos de que les resultaría más fácil recorrer el sendero de flores que les aguardaba por delante si ayudaban a otros a allanar los obstáculos del suyo, y que sus corazones estarían más unidos que nunca gracias a un amor que incluía también ayudar a quienes eran menos afortunados que ellos.

CAPÍTULO XXII

Daisy y Demi

No puedo sentir que he cumplido con mi deber como humilde historiador de la familia March, sin dedicar por lo menos un capítulo a los dos miembros más importantes y queridos. Daisy y Demi habían llegado ya a una edad en la que empezaban a tener criterio, porque en este tiempo en que todo va tan rápido, los niños de tres

---

[24] Fiel discípula de Jesús (Hechos, 9:36-42) que se dedicaba a hacer buenas obras y ayudar a los demás.

o cuatro años ya empiezan a hacer valer sus derechos, y también a conseguirlos, que es más de lo que muchos de sus mayores consiguen. Si alguna vez hubo un par de gemelos que corrieran el peligro de convertirse en unos niños mimados del puro cariño que les tenían, esos eran los pequeños parlanchines Brooke. Por supuesto, eran los niños más extraordinarios del mundo, como demuestra el hecho de que ya caminaban a los ocho meses, hablaban con fluidez a los doce y a los dos años se sentaban a la mesa con los mayores y se comportaran con unos exquisitos modales que asombraban a todo el que los veía. A los tres años, Daisy exigió un «neceser» y con una *abuja* ella sola se hizo una bolsa con cuatro puntadas. Le gustaba jugar a las casitas en el aparador y manejaba su diminuta cocina de juguete con una habilidad que hacía que a Hannah se le saltaran las lágrimas de orgullo. Demi, mientras tanto, aprendía a leer con su abuelo, que inventó un nuevo modo de enseñar el alfabeto que consistía en formar las letras con los brazos y las piernas, por lo que aprender se convertía a la vez en un ejercicio gimnástico de cerebro y extremidades.

Aunque de carácter completamente distinto, los gemelos se llevaban muy bien entre ellos y rara vez se peleaban más de tres veces al día. Como es lógico, Demi tiranizaba a Daisy, pero también la defendía con gallardía de cualquier agresor, mientras que Daisy, por su parte, se dejaba esclavizar y adoraba a su hermano, al que consideraba el único ser perfecto del mundo. Era una niña sonrosada, regordeta y radiante, que encontró su camino al corazón de todo el mundo y anidó allí. Era una de esas criaturas que encandilan, que parecen haber nacido para recibir besos y mimos, para que la adornen y adoren como si fueran pequeñas diosas y para que sus padres presuman de ellas a la primera ocasión. Estaba dotada de tan dulces virtudes que podría haber pasado por un ángel, de no ser porque su inclinación a cometer pequeñas travesuras la convertía en una criatura deliciosamente humana. En su mundo de ensueño siempre hacía buen tiempo y todas las mañanas subía a la ventana en camisón para mirar y decir, independientemente de si llovía o brillaba el sol: «¡Oh, qué día más *pecioso!*». Era amiga de todo el mundo y repartía besos a los desconocidos con tanta naturalidad que hasta los solteros empedernidos se encariñaban con ella y los amantes de los niños caían rendidos a sus pies.

—Yo quiero a todo el mundo —dijo una vez abriendo los brazos, con la cuchara en una mano y la taza en la otra, como si quisiera abrazar y alimentar al mundo entero.

A medida que Daisy crecía, su madre empezó a pensar que el Palomar había sido bendecido con la presencia de una criatura tan dulce y afectuosa como la que había convertido su casa antes en un hogar, y rezaba por no tener que enfrentarse a otra pérdida como la que les había enseñado a todos, no hacía mucho tiempo, que habían estado conviviendo con un ángel sin saberlo. Su abuelo la llamaba a menudo Beth y su abuela la cuidaba con una devoción infatigable, como pensando que así podría redimir algún error del pasado que nadie, salvo ella misma, podía ver.

Demi, como un verdadero yanqui, era un niño muy curioso, quería saberlo todo y a menudo se inquietaba porque no obtenía respuestas satisfactorias a su perpetuo «¿Por qué?».

También poseía una inclinación filosófica, para gran deleite de su abuelo, que solía mantener con él conversaciones socráticas, en las que el precoz alumno planteaba de vez en cuando a su maestro alguna cuestión difícil de resolver, ante la incredulidad de este y la mal disimulada satisfacción de las mujeres.

—¿Qué es lo que me hace mover las piernas, abuelo? —preguntó el joven filósofo una noche, observando las partes activas de su cuerpo con aire meditativo, mientras descansaba de sus travesuras.

—Es tu pequeña mente, Demi —respondió el sabio, acariciando la cabeza rubia con respeto.

—¿Qué es la mente?

—Es algo que hace que tu cuerpo se mueva, como las ruedas de mi reloj cuando te lo enseñé un día.

—Ábreme. Quiero ver cómo le das cuerda.

—No puedo hacer eso, igual que tú no podrías abrir el reloj. Es Dios quien te da cuerda y tú vas a seguir funcionando hasta que Él te detenga.

—¿De verdad? —preguntó Demi, al tiempo que abría como platos sus grandes ojos marrones y trataba de asimilar aquella idea—. ¿Me da cuerda como al reloj?

—Sí, pero no puedo enseñarte cómo, porque Dios lo hace cuando no miramos.

Demi le palpó la espalda, como si esperase encontrarla como la del reloj.

—Creo que Dios me da cuerda mientras duermo —comentó al fin, con tono grave.

Siguió una cuidadosa explicación, que el niño escuchó con tanta atención que su abuela, un tanto preocupada, intervino:

—Querido, ¿crees que es prudente hablar de esas cosas con el niño? Creo que sólo consigues confundirlo y que haga preguntas cada vez más difíciles de responder.

—Si es lo bastante mayor para hacer preguntas, es lo bastante mayor para recibir respuestas verdaderas. No estoy poniendo los pensamientos en su cabeza sino ayudándole a desplegar los que ya están ahí. Los niños de hoy en día son mucho más inteligentes que nosotros y no tengo duda de que el niño entiende cada palabra que le he dicho. A ver, Demi, dime dónde guardas tu mente.

Si el niño hubiera respondido como Alcibíades: «Por todos los dioses, Sócrates, no sabría decirlo», su abuelo no se habría sorprendido. Pero cuando, tras permanecer un momento en equilibrio sobre una pierna, como una joven cigüeña meditabunda, respondió en un tono de serena convicción: «En mi barriguita», el anciano caballero no pudo hacer más que unirse a la risa de la señora March y dar por terminada la clase de metafísica.

La madre de Demi habría tenido razones para preocuparse de no ser porque Demi había ofrecido pruebas fehacientes de que era un niño normal y corriente, además de un filósofo en ciernes. A veces, después de uno de esos debates que hacían profetizar a Hannah, como si de un mal presagio se tratase, cosas del estilo a «Ese crío no durará ni dos días en este mundo», el pequeño ahuyentaba todos los temores de la anciana cocinera cometiendo alguna de esas trastadas con las que esos diablillos traviesos entretienen y desesperan a sus progenitores.

Meg había establecido muchas reglas morales, y trató de mantenerlas, pero, ¿qué madre puede resistirse a las artimañas de los vencedores, las ingeniosas evasiones o la tranquila audacia de los hombres y mujeres en miniatura que tan pronto se muestran como consumados Artful Dodger, el astuto ladronzuelo de *Oliver Twist?*

—No más pasas, Demi, te vas a poner enfermo —le dijo un día la madre al jovencito, que se ofrecía a ayudarle en la cocina siempre que preparaba un pudin de pasas.

—Me gusta estar enfermo.

—Pero yo no quiero tenerte enfermo, así que vete y ve a ayudar a Daisy con las magdalenas.

El pequeño se marchó a regañadientes, pero la injusticia cometida le pesaba en el corazón y, al poco tiempo, en cuanto se le presentó la oportunidad de salirse con la suya, intentó engañar a su madre con una astuta treta.

—Bueno, como os habéis portado muy bien, ahora podéis hacer lo que queráis —dijo Meg mientras acompañaba a sus pinches de cocina a las habitaciones de arriba, ahora que el pudin ya se encontraba a salvo dentro del horno.

—¿En serio, mamá? —preguntó Demi, que ya estaba pergeñando en su cabeza una brillante idea.

—Sí, claro, lo que queráis —contestó la ingenua madre, a la vez que se preparaba para cantar la canción de los tres gatitos un buen puñado de veces o salir de casa, hiciera el tiempo que hiciera, para ir a comprar bollos.

Demi, sin embargo, la acorraló con una respuesta decidida.

—Pues entonces vamos a comernos todas las pasas.

La tía Dodo era la principal compañera de juegos y *confidante* de los gemelos, y entre los tres solían poner la casa patas arriba. La tía Amy, por el momento, sólo era un nombre para ellos y la tía Beth no había tardado en convertirse en un recuerdo vago pero agradable. La tía Dodo, en cambio, era una realidad y entre los dos le sacaban todo el partido que podían, honor por el que ella se mostraba muy agradecida. Sin embargo, cuando llegó el señor Bhaer, Jo dejó un poco de lado a sus pequeños compañeros de juegos, lo que les sumió en la más profunda tristeza y desolación. Daisy, a quien le gustaba vender besos, perdió a su mejor cliente y se arruinó. Demi, gracias a su intuición infantil, pronto descubrió que a Dodo le gustaba más jugar con su «amigo de la barba» que con él. Aunque se sintió dolido, escondió su angustia, pues no tenía corazón para insultar a un rival que guardaba una mina de pepitas de chocolate en el bolsillo del chaleco y, por si fuera poco, era dueño de un reloj que podía ser sacado de su estuche y libremente sacudido hasta cansarse por sus ardientes admiradores.

Algunas personas podrían haber considerado estas libertades como un soborno, pero Demi no lo veía así y continuó tratando con cierta condescendencia y amabilidad al «hombre de la barba». Daisy, mientras tanto, le empezó a dispensar su pequeño afecto a partir de la tercera visita y consideraba que su hombro era su trono, sus brazos, su refugio, y sus regalos, tesoros de valor incalculable.

Los caballeros a veces suelen mostrar un amor incondicional por los pequeños parientes de las damas a las que cortejan. Los niños, en cambio, no acostumbran a apreciar ese falso interés que, por otra parte, tampoco llama a nadie a engaño. La devoción del señor Bhaer, sin embargo, era sincera y efectiva, porque la honestidad es la mejor política, tanto en el amor como en la ley. El profesor era de esos hombres que se sienten a gusto con los niños y que resultan aún más atractivos por el contraste de su expresión madura con las caritas risueñas. Lo que fuera que le había llevado a la ciudad lo mantenía ocupado todo el día, pero rara vez le impedía visitar a... En fin, él siempre preguntaba por el señor March, así que debemos suponer que era a él a quien iba a ver. El excelente padre, al menos, así lo creía y se embarcaba en largas discusiones con aquel profesor al que ya empezaba a considerar un alma gemela, hasta que un oportuno comentario de su nieto —bastante más observador que él, parece ser— le abrió los ojos.

El señor Bhaer llegó una tarde y se detuvo en el umbral del estudio, asombrado por el espectáculo que le esperaba. Tumbado en el suelo yacía el señor March, con sus respetables piernas en alto y a su lado, igualmente tumbado, estaba Demi, tratando de imitar la postura con sus propias piernecitas enfundadas en leotardos rojos. Estaban los dos tan absortos que no se dieron cuenta de que tenían público hasta que el señor Bhaer soltó una sonora carcajada y Jo, escandalizada, exclamó:

—Padre, padre. ¡Está aquí el profesor!

Las piernas negras bajaron al suelo y la cabeza gris se irguió mientras el preceptor decía con una dignidad imperturbable:

—Buenas noches, señor Bhaer. Discúlpeme un momento; estamos terminando nuestra lección. Ahora, Demi, haz la letra y di su nombre.

—¡Yo lo sé! —exclamó. Y, después de algunos esfuerzos convulsos, las piernas rojas tomaron la forma de un compás abierto y el inteligente alumno gritó triunfante—. ¡Es una uve doble, abuelo! ¡Es una uve doble!

—Este niño sí que tiene un talento doble —rio Jo, mientras su progenitor y su sobrino trataba de levantarse sobre su cabeza haciendo el pino, como único modo de expresar la satisfacción que le producía que la escuela hubiera terminado.

—¿Qué has hecho hoy, *bübchen?* —preguntó el señor Bhaer, levantando en brazos al pequeño gimnasta.

—Fui a ver a la pequeña Mary.

—¿Y qué hiciste allí?

—Le he dado un beso —comenzó Demi, con una franqueza que desarmaba.

—*Prut!* Sí que empiezas temprano. ¿Y qué le ha *parrecido* a la pequeña Mary? —preguntó el señor Bhaer, dispuesto a seguir confesando al joven pecador, que estaba sobre sus rodillas, explorando el bolsillo del chaleco.

—Ah, a ella le gustó, y me besó, y a mí me gustó. ¿Acaso a los niños no les gustan las niñas? —añadió Demi, con la boca llena y un aire de anodina satisfacción.

—¡Ay, qué niño tan precoz! ¿Quién te ha metido eso en la cabeza? —dijo Jo, disfrutando de las inocentes revelaciones tanto como el profesor.

—No está en mi cabeza, está en mi boca —respondió Demi literalmente, sacando la lengua con una pepita de chocolate, pues creía que se refería a los dulces y no a las ideas.

—*Deberrías* guardar unas pocas para tu amiguita: dulces para las niñas dulces, jovencito —y el señor Bhaer le ofreció unas cuantas a Jo con una mirada que le hizo preguntarse si el chocolate no era el néctar que beben los dioses.

Demi también se fijó en la sonrisa e, intrigado, preguntó con astucia:

—¿Y a los chicos grandes también les gustan las chicas grandes, profesor?

Como el joven Washington cuando era un niño, el señor Bhaer «no podía mentir», así que contestó vagamente que creía que sí, por lo menos a veces. Y lo dijo en un tono que hizo que el señor March dejara el cepillo, mirara el rostro cohibido de Jo y se hundiera en su asiento, como si aquel «niño precoz» le hubiera metido en la cabeza una idea dulce y amarga a la vez.

El porqué de que Dodo, apenas media hora más tarde, cuando sorprendió a Demi en la despensa, lo abrazó hasta casi dejarlo sin aliento, en lugar de regañarlo, y el hecho de que su tía lo premiara con una rebanada enorme de pan con mermelada se convirtió para él en uno de esos misterios que jamás se resuelven.

CAPÍTULO XXIII

Bajo el paraguas

Mientras Amy y Laurie daban paseos conyugales sobre alfombras de terciopelo, ponían su hogar en orden, y planificaban un maravilloso futuro juntos, el señor Bhaer y Jo disfrutaban de otra clase de paseos por caminos embarrados y campos húmedos.

«Siempre doy un paseo al atardecer y no creo que deba renunciar sólo porque de vez en cuando me encuentro con el profesor que sale de su casa», se dijo Jo, después de uno o dos encuentros casuales. Aunque podía irse a casa de Meg por dos caminos distintos, Jo sabía que tomara el que tomara se iba a encontrar con el profesor, ya fuera a la ida o la vuelta. El señor Bhaer siempre caminaba muy rápido y parecía no verla hasta que ya la tenía delante: sólo entonces levantaba la mirada sorprendido, como si creyera que sus ojos de miope le habían impedido reconocer a la joven hasta ese momento. Si Jo iba hacia la casa de Meg, el profesor casualmente siempre tenía algo para los niños; si iba en dirección contraria, en cambio, el señor Bhaer le contaba que había estado paseando junto al río y se le había ocurrido pasar un momento a verlos, a menos que estuvieran ya hartos de sus frecuentes visitas.

En estas circunstancias... ¿qué podía hacer Jo, aparte de saludarlo cortésmente e invitarlo a entrar a casa? Si de verdad estaba harta de sus visitas, lo disimulaba la mar de bien, porque siempre se preocupaba de que hubiera café a la hora de cenar, porque «a Friedrich..., es decir, al señor Bhaer... no le gusta el té».

A la segunda semana, todos sabían perfectamente lo que estaba ocurriendo, pero todos trataban de parecer ciegos a los cambios en el rostro de Jo. Nunca preguntaron por qué cantaba mientras hacía las tareas, se peinaba tres veces al día y se ponía tan contenta después de salir a pasear por las tardes. Además, nadie parecía tener la menor sospecha de que el profesor Bhaer, mientras hablaba de filosofía con el padre, daba a su hija lecciones de amor.

Jo era incapaz de abrir su corazón de una forma decorosa, así que se esforzaba por reprimir sus sentimientos, pero como en eso tampoco andaba fina, su vida empezaba a ser bastante complicada. Le daba pavor que se burlaran de ella por haber sucumbido al amor después de tantas y vehementes declaraciones en defensa de la independencia. Quien más temor le infundía era Laurie, pero ahora Laurie tenía una nueva consejera que lo ayudaba a comportarse con una corrección digna de elogio: en público, nunca se refería al señor Bhaer como «ese viejo estupendo», ni tampoco hacía alusión alguna, por muy discreta que fuera, al nuevo —y mejorado— aspecto de Jo. Tampoco parecía sorprendido de ver el sombrero del profesor colgado en el recibidor de los March prácticamente todas las noches. En privado, en cambio, se mostraba entusiasmado y ansiaba el momento de regalarle a Jo un plato con un grabado de un oso y un bastón lleno de nudos, que en su opinión era un escudo de armas adecuado.

Durante quince días, el profesor iba y venía del hogar de los March con la regularidad propia de un enamorado. Luego se ausentó durante tres días enteros, sin dar señales de vida, lo que hizo que todo el mundo se preocupara y Jo se quedase pensativa al principio y después —es lo que tiene el amor— muy enfadada.

«Qué descaro, por favor. Se ha ido tan de repente como llegó. No es que me preocupe, por supuesto, pero creo que debería haber venido a despedirse de nosotros, como un caballero», se dijo a sí misma, con una mirada desesperada a la puerta de la verja, mientras se ponía sus cosas para dar el habitual paseo. Era una tarde aburrida.

—Será mejor que cojas el paraguas pequeño, querida; parece que va a llover —dijo su madre, observando que llevaba puesto su nuevo gorrito, pero sin hacer comentarios al respecto.

—Sí, Marmee. ¿Quieres algo de la ciudad? Voy a ir un momento a comprar papel —respondió Jo, mientras fingía arreglarse el lazo bajo la barbilla para no tener que mirar a su madre.

—Sí, necesito un poco de sarga de algodón, un paquete de agujas del número nueve y dos metros de cinta estrecha de color azul lavanda. ¿Te has puesto las botas gruesas y algo de abrigo bajo la capa?

—Creo que sí —respondió Jo en tono ausente.

—Si por casualidad te encuentras con el señor Bhaer, tráele a casa a tomar el té. Tengo muchas ganas de verlo —añadió la señora March.

Jo oyó aquello, pero no contestó, excepto para besar a su madre y alejarse rápidamente, pensando con un resplandor de gratitud, a pesar de la pena que le embargaba el corazón. «¡Qué buena es conmigo! ¿Qué harán las chicas que no tienen una madre que las ayuda con sus problemas?».

Las mercerías no estaban cerca de los bancos, las oficinas y los almacenes que suelen frecuentar los hombres, pero Jo se encontró en esa parte de la ciudad antes de hacer un sólo recado. Deambulaba como si esperase a alguien, examinando con un interés muy poco femenino los instrumentos de ingeniería que se exponían en un escaparate o las muestras de lana en otro; paseó entre los barriles, estuvo a punto de ser aplastada por los fardos que caían y fue empujada sin miramientos por hombres muy atareados que parecían preguntarse «cómo diantre ha llegado hasta aquí». Una gota de lluvia en la mejilla le hizo pensar en sus frustradas esperanzas y luego en cintas estropeadas. La lluvia era cada vez más intensa y, puesto que no sólo era una mujer, sino una mujer enamorada, pensó que si ya era demasiado tarde para salvar su corazón, al menos podría salvar el gorrito. Ahora se acordó del paraguas, que había olvidado coger por las prisas de marcharse, pero el arrepentimiento fue inútil, lo único que podía hacer era pedir prestado uno o resignarse a acabar empapada. Miró hacia arriba, al cielo encapotado que derramaba agua, luego contempló la cinta roja, ya salpicada de manchas negras. Por último, siguió avanzando por la calle cubierta de barro y se volvió a mirar un almacén de aspecto sucio, sobre cuya puerta colgaba un cartel que rezaba: «Hoffmann, Swartz, & Co.» sobre la puerta, y se dijo a sí misma, con un tono de severo reproche: «¡Me lo merezco! ¿Cómo se me ha ocurrido ponerme a deambular por aquí en busca del profesor? ¿No te da vergüenza, Jo March? No, no vas a entrar ahí a pedir un paraguas, ni a tratar de sonsacar a sus amigos dónde está. Lo que vas a hacer es marcharte de aquí y hacer tus recados bajo la lluvia. Y como te resfríes o se te estropee el gorro, ¡pues tú solita te lo has buscado! ¡Andando!».

Tras estas palabras, echó a correr a través de la calle con tanto ímpetu que por poco escapó de una muerte segura bajo un carruaje que pasaba, y se precipitó en los brazos de un majestuoso caballero, que le dijo: «Perdone, señora», y que parecía mortalmente ofendido. Algo intimidada, Jo se enderezó, extendió su pañuelo sobre las pobres cintas y, dejando atrás la tentación, se apresuró a seguir, con los tobillos cada vez más mojados mientras se abría paso entre un tumulto de paraguas. El hecho de que uno de esos paraguas, de color azul y algo destartalado permaneciera inmóvil sobre su cabeza le llamó la atención y, al levantar la vista, se encontró al señor Bhaer observándola desde lo alto.

—Creo que conozco a esta *señorrita* que arriesga su vida entre los caballos y corre por el barro. ¿Qué la trae por aquí, amiga mía?

—Estoy de compras.

El señor Bhaer sonrió, mientras miraba de reojo la fábrica de pepinillos por un lado y la mayorista de pieles y cueros por el otro, aunque se limitó a decir cortésmente:

—Usted no tiene paraguas. ¿Puedo ir yo también y llevarle la compra?

—Sí, gracias.

Las mejillas de Jo estaban tan rojas como su cinta, y se preguntó qué estaría pensando Bhaer de ella; pero no le importó, porque en un instante se encontró caminando del brazo de su profesor, sintiendo como si el sol hubiera salido de repente con un brillo fuera de lo común, que el mundo volvía a ser maravilloso de nuevo y que una mujer completamente feliz estaba remando a través de la humedad de ese día.

—Creímos que se había marchado usted —se apresuró a decir Jo, pues sabía que él la estaba mirando. El gorrito no era lo bastante grande como para ocultarle la cara y temió que al señor Bhaer le pareciera indecorosa la alegría que reflejaba en sus facciones.

—¿Creían ustedes que me iría sin despedirme de aquellos que han sido como ángeles celestiales conmigo? —preguntó él, en un tono tan dolido que parecía como si le hubiera insultado con aquella insinuación, y contestó con cordialidad:

—No, yo no lo hice; sabía que estaba ocupado en sus propios asuntos, pero lo cierto es que le echábamos de menos, sobre todo mi madre y mi padre.

—¿Y usted?

—Yo siempre me alegro de verlo, señor.

En su ansiedad por mantener la voz tranquila, lo que consiguió Jo fue aparentar una voz bastante fría. Aquella palabra bisílaba tan formal del final de la frase pareció enfriar al profesor, porque su sonrisa se desvaneció.

—Les estoy muy agradecido —respondió con tono grave— e iré a visitarlos una última vez antes de marcharme.

—¿Se va, entonces?

—Ya no tengo nada más que hacer aquí, está todo hecho.

—Espero que con éxito —dijo Jo, con amarga decepción, ante aquella respuesta tan lacónica.

—Debería pensar que sí, porque se me ha abierto un camino con el que puedo ganarme el pan y ayudar mucho a mis *Jünglings.*

—¡Cuéntame, por favor! Me gustaría saberlo todo sobre... los niños, dijo Jo con entusiasmo.

—Es usted muy amable, se lo contaré encantado. Mis amigos me han encontrado una plaza en un colegio, donde enseñaré como en casa y ganaré lo suficiente para que Franz y Emil tengan una buena vida. *Deberría* estar muy agradecido, ¿no cree?

—Claro que sí. Qué espléndido será tenerle haciendo lo que le gusta, y poder verle a menudo, y a los niños —exclamó Jo, aferrándose a los chicos como excusa para la satisfacción que no podía contener.

—Ah, *perro* me temo que no nos veremos tan a menudo. La escuela está en el oeste.

—¡Tan lejos! —se lamentó Jo, al tiempo que dejaba las faldas a su suerte, como si ya no importara lo que pasara con su ropa o con ella misma.

El señor Bhaer hablaba varios idiomas, pero aún no había aprendido el de las mujeres. Se congratulaba de conocer bastante bien a Jo y, por lo tanto, le sorprendían mucho las contradicciones de voz, rostro y modales que ella alternaba en rápida sucesión, pues le mostró, en apenas media hora, por lo menos media docena de estados de ánimo diferentes. Cuando se encontró con él, parecía sorprendida, aunque era imposible evitar la sospecha de que había venido con ese propósito expreso. Cuando él le ofreció su brazo, ella lo tomó con una mirada que le llenó de deleite; pero cuando él le preguntó si lo había echado de menos, le dio una respuesta tan fría y formal que la desesperación se apoderó de él. En cambio, al enterarse de su buena suerte estuvo a punto de aplaudir, pero... ¿se había alegrado sólo por los niños? Luego, al descubrir su destino, había exclamado: «¡Tan lejos!» en un tono de desesperación que lo elevó a un pináculo de esperanza; pero al minuto siguiente lo precipitó de nuevo al vacío al observar, como quien no tiene otra preocupación:

—Aquí es donde hago mis recados, tengo que entrar un momento. ¿Quiere pasar? No tardaré mucho.

Jo estaba muy orgullosa de su talento para las compras, y le apetecía impresionar a su acompañante con su pulcritud y eficiencia a la hora de hacer recados. Pero como en ese instante estaba hecha un manojo de nervios, nada salió como ella esperaba: volcó la bandeja de las agujas, recordó que la sarga era para tejer cuando ya estaba cortado el retal, dio mal el dinero y fue a pedir la cinta azul lavanda al mostrador del percal. El señor Bhaer aguardó pacientemente y la observó mientras ella metía la pata una y otra vez y se ruborizaba. Y, al observarla, empezó a sentirse un poco menos perplejo porque comprendió que en ciertos momentos las mujeres, como los sueños, hacen exactamente lo contrario de lo que se espera.

Cuando salieron, el señor Bhaer se puso el paquete bajo el brazo con un aspecto bastante más animado y chapoteó entre los charcos como si, en general, lo disfrutara.

—¿No *deberríamos* hacer un poco de lo que ustedes llaman ir de compras para hacerles un regalo a los niños? Podemos preparar una fiesta de despedida esta noche, si voy a hacer mi última visita a su tan agradable hogar —comentó el señor Bhaer cuando se detuvieron delante de un escaparate lleno de frutas y flores.

—¿Y qué vamos a comprar? —dijo Jo, ignorando la última parte de su discurso, y olfateando los olores mezclados con una afectación de deleite mientras entraban en la tienda.

—¿Pueden comer naranjas e higos? —preguntó el señor Bhaer con aire paternal.

—Los comen en cuanto los tienen al alcance.

—¿Les gustan las nueces?

—Más que a las ardillas.

—Y un poco de moscatel de Hamburgo; sí, *segurro* que brindaremos por la patria...

Jo frunció el ceño ante aquella extravagancia y preguntó por qué no compraba un puñado de dátiles, un barril de pasas y una bolsa de almendras y ya está. Entonces el señor Bhaer le confiscó el monedero, sacó su cartera, y terminó él la compra de varios kilos de uvas, una maceta de margaritas rosas y un bonito tarro de miel en forma de damajuana. Luego, deformando sus bolsillos al meter en ellos la compra y dándole las flores a Jo para que las sujetara, abrió el viejo paraguas y prosiguieron su camino.

—*Señorrita Marsch,* tengo que pedirle un gran favor —comenzó a decir el profesor, cuando ya habían recorrido media manzana bajo la lluvia.

—Sí, señor —respondió Jo, y el corazón le empezó a latir con tanta fuerza que temió que él lo oyera.

—Me da *apurro* pedírselo así, bajo la lluvia, pero me queda poco tiempo.

—Sí, señor —murmuró Jo, casi aplastando la pequeña maceta con el repentino apretón que le dio.

—Quiero comprar un vestidito para mi Tina y soy demasiado torpe para elegirlo yo solo. ¿*Serría* tan amable de acompañarme y aconsejarme con su buen gusto?

—Sí, señor —repitió Jo y, de repente, se sintió tan tranquila y fría, como si acabara de meterse en una nevera.

—Y quizás también un chal para la madre de Tina, que es muy pobre y está enferma, y además tiene que cuidar a su esposo... Sí, sí, un grueso y cálido chal sería un buen regalo para la buena mujer.

—Lo haré con mucho gusto, señor Bhaer.

«Más vale que me dé prisa, porque el profesor me parece más y más adorable a cada minuto que pasa», añadió Jo para sus adentros. Luego, con expresión decidida, se puso manos a la obra con una energía que era digna de contemplar.

El señor Bhaer lo dejó todo en sus manos, así que eligió un bonito vestido para Tina y luego pidió que le enseñaran los chales. El empleado, como era un hombre casado, se mostró especialmente amable con aquella pareja que parecía estar haciendo compras para su familia.

—Puede que su señora prefiera este; es un artículo superior, de un color muy precioso, pero que a la vez es muy discreto y elegante —dijo, al tiempo que desplegaba un cómodo chal gris y se lo colocaba sobre los hombros a Jo.

—¿Queda bien, señor Bhaer? —preguntó Jo, dándole la espalda al profesor y sintiéndose profundamente agradecida por la oportunidad de ocultar su rostro.

—Muy bien, nos lo quedamos —respondió el profesor, sonriendo para sí mientras pagaba, en tanto que Jo seguía rebuscando en los mostradores como un cazador de gangas.

—Bien, y *ahorra,* ¿nos vamos a casa? —preguntó el profesor al salir, como si las palabras le resultaran muy agradables.

—Sí, es tarde y estoy muy cansada.

La voz de Jo sonó más patética de lo que ella pretendía, pues ahora el sol parecía haberse ocultado tras la nubes con la misma rapidez con la que había salido y, de repente, el mundo le pareció otra vez triste y lleno de barro. Se dio cuenta de que tenía los pies helados, le dolía la cabeza y notaba el corazón aún más frío y dolorido. El señor Bhaer se iba; sólo se preocupaba por ella como amigo; todo era un error, y cuanto antes terminara, mejor. Con esta idea en la cabeza, paró con la mano a un ómnibus que se acercaba con un gesto tan apresurado que las margaritas de la maceta salieron volando y resultaron gravemente dañadas.

—Este no es nuestro ómnibus —dijo el profesor, haciendo un gesto con la mano para que se alejara el vehículo abarrotado y deteniéndose a recoger las pobres florecillas.

—Perdone, no vi bien el número. No importa, puedo caminar. Estoy acostumbrada a andar por el barro —respondió Jo, guiñando los ojos con fuerza, porque se hubiera muerto antes de limpiarse las lágrimas delante del profesor.

Sin embargo, el señor Bhaer vio las gotas que le rodaban por las mejillas, aunque ella volvió la cabeza hacia otro lado, y se sintió profundamente conmovido. Se inclinó de repente hacia ella y le preguntó en un tono muy significativo:

—*Querrida* mía, ¿por qué llora?

Si Jo no hubiera sido nueva en este tipo de cosas le habría dicho que no lloraba, que tenía un resfriado o hubiera dicho cualquier otra mentirijilla femenina apropiada para la ocasión. En lugar de eso, la pobre criatura se olvidó de su dignidad y dijo, con un sollozo incontenible:

—Porque se marcha usted.

—*Ach, mein Gott,* ¡qué bien! —exclamó el señor Bhaer, consiguiendo agarrar sus manos a pesar del paraguas y los paquetes de las compras— Jo, no tengo más que mucho amor que darte. Vine para descubrir si usted me correspondía, y *esperré* a estar seguro de que yo *erra* algo más que un amigo. ¿Lo soy? ¿Puede hacer un lugarcito en su corazón para el viejo Fritz? —añadió, todo en un suspiro.

—¡Oh, sí! —exclamó Jo.

El profesor pareció muy satisfecho, pues Jo le cogió el brazo con las dos manos y lo miró con una expresión de arrobo que mostraba claramente lo feliz que la haría caminar por la vida a su lado, aunque no tuviesen mejor cobijo que el viejo paraguas, si él lo llevaba.

Ciertamente fue una proposición en circunstancias complicadas, porque de haber querido arrodillarse, el profesor no habría podido hacerlo a causa del barro. Tampoco podía ofrecer a Jo la mano, salvo en sentido figurado, pues ambas estaban llenas de paquetes y, menos aún, podían permitirse tiernas demostraciones de afecto, porque estaban en la calle. Así pues, la única manera de expresar su emoción era mirar a Jo y lo hizo con un embeleso que le embelleció el rostro hasta el punto de que las gotas de lluvia que le salpicaban la barba parecieron convertirse en arcoíris. Si no hubiera sido por lo enamorado que estaba de Jo, habría sido difícil que hubiera podido hacerlo entonces, porque Jo presentaba un aspecto no precisamente adorable, con las faldas empapadas, las botas de goma salpicadas de barro hasta los tobillos y el gorrito hecho un desastre. Afortunadamente, el señor Bhaer la consideraba la mujer más hermosa del mundo. Jo, por su parte, veía al profesor más parecido a Júpiter que nunca, pese a que el ala del sombrero estaba torcida debido a los pequeños riachuelos de lluvia que la caían sobre los hombros (porque el paraguas sólo cubría a Jo) y a que los dedos de sus guantes estaban llenos de agujeros.

Los transeúntes quizás los miraban como a un par de inofensivos lunáticos, porque se habían olvidado por completo de parar un ómnibus y paseaban tranquilamente por la calle, ajenos al atardecer y a la niebla que se estaba echando sobre ellos, cada vez más densa. A ellos, en cambio, no les preocupaba mucho lo que pensaran los demás, porque estaban disfrutando de ese instante feliz que casi nunca se da más de una vez en la vida: ese momento mágico que concede juventud al viejo, belleza a quien no la tiene y riqueza al pobre, y que consigue que el corazón humano roce el cielo. El profesor parecía como si hubiera conquistado un reino y el mundo no tuviera nada más que ofrecerle en forma de felicidad. Mientras tanto, Jo caminaba a su lado, sintiendo como si su lugar siempre hubiera estado allí, y preguntándose cómo había podido haberse planteado elegir otros destinos. Por supuesto, ella fue la primera en hablar, de un modo inteligible, quiero decir, porque los emotivos comentarios que siguieron a su impetuoso «¡Oh, sí!» no podían considerarse un discurso ni coherente ni censurable.

—Friedrich, ¿por qué no...?

—¡Ah, cielo, qué delicia que me llame por el nombre que nadie pronuncia desde que Minna murió! —gritó el profesor, deteniéndose en un charco para mirarla con agradecido placer.

—Siempre lo llamo así cuando pienso en usted, lo olvidé, pero no lo volveré a hacer más, si no le gusta.

—¿Gustarme? Me resulta más dulce de lo que puedo expresar. Si, además, me hablas de tú, *jurraré* que tu idioma es tan bonito como el mío.

—¿Hablarnos de *tú* no sería demasiado sentimental? —preguntó Jo, pensando en el fondo que era un monosílabo encantador.

—¿Sentimental? Sí. Gracias a Dios, los alemanes creemos en los sentimientos y nos mantenemos jóvenes con ellos. Su inglés *usted* es tan frío, diga *tú,* querida mía, porque significa mucho para mí —suplicó el señor Bhaer, con un tono más propio de un romántico estudiante que de un serio profesor.

—Bueno, entonces, ¿por qué no me dijiste todo esto antes? —le preguntó Jo con timidez.

—Ahora *tendrré* que mostrarte todo mi corazón, y lo haré con mucho gusto, porque tú deberás ocuparte de él de aquí en adelante. Mira, mi Jo... ¡ah, qué nombre tan gracioso, qué bien suena! El día que me despedí de ti en Nueva York, pensé que estabas comprometida con el apuesto joven del que me hablabas, así que no dije nada. Si lo hubiera hecho entonces, ¿me habrías respondido que sí?

—No lo sé; me temo que no, porque no tenía corazón en ese momento para nadie.

—*Prut!* Eso no me lo creo. Sólo estaba dormido hasta que el príncipe de las hadas atravesó el bosque y lo despertó. En fin, como suele decirse, *Die erste Liebe ist die beste,* pero eso no me lo esperaba.

—Sí, el primer amor es el mejor, así que puedes estar satisfecho porque jamás tuve otro. Teddy era sólo un niño, y pronto superó su pequeña fantasía —dijo Jo, ansiosa por corregir el error del profesor.

—¡Bien!, entonces descansaré feliz, y estaré seguro de que me darás todo tu amor. He *esperrado* tanto tiempo que me he vuelto egoísta, como usted verá, mi *Professorin.*

—Me gusta —exclamó Jo, encantada con su nuevo nombre—. Ahora dime qué te trajo, por fin, justo cuando más te necesitaba.

—Esto —respondió el profesor al tiempo que sacaba un papelillo gastado del bolsillo del chaleco.

Jo lo desdobló, y pareció muy avergonzada, pues era una de sus contribuciones a un periódico que pagaba por los poemas y al cual enviaba alguno de vez en cuando.

—¿Cómo pudo traerte eso hasta aquí? —preguntó Jo, preguntándose qué quería decir en realidad.

—Lo encontré por casualidad. Reconocí los nombres y las iniciales, y en él había un pequeño verso que *parrecía* llamarme. Lee y encuéntralo. Yo vigilo que no te metas en los charcos.

Jo obedeció y se apresuró a hojear las líneas que había bautizado:

EN EL DESVÁN

Cuatro pequeños cofres en fila,
oscurecidos por el polvo y desgastados por el tiempo.
Todos formados y llenados, hace mucho tiempo,
por niños ahora en la flor de la vida.

Cuatro pequeñas llaves colgadas una al lado de la otra,
con cintas descoloridas, valientes y alegres
cuando se abrocharon allí, con orgullo infantil,
hace mucho tiempo, en un día lluvioso.

Cuatro pequeños nombres, uno en cada tapa,
tallados por una mano infantil.
Y debajo se esconden
historias de la banda feliz
que una vez tocó aquí, y se detuvo a menudo
para escuchar el dulce estribillo
que iba y venía por el tejado,
de la lluvia de verano.

«Meg» en la primera tapa, lisa y hermosa.
Miro con ojos amorosos,
para hallar doblado aquí, con esmero conocido,
los recuerdos de una joven dulce.

Tesoros de una vida pacífica,
regalos de niñez y juventud:
el vestido de un día memorable,
un zapatito, un mechón infantil.
Ya no hay juguetes en este baúl,
porque se los han llevado todos,
y ahora es una Meg vestida de tul
quien juega a un nuevo juego.
¡Ah, madre feliz!
Cantas dulces canciones de cuna,
y a tus bebés duermes con voz melodiosa
mientras escuchas la lluvia en el tejado.

Se lee Jo en la siguiente tapa, arañada y desgastada.
Y dentro de una mezcla abigarrada
de muñecas sin cabeza, de libros escolares rotos.
pájaros y bestias que ya no hablan;
despojos traídos a casa desde la tierra de las hadas,
botas para los fríos días de invierno,
sueños de un futuro nunca encontrado,
recuerdos de un pasado aún dulce;
poemas a medio escribir, historias sin nacer,
cartas de abril, cálidas y frías
y diarios de una niña obstinada.
Indicios de una mujer de edad temprana;
una mujer en un hogar solitario,
escuchando, como un triste estribillo:
«Ten fe, sé digna del amor, y el amor vendrá,
mientras escuchas la lluvia en el tejado».

¡Beth mía, el polvo siempre se limpia
de la tapa que lleva tu nombre
con las lágrimas de quien tu dolor compadece,
la hermana que tu rostro no olvida!
Eres menos humana y más divina,
pues la muerte te hizo santa:
eres menos humana y más divina.

Y aún yacemos, con tierna queja;
reliquias en este santuario doméstico.
La campanilla de plata, que casi nunca tocaba,
la pequeña gorra que usó por última vez.
La bella y muerta Catalina que colgaba
por ángeles llevados sobre su puerta.
Las canciones que cantaba, sin lamentos,
en su prisión de dolor,
para siempre se mezclan dulcemente
con la lluvia sobre el tejado.

Y, por fin, en el último baúl,
un sueño imaginado y real:
«Amy» escrito en oro y azul,
en el escudo de un galante caballero.
Dentro yacen las redecillas que ataron su cabello,
las zapatillas que han bailado su último baile de juventud,
flores marchitas colocadas con cuidado.

Abanicos cuyos trabajos aéreos han pasado;
alegres cartas de enamorados, todas llamas ardientes.
baratijas que han cumplido su papel
en las esperanzas, miedos y vergüenzas de las niñas...
Los recuerdos de un corazón de doncella
que ahora aprende de un mundo verdadero,
oyendo, como un alegre estribillo
el sonido plateado de las campanas nupciales
en la lluvia que cae sobre el tejado.

Cuatro pequeños cofres en fila.
oscuros por el polvo y desgastados por el tiempo.
Cuatro mujeres, enseñadas por el bien y el mal
a amar y trabajar en la flor de la vida.
Cuatro hermanas, separadas por una hora.
Ninguna se perdió, sólo una se fue antes.
Hechas por el poder inmortal del amor.
Cercanas y queridas para siempre.

Oh, cuando nuestros tesoros ocultos
se abran a la vista del Padre,
que estén llenos de momentos queridos,
de hechos que se muestren más justos a la luz.
Vidas cuya valiente música resuene por mucho tiempo,
como una melodía que agita el espíritu,
almas que alegremente se elevarán y cantarán
cuando, tras la lluvia, brille el sol.

«J. M.»

—Es una poesía malísima, pero la escribí con el corazón un día que me sentía muy sola y lloré sin consuelo sobre una bolsa de retales. Jamás pensé que llegaría a manos de alguien que pudiera leer entre líneas —dijo Jo, rompiendo los versos que el profesor había atesorado durante tanto tiempo.

«Da lo mismo, ya ha cumplido con su deber y seguro que podré conseguir uno nuevo cuando lea el cuaderno marrón en el que guarda sus pequeños secretos», dijo para sí el señor Bhaer con una sonrisa, mientras observaba los fragmentos de papel volando con el viento.

—Sí —admitió con sinceridad—. Lo leí y pensé: «Está triste, se siente sola, encontraría consuelo en el amor verdadero». Y yo tengo el *corrazón* lleno, lleno de amor por ti. No veía el motivo para no acudir a ti para decirte: si no te parece un regalo demasiado pobre a cambio de lo que *esperro* recibir, ¿aceptas mi amor, en el nombre de Dios?

—Y así llegaste a descubrir que no era demasiado pobre, sino exactamente el regalo que yo necesitaba —susurró Jo.

—No tuve valor para pensar eso al principio, según vi la acogida que me diste, pero pronto empecé a tener *esperranzas,* y entonces me dije: «La tendré aunque muera por ella», y así será —exclamó el señor Bhaer, con un desafiante movimiento de cabeza, como si las paredes de niebla que se cerraban a su alrededor fueran barreras que él debiera superar o derribar con valentía.

Jo pensó que aquello era espléndido y resolvió ser digna de su caballero, aunque no viniera cabalgando sobre un corcel.

—¿Por qué has tardado tanto? —preguntó Jo.

Ahora le parecía tan agradable hacer preguntas íntimas y obtener respuestas, que era incapaz de contenerse.

—No fue fácil, pero no pude encontrar el corazón para sacarte de ese hogar tan feliz hasta que estuviera en condiciones de ofrecerte uno, después de mucho tiempo, quizás, y mucho trabajo. ¿Cómo podría pedirte que renuncies a tanto por un pobre viejo como yo, cuya única fortuna es su modesta *errudición?*

—Me alegro de que seas pobre; no podría soportar un marido rico —dijo Jo con decisión, añadiendo en tono más suave—: No temas a la pobreza, yo la he conocido lo suficiente para perderle el miedo y ser feliz trabajando para mis seres queridos. Y no digas que eres viejo, pues los cuarenta son la flor de la vida. ¡No podría dejar de amarte aunque tuvieras setenta años!

El profesor lo encontró tan conmovedor que habría sacado su pañuelo, si hubiera podido cogerlo; como no pudo, Jo le secó los ojos y le dijo riendo, mientras le cogía uno o dos paquetes de las manos:

—Puede que sea muy tozuda, pero nadie puede decir que me estoy comportando de manera inadecuada, porque se supone que la misión especial de la mujer es secar las lágrimas de sus seres queridos y llevar sus cargas. Yo debo llevar mi parte, Friedrich, y ayudaré con los gastos de la casa. Más te vale aceptarlo, si quieres que me case contigo —añadió con vehemencia, mientras él trataba de recuperar su carga.

—Ya *verremos.* ¿Tienes paciencia para esperar mucho tiempo, Jo? Debo irme y hacer mi trabajo solo. Debo ayudar a mis chicos primero, porque, ni siquiera por ti, puedo romper la promesa que le hice a Minna. ¿Puedes perdonar eso y ser feliz mientras esperamos?

—Sí, sé que puedo, porque nos amamos y eso hace que todo lo demás sea fácil de soportar. Yo también tengo mis obligaciones y mi trabajo. No podría disfrutar si los descuidara, ni siquiera por ti, así que no hay necesidad de darnos prisa ni de impacientarnos. Tú puedes hacer lo que tengas que hacer en el oeste, yo puedo hacer lo mío aquí y, mientras tanto, seremos ambos felices esperando tiempos mejores y dejando el futuro en manos de Dios.

—¡Ah! Tú me ofreces tanta esperanza y valor, y yo no tengo nada que devolverte a cambio, salvo un corazón lleno y estas manos vacías —exclamó el profesor, muy abrumado.

Jo nunca, nunca aprendería a ser correcta; porque cuando el profesor pronunció estas palabras, mientras subían por la escalera, ella le cogió las manos entre las suyas, susurrándole con ternura: «Ahora ya no están vacías». Luego se inclinó y besó a su Friedrich bajo el paraguas. Fue una locura, pero lo habría hecho de todos modos incluso si la bandada de gorriones empapados que los observaban con curiosidad desde el seto hubieran sido seres humanos, porque ahora estaba decidida y nada le importaba más que su propia felicidad.

Y aunque había llegado de una forma tan natural, aquel fue un momento culminante en la vida de ambos. Tras volverle la espalda a la noche, la tormenta y la soledad, Jo se volvió hacia la luz del hogar, y el calor y la paz que esperaban para recibirlos con un alegre «¡Bienvenidos a casa!». Jo hizo pasar a su enamorado y cerró la puerta.

CAPÍTULO XXIV

Tiempo de cosecha

Durante un largo año Jo y su profesor trabajaron y esperaron, conservaron la esperanza y no dejaron de amarse. Se veían de vez en cuando y escribían cartas tan voluminosas que, según dijo Laurie, no era de extrañar que el precio del papel hubiera subido. El segundo año empezó de forma bastante sombría, porque las perspectivas no mejoraban, y la tía March murió de forma repentina. Pero cuando se sobrepusieron a los primeros momentos de dolor —pues, a pesar de su afilada lengua, todos la querían mucho—, descubrieron que tenían motivos para alegrarse, ya que la anciana le había dejado Plumfield a Jo, lo que hacía posible toda clase de proyectos emocionantes.

—Es una casa espléndida y con solera, seguro que te darán una buena suma de dinero por ella. Porque supongo que tienes intención de venderla, ¿no? —dijo Laurie, mientras hablaban del asunto, unas semanas más tarde.

—No, no tengo intención —fue la decidida respuesta de Jo, mientras acariciaba al rollizo caniche que había adoptado por respeto a su difunta dueña.

—¿No irás a vivir allí...?

—Pues sí, esa es mi intención.

—Pero querida, es una casa inmensa, y se necesitará mucho dinero para mantenerla en orden. Sólo para el jardín y el huerto se necesitan dos o tres hombres, porque labrar la tierra no está en la línea de Bhaer, supongo.

—Probará suerte, si yo se lo propongo.

—¿Y esperas vivir de los productos que cultivéis? Bueno, eso suena paradisíaco, pero no tardaréis en daros cuenta de que es muchísimo trabajo.

—La cosecha que vamos a levantar es rentable —dijo Jo, al tiempo que se echaba a reír.

—¿Y se puede saber qué clase de cosecha es?

—Niños. Quiero abrir una escuela para chiquillos, feliz, hogareña, en la que yo me ocupe de ellos y Fritz les dará clase.

—¡Vaya! ¡Ese sí que es un plan perfecto para ti! ¿No os parece que es muy apropiado para Jo? —exclamó Laurie dirigiéndose a la familia, que parecían tan sorprendidos como él.

—A mí me gusta —respondió la señora March en tono decidido.

—A mí también —añadió su marido, que acogió con agrado la idea de probar el método socrático de educación en la juventud moderna.

—Será muchísimo trabajo para Jo —dijo Meg, acariciando la cabecita de su único y absorbente hijo.

—Jo puede hacerlo y seguro que será muy feliz. Es una idea espléndida... Cuéntanoslo todo desde el principio —reclamó el señor Laurence, que hacía tiempo que ansiaba prestar su ayuda a los enamorados, aunque estaba convencido de que rechazarían su ayuda.

—Ya sabía yo que me apoyaría, señor. Amy también está a favor, se lo veo en los ojos, aunque es tan prudente que espera a darle unas cuantas vueltas en su cabeza antes de hablar. A ver, queridos

—continuó Jo con seriedad—, entended que esto no es una idea que se me acaba de ocurrir ahora, sino un plan largamente acariciado. Antes de que llegara Fritz, solía pensar en que, cuando tuviera dinero y ya nadie me necesitara en casa, alquilaría una casa grande y acogería a algunos niños pobres y desamparados, que no tuvieran madre, con la intención de cuidar de ellos y les ofrecería una vida feliz antes de que fuera demasiado tarde. Veo a tantos niños que se echan a perder por falta de oportunidades... Quiero hacer algo por ellos. Creo que comprendo sus necesidades y me identifico con sus problemas. ¡Y me encantaría ser como una madre para ellos!

La señora March le tendió la mano a Jo, que la aceptó con una sonrisa y los ojos empañados en lágrimas, y continuó hablando con un entusiasmo que nadie le veía desde hacía mucho tiempo.

—Una vez le conté mi plan a Fritz y dijo que era justo lo que le gustaría hacer. Estuvo de acuerdo en probarlo cuando tuviéramos dinero. Bendito sea su querido corazón, es lo que lleva haciendo toda su vida. Me refiero a ayudar a los pobres, no a hacer dinero, porque eso nunca lo vamos a ver: el dinero no le dura en el bolsillo lo bastante como para ahorrarlo. Pero ahora, gracias a mi anciana y generosa tía, que me quiso más de lo que nunca merecí, soy rica, al menos así me siento. Y podremos vivir en Plumfield la mar de bien, si podemos poner en marcha una escuela floreciente. Es el lugar idóneo para los niños: la casa es grande, los muebles son fuertes y resistentes. Hay mucho espacio para decenas de niños en el interior y espléndidos terrenos fuera. Podrían ayudar en el jardín y en el huerto: ese trabajo es saludable, ¿verdad? Entonces Fritz puede darles clase y enseñar a su manera, con la ayuda de papá. Yo me encargaré de alimentarlos, cuidarlos, acariciarlos y regañarlos, si hace falta. Y mamá será mi ayudante de confianza. Siempre me ha gustado la idea de tener un montón de niños, nunca me parecen suficientes. Ahora puedo llenar una casa entera y disfrutar de su compañía hasta hartarme. ¿Os dais cuenta de lo maravilloso que es? ¡Plumfield convertido en mi hogar y montones de niños para disfrutarlo conmigo!

Mientras Jo gesticulaba con las manos y suspiraba de felicidad, la familia al completo se dejó arrastrar por la alegría y el señor

Laurence se rio tanto que todos creyeron que le iba a dar un ataque de apoplejía.

—Pues yo no le encuentro la gracia —protestó Jo, cuando finalmente pudo hacerse oír—. Me parece lo más natural querer vivir en mi propiedad y que el profesor quiera abrir una escuela.

—Bueno, ya empieza a darse aires —dijo Laurie, que en el fondo opinaba que aquella idea era una broma descomunal—. ¿Puedo preguntarte cómo vas a financiar la escuela? Si vuestros alumnos van a ser pilluelos de la calle, me parece que su cosecha no será muy provechosa, en el sentido material del término, señora Bhaer.

—Venga, Teddy, no me chafes la idea. También tendré alumnos ricos, claro... A lo mejor empiezo justamente con ellos y luego, cuando la escuela ya esté en marcha, puedo acoger a uno o dos de esos pilluelos que tú dices, sólo por probar. Los hijos de familia rica a veces están tan necesitados de cariño y atención como los pobres. He visto a muchas criaturas cuyos padres los dejan al cuidado del servicio y a muchos niños vergonzosos obligados a destacar, lo cual es una crueldad. Algunos de ellos son traviesos por falta de educación o porque no reciben la atención necesaria, y otros han perdido a su madre. Además, hasta los más tranquilos tienen que pasar por esa etapa terrible que es la adolescencia, cuando más paciencia y cariño necesitan. La gente se ríe de ellos, los atosiga, trata de ocultarlos a la vista y esperan que se conviertan, de la noche a la mañana, de niños adorables a hombres hechos y derechos. No se quejan mucho, pobrecitos, pero lo sienten. He pasado por algo de eso y sé de lo que hablo. Tengo un especial interés en esos jóvenes y me gusta demostrarles que, además de los brazos larguiruchos, las piernas torpes y la cabeza llena de pájaros, yo sigo viendo la misma voluntad, y sus corazones cálidos y sinceros. Y además, tengo experiencia, porque... ¿acaso no he criado ya a un chico que, con el tiempo, se ha convertido en el orgullo de su familia?

—Doy fe de que lo intentaste —dijo Laurie, con una mirada agradecida.

—Y he tenido éxito más allá de mis esperanzas. Porque, hete aquí ahora, convertido en un hombre de negocios firme y sensato, haciendo mucho bien con tu dinero y acumulando las bendiciones de los más necesitados, en lugar de dólares. Pero no eres sólo un hombre de negocios: amas las cosas buenas y bellas, disfrutas de ellas y dejas que otros las compartan contigo, como siempre hiciste en los viejos tiempos. Estoy orgullosa de ti, Teddy, porque mejoras cada año que pasa y todo el mundo lo siente así, aunque no permitas que lo digan. Sí, y cuando tenga mi rebaño de chiquillos, simplemente te señalaré y diré: «Ahí tienen su modelo a seguir, mis muchachos».

El pobre Laurie no sabía dónde mirar, pues pese a ser todo un hombre, se sentía cohibido ante tanto elogio, que hizo que todos se volvieran hacia él con gesto de aprobación.

—Bueno, Jo, creo que eso es demasiado —comenzó a decir con la misma voz que cuando era un muchacho—. Habéis hecho más por mí de lo que nunca podré agradeceros, excepto haciendo todo lo posible por no defraudaros. Últimamente me has dejado un poco de lado, Jo, pero, a pesar de todo, he tenido la mejor ayuda posible. Así que, si he salido adelante, es gracias a estas dos personas. —Y, tras esas palabras, apoyó con delicadeza una mano en la cabeza canosa de su abuelo y la otra en la cabeza rubia de Amy, pues los tres nunca estaban lejos el uno del otro.

—¡Declaro que la familia es la cosa más bonita del mundo! —declaró Jo llena de júbilo, pues en aquel momento estaba de un humor excelente—. Y cuando yo tenga la mía, espero que sea tan feliz como las tres que mejor conozco y que tanto amo. Si John y mi Fritz estuvieran aquí sería un pequeño paraíso en la tierra —añadió con más calma.

Y aquella noche, cuando regresó a su alcoba tras una velada en familia repleta de consejos, esperanzas y planes, notó su corazón tan exultante de felicidad que la única forma que encontró de calmarlo fue arrodillarse junto a la camita vacía que siempre estaba junto a la suya y pensar con ternura en Beth.

Fue un año muy asombroso en general, porque las cosas parecían suceder con una rapidez y deleite inusual. Casi antes de tener tiempo de situarse, Jo se encontró casada y establecida en Plumfield. Luego surgió una familia de seis o siete muchachos que brotaron como setas y florecieron de una forma sorprendente, tanto pobres como ricos, pues el señor Laurence encontraba continuamente algún caso conmovedor de indigencia y rogaba a los Bhaer que se apiadaran del niño, ya que él pagaría gustosamente una nimiedad por su manutención. De este modo, el astuto y anciano caballero encandiló a la orgullosa Jo y le proporcionó la clase de niños que tanto ansiaba cuidar.

Por supuesto, al principio todo fue cuesta arriba y Jo cometió extraños errores, pero el sabio profesor la condujo con seguridad a aguas más tranquilas y, al final, siempre se las arreglaban para encauzar hasta al más rampante de los pilluelos. Cómo disfrutó Jo de su «jungla de muchachos» y cómo se habría lamentado la pobre y querida tía March si hubiera estado allí para ver los sagrados recintos del primoroso y bien ordenado Plumfield invadido de alegres criaturillas de la calle. Había una especie de justicia poética en ello, al fin y al cabo, ya que la anciana había sido el terror de los niños en millas a la redonda; y ahora los pequeños proscritos se daban un festín de ciruelas prohibidas, pisaban la grava de los senderos con sus botas profanas y jugaban al críquet en el enorme campo donde la irritable «vaca con el cuerno roto» solía embestir a los jovencitos que se atrevían a acercarse. Así pues, se convirtió en una especie de paraíso y Laurie sugirió que lo rebautizaran «Bhaergarten», al jardín de infancia de los Bhaer, nombre con el que hacía honor a sus fundadores y se describía a sus habitantes.

Nunca llegó a ser una escuela de prestigio, ni su fundador se hizo rico, pero fue justo lo que Jo esperaba: «Un hogar feliz para niños necesitados de educación, cuidados y generosidad». Las habitaciones de la casa no tardaron en estar llenas, cada parcela del jardín tuvo su pequeño propietario, en el cobertizo y en el granero apareció un pequeño zoo —porque se permitía tener mascotas— y, tres veces al día, Jo le sonreía a su Fritz desde la cabecera de una larga mesa flanqueada a ambos lados por hileras de rostros jóvenes y felices que, con el corazón rebosante de amor por *mamá* Bhaer, le dedicaban miradas cargadas de afecto y palabras confiadas. Ahora ya tenía muchos niños y no se cansaba de ellos, si bien lo cierto es que no eran precisamente ángeles y algunos de ellos les causaban problemas y quebraderos de cabeza al profesor y la *Professorin*. Pero Jo seguía convencida de que en el corazón de todo briboncete, por muy travieso, pícaro y provocador que fuera, siempre había un vestigio de bondad, lo que le daba la paciencia y sabiduría necesarias para conseguir el éxito con el transcurso del tiempo, porque ninguna criatura mortal podía resistirse mucho tiempo a un papá Bhaer que brillaba como el sol y a una mamá Bhaer que perdonaba las veces que hiciera falta. La relación con aquellos muchachos era, sin embargo, de un enorme valor para Jo, al igual que eran sus lágrimas de arrepentimiento, sus murmullos después de una trastada, sus cómicas y conmovedoras confidencias, sus esperanzas, planes y proyectos, y hasta sus desgracias, porque todo eso no hacía más que aumentar el amor que sentía por ellos. Había chicos lentos y chicos tímidos, otros débiles y revoltosos, niños que tartamudeaban o ceceaban, alguno con cojera y un mestizo alegre y cariñoso que no aceptaban en ninguna otra escuela, pero que en el jardín de infancia de los Bhaer fue acogido sin reserva alguna, más aún, haciéndolo en contra de los que auguraban que admitirlo sería el fin de la escuela.

Sí, Jo era una mujer muy feliz allí, a pesar del trabajo intenso, de las preocupaciones y del alboroto perpetuo. Disfrutaba de corazón, y encontraba el aplauso de sus chicos más satisfactorio que cualquier elogio del mundo, porque ahora ya no contaba historias, salvo a su rebaño de entusiastas creyentes y admiradores. Con el paso de los años, dos chiquillos de su propiedad vinieron a aumentar su felicidad: Rob, llamado así por el abuelo, y Teddy, un bebé despreocupado que parecía haber heredado el carácter alegre de su padre, así como el espíritu vivaracho de su madre. Cómo habían crecido vivos en aquel torbellino de muchachos era un misterio para su abuela y sus tías, pero el caso es que florecieron como dientes de león en primavera y sus rudas niñeras los querían y los atendían bien.

Había muchas fiestas en Plumfield, y una de las más agradables era la recogida anual de manzanas, pues ese día se reunían los March, los Laurence, los Brooke y los Bhaer para festejarlo con todos los honores. Cinco años después de la boda de Jo, tuvo lugar una de estas fiestas de octubre en honor de la fruta, cuando el aire estaba lleno de una frescura estimulante que levantaba el ánimo y la sangre corría saludable por las venas. El viejo huerto lucía sus mejores galas: en las paredes tapizadas de musgo se enredaban varas de oro y ásteres, los saltamontes saltaban enérgicamente en la hierba y los grillos gorjeaban como gaiteros en un festín. Las ardillas se afanaban en sus pequeñas cosechas particulares, los pájaros trinaban sus adioses desde los alisos del camino y cada árbol de manzanas rojas o amarillas estaba preparado para enviar, a la primera sacudida, una lluvia de frutos. Todo el mundo estaba allí; todos reían y cantaban, subían y bajaban. Todos afirmaron que nunca había habido un día tan perfecto ni una compañía tan alegre para disfrutarlo, y se entregaron a los placeres sencillos del momento con tanta libertad como si no hubiera ninguna otra preocupación en el mundo.

El señor March paseaba con placidez, citando a Tusser, Cowley y Columella al señor Laurence, mientras disfrutaban de «la dulce sidra de manzana». El profesor recorría los verdes pasillos como un fornido caballero teutónico, con una pértiga por lanza, guiando a un pequeño ejército de niños equipados con ganchos y escaleras de mano que maravillaban a todo el mundo con su habilidad para recoger manzanas de las ramas y del suelo. Laurie se dedicó a los más pequeños: montó a su hijita en una cesta de manzanas, aupó a Daisy para que viera los nidos de los pájaros, y mientras procuraba que el temerario Rob no se partiera la crisma. La señora March y Meg estaban sentadas entre montañas de manzanas como si fueran un par de Pomonas, la diosa romana de la fruta, clasificando las contribuciones que no cesaban de llegar; mientras Amy, con una hermosa expresión maternal en el rostro, dibujaba los distintos grupos y vigilaba a un muchacho pálido que la contemplaba fascinado con su pequeña muleta a su lado.

Jo estaba en su elemento aquel día, y corría de un lado a otro, con el vestido recogido, el sombrero en cualquier sitio menos en su cabeza y su hijo pequeño en brazos, listo para cualquier animada aventura que pudiera surgir. El pequeño Teddy vivía en un mundo mágico, pues nunca le ocurría nada, y Jo nunca sintió ansiedad cuando alguno de los muchachos lo subía a un árbol o se lo echaba a galope sobre la espalda, ni cuando se atiborraba de amargas bayas rojas con su indulgente padre, que se había criado con esa creencia germánica de que los niños podían digerir cualquier cosa, desde repollo en vinagre hasta botones, uñas o sus propios zapatitos. Sabía que el pequeño Ted volvería a aparecer con el tiempo, seguro y sonrosado, sucio y sereno, y siempre lo recibía con una calurosa bienvenida, pues Jo adoraba a sus hijos.

A las cuatro se produjo una pausa, y las cestas permanecieron momentáneamente vacías, mientras los recolectores de manzanas descansaban y comparaban sus cosechas y sus magulladuras. Luego Jo y Meg, con un destacamento de los muchachos mayores, prepararon la cena en la hierba, pues un té al aire libre era siempre la alegría suprema del día. En dichas ocasiones, el terreno se cubría literalmente de leche y miel, pues los muchachos no estaban obligados a sentarse a la mesa, sino que se les permitía disfrutar de su merienda a su antojo, ya que la libertad era el alimento esencial para un alma joven. Y ellos aprovechaban este raro privilegio al máximo: algunos probaban el agradable experimento de beber leche mientras hacían el pino; otros jugaban a saltar al burro y, en las pausas del juego, comían tarta; y otros, en fin, se dedicaban a sembrar restos de galletas por el campo o a lanzar empanadas de manzana que acababan posadas en las ramas de los árboles como si de una nueva especie de pájaro se tratase. Las niñas disfrutaban de su propia merienda privada y Teddy se paseaba entre los platos y comía lo que le apetecía.

Cuando nadie pudo comer más, el profesor propuso el primer brindis de los que solían hacer durante estas festividades:

—¡Por la tía March, que Dios la bendiga!

Era un brindis sincero —porque el buen hombre nunca olvidaba lo mucho que le debía a la anciana— que los niños, que habían aprendido a mantener vivo el recuerdo de la dama, celebraron con solemnidad.

—Y ahora —añadió el profesor— ¡por el sexagésimo cumpleaños de la abuela! Que tenga una larga vida. ¡Tres hurras por ella!

Como es fácil de imaginar, todos respondieron entusiasmados y una vez empezada la ronda de brindis ya no había quien la detuviera. Se brindó a la salud de todo el mundo: desde el señor Laurence, a quien consideraban un benefactor especial, hasta un perplejo conejillo de indias, que se había desviado de su camino en busca de su joven amo. Demi, como nieto mayor, obsequió a la reina del día varios regalos, tan numerosos que tuvieron que transportarlos a la escena festiva en una carretilla. Regalos graciosos, algunos de ellos, pero lo que para otros hubieran sido defectos, para la abuela eran maravillas, pues los habían hecho los niños con sus propias manos. Cada puntada que los pacientes deditos de Daisy habían puesto en el pañuelo que le regaló era el mejor de los bordados; la caja de zapatos de Demi era un milagro de habilidad mecánica, aunque la tapa no cerraba; el escabel de Rob tenía holgura en sus patas desiguales, pero la señora March afirmaba que la cojera le parecía relajante; y ninguna de las páginas del lujoso libro que le había regalado la hija de Amy era tan valiosa como aquella en la que la niña había escrito con letra irregular: «Para la abuela, de su pequeña Beth».

Durante la ceremonia, los niños desaparecieron misteriosamente. La señora March intentó dar las gracias a sus hijos, pero se derrumbó, y mientras el pequeño Teddy le secaba las lágrimas de sus ojos con su delantal, el profesor se puso de pronto a cantar. Entonces, desde lo alto, se fueron uniendo una voz tras otra retomando la letra, y de árbol en árbol resonó la música del coro invisible de muchachos que cantaban a pleno pulmón la cancioncilla que había escrito Jo. Laurie le había puesto la música y el profesor la había ensayado con los pequeños para que todo saliera perfecto. Era algo totalmente nuevo y resultó ser un gran éxito, hasta el punto de que la señora March, que no salía de su asombro, insistió en agradecer el detalle estrechando la mano de todos y cada uno de aquellos pajarillos sin plumas, desde Franz y Emil, los más altos, hasta el menudo mestizo, cuya voz era la más dulce de todas.

Después de esto, los muchachos se dispersaron para alargar un rato más el juego, dejando a la señora March y a sus hijas bajo el árbol de la celebración.

—No creo que deba volver a llamarme «la desgraciada Jo», porque mi mayor deseo se ha cumplido de forma maravillosa —dijo la señora Bhaer, mientras sacaba el puñito de Teddy del jarro de leche, cuyo contenido estaba revolviendo con entusiasmo.

—Y, sin embargo, tu vida es muy diferente de la que imaginaste hace tanto tiempo. ¿Recuerdas nuestros castillos en el aire? —preguntó Amy, sonriendo mientras miraba a Laurie y a John jugando al críquet con los chicos.

—Queridos amigos. Me alegra mucho verlos que se olvidan de los negocios y se divierten por un día —respondió Jo, que ahora hablaba maternalmente de toda la humanidad—. Sí, lo recuerdo.

Pero la vida que yo quería entonces me parece egoísta, solitaria y fría. Aún no he perdido la esperanza de escribir un buen libro, pero puedo esperar y estoy segura de que será mucho mejor por experiencias e imágenes como estas.

Y, tras estas palabras, Jo señaló primero a los niños que jugaban a lo lejos y después a su padre, que paseaba al sol cogido del brazo del profesor, absortos en una de esas conversaciones que ambos disfrutaban tanto. Luego señaló a su madre, sentada entre sus hojas igual que una reina en su trono, con sus nietos en el regazo y a sus pies, como si todos encontraran apoyo y felicidad en el rostro que nunca envejecía para ellas.

—Mi castillo era el que estaba más cerca de realizarse de todos. Pedí cosas espléndidas, pero en el fondo de mi corazón sabía que estaría satisfecha si tuviera un pequeño hogar, a John y unos hijos tan queridos como estos. Los tengo a todos, gracias a Dios, y soy la mujer más feliz del mundo —afirmó Meg, al tiempo que apoyaba la mano sobre la cabeza de su espigado hijo, con un rostro lleno de tierna y devota satisfacción.

—Mi castillo es muy diferente de lo que había planeado, pero no lo cambiaría, aunque, como Jo, no renuncio a todas mis esperanzas artísticas, ni me limito a ayudar a otros a cumplir sus sueños creativos. He empezado a modelar una figura de nuestra pequeña y Laurie dice que es lo mejor que he hecho nunca. Yo también lo creo, y pienso esculpirla en mármol, para que, pase lo que pase, al menos pueda conservar la imagen de mi angelito.

Mientras Amy hablaba, una gran lágrima cayó sobre el cabello dorado de la niña que dormía en sus brazos, pues su única y amada hija era una criaturita frágil y el temor de perderla era la sombra que cubría el sol de Amy. Esta cruz los había vuelto mejores a los dos, pues el amor y la pena los habían unido todavía más. El carácter de Amy se había vuelto más dulce, más sereno y más tierno, mientras que Laurie era cada vez más maduro, más fuerte y más firme. Los dos estaban aprendiendo que la belleza, la juventud, la buena fortuna, incluso el mismo amor, no pueden alejar la preocupación y el dolor, la pérdida y la pena, ni siquiera de las almas más puras, porque:

en cada vida debe caer algo de lluvia,
algunos días deben ser oscuros, tristes y lúgubres[25].

—Va mejorando, estoy seguro, querida. No te desanimes, ten esperanza y sé feliz —dijo la señora March, mientras la tierna Daisy se inclinaba desde su regazo para apoyar su mejilla sonrosada sobre la carita pálida de su primita.

—No perderé la esperanza mientras te tenga a ti a mi lado para darme ánimos, Marmee, y a Laurie para soportar más de la mitad de mis cargas —respondió Amy en tono cariñoso—. Nunca me deja que vea lo preocupado que pueda estar, es tan dulce y paciente conmigo, tan cariñoso con Beth. Es un consuelo para mí siempre, que no puedo amarlo más. Así que, a pesar de esta cruz, puedo decir lo mismo que Meg: «Gracias a Dios, soy una mujer feliz».

—No hay necesidad de que lo diga, porque todos pueden ver que soy mucho más feliz de lo que merezco —añadió Jo, mirando a su buen marido y a sus rollizos hijos, que se revolcaban en la hierba a su lado—. Fritz está cada vez más canoso y corpulento, mientras que yo estoy tan delgada como una sombra y ya paso de los treinta años. Nunca seremos ricos y Plumfield puede arder cualquier noche, porque ese incorregible Tommy Bangs se dedica a fumar cigarros de helecho fresco en la cama, aunque ya se ha prendido fuego tres veces. Pero a pesar de estos detalles tan poco románticos, no tengo nada de qué quejarme y nunca estuve tan feliz en mi vida. Disculpad la forma de expresarlo, pero viviendo entre chicos, no puedo evitar usar sus expresiones de vez en cuando.

—Sí, Jo, creo que tu cosecha será muy buena —empezó a decir la señora March, espantando un gran grillo negro que estaba mirando fijamente a Teddy.

—Ni la mitad de buena que la tuya, madre. Aquí está y nunca podremos agradecerte lo suficiente la paciente siembra y la cosecha que has hecho —exclamó Jo, con esa cariñosa impetuosidad que nunca supo controlar del todo.

---

[25] Perteneciente al poema *The Rainy Day (El día lluvioso)*, del poeta norteamericano Henry Wadsworth Longfellow.

—Espero que cada año haya más trigo y menos cizaña —dijo Amy en voz baja.

—Es una buena gavilla, Marmee, pero sé que hay sitio de sobra en tu corazón —añadió Meg con dulzura.

Sinceramente conmovida, la señora March sólo pudo extender sus brazos, como si quisiera reunir a sus hijos y nietos y decir, con una expresión y una voz rebosantes de amor maternal, gratitud y humildad:

—Oh, hijas mías, por mucho que viváis, ¡nunca podré desearos mayor felicidad que esta!

ÍNDICE